光文社文庫

雪の鉄樹

遠《とお》田《だ》潤子

光文社

雪の鉄樹　目次

1 二〇一三年 七月二日 7
2 島本遼平（1） 55
3 二〇一三年 七月四日 105
4 二〇一三年 七月五日 123
5 島本遼平（2） 155
6 二〇一三年 七月六日（1） 208

7　郁也と舞子（一九九九年春夏）　232
8　二〇一三年　七月六日（2）　290
9　郁也と舞子（一九九九年秋冬）　296
10　二〇一三年　七月六日（3）　355
11　二〇一三年　七月七日　419

解説　北上次郎《きたがみじろう》　456

1　二〇一三年　七月二日

　ちりん、と涼しげな音がした。

　雅雪《まさゆき》は振り返って軒に吊した釣忍《つりしのぶ》を見た。青々と茂るシノブの下で、南部鉄《なんぶてつ》の風鈴がかすかに揺れている。蒸し暑い日だから、ほんのすこしの風でも嬉しい。

　汗を拭《ぬぐ》って腕時計を見た。まだ十一時だというのに、頭に巻いた手拭いはすっかり湿っている。絞れば汗が落ちそうだ。梅雨の晴れ間はありがたいが、この湿気はきつい。勘弁してくれ、と思う。

　眼の前の四《よ》つ目垣《めがき》に眼を戻して、仕上がり具合を確かめた。これで、ようやく半分というところか。昼過ぎには完成するだろう。よし、やるか、と黒い指で水から縄を引き揚げた。

　竹垣には墨で染めたシュロ縄を用いる。水に浸《ひた》して柔らかくしてから使うので、結ぶと手指に墨の色が移る。爪の中まで真っ黒になって、なかなか落ちない厄介《やっかい》な汚れだ。

　雅雪は十字に組んだ唐竹《からたけ》に縄を掛けた。引きつれて真っ直ぐに伸びない指で、丁寧に染縄を結んでいく。前から後ろ、後ろから前。捻《ひね》って交差させ、輪を作る。いぼ結びというやりかただ。

四つ目垣は唐竹を縦横に組んだだけの単純なものだ。それだけに一切のごまかしが利かない。竹の扱い、格子の間隔、縄の結びかたなど、すべてに造り手の意識が問われる。

「三代目。こんな梅雨のさなかに、竹垣造らせて申し訳ない」

顔を上げると、施主《せしゅ》の細木《ほそき》老が杖を片手に立っていた。雅雪は立ち上がって頭を下げた。曽我《そが》造園とは祖父の代からのつきあいになる。

本来、竹垣は冬に造るものだ。寒い時期は木も草も勢いが止まって、仕事が暇になる。そんな手の空《す》いた時期に、前もって乾燥させておいた竹を磨いて編むのが常だ。湿気の多い梅雨時にやることではない。

「なかなかいい感じにできとるな」

細木老は四つ目垣を見下ろし、枯れた笑みを浮かべた。絵に描いたような隠居だ。一目見て、みなが同じことを思う。ひげのない水戸黄門、と。

だが、その笑みはやがて消えた。眉を寄せ、庭を見渡したため息をつく。

「しかし、ほんまにどうしようもない孫で、三代目には申し訳ないことばっかりで」

細木老の同居の孫は庭でサッカーをして、何度叱られてもやめない。竹垣が壊されたのは二度目だし、古松の枝が折られたこともある。美しい苔も踏み荒らされ、これまで何度も貼り替えた。いや、それだけではない。その孫はほかにもいろいろ許せないことをした。

細木老はしばらく黙っていたが、ふと思い出したように口を開いた。

「それより、もうじきと違うんか？　あと何日や？」

「……五日です」

不意打ちの話題に動揺した。汗が噴き出したような気がする。

「あと五日ということは……そうそう、ちょうど七夕《たなばた》の日やったな。準備は済んだんか？」

「ええ。大体は」

大きな家具と電化製品はアパートに運んだ。あとは、細かい日用品をそろえるだけだ。

「新居は問題なしか」細木老が笑いながら杖を振った。「長かったけど、やっとやな」

待つと覚悟を決めて十三年。いつの間にか、雅雪は三十二歳になった。長かったのか、あっと言う間だったのか。自分でもよくわからない。

「遼《りょう》ちゃんには、もう言うたんか？」

「……いえ」

うまく返事ができなかった。問題を先送りにして、とうとう今日まで来てしまった。もう猶予《ゆうよ》はない。今日、仕事帰りに遼平《りょうへい》の家へ行く。そして、すべてを話す。そう決心したのに、まだ心が揺れている。

「そうか」細木老の顔が曇った。「大変やな」

ちりん、とまた音がした。

細木老が軒の釣忍に眼をやった。満足げに眼を細める。

「この前、三代目にもろた釣忍、ええ具合や。シノブ眺めて風鈴の音聞いてると、それだけですうっと涼しなる」

釣忍とはシノブというシダの一種で作る夏の細工物だ。玉やら船やら井桁《いげた》やらのかたちに作った土台に苔を貼りつけ、そこにシノブを植え込む。軒に吊して涼を楽しむもので、風鈴を取り付けることが多い。

「三代目。いろいろ忙しいとこを悪いんやが、新しいお客さん紹介してもええか？」

「ええ」

「この前、自治会のつながりで知り合《お》うた永井《ながい》さんいう人で、泉北《せんぼく》ニュータウンからこっちに移ってくるそうや」一旦、言葉を切って息を継ぐ。「で、ええ庭師を知らんかと訊《き》かれたから、あんたのことを教えたんや」

細木老はこの土地に長いので、方々に顔が広い。ときどき、よい客を紹介してくれるので感謝している。

ここ大美野《おおみの》は昭和初期に開発がはじまった高級住宅地だ。パリの都市計画を模した造りで、住宅地の中心には噴水のあるロータリーがある。一方通行のロータリーからは道が八本放射状に広がって、その道沿いにゆったりとした敷地の邸宅が並んでいた。カイヅカイブキの生《い》け垣《がき》が続く家並みは、静かでどこか懐かしい。穏やかな住宅地だ。

細木老の家は噴水ロータリーからすこし奥まったあたりにあった。敷地は五百坪を超え、数寄屋《すきや》造りで広い日本庭園がある。一見、料亭か旅館にしか見えない。

「それで、その家なんやが、場所を訊いたら」細木老の顔が曇った。すこし言い淀む。「噴水ロータリー近くの……扇《おうぎ》の家らしい」

雅雪は思わず息を呑んだ。どきりと心臓が跳ね上がる。

細木老が言うのは、噴水ロータリーから二筋入った、扇形の広い敷地を持つ和洋折衷《せっちゅう》の屋敷だ。曽我造園では昔から「扇の家」と呼んでいる。門かぶりのクロマツの古木と見事な蘇鉄《そてつ》のある家だ。

「扇の家がいやなら、遠慮せずに断ってくれたらええ。向こうにはわしがうまいこと言うとくさかい」

「いいえ。うちがやります」

「三代目、無理はせんでいいんやで」

「やります」

雅雪が強く言うと、細木老はすこし気の毒そうな顔をした。

「そうか。じゃあ、早めに連絡取ってやってくれ。ちょっと強引やけど悪い人やないから」

細木老がひげのない顎を擦《こす》りながら、メモ用紙を渡した。「永井さんの住所と電話番号や」

メモを受け取り一礼する。細木老が家に入ると早速携帯で連絡した。

「突然のお電話失礼いたします。曽我造園と……」

「ああ、どうもどうも。永井です」話を遮《さえぎ》り、いきなり話しはじめた。「今のところで自治会の役員をやってるんですわ。それで、他地区との懇親会に出たときに細木さんと知り合うたんです。引っ越しの話をしたら、いい庭師を知ってる、紹介しよか、て言うてくれはって。それで、どんなもんか、と念のため細木さんの庭を拝見させてもろたんです。いや、落ち着いて上品で見事な庭で、私も家内も惚れ惚れしました。是非とも我が家もお願いしたいと」

扇の家はもうずっと空き家だった。変形敷地で、上物《うわもの》が古いのみならず庭が広く手間の掛かるのが嫌われ、なかなか買い手がつかなかったからだ。思ったより安く手に入れることができた、と永井は嬉しげだった。

「できたら、七月中にはきれいになるようにお願いしたいんですが」

今日は七月二日。たしかに急な話だが、七月いっぱいという猶予があれば都合はつくだろう。だが、長く手を入れなかった庭だ。どんなふうになっているか想像すると、すこし怖ろしい。実際に見てみないことには、何日かかるか見当がつかなかった。

「うちは大丈夫ですが、すこし季節が悪いんです」

「季節が？」

「暑い時分は木に負担がかかるので、強い剪定《せんてい》はできません。ある程度見た目を整える弱い剪定ならできますが、本格的なものは無理です。木によって違いますが、秋から冬まで待ってください。一度見てみなければわかりませんが、虫がついていればその駆除と、あとは草抜きに相当かかると思います」

雅雪の返事は永井を喜ばせた。現在の家の庭を見てもらっている植木屋は、真夏だろうが真冬だろうが言えばなんでもしてくれたとのこと。あまりよくない業者のようだった。おかげで、至極《しごく》当たり前のことを言っているだけなのに、正直だとほめられた。

「いつ下見に来てくれはります？　今日はどうです？　早《は》よ済まさんと落ち着かんしねえ」

すぐ近くだし、知った庭だ。下見自体は十分もあれば終わるだろう。

「十二時から一時までの間か、もしくは夕方五時過ぎなら空いています」

「それやったら十二時三十分でどうです？　家の前で待ってますから」

電話を切って、雅雪は再び仕事に戻った。ひたすら四つ目垣を編み続け、指はさらに真っ黒になった。

午前中の仕事を終え、細木老の家を出たときだ。門の前で制服姿の男子中学生に出くわした。

「なんや、植木屋が来てたんか」細木隼斗《はやと》は雅雪を見るなり、顔をしかめた。

なぜこんな時間に帰ってくるのだろう。サボリだろうか、と考えてわかった。そろそろ、期末テストの時期だ。

「なあ、遼平のことやけど、あいつ相変わらず荒れてるな」馴《な》れ馴れしく話しかけてくる。

「今日のテストもほとんど書かんまま出してた」

細木老のどうしようもない孫は中学二年生にしては大柄で、サッカー部ではエースらしい。相手にせず行き過ぎようとしたが、かまわず話を続けてきた。

「遼平はメンタル弱いからな。ちょっといじったら、すぐに怒る。おもろい」

隼斗がひょいと片足を持ち上げた。ゴールドのラインの入った派手なスニーカーだ。そして、門の脇にある玉仕立てのツゲを乱暴に蹴った。枝の折れる音が響く。敷石の上に細かい葉が散った。

「なにをする」思わず怒鳴った。

ツゲの側面にえぐれたような穴が開いている。玉仕立てとは、木を刈り込んで球形に作ったものだ。シンプルなかたちだから、すこしでも樹形が崩れるとみっともない。

「あ、悪い悪い。サッカーボールと間違えた」へらへら笑いながら雅雪を見上げた。

思わず怒鳴りつけようとして、こらえた。これは挑発だ。もし、挑発に乗れば、そのとばっちりが遼平に行く。これまで、隼斗にどれだけ遼平が傷つけられたか――。そのことを思い出すと、今でもはらわたが煮えくり返る。同じことを繰り返すわけにはいかない。

「これは俺の家の木や。枝折ろうが、引っこ抜こうが、切り倒そうが、俺の勝手や」

「違う。君のおじいさんの庭だ。手を出すな」

「植木屋が偉そうなこと言うな。あのジジイが死んだら、おまえなんかすぐクビにしたる。

遼平もや。あんなやつ、一歩も家に入れたるか」

そのとき、背後で厳しい声がした。

「隼斗」

振り返ると、細木老が杖を突きながら近づいてきた。隼斗がなにか言い返そうとするのより早く、細木老が一喝した。

「おまえはもうなにも言うな。さっさと家に入って勉強せえ」

「うっさい」隼斗は舌打ちすると行ってしまった。

玄関ドアを叩きつけるように閉める音が聞こえてくると、細木老が苦渋《くじゅう》に顔を歪めた。

「あれはどうしようもない。遼ちゃんにまた迷惑掛けてるんと違うか？　ほんまに申し訳ない」

「いえ。遼平のことは、そもそも私が悪いんです」

「三代目。自分が悪い悪い言うのは、いい加減にやめたほうがええ」細木老はきっぱりと言った。「いずれ、きっと遼ちゃんもわかってくれる」

誰に言われるよりも、この老人に言われると胸に浸《し》みた。

「遼ちゃんも昔はあんたに連れられてよう来とったのになあ。隼斗があれでは、もう来てくれへんやろなあ」

最後に来たのは去年のみどり摘《つ》みだ。もう一年になる。

「一所懸命、あんたを手伝ってたな」ひとつため息をついてから、口調を変えて言う。「三代目。遼ちゃんにまたいつでも遊びにおいで、言うといて」

細木老を見送り、雅雪は細木邸の庭を思った。

曽我造園が三代にわたって手がけた庭は、あの老人の死と共に失われるだろう。跡を継ぐ家族は金と手間の掛かる日本庭園などに興味はない。新緑の松の美しさも、清々《すがすが》しい竹垣も、柔らかな苔も、なにも眼に入らない。相続が完了し名義が変われば、すぐにでも庭を潰《つぶ》すに違いない。そして、洋風のリビングを増築し、大型の電動ガレージを造るだろう。いや、隼斗のためにサッカーゴールを建ててもおかしくない。

いずれ、と思った。いずれ、この庭が失われることは確実だ。だが、もうひとつのいずれはどうだろう。雅雪は薄曇りの空を見上げた。

遼平がわかってくれる日は、本当にやってくるのだろうか。

軽トラに乗って扇の家に向かった。

年代物のサンバーだ。普段の足も兼ねているため、見苦しくないよう小まめに洗車するようにしている。

一方通行のロータリーを四分の三周回って、放射状の道に入った。二本目の角を曲がって、扇の家の前に車を駐《と》める。頭の手拭いを外して腕時計を見た。十二時二十分。約束の十分前だ。まだ、永井は来ていない。

扇の家はぐるりをカイヅカイブキの生垣で囲まれていた。腰ほどの高さまで石を積み、その上に木を植えている。手入れをされない生垣は荒れて伸び放題で、道路からは建物がほとんど見えない。

雅雪は門の前に立ち、門かぶりのクロマツを見上げた。近くで見るのは久しぶりだ。せっかくの差し枝のかたちが崩れ、門に覆い被《かぶ》さるように垂れ下がっている。以前の美しさは見る影もない。おまけに、大谷石《おおやいし》の門柱も門扉も敷石も松ヤニでひどく汚れている。見ているだけで胸が痛んだ。

十二時三十五分。五分遅れて白のクラウンがやってきた。降りてきたのは、まるまると太ったごま塩頭の男だ。雅雪を見て眼を丸くした。

「頭、白いけど……そんな歳《とし》と違いますよね」永井は開口一番、雅雪の若白髪を口にした。

「若白髪ですか」

「ええ」

雅雪は極端な若白髪で、高校の頃にはほとんど白かった。三十二歳の今はもう真っ白だ。

「ああ。そうですか。そやろねえ。顔は若いから。しかし、見事な白髪やなあ」あまりにも不躾《ぶしつけ》だが、悪意がないのが救いだ。「私は中途半端なごま塩やから見苦しいんですわ。あんたの白髪、欲しいくらいや」

雅雪は思わず苦笑した。これまでいろいろ言われてきた若白髪だが、うらやましいと言われたのははじめてだ。

「いや、遅れてすんません。家内が昼飯の支度に手間取りまして。戻ってきてからひとりで食べろ、言われたんやけど、そんなん侘《わび》しいやないですか。ひとりで飯食うても全然美味《おい》しないしね。そう思いませんか？」

「……ええ」一瞬息が詰まったが、なんとか返事をした。今日は不意打ちが多すぎる。「そうですね」

「そやから、無理矢理作らして、大急ぎで食べて来たんですわ」まくしたてながら、永井が古い門の鍵を開けた。錆びついているせいか、ひどい音がする。「えらい音するなあ。鍵、交換したほうがええかもしれん」

永井に続いて庭に入る。覚悟を決めて庭を見た。

眼の前は一面雑草に覆われていた。前栽《せんざい》も石畳もほとんど区別がない。ひどいところは腰ほどの草が揺れている。そんな荒れ果てた庭の中に埋もれるようにして、蘇鉄とアカマツ、イロハモミジの木が見えた。胸が締め付けられる。雅雪は思わず眼を閉じた。

雪の日。あの十三年前の雪の日、俺は――。

「建物のリフォームやけど、内装と外壁の塗り直しをやる予定でね……」

永井の声にはっと我に返った。

普通は建物の工事が先で、外構や庭の作業はその後になる。だが、この庭の荒れ具合では母屋にたどり着くのも難しい。足場も組めない。工事に支障が出るだろう。

「工務店の都合でねえ、七月半ばにならんと、工事に入られへん言うんですわ。いっそ潰したほうがいい、て言われたんやけど、間取りが気に入って買《こ》うた家なんで」永井が嬉しそうな顔をした。「大きな防音室があるんですわ」

どきりとした。動揺を隠して、建物の一番端に眼をやる。

アカマツの向こうに見えるのが、はめ殺しの窓のある防音室だ。だが、あの部屋が本来の目的で使われたことはない。かつての住人だった男はとうとう使うことができなかった。

「長男の孫はまだ五歳なんやけど、バイオリンを習《なろ》てるんです。上手や、て先生にほめられたそうで、息子夫婦も私らもすっかり舞い上がってしもて」永井はなんのてらいもなく孫自慢をはじめた。「将来はバイオリニストや、なんて」

――バイオリン。

一瞬、めまいがした。落ち着け、と言い聞かせる。防音室目当てで買ったのだから、ピアノだかバイオリンだかをやっていてもおかしくない。いや、当たり前だ。

「本格的にやるんやったら専用の部屋がいるな、て思たんですよ。いや、ほんまに親バカやなくて爺バカなんやけど」永井は二重顎を揺らしながら笑って、あたりを見回した。「そもそも、この庭を造ったんは曽我造園さんやと聞いたんやけど、ずいぶん前の話なんですか？」

「一番最初の持ち主のかたに頼まれて、祖父が造りました」

「ずっと空き家やったらしいけど、えらい荒れようやなあ」永井は軽い斜視の入った眼で庭を見渡す。「庭なんかジャングルなんかわからへん」

「いえ、ちゃんと面影は残ってます」雅雪はひとつひとつ説明することにした。「門のクロマツは最初からあります。向こうに灯籠《とうろう》があります。あれほどの年代物はこの町内ではすくないです。あのアカマツもいい木です。草に埋もれて見えませんが、あそこまでずっと飛石が並んでいます。横のイロハモミジは秋にはいい色になります」

「あの南国の木は？　椰子《やし》の木ですか？」

永井が指さしたのは、広縁のすぐ前に植えられた蘇鉄だ。

五本組の蘇鉄は尖った葉が生い茂り、幹も見えないほどだった。下半分の葉は完全に枯れ、変色して垂れ下がっている。まるで焼け残ったような、凄まじい様子になっていた。

一瞬、胸が絞り上げられたように縮んだ。松葉の匂いがした。喉が焼け、息ができなくなったように感じる。背中が熱い、燃えている——。

「……蘇鉄です。鉄樹《てつじゅ》、鉄蕉《てつしょう》とも言います」ひとつ息をして拳を握りしめる。わざと引きつれを確かめた。

「蘇鉄いう言いかたは知ってるけど、あとのふたつは知らへんなあ。鉄樹に鉄蕉ですか。どっちにしても鉄がつくんやな」

「鉄を好む木と言われています。もし、木が弱ったときには金釘を幹に打ち込めばいい、との俗信《ぞくしん》があります」

ほかにもこんなことを言う人がある。金気を好むということは、つまり、庭に植えるとその家の金がなくなるということだ。おまけに蘇鉄の鉄という字は金を失うと書く。金運が悪くなる木だ、と。

「変な木やなあ」永井は蘇鉄を見て首を振った。あまり気に入っていないようだ。「お化けみたいで気持ち悪い」

「木に関する俗信はいくらもあります。実のなる木を植えると病人が出る、屋根より高い木は植えてはならない、椿は首が落ちて不吉だ、など地方によっても違います。気にしていてもきりがありません」

「そうは言うても見た目がなあ」永井はさもいやだ、というふうに蘇鉄を見た。「思い切って抜いてもうたほうがええんと違うか？」

「手入れさえすれば立派な木です。先端の新しい葉だけを残して、古い葉は全部落とします。さっぱりすると見違えます」

「ほんまかいな」永井は半信半疑だ。「でも、なんかいやな感じがするんや。孫が怖がるかもしれんし」

「いえ、あれはいい木です。お金のことを言うのはなんですが、相当な値打ち物です。抜くのはもったいない」

「本職の人がそこまで言うんやったら……」永井は渋々といったふうだ。「とりあえず一回きれいにしてもらいましょか。それ見て考えますわ」

「わかりました」

すこしほっとした。とりあえず、あの木を守ることができた。

「それからひとつお願いがあるんやけど」永井が媚《こ》びるような眼をした。

「なんでしょう」

「釣忍、いうのありますやろ。あれ、細木さんのところで拝見したんですが、うちにも作ってもらえませんやろか。もちろん代金は払いますんで」

「お好みのものを仕立てます。お代は結構です」

「え、ただですか？」

「お得意さまには、ご挨拶代わりに差し上げています」

「そうですか。それはそれは。家内も喜ぶやろ」永井は喜色満面といった感じで笑った。

「子供が好きそうなやつはできますか？　風鈴はできたらガラスで、きれいな絵柄の。孫に見せてやろうかと」

その後、あれこれと打ち合わせを済ませ、扇の家を辞した。細木邸に戻り、サンバーの運

った。
転席で弁当を開いて大急ぎで食べる。心がざわついているせいか、すこしも味がわからなか
った。
曇ったまま、午後はいっそう蒸し暑くなった。
頭に巻いた手拭いは水にでも浸《つ》けたようだ。汗を滴《したた》らせながら夢中で竹垣を編んでいる
と、携帯が鳴った。番号を見てぎくりとする。
「曽我雅雪さんでいらっしゃいますか？」生活安全課の本田《ほんだ》という刑事だ。ここ七ヶ月ほど、
ひんぱんに電話が掛かってくる。「島本《しまもと》遼平くんのことですこし。今、よろしいでしょう
か？」
期末テスト中だというのに、ふらふらと遊びに出て問題を起こしたのか。今度はなにをや
ったのだろう。思わずかっとしたが、すぐに心配になった。ケンカか？　バイクか？　それ
とも、まさか、遼平の身になにかあったのだろうか。
「先程、コンビニでケンカ騒ぎを起こしまして、怪我をしたので救急車で病院に搬送されま
した」
「怪我？　怪我の程度は？」血の気が引いた。思わず声が大きくなる。
「まだわかりません。とりあえず病院へ来ていただけると助かるのですが」
本田刑事は事務的に言った。不必要な情報は与えないという基本を守っているだけだが、

今は怨めしい。

「すぐに行きます。病院は？」

「第二聖和《せいわ》病院です。場所はご存知ですね」

病院の名を聞いてまた胸が苦しくなった。あれは八年ほど前か。いやな思い出しかない場所だ。ひやりと冷たい床を思い出し、胃がきりきりと痛んだ。

携帯を切って呼吸を整えた。落ち着け、と言い聞かせる。ケンカ騒ぎと刑事は言った。たぶん、それほど大きな事件というのではないだろう。怪我といっても、きっとたいしたことはないはずだ。

とにかく、すぐに病院に行かなければならない。雅雪は母屋の細木老に声を掛けた。

「申し訳ありません。急用ができましたので、今日は上がらせていただきます」

「遼ちゃんがどうかしたんか？」縁側から顔を出した細木老が眉を寄せた。

「え？」

「顔見たらわかる。あんたがそんな顔するのは、遼ちゃんのことだけや」

「すこし怪我をしたようです。たいしたことはないようですが」

「怪我か。それは心配やな。早よう行ってやれ」

「申し訳ありません」深く頭を下げる。「掃除は明日にでも」

掃除もせずに帰るとは庭師失格だ。恥ずかしくて、悔しい。だが、仕方ない。

「ええから早よ行け」

ほれほれ、と細木老が手を振ったとき、母屋で電話が鳴った。細木老を見送って、すぐに片付けをはじめる。道具だけは放りだして行くわけにはいかない。鋏《はさみ》、鑿《のみ》は革ケースに入れ、電動ドリルは工具箱にしまった。

そのとき、玄関ドアの開く音がして、派手な幾何学柄《きかがくがら》のワンピースを着た、樽のような中年女が出て来た。細木老の娘だ。

雅雪は女に一礼した。女は立ち止まってこちらをにらむと、肉を揺らしながらガレージへ向かう。派手なエンジン音を響かせBMWが出て行った。

まさか、遼平のケンカの相手は隼斗だろうか。だとしたら、面倒なことになるかもしれない。使わなかった竹を大急ぎで軽トラに積んでいると、またドアが開いて細木老が出て来た。

「三代目。すまんな。うちの隼斗と遼ちゃんがもめたらしい」忌々《いまいま》しげな顔だ。

中一の頃、遼平と隼斗は同じクラスで同じサッカー部だった。二年になってクラスは同じだが、遼平はサッカー部をやめた。

「……とにかく病院に行ってみます」

「そうか、すまんな」細木老の皺《しわ》は深かった。

サンバーに乗り込み、思い切りアクセルを踏んだ。年代物の軽トラはガタガタ震え、エンジンがやたらとうるさい音を立てた。

雅雪は助手席の紙袋に眼をやった。今日は約束の日だ。遼平がどれだけ不機嫌かは、容易に想像がついた。

病院の総合案内に座っていたのは、ピンクの事務服を着たまだ若い女性だった。

「島本遼平という中学生の男の子が、こちらに救急車で搬送されたそうなんですが」

「ご家族のかたですか？」頭に手拭い、地下足袋《じかたび》を履《は》いた庭師装束の雅雪を胡散臭《うさんくさ》そうな眼で見る。

「……いえ」いつもの質問だ。「ですが、警察から連絡があって来るように、と」

「少々お待ちください」

待合室のベンチに腰掛けた。頭の手拭いを外すと、周りにいた人間が驚いて眼を見開いた。今日は二度目だ。庭師装束はすべて藍染めなので、白い頭が載っていると相当目立つからだ。

そのとき、なにかが地下足袋に当たった。なんだろうと見下ろすと、幼稚園くらいの男の子が四《よ》つん這《ば》いで遊んでいる。手には機関車のオモチャがあった。

きかんしゃトーマス。懐かしいな、と思う。昔、遼平とよく遊んだ。遼平の担当は主人公のトーマスで、雅雪の担当は急行のゴードンだった。ふたりで部屋いっぱいにレールを敷いた。駅、踏切、トンネル、鉄橋。ぐるぐると走り続ける機関車に、遼平は夢中で見入っていた。

見知らぬ男の子は顔を上げ、じっと雅雪を見た。

「忍者や」振り向いて、大声を上げた。「お母さん、忍者や。忍者がいてる」

「すみません」窓口で支払いをしていた母親が飛んできた。「ほら、おじいちゃんの邪魔したらあかん……」

そこで、女ははっとして口をつぐんだ。

忍者と呼ばれるのも、老人と間違えられるのもいつものことだ。

藍で染めた印半纏《しるしばんてん》、鯉口《こいぐち》に股引《ももひき》、脚絆《きゃはん》に地下足袋という庭師装束は、子供の眼には忍者に見えるらしい。遼平を保育園に迎えに行くと、「忍者ホワイトが来た」と園児が群がってきた。わざわざホワイトと呼ぶのは戦隊ものの影響で、雅雪の若白髪をふまえてのことだ。

今時、伝統的な装束で働く庭師はすくない。大抵の者は作業着を着てヘルメットをかぶって終わりだ。曽我造園は今は祖父と雅雪だけの零細だが、装束には金を掛けている。洒落者《しゃれもの》の祖父は着るものにうるさい。曽の字を白く抜いた印半纏は、かなりこだわって作ったものだ。

「なあ、そんな格好で暑ないん?」男の子が雅雪を上から下までまじまじと見た。

「怪我すると大変だからな」

庭師は怪我の多い仕事だ。梯子《はしご》、脚立《きゃたつ》での高所作業に、枝やら棘《とげ》、蜂やら毛虫といった危険もある。鋭い鋏や電動ノコ、重機を扱うことも多いので、どんなに暑くとも肌は出さない。

庭師として働いている限り、肌を見せずに済むから助かる。

そのとき、ふっと指の汚れが気になった。慌てて来たので真っ黒なままだ。おまけにサポーターもしていない。雅雪はさりげなく左手を後ろに回して隠した。

「こら」母親が男の子の腕を引っ張った。「すみません。ほら、行くよ」

男の子が母親に連れていかれると、入れ替わりに本田刑事が来た。歳は雅雪と同じくらい、三十過ぎだろう。色白で、つるりと瓜《うり》に似た顔をしている。細身だがやたらと姿勢のいい男だ。

「曽我さん、ご足労を掛けました」

もうすっかり顔見知りだが、事務的な態度を崩さない。ある意味、助かる。

「お世話を掛けます」雅雪は頭を下げた。「遼平は？」

「今、治療中です。左腕の骨折だけで、別に命がどうこういうのではない」

命に別状なしと聞き、気が緩んで思わず息がもれた。重傷と言えば重傷だが、たかが骨折とも言える。

「ご自宅のほうにも連絡しましたが、おばあさんはお留守でした。ですので、申し訳ないですが曽我さんに」

遼平の祖母、島本文枝《ふみえ》はパートに出ている時間だ。このまま黙って遼平を連れて帰れば、ただの怪我でごまかせる。警察沙汰になったと知られずに済むはずだ。

「ケンカの相手は隼斗くんだと」

「ああ、ご存知でしたか」本田刑事がかすかに眉を寄せた。「コンビニの店内で隼斗くんたちが騒いでおりまして、ほかの客が押していたベビーカーにぶつかって、赤ん坊が泣き出した、と。それを遼平くんが見とがめまして、謝れと言ったところ、隼斗くんたちが無視して行こうとした。それで、遼平くんが腕をつかんで引き止めた。結果、ケンカになったようです」

「じゃあ、遼平は悪くない」

「ですが、先に手を出したのは遼平くんです。コンビニ前の駐車場でもみ合いになり、遼平くんが車止めにつまずいて転倒しました。それで、救急車で搬送されたわけです」

挑発する隼斗の顔が浮かんだ。そして、その挑発に簡単に乗ってしまう遼平も想像がついた。だが、どんな理由があろうと、先に手を出したことに変わりはない。

「隼斗くんの怪我は？」

「派手にガーゼを貼ってますが、掠《かす》り傷程度です」本田刑事がわずかに鼻を鳴らした。大きな怪我をさせなくてよかった。雅雪はほっとした。刑事はしばらく黙って雅雪を見ていたが、やがておもむろに口を開いた。

「遼平くんは最近、学校へ行ってますか？」

「ええ、一応」

「曽我さん」刑事が探るような眼でじっと見た。「ベビーカー、ですか？」

一瞬ひやりとした。さすがだ、と思う。気付いていたらしい。隼斗とのケンカのきっかけはベビーカー。もっと言えば、ベビーカーに乗った赤ん坊を泣かせたことだ。

「曽我さん。もう一度、遼平くんにカウンセリングを受けさせてはどうです？　お互い、このままではよくない」

「スクールカウンセラーと面談しています」

だが、遼平はカウンセラー相手にはなにも話さなかった。何度面談しても同じだった。遼平が感情をぶつける相手はただひとり、雅雪だけだ。

雅雪は「ただひとり」に選ばれやすい傾向があるらしい。今から十四年前、やはり「ただひとり」に選ばれたことがある。その結果が引きつれて曲がったままの指だ。

「わかりました。とにかく今日は注意で帰らせますが、今後も気をつけて見てやってください」本田はひとつ咳をした。かすかな苛立《いらだ》ちが伝わってきた。「相手が軽傷だということもありますし、今回、学校への報告も見合わせます。その代わり、曽我さんが責任を持って見守ってくださるようお願いしたいのですが」

「ありがとうございます」雅雪は刑事に深く頭を下げた。

「曽我さん。このあと遼平くんと話をするんでしょうが、絶対に暴力はだめですよ」

丁寧だが厳しい声だった。雅雪はもう一度頭を下げた。

遼平の治療が終わったのは午後四時過ぎだった。

左腕にギプスをして三角巾《さんかくきん》で吊った遼平は、庭師装束のままの雅雪を見るなり顔をしかめた。不機嫌を隠そうともしない。

遼平は今、中学二年生だ。色白、痩《や》せ形で、眼は大きく唇は薄い。広い額《ひたい》のせいか、すこし神経質そうに見える。背は春から伸びて、あとすこしで百七十というところだ。髪は七ヶ月ほど前、下品な茶色になった。

「腕、痛むか?」

遼平は返事をせずに顔を背《そむ》けた。雅雪はそれ以上はなにも言わず、支払いを済ませて薬を受け取った。遼平は不機嫌な顔のまま後をついてきた。

駐車場に行くと、細木母子がいた。雅雪は頭を下げたが、母親は完全に無視した。そのまま行き過ぎようとしたとき、左頬に大きなガーゼを貼った隼斗が声を掛けてきた。

「遼平は心が広いなあ。ようそんなやつと一緒にいられる」へらへらと笑う。「俺やったら絶対にぶち殺してるけどな」

「なに?」遼平がサンバーのドアに手を掛けたまま、振り向いた。

「遼平。挑発に乗るな」雅雪は小声で叱った。

雅雪は運転席に座り、助手席の紙袋を片付けた。遼平はくそ、とつぶやいて乗り込んだ。

右手を伸ばし、ドアが壊れるかと思うほど乱暴に閉める。雅雪は黙ってサンバーを出した。

狭い車内はかなり暑い。エアコンがないので窓を全開にしているが、蒸れた風が入ってくるだけだ。遼平はしばらく窓の外を見ていたが、ふいに怒ったふうに言った。

「警察のこと、おばあちゃんには言わんといてくれ」

「そんなことを言うくらいなら、最初からばかな真似をするな」

遼平は返事をせず、また窓の外に顔を向けた。

噴水ロータリーのある大美野を通り抜けると、ごく普通の住宅地になる。こぢんまりした一戸建て、マンション、商店が建ち並ぶ、どこにでもある町並みだ。旧街道の面影を残す一角もあれば、ため池や田畑の広がるのどかな場所もある。学区はお屋敷町である大美野と同じだが、雰囲気はまるで違った。

遼平の家は引き込み道路に沿って、十軒ばかり同じ外観の家が並んだ一角だ。どの家も二階建てで敷地は三十坪ほど。玄関横に軽自動車が一台駐められるだけのスペースがあり、裏にはわずかの庭もついていた。

一番奥が遼平の家だ。先に遼平を降ろして、バックで軽トラを入れた。

紙袋を持って家に入ると、家の中はむっとするほど暑い。雅雪は一階の窓を開けて回ると、洗面所で手を洗った。染縄の墨色は指に染みこんでいる。完全に落ちないとわかっていたが、それでも念入りに石鹸で擦《こす》った。

手持ち無沙汰に突っ立っている遼平に声を掛ける。

「遼平、二階も開けてこい」

遼平は一瞬いやな顔をしたが、渋々従った。熱気がこもったままだと、寝苦しくて困るのは自分だと気付いたらしい。その間に、雅雪は台所に入った。手早く米を研《と》いで、炊飯器にセットする。鍋に水を入れ昆布を一枚放り込み、出汁《だし》を取る用意をした。

一階は台所と六畳と八畳の和室。二階は六畳間がふたつ。一階の八畳間には縁側がつき、その前には荒れ放題の庭がある。以前は美しい坪庭だった。近所の人がうらやましがっていた、と得意気に遼平が報告したものだ。だが、今は見る影もない。

八畳間の隅には小さな仏壇があり、ジャックダニエルと果物が供えてある。雅雪は紙袋から菓子箱と御供《おそなえ》と書かれた金封《きんぷう》を取り出し、仏壇からすこし離れたところに置いた。そのまま、仏壇を見ないようにしてゆっくりと下がる。

ちりん、と風鈴が鳴った。

軒に吊した釣忍が風でかすかに揺れている。雅雪は釣忍を外して手に持った。すっかり乾いて軽い。本来なら葉が茂って一番美しい時期のはずだ。だが、眼の前のシノブは完全に枯れて茶色になっている。葉に触れると、ぼろぼろと崩れて散った。

庭に下りて、絡み合ったシノブの根をほぐしてみる。下地の苔が見えた。どちらも乾ききり、水分の一滴もない。苔は乾燥に強いのでなんとかなるだろうが、シノブのほうは完全にだめのようだ。

そのとき、背中に固いものが当たって跳ね返った。足許に落ちたものを見ると、雅雪が持ってきた菓子箱だ。蓋が開いて、中のクッキーが散らばっている。

振り向くと、遼平が縁側に仁王立《におうだ》ちして見下ろしていた。思わずかっとなったが、本田刑事との話を思い出した。精一杯冷静に言う。

「食べ物を粗末《そまつ》にするな」

「あんたが帰ったらどうせ捨てるんや。今捨てても一緒やろ」

雅雪は黙って砂まみれのクッキーを拾い、箱に戻した。そうか。俺が帰ったあとに捨てていたのか。前屈《まえかが》みの姿勢が辛い。胸苦《むなぐる》しくなる。

小さい頃はあれほど喜んでくれたのに、と思った瞬間、ひとつクッキーをつかみそこねた。どうした、しっかりしろ、と自分に言い聞かせる。ほんのすこし指が曲がっているだけだ。たいしたことじゃない。

そのとき、玄関扉の開く音がした。

帰ってきたか。雅雪は眼を閉じひとつ息をした。それから、丁寧に手の汚れを払って部屋に上がる。畳に正座して待った。

「……ただいま」

すり切れた手提《てさ》げカバンとスーパーの袋を提げて、島本文枝が居間に入ってきた。今年、六十三になる。近くのスーパーで働いていて、もう十年を超えるベテランだ。

今日はひどく疲れた様子だ。汗の浮いた顔はひどく青い。

「遼平、あんた、その怪我どうしたん?」ギプス姿の遼平を見て驚いた顔をする。

「ちょっと転んだだけや」

「転んだだけ、って……」文枝が顔を歪めて雅雪を見下ろした。「まさか、あなたが……」

「違う」遼平が怒鳴った。「俺が勝手に転んだんや」

「……大声出さんといて。今日は頭が痛いんやから」文枝が頭に手をやった。「ほんまやの? 正直に言うてくれんと」

「ほんまや言うてるやろ。コンビニの駐車場で転んだんや」

「そうか。ならええけど……」文枝が頭に手をやったまままため息をつき、再び雅雪に眼を向けた。

「おじゃましています」雅雪は畳に手をつき、頭を下げた。

額が畳に触れるまで、深く身体《からだ》を折り曲げる。背中の皮膚が引きつれた。裂けそうだ、と思う。眼を閉じ息を吐いて、痛みをこらえた。

また、文枝のため息が聞こえた。畳の上に置かれた金封を拾い上げるのが見える。陽に焼けた畳に眼を落としたまま、雅雪はじっとしていた。頭を上げてもいい、と言われていないのに上げてはいけない。誠意がないと言われる。そのままの姿勢で、もう十二年の間繰り返してきた言葉を口にした。

「お線香、よろしいでしょうか」

「お断りします」文枝はなんのためらいもなく答えた。「用事が済んだんやったら、さっさと帰ってください」

この家で雅雪に許されていないことはふたつある。それは飲み食いと、仏壇に手を合わせることだ。どちらも文枝が頑《かたく》なに拒《こば》み続けている。

「……もうええやろ、いつまでそんな格好してるねん」

遼平の苛立った声が聞こえた。雅雪はゆっくりと顔を上げた。どれだけ口が悪くても、助けてくれるのは遼平だ。

雅雪は拳を握りしめた。引きつれた指の痛みを確認する。さあ、覚悟を決めて言わなければならない。

「お忙しいところ申し訳ないんですが……」思い切って言う。すこし声がかすれた。「少々お話が」

遼平がちらりとこちらを見る。身構えたのがわかった。

「……勘弁してください。今日は仕事が忙しかったんで、疲れてるんです」文枝が泥のような声で答えた。「さっきも言うたでしょ？　頭が痛くて」

雅雪は拍子抜けした。せっかく覚悟を決めてきたのに無駄になった。だが、文枝は本当に疲れ切っているようだ。こちらの都合を押しつけるわけにはいかない。諦めるしかなかった。

「では、明日、またおうかがい……」

「早よ帰ってください」文枝が癇《かん》に障《さわ》る高い声で言った。「明日のことなんか今は考えられへん」

「……おじゃましました」

文枝の後ろ姿に頭を下げ、枯れた釣忍を抱えた。上がり框《かまち》に腰を下ろし、地下足袋に足を入れる。前屈みになると、やはり背中の皮膚が引きつれた。痛みを逃がしながら、十枚あるコハゼを順に留めていく。

玄関扉を開けて外に出た。後を追うように、遼平がスニーカーの踵《かかと》を踏んで出てくる。サンバーの鍵を取り出そうとしたとき、はっとした。いつも駐めてある遼平の自転車がない。

「遼平、自転車は？」

「この前、ゲーセンで盗《と》られたんや」うっとうしげに顔を背ける。

「ほんとか？　まさか、また隼斗となにか……」

「しつこいな。隼斗なんか関係ない」吐き捨てるように言った。

どうやら嘘ではなさそうだ。サンバーに乗り込みミラーを見ると、遼平の仏頂面が映った。じっとこちらを見ている。どれだけ罵り、怒り、乱暴にふるまおうとも、雅雪が帰るときにはすがるような眼をする。子供のときとまるで変わらない。帰らないで。ずっと一緒にいて。

ずっとずっと――。

雅雪はなにも言わずサンバーを出した。今日はだめだったが、明日だ。明日こそは言わなくてはならない。十二年間だまし続けてきた責任を取らなくてはならない。

国道三一〇号線をのろのろと走る。朝夕の渋滞はいつものことだ。交通量が多いのに片側一車線ずつしかないからだ。

そのとき、すこし先に自転車屋が見えた。

車を駐めて店に入る。店の奥から、まだ若い店員が顔を出した。男は雅雪の若白髪と庭師装束を珍しそうにじろじろ眺めている。永井と同じタイプだ。悪意はないが、好奇心を隠す必要などないと思っている。

中学生の男の子が乗る物を、と何台か出してもらった。店先に並べて見比べる。鮮やかな青色の五段変速が気に入った。

「乗るかたの身長はどれくらいですか？」

「今、中二で、百七十くらいです」

「中二やったら、たぶんまだ伸びますねえ。やったら、二十八インチにしたほうがええと思いますよ。今、在庫切らしてますが、二、三日中に入りますから」

「じゃあ、お願いします」取り寄せを依頼し、支払いは先に済ませておくことにした。金を払う際、男が雅雪の左手を見てぎょっとした。墨の汚れが残っている上に、サポーターを忘れたので火傷《やけど》の痕が丸見えだ。男は気になって仕方ないらしい。じろじろ見る勇気はないが、ずっと横目でちらちら見ている。雅雪はなにも気付かないふりをした。

店を出た途端、どっと疲れを感じた。鍼《はり》の日でよかった、と思った。


噴水ロータリーを抜けてファウンテン通りを下ると、北野田《きたのだ》駅に出る。

原田鍼灸院《はらだしんきゅういん》は線路の西側、古い商店街を抜けたすこし先にある。駅前は再開発で高層マンションが何棟も建ったが、この商店街はすこし離れているのでなにも変わらない。昭和三十年代から取り残されたままの光景だ。道の幅は狭く、アーケードはあるが、そのせいで光が入らない。まるで路地に屋根がついたような商店街だ。

真っ赤なフェアレディZの横にサンバーを駐める。玄関脇の釣忍を見ながら、スモークのドアを押して中に入った。

鍼灸師の原田は四十過ぎの独り者で、物静かで無口な男だ。背は雅雪よりすこし低いが、肩も胸も腕も雅雪とは比べものにならないほど厚い。丸刈りの下には、ほとんど痕跡しか残っていない眉がある。切れ長だが一重の細い眼には奇妙な落ち着きがあって、一見ヤクザか雲水《うんすい》か迷うところだ。袈裟《けさ》を脱いだら彫り物があった、というのが一番しっくりするだろう。

駐車場にあった真っ赤なフェアレディZは原田の唯一の道楽だ。知識のない雅雪にはわからないが、相当に金をかけていじっているらしい。何度か乗せてもらったが、たしかにサンバーとはなにからなにまで違った。

通い始めた当初、常連の年寄り連中からこう脅された。——先生を怒らしたらあかんで。鍼一本で始末されるからな。盆《ぼん》の窪《くぼ》を一突きでおしまいや、と。鍼を持った姿が「必殺シリーズ」の殺し屋を思わせるからだ。

原田は若い頃、太秦《うずまさ》で斬られ役をやっていた。今は、頼まれて剣劇同好会の指導をやっている。メンバーは鍼灸院の常連の老人だ。年に一度公演をやるが、捕物帖から股旅《またたび》ものまで、衣装をそろえかつらをつけての力の入ったものだ。

一度、子役として遼平も出たことがある。細木老も見に来てくれた。本番では、たった一言の台詞《せりふ》がなかなか言えず、舞台の袖で見守る雅雪のほうが緊張した。

ベッドに上がると、うつぶせになるように言われた。

「曽我さん。今日はひどい」原田が静かに言うと、膝の裏に鍼を打った。「委中《いちゅう》というツボです」

眼を閉じて鍼の通る感覚を確かめる。たしかに、横になってみるとわかる。肩も背中もガチガチだ。皮膚だけではなく、筋肉まで引きつれている。

「今度は大腸兪《だいちょうゆ》」引きつれた背中を原田の指がなぞる。

原田はこの場所で開業して長い。十三年前の事件のことも知っていて、雅雪の身体の事情も呑み込んでいる。辛いときには時間外でも診てくれた。だが、大げさに同情することもない。火傷の痕があると打ちにくい、と冷静に言うのでかえって楽だ。

腰の下あたりに、さらに鍼を二本打った。

「置鍼《おきばり》です。このまま十五分動かんように」原田は鍼を片付けながら、さらりと訊いてきた。

「遼平くん、またなにか？」

なぜ知っているのだろう。思わず首をねじって原田を見た。

「動かんように」にこりともしない。「顔見たら一発で。また警察沙汰ですか？」

「ケンカで腕を折って」

どれだけ顔に出るのだろう、自分でも呆《あき》れてしまう。

「あんまりストレスをためんように」原田が低い声で言った。「無理の利く身体やないので」

ひやりとした空気を漂わせながらも、原田は生来のお節介だ。他人を放っておけず、仏頂面で世話を焼く。一円も受け取らず老人相手に殺陣《たて》の稽古をつけているのがいい例だ。

治療が終わると、雅雪は持参の豆を取りだした。

「一昨日焙煎《ばいせん》して、寝かせた豆です」

「それはありがたい」ほんのわずか原田が眼を細めた。

施術室を出て、突き当たりの部屋に入る。ここは原田が休憩に使っている六畳間で、安定の悪い折れ脚テーブルと古い食器棚があるだけだ。食器棚には、雅雪が持ち込んだミルやらサイフォンやらエスプレッソマシーンやらが並んでいる。ミルを取りだし豆を挽《ひ》いた。

雅雪は腰痛持ちだ。腰痛は庭師の職業病だが、雅雪はとくにひどい。火傷のせいで、思うように身体が動かないからだ。指や膝はちゃんと伸びないし、背中には引きつれがある。つい無理な姿勢で作業をするので、ほかの人より余計に腰に負担がかかった。

医者に行こうかと思ったことはあるが、火傷痕を思うと気が進まない。市販の貼り薬でごまかしていたが、八年ほど前の梅雨の夜、突然限界が来た。

仕事の帰り、あまりの痛みにサンバーを運転することすら難しくなった。座っているだけで激痛が走る。アクセルを踏むのもやっとだ。クラッチを切り替えるたびに地獄が見えた。今度はオートマを買おうと思った。

たまたま眼にしたのが原田鍼灸院だ。車を降り、ほとんど這うようにして戸を叩いた。そして、原田に助けられた。原田は雅雪の火傷の痕を見てもなにも言わなかった。黙って鍼を打ち、しばらく通ってください、と言っただけだった。

原田の鍼は効いた。雅雪はなんとかサンバーを運転して家に帰ることができた。

そのときは痛みでなにもわからなかった。実はその日は休診日で、受付に灯《あか》りがついていたのはたまたま原田がカルテの整理をしていたからだ、ということに気付いたのは一週間も後だった。

次の治療の際、雅雪は釣忍を持参した。原田は驚いたようだったが、黙って受け取った。たいして喜んでいるようには見えなかったが、その次に行くときちんと玄関に吊してくれていた。そして、仏頂面で言った。どこで売っているのか教えろ、と年寄り連中がうるさい、と。

原田は常連患者から釣忍の注文をとりまとめてくれた。それをきっかけに話をする機会が増え、今ではコーヒーを飲む仲になった。

一杯目のコーヒーを原田の前に置いた。銘柄は言わずにおく。原田は香りを確かめ、ひと口すすった。しばらく黙っていたが、やがて口を開いた。

「……ブラジル？」

「マンデリンです」

原田は最近銘柄当てに凝《こ》っているが、当たったことがない。酸味の強いキリマンジャロならわかる、と言っていたが、この前はモカと間違えた。以来、すこし控えめだ。

原田のカップが空になると、雅雪はもうひとつの袋を見せた。

「もう一種類ありますが」

じゃあ、と原田がうなずいたので、雅雪は二杯目を淹《い》れた。

「グァテマラ？」二杯目をすすり、原田が首を傾げた。

「コロンビアです」

雅雪の素人焙煎だから、豆の風味を生かし切れているとはいえない。当てろと言うほうが無理だ。それでも、原田は毎回真剣に考える。薄い眉を寄せて悩む姿は、すこしアシカに似ていた。

「二杯目のほうが好みや。一杯目は苦すぎる」原田はぼそりとつぶやいた。しばらく黙ってコーヒーをすすっていたが、やがて顔を上げた。「……たしか、もうそろそろやないですか？」

「え？」質問の意味がわかった。細木老に言われるより、ずっと気恥ずかしい。「七月七日です」

ちらと時計を見た。午後八時すこし前。今日は一日終わったようなものだ。だから、ほとんどあと四日だ。

「七日？　それはよかった」原田が珍しくはっきりと笑った。「引っ越しはもう？」

「大きな荷物は。俺は前日に移ろうかと」

あとは小物類を買いそろえ、バイオリンとその保管庫を運ぶだけだ。貴重品だから、これは最後の最後だ。部屋が片付いてから、きちんと運ぼうと思う。

「新居はどこに？」

「狭山池《さやまいけ》のそばです」

「昔、さやま遊園のあったあたり？」原田がぼそりと言う。「昔、よう行ったが」

「近くです。俺は行ったことがなくて」

原田と遊園地がまるでそぐわず、すこしおかしくなった。原田の子供の頃など想像ができない。仏頂面で観覧車に乗っていたのだろうか。

「……それはそうと」原田が一旦《いったん》言葉を切った。すこし言いにくそうだ。「遼平くんにはもう？」

「いえ、まだ」雅雪は言葉に詰まった。「話すタイミングが……」

「相変わらず、か」原田が顔をしかめた。「あのガキ……」

「悪いのは俺です。遼平は悪くない」

すると、原田が一瞬気の毒そうな顔をした。雅雪はふっと申し訳なくなった。俺には同情される資格などない。十三年前、俺が間違えなければこんなことにはならなかった。それだけのことだ。

「おばあさんはなにか言ってるんですか？」

「七日だということを知らないようで」

「難儀やな」原田がまた顔をしかめた。「そっちのほうが問題かもしれん」

「……たしかに」

文枝の反応を想像すると気が滅入《めい》った。俺が這って済むなら、いくらでも這う。だが、今度はそれでは済まない。文枝自身にもどうすることもできない問題だからだ。これまで以上に八つ当たりをしてくるかもしれない。虚《むな》しく際限のない八つ当たりをだ。

雅雪の返事を聞くと、原田がさっと顔を切り替え、例の仏頂面になった。つまらなそうに言う。

「お祝いに飯でもどうです？　酒なしでも美味しい店があるんやが」

これまで何度か食事に誘われたことがある。だが、下戸《げこ》だからとずっと断ってきた。

「すみません、今日はちょっと」

「そうですか」原田が何事もなかったかのように立ち上がった。「それじゃ」

「……失礼します」

また、人を傷つけた――。雅雪は歯を食いしばって頭を下げた。

原田鍼灸院を出て、サンバーを南に向けた。

住宅地を抜け、西除《にしよけ》川を越える。川自体は細く水量もすくないが、先には狭山池があった。日本最古の灌漑《かんがい》用貯水池で博物館も建っている。池のぐるりは遊歩道が整備され、桜の名所になっていた。

曽我造園は噴水ロータリーと狭山池のちょうど中間、三一〇号線に近い場所にある。古い二階建ての母屋の横に、事務所と倉庫と温室が建っていた。

倉庫前には軽トラが二台、二トントラックが一台置いてある。重量のある樹木も積めるよう、どちらも鳥居《とりい》は特注品だ。さすがに十年乗っているので傷が目立つ。ほかにユンボとユニックが一台ずつ。ユンボは去年買い換えたが、ユニックは相当古い。もしほかに重機が必要になれば、その都度リースすることになっていた。

一応は会社組織になってはいるが、父が死んで祖父と雅雪の二人きりだ。大きな仕事が入れば、その都度人を頼むことになる。長年口コミだけで顧客を増やしてきたのは、ひとえに祖父の腕のおかげだ。

長い一日を終えて曽我造園に戻ったのは、午後八時半前だった。

倉庫横に軽トラを駐めて道具を片付けた。ふと見ると、玄関の前に回覧板が落ちている。放り投げて帰ったらしい。近所の人間はこう思っているからだ。――たらしの家には関わりたくない、と。

当然だ。俺だって関わりたくない。雅雪は黙って拾い上げると家に入った。まっすぐに自分の部屋に行き、保管庫を確かめる。バイオリンに変わりはない。ほっとした。そのあと、食事の支度をしようと台所へ向かった。

――僕はバカなんです。

居間から男の声がした。祖父の声ではない。ああ、またか、と思う。

祖父と女がビールを飲みながら古い映画を観ていた。黒澤明《くろさわあきら》の『白痴』だ。祖父はこの映画が好きで、年に何回かは思い出したように観ている。モノクロの画面の中では、古風な二枚目俳優がしゃべっていた。森雅之《もりまさゆき》。祖父のお気に入りだ。

雅雪の名はこの名優にちなんでいる。雪の字を使ったのは、母が宝塚雪組の大ファンだったからだ。死んだ父は生まれた息子にまるで関心がなかった。だから、適当に祖父の好きな俳優の名をつけ、適当に妻の好きな雪組から字を使った。父自身の意志はどこにもない。

祖父は今年七十だ。若い頃は映画俳優並みの優男《やさおとこ》だったというが、今でもその名残は充分にある。すらりと背が高く物腰が上品で、六十と言っても問題なく通るだろう。たらしの家系のはじまりの男だ。

傍《かたわ》らの女の歳は五十前後か。こぎれいにしている主婦といった感じだ。顔はほどほどだが、色白でむっちりとしている。今日連れ込んだのは、祖父の言うところの「抱いて楽しむ女」らしい。

女が振り向き、雅雪にぬるぬると笑いかけてきた。一瞬で食欲がなくなる。踵《きびす》を返し、そのまま外へ出た。

仕事をしているほうがましだ。そうだ、ユンボの泥落としでもしよう。高圧洗浄機を倉庫から持って来ると、徹底的にクローラーを掃除した。泥混じりの飛沫《ひまつ》がはね返り、あちこちに飛び散る。一時間かけてようやく作業が終わった頃には、全身ずぶ濡れになっていた。雅雪はきれいになったユンボを見つめ、ほっと息を吐いた。

湯を浴びようと風呂場へ行くと、中から女の嬌声《きょうせい》がした。不自然な湯の音もする。いつものことだ。腹を立てても仕方ない。アパートの鍵を持って家を出た。

込み入った住宅地を抜け、狭山池に足を向ける。池の東側は昔、さやま遊園という遊園地で、夏はプール、冬はスケートリンクでにぎわっていた。大きな観覧車がよく見えたが、雅雪は行ったことがない。遼平の生まれるすこし前に閉鎖されてしまったので、とうとう一度も行かないままだ。

今、跡地には住宅が建っている。駅前で近くに大手スーパーもあることから、あっという間に人が増えた。高層マンションと大手ハウスメーカーのこぎれいな一戸建てが多いが、周辺には低層マンションや新築アパートもある。新しく越して来た住民がほとんどで、昔の事件などだれも知らないと思われた。

狭山池の堤《つつみ》沿いの遊歩道をぶらぶら歩いて、ようやくアパートに着いた。二階建てのアパートで、部屋数は全部で十二。築十年になるが、去年全面改装したのでかなりきれいだ。名はガーデンハイツ。ガーデンという名が選ぶ決め手になった。我ながら単純だと思う。

部屋は二階廊下の一番奥、つまり角部屋だ。中に入ると、真っ先に窓を開けて風を通した。まだカーテンがないので、灯りをつけると外から丸見えだ。

部屋は2LDKで、ふたりで住むなら充分な広さがある。LDはバルコニー付きの十二畳で日当たりがいい。八畳間がふたつあるが、どちらも出窓があって実際よりは広く見えた。家具はみなそろっている。後はこまごまとした小物類をそろえるだけだ。

床に積んであったダンボールを開け、本の整理をした。みな、庭に関する書籍だ。造園の技術書、庭園の写真集、ボロボロになった『作庭記《さくていき》』もある。サイズがばらばらなので棚にうまく収めるのに苦労した。

ちりん、と音がした。

バルコニーの向こうで、この前吊した釣忍が揺れている。丁寧に水をやり、部屋を出た。曽我造園に向かってゆっくりと歩き出す。時計を見ると、もう零時を回って日付が変わっていた。

七月七日まであと四日。

あと四日で望みが叶《かな》う。十三年間待ち続けた望みが叶う。本当なら嬉しくて嬉しくてたまらないはずだ。なのに、手放しで喜べない。それはみな自分のせいだ。

遼平と文枝はどう思う？　きっと、あのふたりには辛い日になるはずだ。いや、辛いどころではない。文枝は顔を歪めてこう言うだろう。地獄だ、と。遼平は今でさえギリギリの状態だ。今度こそ、取り返しのつかないことをしでかすかもしれない。

晴れた夜空には痛いほど星が流れている。雅雪は天の川を見ながら歩き続けた。

長い一日だった、と思った。


シャワーを浴びて床《とこ》に入ろうとしたとき、家の電話が鳴った。

どきりと心臓が跳ね上がった。瞬間、遼平の顔が浮かぶ。警察からの連絡に違いない。こんな時間にかかってくるとは、よほどのことか。落ち着け、と自分に言い聞かせながら受話器を取った。

だが、予想は外れた。まだ若い声の男は第二聖和病院だと名乗った。昼間、遼平が受診した病院だ。

「夜分失礼いたします。曽我雅雪さんでいらっしゃいますか？」

「はい」

「ご愁傷《しゆうしよう》さまです。島本文枝さんが亡くなられました」

詳《くわ》しい事情を聞く暇もなく、車に乗った。三一〇号線を北に向かう。アクセルを踏みっぱなしのサンバーは、ひどい音がした。

島本文枝。もう十二年のつきあいになる。まさかこんな形で関係が終わるとは思ってもみなかった。

そのとき、はっとした。思わず急ブレーキを踏んで、運転席でつんのめる。シートベルトが食い込んだ。深夜で後続車がいないのが幸いだった。

文枝が亡くなって遼平はひとりだ。ほかに身寄りはない。この先どうする？　施設か？　それとも、だれかが引き取るのか？　いや、施設などだめだ。もちろん、俺が引き取る。だが、どこに引き取る？　曽我造園か？　それとも今度引っ越すアパートか？

雅雪はハンドルを握りしめたまま呆然《ぼうぜん》とした。無理だ。遼平をアパートに連れて行けるわけがない。一緒に住めるわけがない。かといって、遼平ひとりを曽我造園に住まわせることもできない。あんな祖父とふたり暮らしなど、絶対にだめだ。結論はひとつだ。雅雪がアパートをあきらめ、遼平と曽我造園で暮らすしかない。

ずっと待っていた。十三年間、阿呆《あほう》のようにその日のことを夢見ていた。だが、その夢は消えた。

ふいに、松葉の匂いを感じた。音もなく白い煙が立ち上る。ちりちりと皮膚が焼けていく。身体が動かない。眼がかすむ。息ができない――。

雅雪は車を道路脇に寄せて停め、ハザードを出した。引きつれた左手でハンドルを強く握りしめる。何度も深呼吸をした。それでも息が詰まる。

あの日、なにが起こったのか、雅雪は知らない。だが、遼平は見ている。あのとき、遼平はベビーカーの中にいた。三ヶ月の赤ん坊はすべてを見ていたはずだった。


病院に着いたのは深夜二時を回った頃だった。

電話で聞いたとおり、地下に下りる。霊安室の前には男がふたり待っていた。若い男は首からIDカードを提げていた。もう一人は五十前くらいで、こんな時間にもかかわらずきちんと喪服を着ている。葬儀社の人間のようだ。

「曽我雅雪さんですか？　夜分に申し訳ありません」若い男はカードを示しながら頭を下げた。「当院の事務担当の者です」

電話をしてきた男だ。歳は雅雪よりもずいぶん若い。疲れ切った顔をしていた。

「ご自宅で倒れられ、こちらに搬送されてこられました。脳出血とのことです。詳しい説明は当直医のほうからさせていただきますが、現在ほかの患者さんを処置中ですので、その後にでも」

あの頭痛は脳出血の前兆だったのだろうか。あのとき、俺が気付いていれば、と雅雪は悔《く》やんだ。自分のことばかり考えていたせいだ。

「遼平は？」

「中におられます」事務員は霊安室を示した。「亡くなられた文枝さん以外に身寄りがないとのことですが？」

「両親は赤ん坊の頃に亡くなって、親戚もいません」

「どなたかほかに知り合いはいないか、とお訊きしたところ、だれもいない、と」

こんなときにも頼ってもらえないほど憎まれている。とうに覚悟をしたつもりでも、やはり辛い。

「ですが、看護師のひとりが遼平くんを憶《おぼ》えていました。すこしうちのほうで調べましたら、曽我さんのお名前がわかりまして」男は雅雪をじっと見た。気の毒そうな顔だった。「勝手とは思いましたが、ご連絡を差し上げた次第です」

事務員と別れると、待ち構えていたように葬儀社の男が寄ってきた。この度は誠にご愁傷さまで、と話しかけてきたが、無視して霊安室に入った。

真っ白に塗られた壁に沿って、中途半端に高級感のある椅子が並んでいる。その一番端っこに、遼平はたったひとりうなだれて座っていた。雅雪が入って行くと、遼平は顔を上げた。なにか言いたげに口を開けたが、そのまま黙って顔を背《そむ》けた。

文枝の遺体は処置が終わり、白布を掛けられている。手前に小さな祭壇があり、線香から煙が立ち上っていた。

「遼平、大丈夫か」

遼平は握りしめた拳を膝に押しつけ、懸命に涙をこらえている。雅雪は思わず昔のように遼平の頭に手を置いた。だが、遼平はその手を乱暴に払いのけた。

「お線香、上げさせてもらえるか?」

「やめてくれ。おばあちゃんは喜ばへん」

離れたところから一礼するにとどめ、すぐに霊安室から出た。葬儀社の男を呼ぶ。

とうとう最期まで拒まれたか、と思った。

2　島本遼平（1）

退院手続きを済ませると、雅雪はタクシー乗り場に向かった。

入院が長かったせいで、それなりに荷物は多い。痩せこけた雅雪を見て心配したのか、運転手が全部積み込んでくれた。

住所を書いたメモを取り出す。曽我造園からそれほど遠くはないが、あまり土地勘がない場所だ。

「この住所まで」運転手に渡した。「手土産を買いたいから、途中、どこか和菓子屋で停めてください」

島本家は祖父母と赤ん坊の三人暮らしと聞いた。祖母の島本文枝はたしか五十を超えたところのはずだ。年配の女性なら和菓子のほうが喜ばれるだろう。

後部座席に座って、左手を見つめた。先程、病院の売店で買った真新しいサポーターをしている。完全というわけにはいかないが、火傷痕の大半は隠すことができた。

十五分ほど走ったところで、運転手がハザードを出して車を寄せた。

「お客さん、ここです」

高架道路の側道沿いに古い和菓子屋があった。黒漆《くろうるし》の看板に金で屋号が書かれている。薄暗い店内に入り、おすすめだという栗蒸羊羹《ようかん》と練羊羹の詰め合わせを買った。

「熨斗《のし》はどういたしましょうか？」

「御供で」

若い店員が雅雪の左手をちらちらと見ていた。隠しきれずにわずかにのぞく痕が、かえって気になるようだ。

まいったな、と思う。自分では他人にどう思われようと気にしないつもりだったが、そう簡単にはいかないらしい。羊羹の入った紙袋を受け取り、そそくさと店を出た。

長い入院の間にすっかり筋力が落ちた。紙袋ひとつ提げただけで腕が重い。左腕に持ち替えて、思わずうめいた。肘《ひじ》の皮膚が引きつれて鋭く痛む。――そうだ、こちらの腕はもう二度と真っ直ぐ伸びない。

町は春の気配がした。桃の節句が終わり桜には早い時期だ。もう風に冬の冷たさはない。

先月はまだ車椅子だった。先々月は何度目かの手術を受けて、その前は寝たきりで、そのずっと前はＩＣＵにいた。

再び紙袋を持ち替えて後部座席に乗り込んだ。タクシーは三一〇号線を南に下り、島本家に向かった。小さな建て売り住宅が密集している。道は細くやたらと一方通行が多いので、運転手は走りにくそうだ。

「すみません。先は行き止まりなので、ここで」

運転手に言われ、雅雪はすこし手前でタクシーを降りた。曽我造園からは思ったよりも近い。車で十五分、歩けば一時間といったところか。ロータリーからならその半分だ。

引き込み道路を挟《はさ》んで、向かい合うように十軒の家が並んでいる。どれも同じ造りだ。軽自動車が一台入るだけのガレージ。敷地ぎりぎりに建てられた二階建て。隣家との間は一メートルもない。

雅雪が一番奥の家のインターホンを押すと、女が出た。

「突然お邪魔して申し訳ありません。曽我雅雪と申します」

「曽我……？」

弁護士の名を出すと文枝の声が途切れた。しばらく待つと、玄関が開いた。

島本文枝の顔を見た瞬間、雅雪は自分の甘さを思い知らされた。文枝は到底五十過ぎには見えなかった。疲れと怒りと諦めの貼りついた顔は、もうとっくに六十を超えているとしか思えなかった。

「お詫びをしたいと思っておうかがいしました」

「あなたが？　なぜ？」文枝が強張《こわば》った顔で雅雪を見ていた。

「お詫びと……できる限りのことをしたいと思ってきました。話を聞いていただけますか？」

「迷惑です。帰ってください」

「いきなり来た失礼はお詫びします。どうか、お詫びをさせてください」

「結構です」

「お願いです。せめてお線香だけでも」

「お断りします」

文枝が怒鳴って乱暴にドアを閉めた。中から鍵を掛ける音が聞こえた。雅雪はしばらく立ち尽くしていた。

そのとき、隣家のドアが開いて、おかっぱ頭の中年女が顔を出した。何事だ、と驚いた顔で雅雪を見ている。雅雪はいたたまれず、逃げるように立ち去った。

容赦のない拒絶だ。歓迎されないのはわかっていた。辛く厳しい訪問になることをも理解していた。だが、ここまでとは思わなかった。

簡単に許してくれるとは思っていなかった。だが、そもそも謝罪をさせてくれないとは想像もしなかった。甘かった。ただひたすら甘かった。

翌日、再び島本家を訪れた。だが、やはり追い返された。その次の日も同じだった。雅雪は何度も島本家を訪ね、謝罪を申し出た。だが、島本文枝は頑なに拒み続けた。ドアすら開けてもらえず、インターホン越しの会話になった。だが、それも一方的に切られて終わりだった。せめて手土産だけでも、と菓子の入った紙袋を門の前に置いて帰ったこともある。だが、次に訪れたときも紙袋はそのままだった。雨に濡れた紙袋を、雅雪は黙って持ち帰った。

雅雪の訪問は近所では噂になっているらしかった。雅雪が島本家のインターホンを押すと、隣のおかっぱ頭がさりげなく顔を出した。向かいの家の窓からのぞいている者もいた。みな、胡散臭そうに雅雪を見た。不審者として警戒されているようだった。

島本家に通いはじめて二ヶ月ほど経った頃だ。インターホンを押すと、ドアが開いた。ようやく謝罪をさせてもらえる。雅雪は思わず声が大きくなった。

「島本さん、すみません……」

「静かに。さっさと入ってください」

雅雪は驚いた。島本文枝の顔は険《けわ》しい。はじめに会ったときよりも、さらに老けて見える。文枝はドアを閉めると、雅雪に向き直った。

「勘違いせんといてください。あなたを許すわけやありません。ただ、近所迷惑になるから上がってもらうだけです」

そのとき、よたよたと小さな子供が廊下を歩いてきた。まだオムツが取れていないようだ。ぽこんとズボンのお尻を膨らませている。

「遼平、ほら、あっちで遊んでき」

雅雪の顔を見た途端、男の子は慌てて文枝にしがみついた。雅雪は胸が苦しくなった。この子が島本遼平か。あのとき、たしか生後三ヶ月かそこらだったと聞いている。もう歩けるようになっていたのか。

雅雪は八畳間に通された。仏壇、卓袱台《ちゃぶだい》、小簞笥《こだんす》、そしてベビーベッドが置いてある。部屋はひどく散らかっていた。子供のオモチャ、取り込んだまま畳んでいない洗濯物、新聞などがあちこちに落ちている。縁側に面した障子は、遼平の手の届く範囲はボロボロだった。

雅雪は羊羹を差し出した。

「心ばかりのものですが、どうぞ御供えください」

すると、遼平が近づいてきた。菓子箱に興味があるらしい。雅雪の横に座り込むと、ぱんぱんと箱を叩いて喜んだ。しまった、と思う。今日もひとつ覚えの羊羹だ。こんな小さな子がいるのだから、ケーキかクッキーのほうがよかったかもしれない。

「お断りします」文枝が遼平を引き離し、ベビーベッドの中に入れてオモチャを持たせた。

「ほら、遼平」

振り回すと音の出るカラフルな輪っかだった。だが、遼平は振らずに、すぐに口にくわえて嚙《か》みだした。

「せめて、お線香だけでも……」

「それもお断りします」みなまで言わさず、文枝は拒んだ。「仏壇には近づかんといてください」

最後はまるで叫ぶようだった。雅雪は慌てて仏壇から離れ、廊下のすぐ前で這った。

「曽我さん。あなたを家に入れたのは、謝罪を聞くためやありません。さっきも言ったように近所迷惑になるからです。何度断ってもあなたは来る。気持ちが悪い、と近所の人に言われたんです。断り続けて逆恨《さかうら》みされたらどうする？ 火でもつけられたらどうするんや、と」

「私はそんなことはしません。お詫びすることしか考えていません。本当です」

「あなたにその気がなくても、他人にはそう見えるんです。しつこいんです。非常識なんです。なのに、いい加減に話を聞いてあげろ、かわいそうや、と言う人まで出て来て……。まるで、私のほうが悪者みたいに」

「……すみません」

「とにかく一度だけ話を聞きます。これで最後にしてください」

「わかりました」雅雪は座り直して、畳に額がつくまで深く頭を下げた。背中が引きつれた。

「この度は大変に申し訳ないことをしました。お詫びが遅くなりましてすみません」

「なんであなたが詫びるんですか？」

「あの事件は私にも責任があります」雅雪は頭を畳につけたまま言った。この姿勢は辛い。せっかく移植した皮膚が裂けそうだ。「いえ、そもそもの原因は私の父の身勝手にあって……知っていて止めなかった私が悪いんです」

「だから、何なんです？」

「一生をかけて償《つぐな》いたいと思います。もちろん、許されることでないのはわかっています。ですが、私にできるだけのことはします」

「口だけやったらなんとでも言えます」

「口だけではありません。お金で済むとは思っていませんが、損害賠償、慰謝料など……せめて、お金の面倒は私が見させていただこうかと」

「お金の面倒を見る？　今、おいくつですか？　髪は白いけどまだ若いんと違いますか？」

「二十歳《はたち》です」

「二十歳《はたち》？　そんな歳でなにができるんですか？」文枝が吐き捨てるように言った。「親に頼んで払《はろ》てもらうんですか？」

「働きます。金は作ります」

「いい加減にしてください。一年以上入院してたんでしょう？　まともに働けるわけがない」

「できます。絶対にやります。やらなくてはいけないんです」

「いい加減にして。きれいごとを聞かされても腹が立つだけや」文枝の眼から涙がこぼれた。

「もう、私と遼平の人生はめちゃくちゃになったんや。償いなんて言うんやったら、息子夫婦と夫を生き返らせて。お金なんか要らんから。さあ、早く」

「え？　亡くなられたのは息子さん夫婦だ、と」

「この前、夫も……」文枝が涙で声を詰まらせた。「あの事件がなかったら……」

雅雪は畳に這った姿勢のまま動けなかった。まさか、文枝の夫までもが亡くなっていたとは。しかも、あの事件に関係があるかのような口振りだ。なんということだ。

そのとき、電話が鳴った。涙を拭きながら、文枝が出た。どうやら仕事のことのようだった。向こうの声が大きくて、受話器から全部もれてくる。文枝の勤め先はなにかの小売店で、遅番の人が急に出られなくなったため今から入ってもらえないか、ということのようだった。レジ係がいない、とひどく焦っている。

「……今からレジですか？　でも、孫がおりまして、急に言われても預け先が……」文枝は断っているが、相手が食い下がっているようだ。「三時間だけと言われても……眼を離すわけにはいかないんです。今、起きてますし。え、でも……そんな」

とにかく入ってください、と電話の向こうで男が繰り返して切れた。文枝は受話器を置くとため息をついた。そして、顔を上げ雅雪をにらんだ。

「……帰ってください。仕事に行きますから」

「でも、遼平くんは？　まさか置いて行く気ですか？」

「あなたには関係ありません」文枝が吐き捨てるように言った。「なにも知らんくせに偉そうなことを言わんといてください。面倒を見る？　阿呆らしい。面倒を見るいうのは、御飯を食べさせて、オムツを替えて、遊ばせて、泣いたらあやして、怪我がないように片時も眼を離さない。そういうことです。羊羹渡してお金払って済むことやありません」

雅雪はなにも言い返せなかった。文枝の言うとおりだ。

「口で言うだけで面倒は見られへんのです。それがわかったら、さっさと帰ってください。そして二度と来んといてください」

「口だけじゃありません」雅雪は思い切って言った。「よかったら、私が世話をしていましょうか?」

「あなたが?」文枝が露骨に警戒の色を浮かべた。「こんな小さな子の世話をしたことがあるんですか?」

「いえ、それは……」

「やっぱりないんですね。口先だけやありませんか」

「ですが、もし、私にお手伝いできるなら、と。なんでもやります」

「そもそも、信用できません。遼平を虐待《ぎやくたい》したり誘拐したりするかもしれへんでしょう?」

「そんなことはしません」心外だ、と感じたが、すぐに思い直した。文枝の言うとおりだ。信用されるわけがない。「じゃあ、私は遼平くんを抱いて、レジの近くに立っています。あなたから見えるところにいます」

「三時間も?」

「はい。抱いて立ってます」

「あなた、頭がおかしいんと違いますか?」文枝が信じられない、といった顔をした。「そんなことされたら気持ち悪い。それに、三時間も抱かれてたら子供のほうが疲れます」

「じゃあ、指示してください。なにもかも、あなたの言うとおりにします」

文枝はすこしの間、唇を噛んで雅雪を見ていた。葛藤《かっとう》が手に取るようにわかった。

「……世間知らずが、恩着せがましい」怒りと悔しさがにじむ口調だった。「今月、遼平が熱を出して三日も休んでるんです。ここで主任の言うことを聞かないと、働きにくくなる」

雅雪は黙って軽く頭を下げた。文枝の混乱はよくわかった。憎むべき相手に孫を預けなくてはならない、という情けなさはどうやっても消えない。言い訳をすればするほど、みじめになる。

「じゃあ、あなたはここで遼平の面倒を見てて」

くださいい、とは言わずに文枝は出かける支度をはじめた。着替え終わると、遼平のものを一式、テーブルの上に積み上げた。

「泣いたら、まずオムツを見て。晩御飯は六時半に。電子レンジで温めてから御飯にかけて。あんまりぐずったら、このおやつを。赤ちゃんせんべいは二枚まで。それ以上欲しがっても、絶対にやらんといて。お茶は冷蔵庫に。人肌に温めてから飲ませて」

早口で指示すると、メモ用紙に電話番号を走り書きする。「スーパーヨシトミ」とあった。

「なにかあったらここに」雅雪には渡さず電話台に置いた。「もし、遼平にかすり傷ひとつでもあったら、すぐに警察を呼びます」

文枝は靴を履くと振り返った。ドアを開けながら言う。

「勘違いせんといてください。私はあなたに遼平の世話を頼むんやありません。あなたを利用するだけです。利用するだけやから感謝もしません。あなたを人間と思うつもりもありません。機械と一緒です」

人間と思わない。機械と同じ、か。そんなふうに言わずにはおれなかった文枝の憎悪の深さを思い、雅雪はきりきりと胃が痛むのを覚えた。

腕時計を見ると、五時四十五分。文枝は六時から九時までの勤務。三時間なら、赤ん坊の世話くらい大丈夫だろう。

遼平は八畳間にいた。足の指をつかみ、ひとりでごろごろと転がっている。そばに寄って見下ろした。

「遼平くん」

遼平が雅雪を見上げた。一瞬、動きが止まる。雅雪をじっと見たまま、大きく息を吸い込んだ。

なんだろう、と思った瞬間、すさまじい声で泣き出した。雅雪は慌てた。どうすればいいのかわからない。あやせばいいのか？　慌てて抱き上げると、さらに大きな声を張り上げ泣いた。身体をくねらせ暴れる。

「おい、泣くな。おい」なにを言っていいのかもわからない。「遼平くん、泣くな」

遼平は思ったよりも重く、抱いていると腕やら背中の引きつれがひどく痛んだ。落としては、と畳に下ろした途端、いきなりよたよた走り出した。台所をのぞき、風呂をのぞき、トイレをのぞき、廊下を駆けていく。文枝を捜しているらしい。雅雪は玄関扉を叩いている遼平をつかまえた。

「遼平くん。おばあさんは仕事なんだ。あと三時間とすこし、俺と遊ぼう」

声を掛けるとまた激しく泣いた。無理矢理に抱き上げ、居間に連れ戻す。そばに転がっていたオモチャを与えると、すごい勢いで口にくわえた。

「遼平くん。俺はなにもしない。怖がらなくていい」

すこし離れたところに腰を下ろした。遼平は丸い輪のオモチャをかじりながら、ぐずぐずと泣き続けている。

そのとき、卓袱台の下にオモチャがひとつ転がっているのが見えた。先端部分が顔になっている青い機関車だ。かわいいというより不気味だ。動くのだろうか、と見たがスイッチらしきものはない。ゼンマイか、と後ろに引いてから手を放すと、のろのろと走り出した。

思ったよりも結構走る。畳の端から端まで青い機関車は走った。今度は後ろに思い切り引いて手を放した。機関車は勢いよく走り出し、畳一枚半走った。面白い、と思ったとき、遼平が泣きながら近づいてきた。雅雪から機関車を取り上げると、しっかりと握りしめた。

「ああ、すまん」慌てて謝った。「別に盗るつもりはなかったんだ」

軽い自己嫌悪を覚えた。子供の世話をするどころか嫌がることばかりしている。遼平が機関車で遊びだしたのを見て、縁側へ出た。西向きだが小さな庭がある。雑草だらけで荒れていた。仕方ない。こんな子供がいれば、庭どころではないだろう。

雅雪は草むしりをすることにした。このほうが落ち着く。背中の痛みをこらえながら中腰で草を抜いていると、遼平がじっとこちらを見ていた。あたりを見回すと、縁側の下に小さなサンダルがある。遼平に履かせて庭へ下ろした。再び草むしりをはじめると、遼平が足許に来た。真似をして草を引っ張ろうとする。

「遼平くん、偉いな。手伝ってくれるのか?」

遼平は手近の草をつかんだ。だが根を張った草は子供の力では抜けない。何度引っ張っても抜けないので、癇癪《かんしやく》を起こした。仕方ないので手を添えてやる。

「ほら、抜くぞ」

草が抜けると、遼平は声を立てて笑った。思わずほっとする。しばらくの間、ふたりで次から次へと草を抜いた。荒れた庭でよかった、と思った。

そろそろ夕飯か、と家の中に戻ろうとすると遼平がまたぐずりはじめた。もっと草を抜きたいらしい。

「夕食は六時半って言われてるんだ」

泣いて暴れる遼平を抱えて、泥だらけの手を洗ってやる。預かってからまだ一時間も経っていないのに、もう疲れ切っていた。

台所へ向かうと、遼平もついてきた。テーブルの上には紙オムツのパック。お尻拭き。離乳食。赤ちゃんせんべい。持ち手が耳のように両側に付いたコップ。はじめて見るものばかりだ。

夕食といっても、なにをどうすればいいのか。途方に暮れかけたとき、あー、だーという声がした。下を見ると、遼平が雅雪をじっと見上げている。

「遼平くん、どうした？」

「あーはん」

「え？」

「だーはん、あーはん」

なにか訴えているらしいが、聞き取れない。「あ」と「だ」の中間の音ではじまる単語を繰り返している。

オムツだろうか。文枝が出て行ってから一度も替えていない。オムツパックに手を伸ばした瞬間、遼平がうなり声をあげて怒り出した。

どうやら違うらしい。さっぱりわからないので、遼平自身に選ばせることにした。テーブルの上を見せようと抱き上げると、突然身体を反らして笑いだした。驚いて下ろそうとすると、今度は手足をバタバタさせて怒り出した。わけがわからず遼平を抱いたまま当惑していると、遼平が天井と雅雪の顔を交互に見た。

「もしかしたら、高い高いか？」

赤ん坊との遊びで思いつくのはそれくらいだ。だめでもともと、とやってみることにした。遼平を抱き上げ、頭の上まで持ち上げる。背中が痛んだ。すると、遼平はきゃっきゃと笑った。本当に嬉しそうだ。もう一度やってみる。すると、やはり笑った。

驚きだった。本当にこんな単純なことで赤ん坊は喜ぶらしい。もっともっと、と遼平の眼が催促しているが、もう腕に力が入らない。息が切れた。

「遼平くん、すこし休憩だ」

下ろそうとすると、また暴れた。なんとかもう三度ほど高い高いをし、そこで雅雪は遼平を抱いたまま床に座り込んだ。すると、遼平が泣き出した。仕方なしに、もう一度抱き上げ立ち上がる。

「おまえ、あんまり調子に乗るなよ。こっちは去年まで死にかけてたんだ」遼平に語りかけた。「背中も肩も肘もだめなんだよ。全身つぎはぎで」

遼平は雅雪の言葉を聞くと、うきゃーっと甲高い声を上げて笑った。

「ほとんど猿だな」雅雪は釣り込まれて笑った。「じゃ、あと五回だけな」

雅雪はふらふらになりながら、遼平を抱き上げた。そして、約束の五回を終えると、抱いたままテーブルの上を見せた。

「あーはんかだーはんか知らんが、どれだ？　この中にあるか？」

遼平が真っ直ぐに子供カレーの箱に手を伸ばした。あまり勢いよく手を伸ばしたので、思わず遼平を落としそうになる。

「カレー？　食べられるのか？　でも、これがなんであーはんなんだ？」

箱の説明を読むと、一歳からの幼児食とある。よくわからないが、とにかく食べさせることにした。箱を開けようとすると、待ちきれないのか遼平が叫びだした。

「あーはん、だーはん」

箱ごと奪い取ろうとするので、だめだ、と取り返すと暴れた。

「こら、待てよ。温めないと食えないだろ？」

だが、遼平は手足をばたつかせて叫んでいる。そのとき気付いた。急いで箱からレトルトパックを取り出し、空になった箱を与えた。すると、途端に笑った、箱をつかんで、手足をばたばた動かしている。単純なやつだ、と思った。

遼平の機嫌がいい間に、カレーを温め御飯に掛けた。台所に子供用のスプーンがあったので添える。果たしてひとりで食べられるのだろうか。それとも、こちらが口に運んでやらなくてはならないのだろうか。

とりあえず、遼平にスプーンを持たせてみた。すると、スプーンを握りしめ、カレーに突っ込んだ。そして、そのまま口に運んだ。たしかにスプーンについたカレーを舐《な》めることはできたが、米は一粒も口に入らなかった。遼平は再びスプーンを突っ込んだ。米をすこし持ち上げることができたが、口に届く前に全部落ちた。

「あー」遼平が癇癪を起こしてスプーンを放り投げる。

「こら」雅雪は遼平を叱った。「なにするんだ」

「イヤ」

イヤという言葉だけははっきり言えるようだ。雅雪がもう一度スプーンを持たせると、遼平はまた放り投げた。あたりはカレーと御飯が飛び散ってひどいありさまになった。遼平はすでに胸元がカレーまみれだ。

今度は雅雪がスプーンを持った。カレーをすくって遼平の口に運ぼうとすると、いきなりスプーンごと奪い取られた。遼平は顔を突き出すようにして、スプーンを口に運んだ。今度は全部口に入った。

なんとかちゃんと食べる気になったらしい。遼平は二回に一回はカレーを食べるのに成功した。お茶を飲ませようとしたが、遼平は何度もマグカップを放り投げ、そのたびに拾いに行かなくてはならなかった。結局、一時間近くかかって食事が終わった。

次に、汚れたオムツを替えた。オムツはパンツタイプで、はかせるだけだから簡単だろうと思っていたら、まったく違った。遼平はオムツ替えを嫌がり逃げ回った。尻丸出しで逃げ回る子供を追いかけていると、雅雪は自分がなにをしているのかわからなくなってきた。そのうちに、わけがわからなくなり、ただただ疲れを感じて、新しいオムツを握りしめたまま階段に座り込んでしまった。

動く気がしなかった。じっと座っていると、遼平のほうからやってきた。

「あーっ」

雅雪は顔を上げた。また、わけのわからないことを言っている、と思った。

「だーっ、あーっ」

遼平は何度もその言葉を繰り返した。雅雪が動かずにいると、遼平は雅雪の持っているオムツをつかんでひっぱった。

「……はくか？」

うん、とうなずいたようなので、雅雪は遼平を自分につかまらせ、なんとかオムツをはかせた。遼平は満足げに笑った。

その後は、さすがに疲れたらしい。遼平はぐずぐず言いながら、床の上で転がっていた。雅雪がそばへ行くと、抱っこ、と腕を伸ばす。抱き上げると、指を吸いながらしがみついてきた。眠るまで抱いているしかないのだろうか。雅雪は遼平を抱いて家の中を歩き回った。

縁側から庭を見下ろすと、草を抜いた一角だけがきれいになっている。

「遼平くん。今度、この庭をきれいにしてやるよ。どんな庭がいい？」遼平を抱いたまま庭へ下りた。「段差が高いから、沓脱石《くつぬぎいし》を置いたほうがいいな」

二坪ちょっとの庭だ。水はけはよさそうだ。

「京都の坪庭みたいにしてやろうか？　それとも、流行《はや》りのイングリッシュガーデンがいいか？　花一杯の花壇でもいいぞ」

遼平は寝ぐずりながら、なにかわけのわからぬ返事をした。

「そうだ」雅雪は軒を見上げた。「ここに釣忍を吊したらいいな」

西向きのせいか、割合に軒が深い。風が通るので風鈴が涼しげに鳴るだろう。

「今度、作って持ってきてやるよ。細木老の山でいい苔とシノブを採ってくる。遼平くんはどんなかたちがいい？」雅雪はひとりで話し続けた。「真ん丸の玉もいいぞ。サッカーボールみたいなやつだ。三日月も、船のかたちもできる……」

そこで雅雪は口をつぐんだ。いつの間にか遼平は眠っていた。部屋に戻って、隅のベビーベッドに寝かせた。遼平は身動きひとつしなかった。

そのとき、突然わかった。

「あーつ」「だーつ」はオムツのことだ。つまり「お」の音がうまく言えず「あ」「だ」になっているだけだ。ということは、と思った。先程の「あーはん」「だーはん」はたぶん「おーはん」だ。だが、「おーはん」とは一体なんだ？

すこし考えて、ひらめいた。「あ」「だ」は「お」段の音になっているのではないか。つまり、「おーはん」は「ごーはん」か。御飯のことだ。

「……わかった。そうか」

思わず笑ってしまった。たかが幼児語をひとつ理解しただけだが、難解な暗号を解いたような気がした。

雅雪は笑うのをやめ、ベビーベッドから離れた。遼平の世話をしてまだ二時間。すっかり疲れ切って、歩くだけで息が切れた。シャツにはカレーの染みがある。部屋の中は散らかって、オモチャ、絵本、ティッシュ、オムツが散らばっている。台所は汚れたままだ。頭がおかしくなりそうだ、と思った。

雅雪はよろめきながら縁側に腰を下ろした。眼の前に荒れた庭が見えた。整えるにはすこし手間と時間がかかるだろう。

――あと十二年、と思った。


ちりん、と風鈴が鳴った。

「ふーりん」保育園から戻るなり、遼平が手を上げた。「ふーりん」

雅雪は遼平を抱き上げ、軒まで連れて行った。星形に作った釣忍が下がっている。その下で揺れているのは、真っ赤な金魚の描かれたガラス風鈴だ。

「ちがう」遼平が手足をばたばたとさせて暴れた。「おみず、ぞーさんのおみず」

どうやら、風鈴に触れたいのではなく、釣忍に水をやりたいだけらしい。

「わかった、わかった。ジョウロだな」

雅雪は部屋の隅のオモチャ箱に向かった。一旦、遼平を下ろそうとしたが、しっかりと首に手を巻き付け、離れようとしない。仕方なしに遼平を抱いたまま身をかがめ、青いジョウロを取り出した。このジョウロは遼平のお気に入りだ。象のかたちをしていて、鼻の先から水が出るようになっている。

「いれる、いれる」遼平がまた手足をばたつかせた。

雅雪は遼平にジョウロを持たせ、抱いたまま流しに連れて行った。

「こら、痛い、やめろ」

遼平がジョウロを振り回すので頭に当たる。顔をしかめながら、中腰になった。遼平は雅雪に抱かれたまま、手を伸ばしカランをひねった。

遼平は三歳になった。平均よりはすこし小さいが、それでも十二、三キロはある。重くなったな、と思う。普段の仕事でなら、十キロ、二十キロの肥料やら玉砂利やらの袋を平気で担《かつ》ぐ。なのに、なぜか遼平のほうがずっと重たく感じられるから不思議だ。

遼平がカランを全部ひねった。全開になった蛇口からすさまじい勢いで水が出る。遼平はジョウロを差し出すが、水が強すぎて辺りに跳ね散るだけで中にはほとんど入らない。水しぶきが四方に飛び散った。雅雪も遼平もびしょ濡れだ。

「あー」顔を濡らした遼平が泣き声を上げる。

雅雪は右腕で遼平を抱いたまま、左腕を伸ばしてカランをすこし締めた。水の勢いが弱くなる。

「ほら、遼平、もう一回」

遼平がもう一度ジョウロを差し出す。今度はうまくいった。象のジョウロに水を満たし、満足げに声を上げる。

「おじちゃん、はいったー」

「よし。じゃ、行くぞ」

流しの周りは水浸しだった。あとできちんと拭いておかないと、と思う。雅雪は縁側に引き返し、ジョウロを持った遼平を高く抱え上げた。釣忍が遼平の胸の高さにくるようにしてやる。遼平は真剣な顔でジョウロを傾け、水をやり始めた。釣忍は水が掛かると左右に揺れて、下に取り付けた風鈴がちりんちりんと鳴った。遼平が嬉しそうな笑い声を上げる。

「全部に掛けるんだぞ」

雅雪は背と腰の痛みをこらえながら言った。無理に身体を伸ばすと、皮膚が引きつれる。激しい痛みではないが、常に不自由はある。肘と膝はわずかに曲がったままだ。完全に伸ばすことはできない。赤くただれて盛り上がった痕は服さえ着ていれば隠せるが、思うように身体が動かないもどかしさは常につきまとう。

「おじちゃん、おわったー」

「うまくできたな」

雅雪は遼平を縁側に下ろした。ジョウロの水は半分ほどこぼれてしまい、あまり水やりにはなっていない。遼平が見ていない隙に、もう一度きちんと水をやる必要がある。

遼平がオモチャ箱をのぞきに行った。雅雪は台所に戻って、流しの周りをきれいに拭いた。文枝が帰ってきて、あれこれ言われるのは御免だ。

遼平は保育園に通っている。朝は文枝が送っていくがお迎えは雅雪だ。五時に仕事を終えて六時までには迎えに行く。日暮れには仕事を終えられる庭師は便利だ。スーパーで働く文枝は客で混む夕方は絶対抜けられない。

時計を見ると、もう六時だ。さっさと準備をしなければならない。雅雪は米を洗って炊飯器にセットした。今日、文枝は遅番で帰りは九時を過ぎる。普段の夜は割引になった総菜を買ってきて食べさせているらしいが、遅番の土日は雅雪が夕食を作らなければならない。

「遼平、カレーでいいか?」

居間に向かって声を掛ける。だが、いくら待っても返事がない。なにかあったのだろうか、と雅雪は慌てて居間をのぞいた。すると、遼平は西陽のあたる縁側で汗をかきながら眠っていた。雅雪は遼平を抱き上げ、畳の上に寝かせた。扇風機のスイッチを入れ、直接風があたらないようにする。

遼平が握りしめているのは、お気に入りのオモチャのひとつ、砂場遊びセットのスコップだ。だが、遼平は砂場遊びとは言わない。植木屋さんごっこ、という。普段、雅雪が庭に花苗を植えるのを見ているからだ。

一年ほど前から、すこしずつ庭に手を入れている。それまでは雑草だらけのガラクタ置き場だった裏庭が、ちょっとした坪庭になった。この前、古道具屋で感じのよい手水鉢《ちょうずばち》を見つけたので、隅に据えた。結局、遼平の水遊び場所になったが、それはそれでよかったと思っている。

ちりん、と風鈴が鳴った。扇風機の風のせいだ。濡れたシノブが重たげに揺れた。象のジョウロに水を入れ、釣忍に水をやる。苔がたっぷりと水を吸うように、まんべんなく掛けた。

遼平は眼を覚ます気配もない。雅雪はほっとした。

遼平が眠っている間に、カレーを作った。子供用の甘口だ。できあがると、遼平を起こした。遼平はしばらく眼をこすっていたが、むっくりと起き上がった。

「遼平、晩御飯の用意だ。手伝え」

遼平は食器棚の引き出しを開け、絵のついた自分のスプーンを取り出した。そのスプーンをテーブルに置くと、今度は自分のコップを運んだ。両手持ちのマグだ。やはり同じキャラクターの絵がついている。「きかんしゃトーマス」は遼平のお気に入りだ。

雅雪は遼平の皿に御飯を盛り、カレーを掛けた。遼平の席に皿を置いて、マグに水を注《つ》いだ。遼平は戻ってくると、子供用の椅子によじ登った。

「いただきます」早速食べはじめる。

雅雪は遼平の向かいに座って、食べるところを見ていた。途中、遼平はスプーンとマグを一度ずつ床に落とした。食事が済むまでには三十分近くかかった。食事のあとは風呂を沸かした。遼平と一緒にテレビを観ていると、文枝が帰ってきた。

「おばあちゃーん」遼平が駆け寄る。「おかえりー」

「ただいま」雅雪のほうを見てにこやかに挨拶する。「曽我さん、いらっしゃい」

「お邪魔しています」膝を突いて頭を下げた。

額に畳が触れるまで深く身体を折り、そのままの姿勢を保つ。背中の皮膚は限界まで引っ張られ、今にも裂けそうだった。文枝は頭を下げたきりの雅雪に気付かないふりをして、台所に消えた。これは、文枝が要求するある種の儀式だ。

こんな姿勢に意味などない。畳に這ったからといって、謝罪にも償いにもならない。単なるポーズにすぎない。雅雪も文枝もわかっている。わかっているからこそ文枝は強要するし、雅雪の屈辱は深い。

文枝は表と裏を完全に使い分けた。近所の人の前では償いを受け入れる寛容《かんよう》な祖母として、雅雪に礼儀正しくふるまった。だが、人目がなくなれば途端に手の平を返し、完全に無視した。遼平の前では笑顔を向けられたが、実際には水の一杯すら飲むことを許されない。いや、もっと言えば、人間として扱われない。

「おじちゃん、あそぼー」

雅雪の引きつれた背中の上を、ごろごろと固い物が転がっていった。「きかんしゃトーマス」だ。

「よし」雅雪はほっとして顔を上げた。

文枝はもういい、とは決して言わない。なにも知らない遼平が声を掛けてくれるまで待つしかない。早速、オモチャ箱からレールを取りだし組み立てる。駅も踏切もあるオモチャの鉄道模型だ。遼平は手に持った「きかんしゃトーマス」をレールに乗せ、走らせはじめた。

文枝が遅い夕食をはじめた。みなスーパーの残り物の総菜だ。雅雪の作ったものには決して手をつけない。

「なあ、おじちゃん。なんで、いつもご飯食べへんの?」

「俺はいいよ」

断ると、遼平は不思議そうな顔をして文枝に近づいて行った。テーブルにつかまって訊《たず》ねる。

「おばあちゃん。おじちゃんのご飯は?」

普段なら適当にごまかす文枝だが、今日は違った。

「遼平、あのね」文枝が優しく言い聞かせた。「おうちでご飯食べるのは、おうちの人だけやの」

ひどく棘《とげ》のある言い方だった。文枝はパート先でいやなことがあると、必ず雅雪に当たる。特に主任との仲は最悪らしく、注意された日には、ねちねちと八つ当たりした。

「ふうん」遼平はよくわからない、といった顔で雅雪の元に戻ってきた。「おじちゃんはおうちの人と違うの？」

「違う」

「じゃあ、なに？」

雅雪がどう答えようかと迷っていると、文枝が割って入った。遼平に笑いかけながら、きっぱりと言った。

「遠い親戚の雅雪おじさん。それだけの人」

「……とおいしんせき？」そこで、遼平が振り返って雅雪を見た。「それだけの人？」

「それだけの人だ」空腹の胃が締め付けられた。

それ以上はなにも言えずにいると、文枝が箸を置いた。にっこりと笑って立ち上がる。

「それじゃあ、曽我さん。もう、今日は遅いですから」

今日はもう用済みなので帰れ、ということだ。オモチャの片付けをしようとすると、また笑顔で言われた。

「曽我さんもお腹が空いてはるでしょう？　そのままで結構ですから。どうぞ」

帰れ、ではない。今すぐ出て行け、ということだ。遼平が半泣きで引き止めたが、またなと言って島本家を辞した。いまだに、文枝の覚悟には背筋が冷たくなる。憎しみというものは、ああまで人を鬼にできる。

軽トラに乗って曽我造園に戻った。

事務所の机の上には、雅雪あての封筒が置いてあった。夕方届いたものらしい。母屋に顔を出すと、祖父は女と飯を食っていた。どこで拾ってきたか、四十ほどの乳の大きな女だ。眼が細い。ここ三ヶ月ほどいる。

「雅雪くん、お帰り」女がちらりと見た。

眼が細いから流し目に見えて不快だ。雅雪は無視して、そのまま二階の自分の部屋に行った。

子供の頃から使っている勉強机に封筒を置き、ボロボロの椅子に座った。今度こそ、とひとつ深呼吸をしてから開ける。

中には、雅雪の書いた手紙がそのまま入っていた。雅雪は手紙をゴミ箱に突っ込んだ。もう何通の手紙が送り返されてきただろう。受け取ってもらえたことがない。

最後に女の顔を見たのは雪の日だ。布団も敷かず、冷たい畳の上で重なり合った。そして、雪をかぶった蘇鉄を見た。あの日の約束は果たせぬままだ。

梅雨時の湿気のせいか。急に寒気がした。雅雪は風呂に入ることにした。脱衣所に入ると、カゴの中に祖父のものと、女のものが一緒に突っ込まれている。ふたりが入った湯だと思うと、身体を沈めることができなかった。雅雪は洗い場でシャワーだけを浴びた。

とおいしんせきのおじちゃん。それだけの人。

いずれは本当のことを話さなければならない。だが、それはずっとずっと先のことだ。遼平が大きくなって、きちんと物事を理解できるようになってからだ。

果たしてそのとき、遼平は俺をどう思うのだろうか。

――あと、十年、と思った。

遼平がプールに行きたい、と言い出したのは五歳の夏だった。

さんざん公園で自転車の練習をしたあとだ。帰ってくるなりまた遊びの話か、と雅雪は苦笑した。

「ものすごく大きなすべり台のあるプールがあるんやって」

「ああ、あるな」

「マサキとタカヒロが行って、面白かった、って。何回も何回もすべったって」

「そうか」

雅雪は問題集に眼を落とした。このまま諦めてくれたらいいのに、と思う。保育園に行くようになると、遼平の要求が増えた。この前はハムスターが飼いたいと言い出した。保育園で飼っていて、気に入ったらしい。文枝がきっぱりはねつけたので、遼平はかなりすねて泣いた。

「ぐにゃぐにゃのトンネルみたいなのもあって、でもそれは身長が足りへんからあかんかった、って」

「小さい子供には危険だからな」

「波の出るプールもあるんやって」遼平が両腕を揺らしながら回した。「ざぶーん、って海みたいな波が来て、浮き輪がひっくり返って溺れそうになったけど面白かった、って」

「そうか」雅雪は問題集の図面から眼を離さずじっとしていた。

黙ったきりの雅雪に、遼平はすこし角度を変えて攻めることにしたようだ。

「雅雪おじさんは子供の頃、プール行った？」

「学校のプールに入ったな」

「ほかは？　遊園地のプールは？」

「行ったことがない」

「行きたいと思えへんかった？」

「憶えてない」

物心ついたとき、曽我造園には祖父と父と女たちがいた。休みの日には祖父も父も女と遊んで、雅雪はひとりだった。遊園地も動物園も連れて行ってもらったことなどない。保育園や小学校の遠足で行っただけだ。だが、それを寂しいと感じたかどうかを憶えていない。さやま遊園の観覧車を見ても、乗りたいと感じた記憶がない。

雅雪は眼の前の図面に集中しようとした。二級造園施工《しこう》管理技術検定の試験は秋だ。難しい試験というわけではないが、確実に一発で受かりたい。最近、休みのたびに遼平の相手をしているので、なかなか勉強が進まなくて困っている。

「雅雪おじさん」遼平が焦《じ》れたように大きな声を出した。「今度、雨降ったらプール連れてってよ」

「悪いが、プールはやめとく」

「なんで?」

「苦手なんだ」

「なんで? 泳がれへんの?」

「泳げない」

「浮き輪したらええやん」

「かっこ悪い」

「そんなことないよ」遼平は懸命だった。「浮き輪は恥ずかしないって。大人用のやつもあるから」

雅雪は図面から顔を上げた。遼平が期待に満ちた眼で見ていた。すまん、と思う。

「遼平、プールは勘弁してくれ。遊園地か動物園か、どこかほかのところにしてくれ」

「プールがいい」

「無理だ。諦めろ」

「なんで？　プール行きたい」遼平がむきになって繰り返した。「プールがいい。プール、プール」

「プールはだめだ」雅雪は精一杯穏やかに話そうとした。「プール以外ならどこでも連れてってやる。別のところにしろ」

「じゃあ、海」

「海もだめだ。ほかのところにしろ。遊園地でどうだ？　今、夏休みだから、戦隊ショーやってるぞ」

「プール以外やったらどこでもいい、って言ったのに」遼平が泣き声混じりで抗議した。

「嘘つき。雅雪おじさんの嘘つき。嘘つき」

「そうだ。白浜《しらはま》行くか？　パンダの赤ちゃんがいるぞ。サファリもあるしな。それとも海遊館《かいゆうかん》は？　ジンベエザメ好きだろ？　キャンプはどうだ？　テント張って飯盒《はんごう》で御飯を炊くんだ」

遼平をどこへ連れて行ってやろう、と雑誌を買った。「夏休み、家族でお出かけ特集」というやつだ。だが、プールと海のページは最初からとばして読んだ。自分には関係ないと思っていたからだ。遼平が行きたがるなど考えもしなかった。

「いやや。嘘つき、嘘つき、嘘つき」

「遼平、いい加減にしろ」思わず大声で叱ってしまった。「プールと海以外だ」

「なんで？　なんでプールと海はあかんの？」遼平が泣き出した。「みんなプール行ってるのに、なんで僕だけ行かれへんの？」

なんで僕だけ——。

遼平の言葉が胸に刺さった。雅雪は、なぜ俺だけ、と思ったことがない。思ったのかもしれないが、憶えていない。思ったのかもしれないが、思ったことに気付かなかったのかもしれない。その鈍さは致命的だった。

「遼平、すまんが」雅雪は遼平の頭に手を置き、静かに話しかけた。泣いたせいか、子供の頭は熱かった。「プールと海はだめだ。ほかのところにしてくれ」

遼平はぐしゅぐしゅとすすり泣きながら、背を向けた。どうやら諦めてくれたらしい。雅雪はほっとして、再び問題集に眼を戻した。図面を見て高麗芝《こうらいしば》の張りかたを答えろという。答えは目地《めじ》張り。なめているのか、というくらい易しい。

試験自体は簡単なのに、受験資格のハードルが高い。高卒の雅雪が二級を受けるためには、四年と六ヶ月の実務経験が必要だ。このあと一級を受けようと思えば、さらに五年の実務経験が要る。大卒ならばとっくに取れていたはずの資格だ。

雅雪は顔を上げて、遼平を捜した。遼平は庭で泥団子を作って遊んでいた。雅雪は安心して問題集に眼を戻した。コンクリート打ち込みに関する問題だ。外気温が二十五度以下の場合は……。

あくびが出た。昨日遅くまで、注文の盆景《ぼんけい》を作っていたせいだ。すこし疲れが出たらしい。いつの間にか、テーブルに突っ伏して眠ってしまった。

突然、泣き声が上がった。雅雪ははっとして顔を上げた。遼平の姿が見えない。声は庭からだ。雅雪は慌てて立ち上がると、庭へ走った。見ると、遼平が沓脱石の横に倒れ、大声で泣き喚《わめ》いている。顔が血まみれだ。雅雪は血の気が引いた。

「遼平、遼平」

遼平のそばに、子供用の椅子と洗面所に置いてあった踏み台が転がっていた。沓脱石の角には血がついている。遼平は象のジョウロを握りしめたままだ。縁側は水がこぼれてびしょ濡れになっている。どうやら、ひとりで釣忍に水をやろうとしたらしい。椅子の上に踏み台を重ねて上り、バランスを崩して庭に落ちたのだろう。

「遼平、大丈夫だ。泣くな」

そっと抱き上げ、畳の上に寝かせた。額が深く切れて血が次から次へとあふれだしている。傷口をタオルで押さえると、すぐに真っ赤になった。遼平はパニックを起こしたように泣いている。引きつけでも起こしそうな様子だ。

雅雪は救急車を呼んだ。軽トラで運んでもいいが、頭を打っているから動かさないほうがいい。救急車は五分で来た。近所の人が見守る中、雅雪は遼平と一緒に救急車に乗り込んだ。病院について遼平が処置を受けている間、雅雪は文枝に連絡した。文枝が電話の向こうで動転しているのが伝わってきた。病院名を告げ、すぐに来てくれるように頼んだ。

しばらくすると、雅雪は医師に呼ばれた。

緊張しながら椅子に腰掛ける。脳、手術、後遺症――。ろくでもない言葉が頭の中を駆け巡った。

「CTで確認しましたが、現在のところ、脳に異常は確認できませんでした」医師はパソコンのモニターを示した。

「そうですか」雅雪はほっとした。「よかった」

思わず大きな息がもれた。身体中の力が抜ける。椅子から転げ落ちそうになったのを、慌てて踏ん張った。

「裂傷《れつしよう》のほうですが、前頭部から額にかけて八針縫っています。これは特に問題はありません。ですが、頭を打っていることと、まだ小さいことを考え、念のため一晩入院して様子をみましょう」

「わかりました」

「失礼ですが、遼平くんとのご関係は?」医師がカルテから顔を上げた。「お身内ではないそうですが?」

じっと雅雪を見ている。反応を観察しているようだ。

「知り合いです」

「どういったお知り合いで?」

「遼平の祖母の島本文枝さんの知り合いです」

医師は納得したのかしないのかわからないが、それ以上は訊いてこなかった。どう説明しても不自然なことはわかっている。雅雪は黙って一礼して部屋を出た。

遼平の病室は小児病棟のふたり部屋だった。もうひとつのベッドは空いていたので、実質個室だ。遼平が興奮していたせいか、それとも、と思った。事件性有りと判断されたかだ。

遼平は処置が終わった後、泣き疲れたか眠ってしまった。下の売店で遼平の好きなジュースやらプリンやらを仕入れると、雅雪はずっとベッドのそばに座っていた。一晩とはいえ入院だから、書かなければならない書類が山ほどあるらしいが、雅雪の立場ではなにひとつ記入できなかった。

遼平が眼を覚ました。わけがわからず、寝ぼけた顔であたりを見回している。

「遼平、起きたか?」

「なんで? ここどこ?」遼平はぽかんとした顔だ。

「病院だ。遼平、おまえ、ひとりで釣忍に水やりしようとしたな」

「……うん」思い出してきたらしい。遼平がうなずいた。「葉っぱに水、あげてん」

「危ないだろ」雅雪はすこし強く言った。「高いところはまだ無理だ」

「できる。ひとりでできる」

「釣忍の水やりは大人と一緒だ。ひとりはだめだ」

「でも……」

「だめだ」

雅雪が言い聞かせると、遼平がぐしゅぐしゅと泣き出した。しまったと思うが、危険は危険と教えなければならない。

「遼平、約束しろ。釣忍の水やりは大人と一緒のときだけ」

約束、と遼平が言いかけたとき、文枝が病室に入ってきた。ベッドに駆け寄り、遼平の手を握る。無事を確認すると、振り向いて雅雪をにらんだ。

「曽我さん、あなた、遼平になにか？」

「申し訳ありません」言い訳はせず、頭を下げた。「眼を離してしまいました。私の責任です」

「わざとやないですよね？　わざと遼平に怪我をさせたとか？」文枝は微笑《ほほえ》んでいるようにも見えた。

「違います」雅雪は強く否定した。

「じゃあ、わざとやないけど自分の責任やと言いはるんですねえ」文枝は笑っていた。「自分が悪いんや、と」

文枝の穏やかな笑みにぞっとした。遼平がいるときには、決して憎しみを表さない。好意的な理解者を装って、雅雪をなぶる。いまだに慣れない。きっと一生慣れることはできないと思う。

「悪いのは私です」雅雪は深く頭を下げた。「申し訳ありません」

「さすが、曽我さんは男の人やから落ち着いてはりますねえ」文枝は雅雪の眼を一瞬だけ強くにらみ、それから、わざとらしく床を見た。「もし私やったら、到底平気ではいられません。他人様《ひとさま》の子供に怪我させたら、取り乱して必死で詫びてると思いますよ」

文枝の言いたいことはすぐにわかった。文枝の家でしょっちゅうやっている。外でやるのが、はじめてなだけだ。雅雪は病室の床に膝を突いた。頭を下げる。畳の上とはまるで違っていた。病院の床は冷たく固い。消毒液でできた氷の上に這っているような気がした。

「どうも申し訳ありませんでした」

文枝は黙ったきりだ。遼平の声もしない。ずいぶん長い時間が経った気がする。だが、勝手に頭を上げるわけにはいかない。遼平はこんな俺をどう見ているのだろう、と思った。

そのとき、背後で足音がした。

「……もう、よろしいですか」焦れたような男の声がした。「さあ、あなたも立って」

振り返ると、背広姿の男がふたり、ドアのところに立っていた。唇が分厚くて顔の長い三十くらいの男と、やたらと艶《つや》のある禿頭《はげ》の初老の男だ。ふたりともひどく眼付きが悪かった。男ふたりの職業は直感でわかった。だが、思ったよりもずいぶん早かった。

「曽我雅雪さんですね」顔の長いほうが低い声で言った。「少々、お話が」

刑事に促《うなが》されて雅雪は立ち上がった。文枝は眼を逸《そ》らし窓の外を見ていた。遼平はきょとんとしている。わけがわからない様子だ。雅雪はほっとした。

「島本文枝さんですね」初老のほうが文枝に話しかけた。

「ええ、こんなに早く来ていただけるとは」文枝が祈るような仕草をした。「ありがとうございます」

「とにかく病院ですから、もうすこしお静かに。ほかの人の眼もあります。あまり無茶はおっしゃらないほうがいいかと」初老の男が穏やかに言った。

「はい」うなずいたものの、文枝は不服そうだった。

雅雪は顔の長い男と外へ出た。初老のほうは病室に残った。廊下に出ると、男は手帳を示した。篠原《しのはら》とあった。雅雪の想像は間違っていなかった。

「遼平くんの怪我について、少々おうかがいしたいのですが。失礼ですが、ご身分を証明できるものをお持ちですか？」

雅雪は免許証を出した。

「曽我雅雪さん。二十四歳」雅雪の免許証を確認して、篠原はすこし黙った。用心深い眼は疑り深い眼ということだ。

「若白髪なんです」

「……ああ、なるほど」またすこし沈黙がある。「島本さんはいつもああなんですか？」

「いえ」

文枝は遼平の怪我を聞いてパートを抜けてきた。いつもの主任に、相当文句を言われたに違いない。だから、今日の八つ当たりはひどい。

雅雪の返事を聞いて、篠原はすこし苛立ったようだ。唇を突き出し、じっと雅雪を見ている。

「曽我さん、傷害事件の可能性があるとの通報を受けて来ました。島本文枝さんによると、すこし込み入った事情があるようですね」

どうやら、警察はもう事情を知っているらしい。だが、どこまで知っているかはわからない。とりあえず、雅雪は余計なことは言わないことにした。

「島本さんはこう思っています。あなたが逆恨みをして遼平くんに危害を加えたのではないか、と」

「逆恨みなんかしてません」

「曽我さん。残念ながら、私たちには現時点ではその判断ができない。あなたと島本さんの主張のどちらが正しいのか、わかりません」篠原の分厚い唇はほとんど動いていないように見えた。「ただ、治療した医師の話では、遼平くん本人はひとりで水をやろうとして落ちた、と言ったそうです」

「そうですか」ちゃんと説明できたらしい。雅雪はほっとした。

「でも、島本さんはそうは思っていない。被害届を出す、と」

まさか。雅雪は驚いて刑事の顔を見た。文枝がそこまでやるとは想像もしていなかった。

「まだ届けは出ていません。それに、被害届を受理するかどうかは、こちらの判断です」

「私が眼を離したのは事実です。悪いのは私だ」雅雪はきっぱり言った。「でも、わざとやったわけではない」

昔、何度も警察から事情を訊かれた。場所は署の一室だったり、曽我造園だったり、病室だったりした。そのたびに、わかりません、知りません、と答えた。雅雪の前から消える人間は、みな、自分勝手に黙って消えた。その後始末をするのは雅雪の役目だった。

病室から初老のほうの刑事が出て来た。手帳を示す。酒井《さかい》とあった。わずかにうんざりした顔だった。

「遼平くんと話をしました。五歳ですがしっかりしたお子さんでしたよ。あなたのことを心配していた」そこで、すこし笑った。「泣き虫でしたが」

「そうですか」雅雪は嬉しいような、苦しいような心地になった。

篠原が横で同じようにほっとしたのがわかった。

「遠い親戚のおじさん、ということになっているんですね」酒井が言葉を続けた。「島本さんには悪いですが、実のおばあさんより、あなたのほうを信頼しているようでした」

今、酒井の言葉を聞いて雅雪は一瞬胸を突かれた。それは紛れもない喜びであり、慰《なぐさ》めだった。だが、それを表してはならないことはわかっていた。文枝の立場を考えてのことだけではない。それは、いかに遼平が孤独であるかの証明だ。血のつながりのない赤の他人――それどころか因縁の相手である雅雪を信頼するしかないということだ。

「曽我さん」酒井がすこし疲れた声で説明した。「病室で島本さんの話を伺いました。はっきり言って、あなたの気持ちが届く可能性は低い。この先、たとえ十年、二十年、死ぬまで続けても同じことでしょう。犯罪被害者側は、あなたの想像以上に苛烈《かれつ》な感情を持ち続けるものです。時間など関係ない」

「でも、俺は償いをしなくてはならない。一生かかってもです。たとえわかってもらえなくてもいい。死ぬまでだって続けます」

「曽我さん、ですが、そういった考えは余計に被害者側に負担を……」

篠原がすこしムキになって食い下がってきた。それを制止し、酒井が静かに訊ねた。

「なぜ、遼平くんが水やりをしようと思ったか聞きましたか？　あなたにほめてもらいたいかったからです。ご褒美として、プールに連れて行ってもらえるかもしれない、と」

雅雪は思わずうめいた。遼平がそれほどまでにプールを望んでいるとは思わなかった。

刑事二人が顔を見合わせた。居心地の悪い沈黙が流れたが、やがて酒井が事務的に言った。

「とにかく、今日のところは、特段、問題ないということで。失礼します」

「お手数掛けました」雅雪も軽く頭を下げた。

「なにかありましたら、いつでもご相談ください」篠原が低いため息をついた。

去り際に、ふたりが雅雪の左手を見つめた。痛ましそうな顔だった。痕を隠すためのサポーターは遼平の血で真っ赤に汚れていた。

刑事を見送って、雅雪は病室に戻った。すると、文枝がにらんできた。頬には涙の跡があった。

「刑事さんはなんて？」

「特段問題なし、だそうです」

「だとしても、私が完全に信用したわけじゃありませんから」

「はい。でも、遼平くんには説明します」

気持ちのいいものではないことはわかっている。遼平はショックを受けるだろう。だが、雅雪にほめてもらおうと、むなしい努力を続けさせるよりはいいだろう。諦めてもらうしかない。「遠い親戚の雅雪おじさん」に期待をしても無駄だ、とはっきりとわからせるほうがいい。

「遼平、俺はプールにも海にも行けない」

「なんで？」ぐるぐる巻の包帯の下で、遼平の顔が強張った。

恥じることなどなにもない。なにも自分が悪いわけではない。もし、悪いとすれば、人目を気にすることかもしれない。必要以上に人目を気にすることで、同じような境遇の人間をおとしめているのかもしれない。

「どうしたん？」黙っている雅雪を見て、遼平が不安げな顔をした。

全部を見せるわけではない、と思った。ほんのすこし見せて、わかってもらうだけだ。そうしないと、いつまでも遼平は無駄な期待をするだろう。今日のように怪我をしたり、裏切られたと傷つくくらいなら、今、この場所ではっきりさせたほうがいい。

雅雪は血で汚れた左手のサポーターを外した。手の甲、手首を遼平に示す。

「これは知ってるな？」

「うん」遼平がすこし怯《おび》えた顔でうなずいた。「怪我してる」

「昔の火傷の痕だ」

それから、雅雪は袖を肘の上までめくった。真夏でも長袖で隠している。人に見せたことはない。

「あっ」遼平が悲鳴のような声を上げた。

横の文枝が思わず眼を背けたのがわかる。雅雪は腕を晒《さら》したまま、すこしの間じっとしていた。

「これもそうだ。全部、火傷の痕だ。何度も手術をした。これでもかなりマシになった」

植皮手術を繰り返した。だが、元通りというわけにはいかない。肘の内側の皮膚は引きつれ、完全には腕が伸びない。左脚もそうだ。膝が完全に伸びない。おかげで、仕事で脚立に上るときは苦労する。

「腕だけじゃない。背中も、腹も、脚も、身体中こうなってる」

顔が無事だったのが救いだ。首筋に多少の痕は残ったが、長袖長ズボン、左手にサポーターさえしていれば、ほとんどわからない。ほとんど死にかけていたことを思うと、幸運だったと言うほかない。

「身体中……」遼平が雅雪の腕を凝視していた。

「そうだ。身体中、こんなだ」

遼平の眼がいっそう大きく見開かれた。鼻腔《びくう》がひくひくと震えている。引きつけを起こしかけた子供のように見えた。

「もういいでしょう？　やめてください」文枝が顔を背けたまま言った。

雅雪は袖を下ろした。遼平の顔を正面から見つめる。

「だから、俺は人前で裸になれない。海もプールも風呂も無理だ」

遼平は呆然と眼を見開いたまま、震えている。怯えきっているようだ。やはり、子供には辛すぎたのだろうか。雅雪は後悔した。

「遼平、すまん……」

次の瞬間、遼平が泣き出した。天井を仰ぎ、声を絞り出すようにして叫ぶ。雅雪はなだめようとしたが、ひどい痕を見せたばかりの腕で触れることがためらわれた。中途半端に腕を伸ばしたまま動けなくなる。

「やめて。そんな身体で遼平に触らんといて」文枝が雅雪を突き飛ばし、遼平を抱きしめた。

「気持ち悪い」

遼平は激しく泣き続けている。雅雪は逃げるように廊下に出た。

自分の愚かさに腹が立ってたまらなかった。大人でも眼を背けるような火傷の痕だ。五歳の子供に見せるなど、ただの虐待と言われても仕方ない。自分が楽になりたいばかりに、遼平を傷つけてしまった。五歳の子供に甘えてどうする？

廊下の向こうから看護師が急ぎ足でやってくる。遼平の尋常ではない泣き声に驚いたようだ。

「どうかされましたか？　付き添いのかたは？」

「おばあさんが一緒です」雅雪は足を止めずに答えた。

看護師は一瞬戸惑ったふうだが、それ以上は追及せず病室へ入っていった。足早にエレベータホールに向かっていると、後ろから呼び止められた。振り返ると、先程の看護師が病室から身体半分出して、雅雪を呼んでいた。

「すみません。戻っていただけますか？」

遼平になにかあったのだろうか、と雅雪は慌てて身を返した。小走りで病室に向かう。病室に飛び込むと、ベッドの上で遼平が暴れていた。無理矢理起き上がろうとして、看護師と文枝に押さえつけられている。

「ごめん」遼平はしゃくり上げながら、雅雪に向かって手を差し出した。「ごめんなさい」

雅雪は呆然と立ち尽くした。涙、鼻水、涎《よだれ》まで流しながら、遼平は懸命に詫びている。

「ごめん、ごめん。雅雪おじさん、ごめん」

雅雪はゆっくりと遼平に近づいた。すると、遼平が突然大声を上げてしがみついてきた。

雅雪は包帯に包まれた遼平の頭に手を置いた。

「謝るな。おまえは悪くない」

「でも、でも……」

「おまえはすこしも悪くない」雅雪は繰り返しながら、遼平をゆっくりとベッドに横たえた。

「悪くない？」遼平はひくひくと震えながら、すすり泣いた。「ほんまに？」

「悪くない。本当だ」頭をゆっくりと撫でた。「怪我が治ったらキャンプに行こう。テントで寝るんだ」

「……うん」遼平はしゃっくりのような声を立ててうなずいた。「うん、うん」

雅雪は再び遼平が眠るまでそばにいた。

いつの間にか文枝の姿がない。そっと廊下に出てみると、文枝は窓から外を見ていた。振り向いた顔を見て、雅雪は息を呑んだ。文枝の顔はまるで生気がなく、なかば腐りかけた死体のようだった。

「……地獄」

「え？」

「曽我さん」文枝は死んだ声で言った。「私はあなたを絶対に許さへん。夫と息子夫婦を奪って、さらに孫まで手なずけた」

そんなつもりは、と言おうとした。だが、言えなかった。呆然と文枝の顔を見返すと、文枝がゆっくりと繰り返した。

「あなたは、一生、ていう言葉が好きやったね。一生償う、一生責任を取る、て阿呆のひとつ覚えみたいに」文枝の声が次第に尖っていく。「私、その言葉が大嫌いなんや。大げさで押しつけがましくて、うっとうしい。あなたがそう言うたびに、苛々して腹が立つ」

「……すみません」

「だから、私も言わせてもらう」文枝がじっと雅雪を見た。「あなたが一生をかけて償うんやったら、私は一生をかけて怨む。いや、死んでも地獄から怨む」

思わずぞっとした。文枝はにこにこと嬉しそうに笑っていた。

「私はあなたを人間やと思わへん。だから、あなたを利用してもすこしも恥ずかしない。あなたは私と遼平のために黙って働く機械で、便利な財布やと思う。あなたが償うと言うんやったら、私はあなたの人生を絞り尽くして、なにもかも奪ってやる」

――あと八年、と思った。

3　二〇一三年　七月四日

喪主である遼平の負担を考え、通夜、告別式は行わず直葬という形にした。

死後二十四時間は火葬が禁じられているので、一日待って七月四日の朝、文枝を荼毘《だび》に付した。文枝を見送ったのは雅雪と遼平のふたりだけだった。家に戻ると、仏壇の前に祭壇を作り骨箱を置いた。

細木老には事情を話し、しばらく仕事を休むと伝えた。ずいぶん驚いた様子だったが、昼過ぎにはわざわざ弔問《ちょうもん》に来てくれた。

「遼ちゃん。あんまり気を落とすな。曽我さんがついとる。なんも心配せんでええ」

遼平はうつむいたまま返事をしない。細木老は気の毒そうな眼をした。

「三代目、なにかあったらいつでも言うておいで」

細木老は長居はせずに帰っていった。雅雪は細木老の気遣いに心から感謝した。

原田鍼灸院にも連絡した。当分行けないかもしれない。予約はすべてキャンセルしてくれ、と。原田はわかりました、と低い声で答えた。

午後二時を過ぎると、近所の人が次々弔問にやってきた。

雅雪は茶を出し、弔問客の応対をした。決して社交的とはいえない文枝だったが、ひとつところに三十年も住めば縁はできるらしい。思ったよりも弔問客は多く、雅雪は立ったり座ったりと忙しかった。

「曽我さん、お茶なんかええよ」隣に住む五十がらみ、おかっぱで小太りの女だ。月下美人が好きで十鉢も育てている。「うちらに気い遣わんでええから」

「そや。曽我さん、あんたもちょっとここきて座り」斜め向かいの七十過ぎの女がほとんど命令口調で言う。こぢんまりとした枯山水《かれさんすい》の庭が自慢だ。「休めるときに休んどかんと」

焼香《しょうこう》が済むと、みな普段のようにしゃべり出した。雅雪は女たちの切り替えの早さに少々呆れた。おしゃべりな人間は苦手だが、今はあまり不快に感じない。こんなときは、くだらないことでも気が紛れて嬉しかった。

近所の人とはもうすっかり馴染《なじ》みだ。雅雪が島本家の坪庭を造ったとき、近所の人たちがひどくうらやましがった。うちもうちも、と言うので、雅雪は文枝の顔を立て実費のみで庭造りを引き受けることにした。枯山水にイングリッシュガーデン。水琴窟《すいきんくつ》まで造った。限られた空間での庭造りは思ったよりも、ずっと面白い仕事だった。

そのとき、携帯が鳴った。出ると自転車屋だった。

注文していた自転車が届いたとのこと。雅雪は一瞬戸惑い、それから苦しくなった。自転車を注文していたことなどすっかり忘れていた。たった二日前のことなのに遠い昔のようだ。あれからなにもかも変わってしまった——。

夕方四時を過ぎて中学校の授業が終わった頃に、教頭と担任が来た。

教頭は細身で小柄、皺だらけの男だ。担任はまだ若く、真っ黒に日焼けしている。体育会系の大学生にしか見えない。二人は型どおりの悔やみを述べると、五分で帰った。遼平の個人的な事情に深入りしたくない、という気持ちが透《す》けて見えた。

だが、失望はしなかった。学校側の対応などこんなものだ。あてになどしない。これまで何度も思い知らされている。今も昔も、はみ出すものには容赦ない。

雅雪がはみ出していた頃、だれも助けてはくれなかった。それどころか、はみ出すほうが悪いのだとされた。雅雪はこらえるしかなかった。そのうちに心が慣れてなにも感じなくなり、やがて自分がはみ出していることすら忘れてしまった。そのことを教えてもらわなければ、今でも心は麻痺したままだっただろう。

雅雪は左手のサポーターを見た。喪服にはまるで似合わない。七月七日まであと三日。あと三日で一緒に暮らせるはずだった——。

午後五時すぎになって、隣の月下美人がおにぎりと精進《しょうじん》のおかずを差し入れてくれた。玄関先で礼を言い、ラップのかかった煮物の皿を受け取る。すると、無言で手招きされた。なんだろう、とドアを閉めて外へ出ると、隣の家の前まで連れて行かれた。

「ここやったら聞こえへんやろ」月下美人があたりを見回し声を潜めた。「曽我さん、こんなこと言うていいのかわからへんけど、一昨日の夜、文枝さんが倒れる前、遼ちゃんとえらいケンカしててなあ」

「ケンカ?」

「庭先でやってたから、ちょっと聞こえてきたんよ。遼ちゃんが腕折ったんはコンビニでケンカしたからなんやろ?」そこで、女はちらりと雅雪を見上げた。「曽我さん、あんた、ケンカのこと、文枝さんに黙ってたんやって? それがまずかったんやよ。文枝さんが遼ちゃんを嘘つき、言うて叱ったんや。曽我さんとグルになって自分をだました、て遼ちゃんをきつく責めてな、挙げ句に自分と曽我さんのどちらを選ぶんや、て問い詰めたんやよ。それで遼ちゃんが怒って、えらい言い争いになって……」

月下美人は首に掛けた磁気ネックレスをいじりながら、ため息をついた。

俺のせいだ、と思った。文枝に本当のことを言っていれば、こんなことにはならなかった。遼平の気持ちを思うとたまらない。きっと、遼平は自分を責めている。口には出さないが、どれだけ苦しんでいるだろう。

「文枝さんは夕方から頭が痛いと言っていました。病院に行くように言わなかった私が悪い」

「そうなん……。でも、あんまり気にせんときや」月下美人がおかっぱ頭を振った。磁気ネックレスは揺れなかった。汗で貼り付いているようだ。「とりあえず、それだけ耳に入れとくわ」

頭を下げて隣家の女を見送ると、家に入って簡単に汁物の用意をした。遼平は二階の自室にこもったきりだ。夕食だと声を掛けたが、降りてこない。何度呼んでも無駄だった。

縁側に佇み、荒れた庭を見下ろす。これが償いの結果だ。つまらない浅知恵で、かえってみなに迷惑を掛けた。俺のやってきたことは償いでもなんでもなく、ただ遼平を苦しめるためだけのものだったのか。

湿った風が吹いた。雅雪は無意識に耳を澄ませた。だが、風鈴が鳴らない。すこし驚いてから、思い出した。釣忍はもうない。

はじめて釣忍を飾った日、遼平は届くはずもないのに懸命に手を伸ばし、跳ねた。何度やっても届かないことに気付き、やがて癇癪を起こした。雅雪は抱き上げて触れさせてやった。遼平は喜んで声を立てて笑った。もう十二年も前の話だ。

だが、過去のことばかり考えていても仕方ない。文枝が死んだ今、遼平の身寄りはない。俺がやるべきことは決まっている。

階段を上って遼平の部屋の前に立った。

「遼平、いいか？」

返事はない。だが、気にせず話を続ける。

「おまえのこれからのことだが、うちに来い」

「いやや」今度は間髪を容れずに返事がある。「ここでひとりで暮らす」

「中学生がひとり暮らしは無理だ」

「曽我造園に行くくらいやったら、死んだほうがマシや」遼平がドアの向こうで怒鳴る。

「遼平、でも、おまえ……」

そのとき、インターホンが鳴った。また、弔問客だろうか。階段を下りて玄関に向かう。出てみると原田だった。

「驚いた」仏頂面で言う。「大変やな」

原田の黒ネクタイは怖かった。妙に嘘くさくてヤクザ映画の撮影のようだ。組長の葬儀に並ぶ幹部というところか。だが、スーツが似合わないのは雅雪も同じだ。この前ネクタイを結んだのは遼平の中学の入学式で、もう一年以上前になる。あのとき、遼平は照れくさそうな、気まずそうな顔をしたものだ。

「遼平」雅雪は二階に向かって呼んだ。「原田さんだ。下りてこい」

原田を祭壇の前に案内し、焼香してもらった。茶を出した頃になって、ようやく遼平が下りてくる。ふてくされた顔で雅雪と原田を見ていたが、無言でほんのわずか頭を下げた。

「遼平、きちんと挨拶しろ」

「指図すんな」遼平が雅雪をにらんだ。

「指図なんかしてない」

「嘘つけ」遼平が雅雪をにらんだ。「さっきも、勝手に俺を引き取るとか言うたくせに」

遼平の言葉を聞くと、原田が怪訝《けげん》な顔をした。

「え？　でも……」

細い眼でちらっと雅雪を見る。なにか言いたげだ。だが、言わせるわけにはいかない。

「遼平は曽我造園に引き取って、俺が面倒を見ます」雅雪はきっぱりと言った。

「勝手に決めるな。俺は行けへん」遼平は雅雪に向き直り、吐き捨てるように言った。「あんな下品な家、死んでも行くか」

「そんな言いかたはないやろ」原田の顔色が変わった。

「……いや。その点に関しては遼平が正しい」嘘はつけない、と思った。「曽我造園は下品な……たらしの家だ」

「曽我さん。甘やかしすぎはよくない」原田が苛立たしげに首を振った。

「じゃ、俺が曽我造園行ったら、この家はどうなるねん。売るんか？　空き家のまま放っとくんか？」

「それはおまえの好きにすればいい」

「好きに？　俺の家なんかどうでもいいってことか？」

「そんな意味じゃない。ひねくれて取るな」

「ひねくれてるのはあんたやろ。そりゃ、あんたは自分の家なんかどうでもいい。下品なたらしの家やからな。でも、俺は違う。自分の家が大事や。そう簡単に家を捨てられるか」遼平はギプスの腕を揺らしながら怒鳴った。「とっくに知ってるんや。あんたが大事なんは釣忍と……あの扇の家だけや」

雅雪は一瞬言葉を失った。まさか、こんなふうに言い返されるとは思っていなかった。

「違う」雅雪は懸命に否定した。だが、声が震えた。「違う、そうじゃない」

「嘘つけ」遼平は雅雪をにらんだ。「おばあちゃんの気持ち考えたことあるか？　あんたと暮らすなんて、おばあちゃんが許すはずない」

文枝の顔が浮かんだ。胃がきりきりと痛んだ。そうだ、遼平の言うとおりだ。島本文枝が許すわけがない。たった一晩泊まることですら許さなかった。俺が遼平を引き取れば、文枝は成仏できないだろう。地獄の底から俺を怨み続ける。

「……他人が口を出すのもなんやが」原田が静かに口を開いた。「それでも曽我さんの世話になったほうがいい。君には施設は向かん」

「施設？」遼平がぽかんと口を開けて原田の顔を見た。

「そうや。このままやと児童相談所が乗り込んできて君は施設行きや。自分で行き先は選ばれへん。空いたところに放り込まれて、それで終わりや」

「でも……そんなん……」遼平が呆然としている。

「経験者として言わしてもらえば、施設にもいろいろある。それなりに居心地のいいところもあれば、いじめや暴力が当たり前のところもある」

「……施設に入ってたことがあるんか？」遼平が恐る恐る訊ねた。

「生まれたときからずっと、親戚の家と施設をたらい回しやったからな」原田がつまらなそうに言う。「他人に口出しできるくらいには詳しい」

そうだったのか、と今さらながらに雅雪も驚いた。原田が生い立《おた》ちを口にしたことはないし、雅雪も詮索したことはない。ただ、それなりに過去のある男だと感じていただけだ。

「施設でのいじめはきつい。朝から晩まで一緒で逃げ場がないから、学校なんかよりよっぽど過酷や」淡々と話を続ける。「問題抱えてストレスためたやつらのはけ口にされる」

遼平の顔が強張った。すうっと血の気が引いていく。いじめと聞いては平静でいられないのだろう。

「でも、曽我造園に行くなんて……」遼平が混乱と葛藤に顔を歪めた。「あんたと暮らすなんて……」

雅雪は歯を食いしばってふたりの話を聞いていた。俺が遼平に残酷な要求をしていることはわかっている。仇《かたき》の家で世話になれ、と言っているようなものだ。償いという名目で苦しめている。

「遼平。おまえが俺を憎んでいるのは知っている」雅雪は懸命に感情を抑えて言った。「俺は人殺しだ。そう思ってもらってかまわない」

遼平がびくりと震えた。苦しげな顔で雅雪を見つめる。雅雪は言葉を続けた。

「でも、高校卒業まで我慢して俺の家で暮らせ。この家は売らずにこのままにしておけばい い。高校を出たらあとは好きにしろ。大学に行ってもいい。就職してもいい。そのためのバックアップはする」

すこしの間、遼平はなにか言いたげに雅雪の顔を見つめていたが、やがて顔を伏せた。そのまま動かない。ただ、首から三角巾で吊ったギプスの腕がかすかに揺れていた。

蒸し暑い部屋の中に泥のような沈黙が落ちる。釣忍を外したので風鈴が鳴らないせいだ。

遼平がうつむいたまま、ぼそりと言った。

「……わかった。あんたの家に行く」

「そうか。わかってくれたか」雅雪はほっとした。「すまん、遼平」

辛い選択をさせたが、これで安心だ。急に気が楽になる。なぜか原田が気の毒そうな顔をしたが、気付かないふりをして立ち上がった。遼平の気が変わらないうちに、やるべきことはさっさと済ませてしまおう。

「そうと決まったら、引っ越しの準備だ」こういうときは足が軽トラで助かる。「遼平、身の回りの荷物をまとめろ。大きな物は俺が積む」

「いい加減にしてくれ」雅雪の言葉を遮るように、遼平が大声を出した。「いきなりすぎるやろ」

「曽我さん。先走りすぎや」原田も鋭い眼でにらんでいる。

はっと我に返った。しまった、無神経すぎた、と思う。また、勝手に空回りしている。

「お願いやから、もう帰ってくれ」遼平が顔を伏せ、肩を震わせた。「おばあちゃん、戻って来たばっかりやないか。今日くらいおばあちゃんのわがまま聞いてくれ。あんたがこの家にいたら、おばあちゃんは……安らかな気持ちになられへん」

そのとおりだ、と思った。文枝とのこの十二年間を思い出せ。死んでも怨むと言われたではないか。せめて、今日くらいは遠慮しなければならない。

「……すまん。俺が悪かった」雅雪は立ち上がった。「俺は帰る。なにかあったらすぐに連絡してくれ」

遼平の返事はなかった。

原田とふたりで家を出た。小雨のぱらつく中をサンバーに乗り込む。車の中は蒸し風呂のようだ。原田がぐるぐるとレバーを回して窓を開けた。走り出すと、湿った風が吹き込んできた。示し合わせたように、ふたり同時にネクタイを外した。

「原田さん。今日はありがとうございました。遼平を説得してくれて助かりました」

「いや」すこし間がある。「あんた、遼平くんにまだ話してないんやな」

「文枝さんがこんなことになっては……」雅雪はシャツのボタンを外した。火傷の痕が見えてもかまわない。どうせ横は原田だ。「もうすこし落ち着いてから話します」

「落ち着いてから、か。まあ、そのほうがええんやろうけど……」

ミラーで見ると、いつにも増して仏頂面だ。よほど、雅雪の態度に腹を立てているのか。せっかく弔問に来てくれたのに、自分の無神経で不快にさせたかと思うと申し訳ない。自分の不甲斐なさがやりきれなかった。

「原田さん、本当に……」

その言葉を遮るように原田が口を開いた。

「あと三日と違うんか？　アパート借りたんやろ？　女と暮らすんやなかったんか？」

いきなり強い調子で訊ねる。一瞬雅雪は気圧《けお》されて口ごもった。

「……俺は移るのをやめます。遼平をひとりにするわけにはいかない」

「遼平くんが高校を卒業するまで、あと四年ある。十三年待った上に、さらに四年も待つんか？」原田はそこで言い淀んだ。「それにたしか向こうは年上やろ？　お互い、結構な歳になる」

「仕方ない」

「仕方ないで済むんか？」

「……仕方ないんです」

原田が大きなため息をついた。それきりなにも言わない。もう仏頂面すらせず、ただ無表情で小雨の町を眺めているだけだった。

鍼灸院で原田を降ろし、無言のまま別れた。今日は食事に誘われなかった。

サンバーを自転車屋に向ける。この前の若い店員がいた。男が登録書類を用意している間に、自転車をサンバーの荷台に積むことにする。

普段の作業で一番辛いのが、重い物を持ち上げることだ。しかも今日は礼服を着ているので動きにくい。軋《きし》む上半身をなだめすかして、ゆっくりと自転車を荷台に載せた。痛みとつきあうようになって、とっくに十年を超える。平気な顔だけは得意になった。

自転車をロープで固定していると、男が感嘆の声を上げた。

「手慣れてますねえ。僕よりうまいくらいや。たしか……なんかの職人さんでしたっけ？」

「庭師……植木屋です」

「へえ。植木屋さんて紐掛けもできるんですか？」

男はまだ雅雪の左手が気になるようだ。よくその手でロープが結べるな、といった具合だ。

「結構ロープワークは多いので」

「そうなんですか。植木屋さんて花植えたり、剪定やったりしてるイメージしかなくて」

「なんでもやります。庭の設計も、重機を使って工事も」

「重機？　たとえば？」

「クレーンやパワーショベルを使って、木を植えたり石組みをします。池を造るなら、セメントを練って防水工事も。それに竹垣を編んだり、染縄で飾り結びをすることもあります。みどり摘み……松の新芽を摘んだり、木を刈り込んでかたちを作ったり、ひたすら草むしりをしたり……」

「……はあ」自転車屋がすこし呆れた顔をした。

雅雪は我に返った。しまった、またやった、と思う。庭のこととなると、ついしゃべりすぎる。

自転車を積んで遼平の家に引き返した。荷台から自転車を下ろし、インターホンを押す。出て来た遼平は雅雪を見た途端、顔をしかめた。

「しつこいな」いきなり喧嘩腰だ。「引っ越しはまだせえへん、って言うたやろ?」

「自転車を買ってきた」

遼平は自転車に眼をやり、はっとした。すこしの間、黙って見つめていたが、やがてその顔が真っ赤になる。予想済みの反応だ。素直に受け取ってくれるはずがないのはわかっている。

「だれが買うてくれて頼んだんや」

「ギプスが外れたら乗ればいい」

さっさと背中を向け、サンバーを出した。しつこく言っても反発されるだけだ。黙って帰ったほうがいい。

遼平の家を出て再び車を走らせた。そのとき、ふと思い出した。明日も弔問客があるかもしれない。駅前の和菓子屋で茶菓子を買っておこう。

夕方のラッシュのせいでかなり道路は混雑している。朝夕はいつもこうだ。交通量が多い上に、先に北野田駅前の踏切があるせいだ。のろのろと進みながら、再び噴水ロータリーまで戻って来たときだ。ミラーを見てはっとした。

遠くに遼平の顔が見えた。雅雪は驚いてミラーをのぞきこんだ。間違いない。遼平だ。自転車に乗ってサンバーを追いかけてくる。左腕はギプスで使えないから、右腕だけの片手で乗っていた。

雅雪はロータリーの入口で軽トラを駐め、降りて遼平を待った。だが、遼平は知らぬ顔で雅雪の横を通り過ぎた。呆気《あっけ》にとられて見ていると、遼平は車の間を縫ってロータリーに突っ込み、噴水の手前で自転車を降りた。フレームを握りしめると、よろめきながら右腕一本で持ち上げる。そのまま、噴水の台座の上に放り投げた。続いて遼平も台座の上によじ登る。

駅もスーパーも近い場所だ。夕方だから特に人が多い。買い物帰りの主婦や学生、サラリーマンが驚いて遼平を見ている。

「遼平、やめろ」雅雪は駆けだした。

噴水本体は広い円形の台座の中央部分にある。球形の装飾の周囲から水が噴き出し、下の水盤にたまる構造だ。遼平はその水盤に自転車を投げ捨てた。自転車は派手な音を立てて横倒しになり、浅い水に浸かった。

遼平が噴水を背にし、雅雪に向き直る。泣き出しそうな眼でにらみつけた。

雅雪は一瞬、息を呑んだ。ぞくりと身体が凍える。肌が粟立《あわだ》った。

あれは遠い冬の日だ。この同じ場所で、同じことをした男がいた。身を切るような冷え込みの夕だった。あの男が噴水に放り込んだのは飯茶碗がひとつ。茶碗ひとつを捜して、雅雪は水の中を這い回った。

――たらしの家系って言われてるんだって？

十四年前、はじめて会った日、あの男はそんなふうに声を掛けてきた。

だれが言い出したのか、曽我造園はたらしの家系と言われている。時代がかった大仰な言葉に真実味を添えたのが、祖父、父、雅雪と代々受け継がれた若白髪だ。初対面で雅雪を揶《や》揄《ゆ》したあと、あの男は愛嬌たっぷりに笑った――。

「自転車なんか恵んでもらうつもりはない」遼平が怒鳴った。「俺は曽我造園で暮らすだけや。それ以上はなにもしてもらうつもりはない」

「恵んだつもりはない」

「じゃあ、機嫌取りか？　そんなんしても無駄や。あんたには二度とだまされへん」

その言葉を聞き、一瞬、息ができないほど胸が痛んだ。返事ができない。

「絶対にだまされへんからな」遼平はそう言い捨てると、くるりと背を向け駆けて行った。

すまん、遼平。雅雪はうめいた。おまえはもうだまされたくないだろう。だが、俺はまだおまえをだましている。おまえに知らせていないことがある。

そのとき、ふっと思った。今すぐ遼平を追いかけ、すべて打ち明けてしまおうか。そうすれば、俺は嘘つきではなくなる。心の重石《おもし》が消え楽になれるだろう。

だが、とすぐに思い直した。聞かされた遼平はどうなる？　文枝を失いひとりになった遼平には、あまりにも辛すぎる。どれだけ打ちのめされるだろう。自暴自棄になって、取り返しの付かないことをしでかすかもしれない。

俺だけが楽になって、遼平に負担を強いるわけにはいかない。今はタイミングが悪すぎる。あとすこし黙っているべきだ。遼平が落ち着いたらすべてを打ち明けよう。遼平が曽我造園の暮らしに馴染んでからだ。

ロータリーをバスがぐるりと回って行った。気を取り直して、噴水から自転車を引き揚げる。もう一度、深呼吸をした。落ち着け、と言い聞かせる。自転車を荷台に積み込んでロープを掛けた。

サンバーを出した途端、腰の痛みが激しくなった。一瞬、原田に鍼を打ってもらおうかと思う。だが、先程、原田の忠告を無下《むげ》にしたところだ。今は到底合わせる顔がなかった。

曽我造園に戻ったときには、もうすっかり暗くなっていた。

遼平に突き返された自転車を下ろし、拭いて乾かす。倉庫に入れて、念のため錆止《さびど》めのスプレーをした。

母屋に行くと、祖父がこの前とは別の五十がらみの女と酒を飲んでいた。会話がないのでひどく粘っこく見えた。

喪服を脱いで着替えた。食欲がまるでない。夕飯は食わず、風呂だけ浴びた。そのあと、遼平の部屋の準備をすることにした。

遼平の部屋は雅雪の部屋の隣だ。昔、死んだ父がひっきりなしに女を連れ込んでいた部屋だ。壁にも畳にも男と女の匂いが染みついているが、我慢してもらうしかない。一階にも部屋は余っているが、祖父の寝室の隣だ。遼平を入れるわけにはいかない。

雅雪は父の部屋を片付けはじめた。もう十数年使っていないので、すこし黴臭《かび》い。晴れた日にでも畳干しをしなければと思う。古い家具を運び出し、押し入れを空にする。雅雪は黙々と掃除を続けた。

ふっと時計を見ると零時を回っている。もう七月五日だ。あと二日になった。

あと二日で会える。すこし事情が変わっただけだ、と何度も自分に言い聞かせた。一緒に暮らせないだけだ。会うことはできる。落胆することはない。会える。

拒まれさえしなければ、会える。拒まれさえしなければ——。

4　二〇一三年　七月五日

庭師の仕事でもっとも大切なのは掃除だ。どれだけ見事に松を整えようと、どれだけ美しい竹垣を編もうと、掃除が不充分では庭師失格だ。仕事の終わりには草一本、枯葉一枚落ちていてはいけない。徹底的にきれいにする。

掃除にも作法がある。庭師は必ず中腰だ。ゴミを拾うときも草を抜くときも、決して尻を落としたりはしない。腰をかがめただけで作業をする。だから、腰痛は庭師の職業病だ。

腰の痛みに顔をしかめ、雅雪は窓の外を見た。もう明るくなっている。遼平の部屋を整えようと掃除をしているうちに、いつの間にか夜が明けた。時計を見れば五時だ。

もう眠る時間はない。どうせならいっそ仕事をしよう。今日は七月五日。七日まであと二日だ。七日は朝から迎えに行かなくてはならない。その後、数日間は仕事どころではなくなるだろう。なら、今のうちに働いておこう。

倉庫の奥にある温室に向かった。それほど広くはないが、雅雪の作品でいっぱいだ。天井から作製中の釣忍がいくつも下がり、横の棚には盆景と苔玉が並んでいる。遼平が枯らした釣忍の苔もここで養生中だ。

扇の家を買った永井に釣忍を頼まれている。子供が喜びそうなものを、という注文だった。どんなかたちに仕立てよう。子供が喜ぶのは玉よりも船形か。三日月はどうだろう。リースのような環《わ》のかたちはどうだ？　いろいろ悩んだ末、星のかたちに作ることにした。昔、遼平に作ったら大喜びしたものだ。小さな子にはきっと気に入ってもらえるはずだ。

雅雪は温室にこもり、一時間ほど掛けて永井の釣忍を仕上げた。六時すぎに事務所に向かうと、祖父がもう剪定鋏の調整をしている。挨拶をして、スケジュールボードに「扇の家永井邸」と書き込んだ。横に細木老からもらったメモを貼る。

「親方。細木老からご紹介の家、来週から入ります」

「扇の？　あの家か？」

「打ち合わせは済ませました」答えなかったことで、答えたことになった。

祖父は刃を留めるナットを外し、ボルトを抜いてきれいに拭いた。再び刃に取り付け、スパナで締める。何度も鋏を握って加減を見ながら、刃のかみ合わせを調節していた。

「重機使うなら早めに言え。こっちの都合もある」

祖父と雅雪だけでやっているから、大きな重機を入れる作業では助っ人を頼まなければならない。スケジュールのすりあわせは重要だ。

「わかりました」すこしためらってから言う。「……それから、島本遼平をうちで引き取ることになりました。近々荷物を運びます」

「そうか」鋏に丁寧に油を塗り込んでいる。

振り向きもしない。理由を訊きもしない。まるで手応えのない祖父に苛立ちを覚えた。

「俊夫《としお》さんの部屋を使います。高校卒業まではうちで面倒を見ます」

「好きにしろ」顔も上げないが、はっきりと鼻で笑った。「ただし、こちらには厄介を掛けるな」

「わかりました」祖父らしい返事だ。そう思うしかなかった。


朝食を済ませ、朝一番で細木邸に向かった。

途中になったままの四つ目垣を仕上げなくてはならない。蒸し暑い朝、竹垣を編んでいたことを思い出すと、おかしな気がした。あれから、まだ三日しか経っていない。あまりいろいろなことがありすぎて、時間の感覚が狂っている。

軽トラから道具を下ろしていると、制服姿の細木隼斗が門から出て来た。

「遼平んちのババア、死んだんやて?」

またか、と思う。あの人格者の細木老からどうしてこんな孫ができたのだろう。無視して作業を続けた。

「ババアが死んでぼっちか」ねじれた笑い声を上げる。「学校でもぼっち。家でもぼっち。

あいつメンタル弱いからな。今度こそヤバイんと違うか。このまま不登校で、引きこもりのニート一直線やな」

ひたすら無視する。竹と焼き丸太を荷台から下ろした。

「でも、全然平気やな。一生あんたが面倒見るんやろ？　うちのジジイもかわいがってるしな」

隼斗が引きつれた声を張り上げ笑った。はっとして雅雪は振り返った。まじまじと隼斗の顔を見る。すると、隼斗の顔が歪んだ。

「……なんで、あいつばっかり」吐き捨てるように言うと、走って行ってしまった。

ふっと死んだ父を思い出した。父も同じことをした。祖父に突っかかり、相手にされず、最後は子供のように泣いた。俺は、と思う。あのとき父になんと声を掛ければよかったのだろう。

やりきれない思いで仕事に取りかかる。やがて、昼前には四つ目垣が完成した。細木老も仕上がりに満足なようだが、どこか浮かない顔だ。しばらく新しい四つ目垣を見ていたが、やがて雅雪に向き直った。

「……娘が迷惑掛けたようで、ほんまに申し訳ない」

「なんのことでしょう？」

「聞いてないんか。二日前、うちの隼斗と遼ちゃんがケンカした日の夜や。娘が遼ちゃんの家に電話して、おばあさんにえらい剣幕で文句を言うてな」

「……そうだったんですか」

文枝にケンカがばれた理由がわかった。あの、太った娘のせいか。

「悪いのは隼斗や。それに、たかが掠り傷くらいでみっともない。あさましい娘や」細木老が苦しそうに首を振った。「その後、おばあさんがあんなことになって……」

「いえ、お気になさらず。黙っていた私が悪い。それに、娘さんのことは関係ありません。文枝さんはそのずっと前から頭が痛いと言っていましたので」

「そうか」細木老は小さなため息をもらした。額の皺は深いままだった。「それで、遼ちゃんは？　おばあさんが亡くなられて、これからどうするんや？」

「うちに引き取ろうと思います」

「あんたが？　でも、あんたは……」細木老はそこで言葉を呑み込んだ。雅雪の顔をじっと見て言う。「もう決めたんやな」

「決めました」

細木老は眼を閉じ、うなった。しばらく険しい顔をしていたが、やがて顔を上げ、ご老公そのままに笑った。

「そうか。三代目、大丈夫や。なるようになる」

雅雪は頭を下げた。芝居がかった励ましだが、それでも嬉しい。細木老はしばらく眼を細めていたが、ふいにこう言った。

「新しい垣はきれいでええんやが、落ち着かん気もするなあ」

今日立てた竹垣が馴染むまでには、まだすこし時間がかかるだろう。真新しい竹には鮮やかな美しさがあるが、風雨にさらされた竹にも静かなよさがある。

「わしが死んだあと、この庭がどうなるかと思て」細木老がぐるりと庭を見回した。「娘と孫がしょうもないこと言うかもしれんが、三代目、頼みます」

「私でよければ、できる限りのことをします」

「そう言ってもらえるとほっとする。この庭のことは、あんたのとこが一番よう知ってるからな」魔法使いのように軽く杖を振って笑った。「……しかし、三代目。あんた、清次《せいじ》とよう似てきたな」

「親方とですか？」

「そんないやな顔をするな。じいさんと孫やから似てて当たり前なんやが」細木老が苦笑した。「性格はまるで似てないのにな」

祖父と細木老のつきあいは古い。祖父が東京から西に流れてきて以来の関係だそうだ。

祖父の清次は東京の出だ。若い頃、命が危うくなるほどの女性問題を起こし、大阪に流れてきた。だが、またすぐにこちらでも問題を起こした。出入りしていた屋敷の娘に手を出し、孕《はら》ませた。生まれたのが父の俊夫だ。だが、娘の親は結婚を認めなかった。祖父は結構な手切れ金をもらって子供を引き取り、娘と別れた。曽我造園の設立資金はそこから出た。祖父はひとりで曽我造園を切り回しながら、また多くの女性と関係を持った。七十になった今でも女が切れることはない。

父はそんな祖父を見て育った。中学の頃にはもう何人も女がいたという。やがて、父も庭師となり、やはり施主の娘をたらした。娘は家を飛び出し父と一緒になり、雅雪を産んだ。だが、母は赤ん坊の雅雪を残して出て行った。

親子二代、同じことを繰り返したわけだ。だが、祖父と父では、女の扱いかたはまるで違っていた。もし、父が祖父のように女をたらせたら、扇の家はあんなことにはならなかっただろう。

「あんたは親父さんではなく清次に似たんやな。手先が器用で字も上手い」そこで細木老がしまったという顔をした。「……すまん、三代目。あんた今は指が」

「いえ、支障のない程度には動きますので」火傷のいきさつも程度も知っている細木老だからごまかす必要はない。「それに、もともと字はそれほどでも」

「いやいや。親父さんに比べたらましや。二代目はあんまり器用な人ではなかったからなあ。筆も苦手やった」細木老がすこし言いにくそうにした。「あんたが生まれたとき、命名書を書いたんはわしや」

「あれは細木老が書かれたんですか」

父が死んだとき、はじめて自分の命名書を見た。書のことはよく知らないが、それでも相当丁寧に書かれたものであるのはわかった。祖父も父も儀礼やら記念日やらに関心がなかったので、こんなものがあったのかと驚いたものだ。雅雪は誕生日すら祝ってもらったことがない。死んだ父が命名書を用意したのは、ただの気まぐれだ。

だが、その気まぐれの命名書ですら、父は自分で書かなかったということか。なるほどやはりな、と思う。

「雅雪とは号みたいで、風流な名前でびっくりしたな。たしか、二代目がつけたんやな」

「親方が好きだった森雅之にちなんで名付けた、と聞きました」

森雅之とは戦前戦後を通じて活躍した二枚目俳優だ。有島武郎《ありしまたけお》の息子で、『羅生門』『雨月物語』『おとうと』など多くの映画に出ているが、祖父のお気に入りは原節子《はらせつこ》、三船敏郎《みふねとしろう》と共演した『白痴』だった。

「清次はあの俳優をずいぶんほめていた」細木老が呆れたように笑った。「あいつは女優にはまるで興味がなくてな。抱けない女になんの意味がある、と鼻で笑った」

「親方らしい答えです」

代々、情の薄い家系だった。以前、雅雪が入院して生死の境をさまよっていたときも、祖父は一度見舞いに来たきりだった。それも、警察がらみで仕方がなかったからと、病院での諸手続きに肉親のサインが必要だったからだ。

長い入院生活で親身になってくれたのは細木老だけだった。老人は何度も見舞いに来てくれて、雅雪を励ましてくれた。だから、細木老には感謝してもしきれないと思っている。掃除をして、昼過ぎには細木邸を辞した。

サンバーを飛ばして北花田《きたはなだ》のショッピングモールに向かった。

アパートの準備がまだ済んでおらず、細かい品物を買いそろえなくてはならない。それに、遼平を家に引き取るための用意も必要だった。

ぐるぐるスロープを回って立体駐車場に車を駐めると、まずインテリアコーナーに向かった。アパートに吊すカーテンが要る。

最初は歳相応の落ち着いたものを見ていたが、思い直した。できるだけ明るい華やかなものがいい。時間の止まった女のためにも、二十歳の女の子が好むようなものがいい。

いろいろ見比べるうちに、チューリップやらデイジーやらパンジーやらを散らした中に、つがいの小鳥がさえずる柄に眼が留まった。春の庭のようだと思った。上品で華やかで、それでいて若々しい柄だ。狭いアパートには不釣り合いだったが、思い切って買うことにした。

カーテンの次は布団を見た。軽い羽毛布団を選び、そこですこし迷った。この前まではシングルを二組買うと決めていたが、事情が変わった。今、必要なのは一組だけだ。仕方ない、と布団をカートに積もうとして、ふっとダブルサイズが目に入った。雅雪はすこしの間、ダブルの布団を眺めていた。

あの雪の日、布団も敷かず女に重なった。畳は冷たく、膝が痛かった。雪見障子から庭を眺めると、雪をかぶった蘇鉄が見えた。来年は雪よけをしよう、藁《わら》ぼっちをかぶせよう——。だが、来年はなかった。

気がつくと、ダブルサイズをカートに積んでいた。一組には違いない。カバーにシーツ、枕を選ぶ。とにかく明るいものを、と頭の中で念仏のように唱え続けると、いつの間にか汗をかいていた。

布団を車に積んで、また店内に戻る。今度は食器売り場だ。ここでもやはり迷った。だが、先程ダブルの布団を買ったことで、ふっきれたようだ。

飯茶碗と皿、汁椀に箸。今度こそは、と思う。そして、湯呑み、グラス、コーヒーカップ、スプーン、フォーク。気付いたものを次々買った。さらに、風呂トイレ、そのほかのさまざまな日用品を選ぶ。山ほどの荷物を積んだカートを押して、駐車場まで何往復もした。

アパート用の買い物が済むと、次は遼平のものだ。店に戻ろうとして、自転車を叩き込まれたことを思い出した。今、雅雪が勝手に身の回りの物をそろえれば、遼平が反発する可能性が高い。俺が世話を焼いても嫌がられるだけだ。手間は掛かるが、本人に任せたほうがいいだろう。

山ほどの荷物を積んでアパートに着いたのは、もう六時前だった。

急いで荷を解きカーテンを吊った。途端に部屋が明るくなる。本当に春が来たようだ。思わず嬉しくなり、すこし笑ってしまった。

今日買った荷物をどんどん片付けていく。ダブルの羽毛布団は押し入れにしまい、食器類は洗って棚に収めた。一通り片付いたときには、もうすっかり夜になっていた。

そのとき、ふっと寝室のドレッサーの横の空間に眼が留まった。バイオリンの保管庫を置くはずの場所だ。バイオリンはどうすればいいだろう。アパートに移すべきか、それとも、これまで通り曽我造園で俺が管理すべきか。

悩んでいると、ひどく疲れが来た。最近、まともに眠っていないせいだ。今夜は早めに休もう、と釣忍に水をやってアパートを出た。

曽我造園に戻り、ひとりで夕飯を済ませた。風呂に入る前に遼平に連絡する。ひとりきりの夜だ。うっとうしく思われることはわかっていたが、それでも放っておくことはできなかった。

携帯に掛けたが、遼平は出ない。次に、家の電話に掛けてみた。ずいぶん鳴らしたが出ない。三十分ほどして、もう一度電話した。だが、やはりどちらも出なかった。

もう九時だ。いやな予感がする。説明はできないが、なにか悪いことが起こっているような気がした。

小学生の頃、遼平は家出をしたことがある。

雅雪に会うために真っ暗な道を泣きながら曽我造園まで駆けてきた。雅雪おじさんの家に泊まりたい、と遼平は電話で泣いて訴えたが、文枝は決して許さなかった。もし勝手に泊めたりすれば、誘拐されたと警察に訴える、と。雅雪は遼平の気が済むまで付き合い、落ち着いた頃を見計らって家まで送り届けた。

雅雪おじさん、と呼ばれなくなってから七ヶ月。遼平は泣くのをやめて、家出先を雅雪の家からゲームセンターやらコンビニに変えた。だが、それでも文枝は雅雪に電話を掛けてきた。雅雪は遼平を捜して一晩中、サンバーで走り回ったものだ。

文枝が死んでひとりになって、自棄《やけ》になっているのではないだろうか。心配でたまらず、様子を見に行くことにした。遼平の家に行ってみたが、真っ暗でだれもいない。思い切って隣の家のインターホンを押した。

「すみません。遼平を知りませんか？」

「遼ちゃん？　そう言えば朝から見てへんわ」月下美人は風呂上がりのすっぴんで出て来た。「曽我さん、恥ずかしいわあ。ちゃんとお化粧してるときに来てや」

とりあえず礼を言ってサンバーを出した。まず、三一〇号線沿いのゲームセンターをのぞいた。だが、遼平の姿はどこにもない。次に近隣のコンビニを回った。だが、遼平はいない。仕方なしに、もう一度遼平の家に行ってみた。だが、やはり戻っていない。

まさか、また隼斗と揉めているのではないだろうか。十時を過ぎているので失礼かと思ったが、連絡してみることにした。

「はい。細木ですが」電話に出たのは隼斗の母だった。

「夜分に申し訳ありません。私、曽我造園の……」

言葉を遮って、いきなり保留メロディが流れ出した。すこしすると、細木老が出た。

「三代目か。どうした？」

「夜分に申し訳ありません。まだ遼平が戻らないので、もしかしたら隼斗くんがなにかご存知かと」

「なに？　遼ちゃんが戻らん？　それは心配やな。なにかあったんやろうか」細木老が電話の向こうでうなった。「隼斗は家でテレビ観とる。ちょっと訊いてみるから」

がさがさと音がした。受話器を手で覆ったのだろう。くぐもった声がもれ聞こえてきた。

「隼斗、おまえ、遼ちゃんのこと知らんか？　まだ帰っとらんらしいが」

「はあ？　遼平？　そんなん知るか」

隼斗の怒鳴り声が聞こえた。それから、乱暴にドアを閉める音もした。

「……すまんな、三代目。知らんようや。役に立てんで申し訳ない」

「いえ、ご迷惑をお掛けしました」

「なんかあったら遠慮せんと言うておいでや」

礼を言って携帯を切った。アドレス帳をにらんでいると、原田の名に眼が留まった。もしかしたら、曽我造園に行くよりは施設のほうがマシだ、と相談に行ったのかもしれない。早速、原田に連絡したが遼平はいなかった。事情を話すと、電話の向こうから小さなため息が聞こえた。

「つまらんことを言いすぎたか」もう一度ため息が聞こえた。「私も捜してみる」

緊急事態なので、素直に甘えることにした。再び、サンバーで夜の町を走る。遼平の姿はどこにもない。もう十一時前だ。まさか、と思う。最悪の想像が頭を離れない。バカなことだけはしてくれるな。お願いだから無事でいてくれ。

再び、噴水ロータリーが見えてくる。そのとき、昨日の遼平の言葉を思い出した。

――あんたが大事なんは釣忍と……あの扇の家だけや。

今から七ヶ月ほど前、遼平は釣忍を叩き壊した。まさか、今度は扇の家を？

扇の家を目指して、噴水ロータリーをぐるりと回った。放射状の道へ入って角を曲がると、門かぶりのクロマツが見える。次の瞬間、どきりとした。門がわずかに開いている。慌てて車を降りて確かめると、門の鍵が壊されていた。

門の隙間からのぞいてみたが、庭は暗く星明かりだけではよく見えない。サンバーから懐中電灯を持ち出し、扇の家に入った。あたりを照らしながら、雑草だらけのアプローチを進む。玄関は閉じていた。ドアを揺すったが鍵は掛かっている。母屋をざっと照らしたが、どの窓も雨戸が閉じていて異常はないようだ。

次に、庭に電灯を向けた。腰まで雑草の茂った荒れ庭だ。ゆっくりと照らして行くと、突然光の環の中に蘇鉄が浮かび、ぎくりとした。たしかに化物にしか見えない。

そのとき、生い茂った草が乱れていることに気付いた。懐中電灯を蘇鉄の根元に向けると、草の間から白いものが見える。慌てて駆け寄ると、草の中からのぞいた白は遼平のギプスだった。

「遼平、大丈夫か？」かがみこんだ瞬間、吐き気がした。すさまじい酒の臭いだ。

「……雅雪……おじさん」遼平がぼんやりとした顔でつぶやいた。

思わず胸が詰まった。こんなふうに呼ばれるのは七ヶ月ぶりだ。

「遼平、おまえ……」

遼平は一瞬眼を見開き、驚いた顔をした。だが、そのあとすぐに顔を背けた。寝ぼけていただけか。一瞬で心がしぼむ。勘違いするな。許してもらえたわけではない。気を取り直して、原田に遼平を見つけたことを伝えた。すると、すぐにこちらへ向かうと言った。

雅雪は遼平の腕をつかんで起き上がらせた。

「遼平、こんなとこでなにやってるんだ？」

「見たらわかるやろ。ひとりで、飲んでるだけや」身体を揺らしながら叫んだ。呂律《ろれつ》が完全に怪しい。「もう、だれもおれへんし……」

「ここは永井さんが買ったんだ。空き家じゃない。勝手に入ったらだめだ」

「うっさい、知るか」

雅雪を振り払って立ち上がろうとするが、そのまま倒れこんだ。そのまま草の上でもがいている。

「じっとしろ」雅雪は遼平を助け起こした。「騒ぐな。近所迷惑だ」

いくら敷地が広くて高い生垣に囲まれているとはいえ、あまり騒げば近所に聞こえる。通報でもされたら大変だ。暴れる遼平を引きずり出そうと格闘していると、原田が来た。

原田は草の生い茂る中を大股で近づいてきたが、途中でなにかを拾い上げた。無言で雅雪に示す。

酒瓶だ。ジャックダニエル。遼平の父親の好物で仏壇に供えてあった。見れば、中はほとんど残っていない。

「まさか一瓶全部飲んだのか？」雅雪は血の気が引いた。「救急車を呼んだほうが……」

「いや、こぼしたらしい。このあたりの地面、かなり酒臭い」

冷静な原田の言葉にほっとする。雅雪は遼平に向き直った。

「遼平、なに考えてるんだ。急性アルコール中毒になったらどうする気だ？」

「は？　俺が死んでも、あんたには関係ない、やろ」遼平が耳障りな笑い声を上げた。「いや、違う。今、俺が死んだら……あんたは、嬉しいはずや」

「バカなことを言うな」

思わず手が出そうになって、こらえる。今、問題を起こすわけにはいかない。迎えに行けなくなる。

「とにかくここを出るんや。よその庭で騒いだらあかん」原田が門を示した。

「いやや。ここにいる」遼平の眼がすわっている。「ここが、はじまりの場所なんやろ?」

はじまりの場所。

どきりとした。動揺を押し隠し、遼平の右腕をつかむ。原田と両側から挟み、引きずるように門の外へ連れ出した。

「いいから車に乗れ」

「離せ、コラ。バカにするな。白々しいんや」ギプスの左腕を振り回し、喉の裂けるような声で叫んだ。

「暴れるな。腕の怪我に響くぞ」

「心配してるふりなんかすんな」遼平がすさまじい眼でにらんだ。「だまされるか。俺は見たんや」

雅雪は思わず息を呑んだ。遼平が突っかかってくるのには慣れている。だがそれは少々子供じみた怒りと苛立ちだった。簡単に言えば八つ当たりだ。だが、今は違う。街灯の光に浮かび上がる顔は真っ白で、赤く充血した眼には絶望が見えた。これほどの憎悪を向けられたことはない。

「なんのことだ？」

「……花柄のカーテン、ダブルの布団、夫婦《めおと》茶碗、夫婦湯吞み」遼平が怒鳴った。「まだまだある。スプーンも、フォークも……」

「まさか……見てたのか」かっと顔が熱くなった。

「最初っから全部見てた。あんたはニヤニヤしながらカーテン選んで、真っ赤になって布団売り場をうろうろしてた。そして、ダブルの布団を買った」

「ニヤニヤなんかしてない」雅雪はいたたまれなくなった。「赤くなんかなってない」

「嘘つけ。見てるこっちが恥ずかしかった」そこで遼平の声が震えた。「……出てくるんか？　真辺舞子《まなべまいこ》が出てくるんか？」

すこしの間、完全に心臓が止まったように感じた。

遼平に気付かれた。しかも、一番残酷なかたちで気付かれてしまった——。

雅雪は自分の失態を悔やんだ。きちんと落ち着いて話すつもりだった。だが、つい気後れして話す機会を逸した。優柔不断が最悪の結果になった。

雅雪は覚悟を決めた。俺が悪い。どんなふうに責められても仕方ない。

「……そうだ。真辺舞子が出所する。明後日、七月七日の朝だ」

「明後日？」遼平の顔から血の気が引いた。「すぐやないか。そんなに早く？」

「早くない。満期出所だ」

懲役十三年と六ケ月。当時、二十歳の舞子に下った判決だ。明後日七月七日、ようやく満期出所の日を迎える。

出所には二種類ある。満期出所と仮釈放だ。刑期を満了して出るのが満期出所。刑期を残して出るのが仮釈放。通常、刑期を三分の二ほど過ぎれば認められることが多い。

満期出所と仮釈放には大きな違いがある。仮釈放には身元引受人が必要だ。出所後も本来の刑期満了日までは保護観察という措置《そち》になり、定期的に保護司との面会が義務づけられる。また、日常生活にもさまざまな制限が付いた。

「満期やからって偉いんか」青ざめていた遼平の顔が一瞬で赤くなった。「なんで出てくるんや。人殺しのくせに。出てくんな。一生、刑務所にいろや」

「そんなことを言うな。舞子は……罪は償ったんだ」

満期出所の場合にはなんの制約もない。保護司との面会もない。科せられた刑期を終えたのだから当然だが、まったく自由に生活することができる。

だが、別の言いかたをすれば、満期出所者にはなんのフォローもないということだ。出所日の朝、八時から九時の間に刑務所を出る。それで終わりだ。どこへ行こうと、なにをしようと、だれの眼も届かない。だれも助けてくれない。

「……罪は償った？」遼平が雅雪をにらみつけた。

話し続けた。「あんたの彼女は俺の親を殺した。あんたは彼女のために、俺を手なずけて丸め込もうとしたんやろ？」

「違う。俺にできる償いをしようと思っただけだ」

「あんたは嘘ばっかりや。どこか別のところで、その女と住むつもりやったんやろ？　うちに来い、一緒に暮らそう、なんて全部嘘やないか」

「アパートは舞子がひとりで住む」

「じゃあ、なんでダブルの布団買ったんや？　なんであんな嬉しそうな顔してたんや？」

「それは……」雅雪は口ごもった。「泊まることくらいあると思ったからだ」

「じゃあ、俺のものは？　俺を引き取る、て言うたくせに、あんたは女のものしか買えへんかったやないか」

「買おうとしてやめた。勝手に買わないほうがいいかと思ったからだ」

「もういい。あんたの言うことはなにひとつ信用でけへん」遼平の眼に涙が浮かんだ。「親切なふりして、俺をずっとだましてきたんや」

「遼平、違う……」

それきり言葉が出ない。俺は阿呆だ、と思った。なにをやっても裏目に出る。

「償いなんかいらん。俺は一生、その女を……真辺舞子を許さへん」

遼平が崩れるように倒れ、号泣した。雅雪は身体が動かず、呆然と立ち尽くしていた。

「曽我さん、車に」

原田の声がやたら遠くで聞こえた。なにか言っているのがわかるが、身体が反応しない。

「曽我さん」すこし強く原田が言った。

原田が遼平を抱き起こそうとしている。ようやく我に返って遼平の肩を支えた。ギプスに触れないように気を遣う。遼平はもう抵抗しなかった。ただ赤ん坊のように泣きじゃくるだけだ。サンバーの助手席に押し込んでドアを閉めると、すぐに眠ってしまった。

急性アルコール中毒の心配はなさそうだが、万が一ということもある。しばらく眼を離さないほうがいい。看病の都合を考え、曽我造園に連れ帰ることにした。

「私も行こか。また暴れたら、曽我さんひとりやったら大変や」

サンバーとフェアレディZを二台連ねて曽我造園に向かった。

曽我造園に着くと、原田の手を借りて遼平を二階へと運んだ。ぐったりした遼平はさすがに重い。原田が来てくれたことに感謝した。腰の悪い雅雪ひとりでは辛かっただろう。

汚れた服を着替えさせ、手と顔を拭いてやった。予備の布団――つまり連れ込んだ女用の布団を出して遼平を寝かせる。遼平の布団を買わなかったことがまた悔やまれた。念のため横向きにして、枕元に洗面器を用意する。

「原田さん、本当にありがとうございました」

「いや」原田は首を振った。「それより喉が渇いた。夜中に悪いけど、コーヒーを一杯もらえるか？」

「ええ」原田のほうから催促《さいそく》とは珍しい。「じゃあ、事務所のほうへ」

原田に続いて、階段を下りる。全部下りきった瞬間、突然足がもつれた。そのまま廊下に座り込んでしまう。

「曽我さん、大丈夫か？」

「ええ」階段の手すりにつかまって、ようやく立ち上がった。

「お疲れのようやな」原田が眉を寄せた。「コーヒーは遠慮しよか」

「いや、平気です」

事務所に原田を案内し、ビニールレザーのソファに座ってもらった。湯を沸かし、豆の準備をする。たったふたり分の豆を挽くだけなのに、ミルをすこし回しただけで息が切れた。テーブルの天板は人工大理石だ。カップを置くとカチャンと固い音がした。普段ならなんとも思わないが、今はひどく耳障《みみざわ》りで頭に響く。最近、まともに眠っていないせいか。やはり相当疲れているようだ。

原田はずっと無言だった。コーヒーを置くと、早速口をつけた。

「……コロンビア？」

「グァテマラです」

雅雪もソファに腰を下ろした。しばらくの間、黙ってコーヒーを飲む。味などすこしもわからない。原田もなにも言わない。強張った表情のまま、カップをにらんでいる。

「曽我さん、もう一杯。同じ豆で」にこりともしない。

雅雪は再び豆を挽いて、原田の前に二杯目を置いた。だが、原田はそれには手をつけず、ひとつため息をついた。

「曽我さん。もう無理や。あんたの手には負えん」いつにも増して仏頂面だ。「遼平くんは施設へ入れたほうがいい。このままやったら、取り返しのつかないことをしでかす」

「でも、俺は遼平の面倒を見る責任があるんです」

「この前、私の経験を話した。憶えてるか？」

「ええ」

「たらい回しの末、親戚連中は相談の上、私を遠縁の年寄り夫婦に押しつけた。その夫婦はふたりとも視覚障害者で、親戚中から厄介者扱いされてたんや。要するに、私に将来介護をさせよう、っていう腹や。私は反発して逃げだし、役者を目指した。でも、結局芽が出ないままますごすご戻って来た。やのに、その夫婦は喜んで迎えてくれた。曲がりなりにも鍼灸師で食えるようになったんは、その夫婦のおかげや」

「じゃあ、やっぱり俺が引き取るのが一番です」

「それは、夫婦がちゃんとふたりそろって面倒を見てくれたからや。でも、曽我造園は違う。かなり特殊や。お世辞にもよい環境とは言えん」原田が一瞬口を閉ざし、かすかに辛そうな顔をした。「でも、一番の問題は曽我さん、あんたや」

雅雪は驚いて原田の顔を見た。原田は雅雪の傷も事情も理解している。これまで、責めるようなことなど一言も言わなかった。

「でも、勘違いせんといてほしい。過去の問題やない。現在のあんたに問題があると言ってる」原田の声がいっそう低くなった。「もちろん、あんたの立場は理解してる。でも、そのせいであんたは強く言えない。なにを言われても我慢して頭を下げるだけや」

我慢しているつもりはない、と思った。最初に取り返しのつかないことをしたのは俺だ。償える罪ではない。なにを言われても、どんなことをされても仕方ない。

「なんでもかんでも自分が悪い、て考えるのはあんたの勝手や。気が済むまで、床に這いつくばって頭下げてたらええ。でも、どんなにしたって罪は償えない。なら、できることをしたほうがええ。遼平くんの非行を認めて、それなりの対処をする。施設、警察。なんでも協力してもらうんや。そして……」そこですこし原田は言い淀んだ。「そして、思い切って距離を置く。あんたがいたら甘えるだけや。かえって状況が悪くなる。あんた、この先一生、あのガキの面倒を見ていくつもりか？　あのガキの人生に責任が持てるんか？」

「覚悟してます」雅雪はきっぱりと言った。

「曽我さん。あんたはきっと誠実な人なんやろ。でも、問題はそんなことやない。たとえ、あんたがどれだけ努力しようと、できないことがある。それを認めるべきや」

違う。遼平を見捨ててはいけない。今はどれだけ辛くても、ただ甘やかしているように見えても、俺は遼平のそばにいるべきだ。今の遼平に必要なのはサンドバッグだ。怒りやら愚痴やらをぶつけたいだけぶつけられる、八つ当たり用のサンドバッグだ。

「あんたの罪滅ぼしは間違ってる」黙ったままの雅雪にしびれをきらした原田が苛立たしげに声を荒らげた。「ケンカしても酒を飲んでも、あんたが後始末をする。だから、つけあがるんや。でも、もしもっとヤバイことに手を出したら？　酒の代わりにクスリ。不法侵入のついでに盗み。そんなのあっと言う間や」

「遼平はそんなことをしない」

「甘い」原田が一言で切り捨てた。「あいつが問題を抱えてるのは間違いない。そして、あんたはそれを悪化させてる。あいつはなんで倒れるまで酒を飲んだんや？　そうせなあかん理由があったからや。ストレスが溜まってて、飲んで憂さ晴《う ば》らしをしたかったからや」

たしかに、酒や煙草はわかりやすい問題行動だ。雅雪は小学生の頃から煙草を吸っていた。家にはいつでもセブンスターのカートンが転がっていて、一箱抜こうが二箱抜こうがなにも言われなかった。食後の一服が習慣になり、あっと言う間にヘビースモーカーになった。

「しかも、ただ飲んでるんやない。仏壇の酒や。それは、親の死がひっかかってるからや」

原田がひとつ息をついた。「赤ん坊のときに死んだ、顔も覚えてへん親や。普通やったら、とっくに折り合いつけてるはずや。それがでけへんのは、あんたがそばにいるからや。あんたが償い続ける限り、一生、親が殺された事実を忘れられへんのや」

胃がきりきりと痛んだ。原田の言っていることは正しい。だが、到底受け入れられない。どう言っても納得してもらえないだろうが、遼平と縁を切ってはいけない。

「あいつのためだけやない。あんたのためにも言ってるんや。あんたを奴隷《どれい》扱いしていたババアはもうおらん。あんたがやり直すいい機会や」

そんなことはできない。雅雪は黙って首を横に振った。

原田はじっと雅雪を見つめていた。そして、大きなため息をついた。そのあと、すこしためらってから、ゆっくりと一語一語区切るように言った。

「曽我さん、あんたには苛々させられる」

なんの容赦もない厳しい一言だった。雅雪は呆然と原田を見返した。

「あんたとのつきあいは長い。前にも言うたが、あんたは誠実や。我慢強い。腰も低い。礼儀正しい。理不尽な状況に何年もたえている」原田は堰《せき》を切ったように話しはじめた。「でも、勘違いせんといてくれ。あんたをほめているわけやない。苛々させられる、と言うてるんや。失礼を承知で言う。あんたは愚かに見える。いや、実際愚かや。十三年前、あんたになにか落ち度があったんか？　なにもなかったやろ？　あんたが責任を感じる必要はなにひとつないんや」

原田の頬には血が上っていた。雅雪を責める痛切な言葉に嘘はない。真摯な軽蔑はただただ熱かった。

気付いた。原田はずっと我慢してきた。果てしなく愚かで阿呆な俺に苛立ちながらも、それでも力になろうとしてくれた。お節介をするときの仏頂面は原田の葛藤の証拠だ。

「そもそも、その真辺舞子はなにを考えてるんや」原田はさらに語気を強めた。「手紙の受け取り拒否、面会の拒否。ずっとなんやろ？　そんな女を待ってどうするんや？　あんたの気持ちはなにも通じてない。それに満期出所と言うてたな。仮釈放は？　まだ若いんや。機会はあったはずや。あんたが待ってることを知ってたんやろ？　早く出たいと思えへんかったんか？」

雅雪は答えられなかった。痛いところを突かれた。原田に言われるまでもない。ずっと考え続けていた。俺が待っていることを知って、なぜ、と。

「それとも、あまりに態度が悪すぎて、仮釈放の対象にならへんかったんか？　どうしようもない女なんか？　それほどタチの悪い女なんか？」

「違う。舞子はそんな女じゃない」

「だったらなんでや？」原田が暗い眼でにらみつけた。「女はな、一度その男に見切りつけたら二度と戻ってけえへん。向こうはあんたに気はないんや」

雅雪は歯を食いしばった。そうだ、わかっている。舞子は自分から仮釈放を望まなかった。俺が待っていることを知って、望まなかった。舞子は……俺を望まなかった。

手紙も面会も拒み続けて来た舞子だ。雅雪の元に戻ってくるとは考えられない。塀の外に出たら、きっとひとりどこかへ、ずっと遠くへ行ってしまうだろう。そうなれば、行き先はだれにもわからない。

だから、舞子をつかまえるには、出所日七月七日の朝に迎えに行き、塀の外で待つしかない。その機会を逃せばもう二度と会えなくなる。

「……昔、女と暮らしてたことがある。女の連れ子やけど娘もいた。自分なりにかわいがったつもりやった。さやま遊園にもしょっちゅう連れて行った。観覧車もジェットコースターも乗った」原田の眼が一瞬揺れた。「でも、女は娘連れて突然出て行った。それきり音沙汰がない。家族やと思てたんは自分だけやった、いうことや。あんたと同じ……ひとり相撲やったんや」

以前、さやま遊園の話題が出たとき、幼い原田が観覧車で喜ぶ姿などまるで想像できなかった。だが、血の繋がらない娘と観覧車に乗る姿なら、ありありと想像できた。小さな女の子の手を引き仏頂面でゴンドラに乗る原田を思うと、一瞬息が詰まった。

「曽我さん。ちゃんと考えるんや。あんたの父親が真辺舞子の母親にしたことを。実際、あんたは逆恨みされて殺されかけた。それやのに、なんで真辺舞子が受け入れてくれると思えるんや」原田が大声を張り上げた。

「舞子は俺のために罪を犯した。責任は俺にある」

「真辺舞子がそう言うたんか？　違うやろ？　曽我雅雪のために罪を犯したなんて、一言も言うていない。ただの願望や。なにもかも、あんたのひとり相撲やないか。あんたはずっと、島本家に奴隷のように仕《つか》え続けたけど、結局だれも感謝せえへんかった。島本文枝にも怨まれただけや。それどころか、あんたに甘やかされたガキはだめになった」そこで原田は一旦口を閉ざした。そして、吐き捨てるように言った。「あんたは愚かや。阿呆や。滑稽や。ひとりで踊ってるだけや。違うか？」

自分が愚かで阿呆なことくらい先刻承知だ、と雅雪は思った。そんなことは昔からわかっている。ずっとずっと昔からだ。

「こんなことしてなんになる？」原田が声を荒らげた。「自分の人生を台無しにしてるだけや。今ならまだ間に合う。好きなように生きるんや」

「……好きなように生きてる」

原田は勘違いしている。俺は好きなように生きてきた。好きなように生きた結果がこれだ。

「どこがや。あんたのやってることは、みんな間違ってる。あんたが甘やかすから、あのガキはあんなヘタレになったんや。たかが、買い物くらいでみっともない。あれが自分の本当の子供やったら、とっくに二、三発殴って言うことをきかせてるはずや。でも、あんたにはそれができへん。あのガキはそれを知った上で、あんたに甘えてるんや」

「……遼平が甘えたいなら、気が済むまで甘えさせる」

「それが、あんたの自己満足やと言うんや」原田は顔を真っ赤にし、ぶるぶると震えている。そして、割れんばかりの声で怒鳴った。「あんたは見当はずれの償いごっこで、人生を無駄にしてる。いい加減に気付け」

雅雪は原田の怒声に胸を突かれた。今ほど、原田に人間味を感じたことはない。

「あのガキが今夜やったことを考えてみい。お得意様の庭に入り込んで、勝手に酒盛りや。下手したら警察沙汰や。その責任はみんな、あんたがかぶるんや。曽我造園の責任になるんや。それでもいいんか？」

雅雪は黙って原田の顔を見ていた。四十をすこし出たところだと言っていた。短く刈った髪は量も多く、白髪もない。だが、年齢よりは老けて見えた。こういう善人は一言で表すことができる。苦労性、だ。

「曽我さん、あんたはあのガキの親でもなんでもない。女のために償いをするというだけの関係や。すべて女のため、真辺舞子のためなんやろ？　打算や。償いを利用してるんや。利己的なんや。身勝手な理由や。自己満足と言われてもしかたない。だから、あのガキは反発するんや。わからへんのか？」

原田が唾を飛ばして怒鳴った。薄い眉の痕跡が激しく震えている。仁王像のようだ、と思った。

「あんたはあんたの、いや、みんなの人生を考え直すべきや。あんたがいたら、あのガキは一生あのままや」

雅雪は強く拳を握りしめた。原田の言葉のひとつひとつが胸をえぐった。たしかに俺は愚かだ。ずっと過ちを犯し続けてきた。だが、今、手を引いてはいけない。遼平を見放すべきではない。それだけは絶対に間違っていない。

「そもそも、あんたたちは関わってはいけない関係なんや。不自然な関係や。うまくいくわけがない」

不自然な関係。そんなことは百も承知だ。雅雪はゆっくりと首を振った。それでも俺はこうしかできない。

原田の顔がさらに赤くなった。眼を吊り上げ雅雪をにらんでいたが、大きく息を吐いた。

「曽我さん、あんたはタチが悪い」しばらく間がある。「あんたが人殺しやったほうが、あのガキにとってはまだマシやったろうな」

原田はそう言い捨て、立ち上がった。

「ごちそうさまでした」

千円札を一枚抜いて、テーブルに放り投げる。そのまま、足音高く部屋を出て行った。

フェアレディZのエンジン音が響き渡る。安普請《やすぶしん》の事務所の窓が震えた。何度かめちゃくちゃにふかすと、急発進で出て行くのが聞こえた。

雅雪はしばらく動けなかった。ソファに座ったまま、ぼんやりと天井を見上げる。大切な友人をなくしたことがわかった。あれほど親身になってくれた男を傷つけたことを、心の底から後悔した。

どれくらいじっとしていただろう。のろのろと立ち上がると、千円札を壁のホワイトボードに磁石で貼った。受け取るわけには行かない。

事務所を出て、遼平の様子を見に行った。

遼平は横向きに丸まって眠っていた。顔は隠れて見えないが、寝息は穏やかだ。

はじめて会ったときは、まだオムツをした赤ん坊だった。あれから十二年。いろいろなことがあった。俺のしてきたことがすべて正しいと言うつもりはないが、それでも懸命にやってきた。遼平のために、とやってきたつもりだ。だが、この有様だ。

俺は愚かだ。紛れもない阿呆だ。それは間違いない。

俺は遼平をだめにしてしまったのか？　俺のしてきたことはなにもかも間違いだったのだろうか。

5　島本遼平（2）

海にもプールにも行けないので、夏は山でキャンプが恒例になった。

曽我造園から三一〇号線を走って狭山池を越え、さらに南を目指すと大阪外環状線に出る。さらに南に走ると、やがて山へ入った。トンネルを越えたところで道は分かれ、一本は空港へ、もう一本はさらに山の中の古刹《こさつ》へと続いている。天野山金剛寺《あまのさんこんごうじ》といい、昔は女人高野《にょにんこうや》として賑わい、秀吉《ひでよし》の頃には酒造りが盛んだったそうだ。

その寺の奥に細木老の持ち山があった。植林もしない手つかずで、雑木の注文があるとよく探しに行く場所だ。カエデやアオハダ、アオダモなど、これまで何本も採らせてもらった。山野草も豊富で、苔にシノブ、笹百合の群生まである。持ち帰って、下生えにすると趣があって施主に喜ばれた。

だが、この山は仕事以外でも役立った。東の山裾には狭いがなだらかな草地がある。すこし谷を下りれば小さな川も流れていた。格好のキャンプ地だ。

遼平は軍手をはめた手で、飯盒の蓋《ふた》を開けた。湯気と一緒に炊きたての御飯の香りが広がる。

「やった、うまく炊けた」ガッツポーズだ。

雅雪は魚と椎茸《しいたけ》の焼き具合を見た。こちらも頃合いだ。

谷を上流に遡《さかのぼ》れば多少はアマゴが釣れたが、釣果《ちょうか》は厳しかった。山ひとつ越えたところに公営のキャンプ場と釣堀があるので、川で釣れないときはそこまで出かけた。

雅雪と遼平のキャンプは本格的で、まずは火おこしからだ。錐《きり》もみの要領で火種を作るのだが、最初は三十分もかかってへとへとになった。おがくずから煙が上がったとき、遼平が歓喜の叫びを上げたのを憶えている。雅雪も嬉しくてたまらなかった。

今年、遼平は小学四年生になっていた。火おこしをひとりでやり、米を研いで飯盒で炊く。雅雪は念のためずっとそばについていたが、ほとんど口を出す必要はなかった。手伝うことが毎年減っていくので、すこし寂しいくらいだ。

火の回りに手頃な石を運んで座れるようにした。火を挟んで向かい合って腰を下ろす。

「遼平。熱いうちに食え」

「いただきます」

遼平が塩焼きのアマゴにかぶりついている間に、コーヒーの準備をした。金属製の平らな網に生豆を入れ、弱火でじっくりと煎《い》っていく。素人の焙煎だから味は少々残念な結果になるのだが、せっかくのキャンプなのだから雰囲気だけでも楽しみたい。

ふと気がつくと遼平がじっと雅雪を見ていた。すこし困った顔をしている。

「おじさん、食べへんの？」

「ああ。俺はいいから、遼平はどんどん食え」

遼平はしばらく黙っていた。怒ったような、泣いているような顔だ。

「僕、御飯炊くの、失敗したん？」

「そんなことない。上手に炊けてる」

「じゃあ、なんで食べてくれへんの？」遼平がすこしだけ声を大きくした。「おじさん、いつもや。僕、おじさんが御飯食べてるとこ、見たことない。いつもコーヒーばっかり飲んでる」

これまではなんとかごまかしてきたが、遼平も四年生。今までのようにはいかない。

「いろいろあってな、俺は飯を食うのが簡単じゃない」

「いろいろって？　簡単やないってどういうこと？」

雅雪は言葉に詰まった。どう説明すればいいだろう。どう言いつくろっても結局は――俺はおまえとは飯が食えない――ということだ。相手を傷つけることには変わりない。

「おじさん、まさか……火傷のせい？」遼平がはっと顔色を変えた。「ごめん。僕、なんも知らんと……」

途端に遼平の顔が泣き出しそうになる。子供の頃のことをまだ憶えていて、気にしているらしい。

「火傷が原因じゃない」雅雪は慌てて否定した。「おまえが謝ることはない。俺が悪いんだ」

「でも……」

「すまん、遼平」雅雪は遼平の頭に手を置いた。「つきあってやれなくて悪いが、おまえはひとりで食ってくれ」

「……うん。よくわからへんけど、わかった」

だが、遼平は食べている間もしゅんとしていた。雅雪は黙って豆を煎り続けた。最初はクリーム色をしていた豆がすこしずつ色づいていく。褐色《かっしょく》になっていく豆を見ながら、雅雪は情けなくなった。コーヒーなど飲まず、遼平の炊いた飯を食えたらどんなにいいだろう。一緒に魚にかぶりつけたらどんなにいいだろう。

濃褐色になった豆を広げて冷ました。本当は炭酸ガスが抜けるまで二、三日待ったほうがいいという。煎ったばかりの豆はあまり美味しくはないそうだ。所詮は自己満足か、と思う。

「夏休みの宿題やけど、自分調べ、いうのがあるねん」

「自分調べ？」

「自分について調べるねん。どんなふうに生まれたか？　生まれたとき、お父さんとお母さんはどう思ったか？　名前の由来はなにか？　とかいろいろ」

ひどい宿題だと思った。親がいる子供ばかりではない。望まれて生まれてくる子供ばかりではない。望みをこめて名付けられた子供ばかりではない。

「おばあちゃんに訊いても、あんまりわからへんし」遼平の声が弱々しくなった。「なあ、おじさんの名前はだれがつけたん？」

「俊夫さん……父親だ」

「由来は？」

「映画俳優と宝塚の組の名前から」

「映画俳優？　へえ。じゃあ、おじさんのお父さんはその俳優のファンやったん？」

「違う。ファンだったのは親方、じいさんだ」

「じゃあ、親の望みと違うやん」遼平が突っ込んでくる。「で、宝塚ってなに？」

「歌劇。女だけでやるミュージカルみたいなもんだ」

「それもおじいさんが好きやったん？」

「いや、これは母親の趣味らしい」

「じゃあ、お母さんはミュージカルやらせたかったのかも……」遼平が首をひねった。「違うなあ。女だけなんやったら、おじさんでけへんもんな」

雅雪の名に父の意志などない。適当につけただけだ。雅の字は祖父の趣味。雪の字は母の趣味。ふたつを組み合わせただけだ。父がどれだけ雅雪に無関心だったかわかる。

「でも、おじさんはええな。ちゃんとわかってるんや」遼平が悔しそうな顔をする。「なあ、僕の名前の由来って調べられへんの？」

「命名書の類は残ってないのか？　なにか書き付けのようなものは？」

「命名書ってなに？」

「お七夜《しちや》といって、生まれて七日目にお祝いをする。子供の名を紙に書いて飾る」

「おばあちゃん、そんなことなんにも言うてへんかった」遼平が泣きそうな顔をした。「僕の親はしてくれへんかったんかな」

「いや」しまったと思う。「昔のしきたりだし、地域によっても違うからな」

「そうなんか」すこし遼平がほっとした顔をした。「でも、僕の名前の由来は何なんやろ」

「遼平の遼という字は、はるか、遠い、という意味だ」

「遠い？　どういうこと？」

「あくまで俺の想像だが、ずっと遠くまで行ける人間になってほしかったんじゃないかな。はるか彼方《かなた》まで広がる世界で活躍できるように、って」

「そうかなあ」遼平が首をかしげる。あまり、ぴんとこないようだ。「遠いのって、しんどいやん」

「遠いほうがいい。俺なんか、世界は住んでる町だけだ」

「うわ、めっちゃ狭いやん」遼平がすこし笑った。「おじさんも遠くまで行かな」

食後に、遼平に砂糖たっぷりのミルクコーヒーを淹れてやった。遼平は無言で甘すぎるコーヒーを飲んだ。

空には大きな満月がある。

昼間のように明るいと言うが、中空に輝く月はあたりをくっきりと照らしている。横にいる遼平のしゅんとした顔もはっきり見えた。やはり、いつもより元気がない。雅雪が飯を食わないこと、それに「自分調べ」の宿題のこと。このふたつが気に掛かっているのか。もうすこし上手に話してやれなかったか、と情けなくなる。

このままではよくない。せっかくのキャンプを台無しにしたくない。なんとかして遼平を喜ばせたい。

そのとき、ふと思い出した。途端に胸が苦しくなる。楽しいとは言い難い思い出だ。だが、きっと遼平は喜ぶだろう。ただの思い出だ。過去の記憶だ。我慢しろ、と思う。

空を仰いで月を確かめる。雲ひとつない。これほど明るければ、的もはっきり見えるだろう。荷物の中から焚《た》きつけ用の割箸と輪ゴムを取りだした。割箸を適当な長さに切り、輪ゴムで固定する。

「なに？　なに作ってるん？」遼平がそろそろと近づいてきた。

「割箸鉄砲を作る」

子供が使いやすいように、いくぶん小ぶりに作った。積み上げた石の上にペットボトルを並べ、試し撃ちをする。輪ゴムはほぼまっすぐに飛び、ペットボトルをかすめて落ちた。

「おじさん。僕もやる」遼平が手をつきだした。「貸して、貸して」

雅雪は輪ゴムの掛けかたを教えてやった。遼平は早速ペットボトルを狙って撃ちはじめた。最初はまったく当たらなかったが、コツをつかむとそれなりに飛ぶようになった。

「遼平、ちょっと待て」

いくら明るいと言っても、輪ゴムを捜して拾うのが大変だ。的の周りにビニールシートを敷き、回収しやすくした。

「くそー」遼平は夢中だ。「ああ、惜っしいな」

一心不乱に撃ち続ける遼平を見ていると、息苦しくなってきた。

十年前、あの男はユンボに載せたビールの空缶を撃ち続けた。あの頃、男は二十歳、雅雪は十八歳だった。二十歳の男が十八歳の男の作った割箸鉄砲に夢中になり、子供のように眼を輝かせた。あいつも俺も、と思った。やることがなにもかも遅すぎた。そして、失敗した。

「おじさん、交代しよか？」遼平が振り返った。「僕ばっかり遊んでるし」

子供にオモチャを譲られても格好悪い。雅雪はもう一丁割箸鉄砲を作った。思い切り格好をつけて言う。

「よし、遼平、俺と勝負だ」

遼平には同じ思いはさせたくない。絶対にさせたくない。雅雪は引き金を引いた。月の下で二本の輪ゴムがきれいな弾道を描いて飛び、ペットボトルが揺れた。

「今の、僕のが当たったんやよな？」

「いや、俺だ」

「えー、絶対僕のやって」遼平が本気で文句を言う。

絶対に、と思った。遼平には絶対に自分と同じ思いをさせたくない。雅雪は遼平が飽きるまで勝負につきあった。

その夜はテントに入ってもあまり眠れなかった。遼平は隣で寝息を立てている。起こさないように、と雅雪はただじっとしていた。

辺りが白みはじめると、そっとテントを出た。小川を渡って山の端まで歩く。木立の中はまだ暗い。ひんやりと湿った風が流れてきた。眼の前には細い道があって、暗い森の奥へ続いている。雅雪は小道の先を見つめた。胸が苦しくなる。

「雅雪おじさん」

声がして振り返った。遼平が不思議そうな顔で立っている。

「ああ、起きたのか。早いな」

「どうしたん？　ずっと山のほう見て」

「ああ、いや、別に」

とっさにごまかそうとしたが、遼平は山の奥が気になるようだ。ずっと小道の奥を見つめている。

「この道、まだ行ったことないな、登ってったら頂上に着くん？」

「いや、山をぐるっと一周するだけだ」

「なあ、行ってみいへん？」

「最近あまり使わないから荒れてる。やめとこう」

「えー、探検みたいで面白そうや。なあ、おじさん。行こうや」

遼平は薄暗い山道を指さし、ひどく熱心だ。

「……わかった。ちょっとだけだぞ」

遼平の炊いた飯を食ってやれなかったことが気に掛かっていたので、今度は断ることができなかった。

一体、なにを考えている、と思う。遼平をあの場所へ連れて行くつもりか？　割箸鉄砲なとで遊んだせいでおかしくなったのか？　それとも、まさかあの場所に呼ばれているのか？

朝の空気は湿気を含んで冷たい。遼平は滑りやすい山道を苦労しながらついてきた。途中、大石がふたつ並ぶところで道が分かれる。雅雪は迷った。右へ行けば山を回って下山ルートだ。左へ行けばただ行き止まりだ。

「おじさん、なに見てるん？」

「いや、別に」

「さっきと同じやんか」遼平の顔に不審が濃くなった。左を見て言う。「なあ、こっちになにがあるん？」

「なにもない。行き止まりだ」

「嘘や。絶対なにかある。おじさんの顔、変やもん」遼平は気になって仕方がないようだ。

「僕、こっち行ってみる。行き止まりになったら引き返したらええんやろ？」

遼平が勝手に左の道を進みはじめたので、慌てて止めた。下手に隠し立てするから、遼平が興味を持つ。いっそ話してしまったほうがいいのかもしれない。

「この先には内緒の場所がある。俺のとっておきだ」

「おじさんのとっておき？　ほんま？　どこ？　なにがあるん？」

「教えてやるけど、絶対に秘密だぞ」

「うん。わかった」

なにもかも割箸鉄砲のせいだ。遼平を案内するなどとんでもない。俺は一体なにをしているのだろう。

谷川に沿って細い崖道を歩いた。急な登りで遼平は息を切らしている。すこしずつ山の中が明るくなってきた。岩やら木の根が露出した急斜面を越えると、笹原に出る。このあたりは道が平坦だ。膝ほどの丈の熊笹が広がる中を、どんどん抜けて行った。

しばらく歩くと、ふいに木立が開けた。さあっと湿気を帯びた風が額に吹いたかと思うと、次の瞬間、眼の前いっぱいに艶のある緑が広がった。

「……あっ」遼平が驚きの声を上げた。そのまま動かない。呆然と立ち尽くしている。

小道の先はごく緩やかな斜面になっていた。波打つように三段の段差があって、一面の苔が覆い尽くしている。苔の滝か、それとも、苗が伸びそろった棚田かという光景だ。

「……すげえ……」

梢から朝の光が斜めに差して、苔は濡れたように輝いていた。見ていると、なにも聞こえなくなる。苔が山中の音を全部吸い込んだようだ。

「ここが俺のとっておきの場所だ」

「これ、みんな苔？　もしかしたら、おじさんが植えたん？」

「植えたわけじゃない。自然のままだ。見事だろ？」

「すごい。めっちゃきれいや」

光の角度によって緑の濃さが変わる。沼のような深い緑だったり、新緑の若葉のような淡い緑だったりだ。どれだけ見ていても飽きない。

「ここは日光と水分のバランスがいいんだ。苔にとっては最適の場所だな」

木立から光がもれ、苔に最適な半日陰の状態を作っている。谷川が近いせいで、適度な湿気も上って来る。まさに理想的な場所だ。

「じゃあ、苔の天国みたいなもん？」

「苔の天国、か」息が詰まった。胸が苦しくなる。「そうだな。天上の苔庭だ」

雅雪にとっては奇跡の庭だった。だが、ここを地獄と呼んだ者もいた。

「すっごい手触りよさそう。裸足で歩いたら気持ちいいやろなあ」

「入るなよ」雅雪は遼平を制止した。「踏んだら苔が傷む。外から見るだけだ」

「うん、わかった」遼平は素直に従った。「ほんまに苔の天国やねんな」

ほんまにすげえ、と繰り返しながら、遼平は眼を輝かせて苔に見入っていた。

苔の天国、か。また、ずきりと胸が痛んだ。


その日の夕方、遼平を家まで送り届けた。

曽我造園に戻り、すこし仕事を片付けようと倉庫にこもった。丸二日キャンプで遊び呆《ほう》けたため、ネットの注文がたまっている。作業台で釣忍を作っていると、後ろで足音がした。振り向くと遼平が立っている。リュックを背負っていた。

「どうした？」雅雪は驚いた。「忘れ物か？」

時計を見ると、もう八時を過ぎている。文枝がこんな時間に外出を許すはずがない。勝手に家を抜け出してきたのか。

「おばあちゃんなんか嫌いや」遼平が怒鳴った。眼が真っ赤だ。「そやから家出してきた」

「簡単に嫌いなんて言うな」雅雪は叱った。「なにがあった？」

「おばあちゃんが割箸鉄砲捨てたんや」

「人に向けて撃ったりしなかっただろうな」

「おじさんに言われたから、そんなん絶対にしてない」

「だったら、どうして?」

「……鉄砲は人殺しの道具やから、って。そんなんで遊ぶ人間は人殺しや、って。人殺しになってもいいんか? って」遼平がぐすぐすと鼻をすり上げた。「輪ゴムで人が死ぬわけない。絶対に人には向かって撃てへん、って言うたのに……」

うかつだった、と思った。今までの文枝の反応を考えると、いかにも言いそうなことだった。

「でも、勝手に出て来たんだな。おばあさんが心配してる。とにかく、家に電話するから」

「いやや、絶対に帰らへん」

遼平が叫んでいるが、かまわず文枝に電話をした。文枝は遼平が抜け出したことに、まだ気付いていなかった。

「絶対帰らへん」すぐ横で遼平が叫んだ。「雅雪おじさんのところに泊まる」

「遼平、だめだ」

慌てて叱ったが、全部聞こえたようだ。電話の向こうで文枝がひとつ咳払いをした。

「曽我さん、無神経にもほどがあるんやないですか? そりゃあ曽我さんは人を殺すことなんかなんとも思わへんのでしょうが、私は遼平にそんなふうになってほしないんです」

毒虫のような声だ、と思った。電話線を這ってここまでやってきそうだ。

「ただのオモチャです」遼平に聞こえては大変だ。慌てて立ち上がり事務所の外に出た。

「普通の人が持ったら、ただのオモチャかもしれません。でも、あなたは違う。私はあなたが遼平とそんなんで遊んでると思ただけで吐き気がする」

チャドクガ。イラガ。雅雪は葉の裏にびっしりとついた毛虫を想像した。文枝の言葉のひとつひとつが毒針のように刺さる。

「申し訳ありません」

「もう結構です。殺す側は殺される側の気持ちなんて、永久に理解できへんのですね」文枝が電話の向こうで長いため息をついた。「とにかく、今すぐ遼平を連れて来てください。泊まるなんて絶対あきません」

雅雪は左手の拳を握りしめた。皮膚が引きつれる痛みを確認する。文枝の文句を遮り、きっぱりと言った。

「今、興奮しているので、落ち着かせてから帰します」

「いえ、今すぐに帰してください」

「もうすこし時間をください。十時には必ず帰しますから」

文枝がしばらく黙った。困惑しているのか、怒りをこらえているのか、どちらかわからなかった。

「……わかりました」渋々といった声だった。「十時に一分でも遅れたら、誘拐された、と通報します」

文枝が警察を持ち出すのはいつものことだ。雅雪は電話を切って事務所に戻った。電話の内容が聞こえていたらしく、遼平は涙を溜めながらも満面の笑みだ。いい気なものだ、と思うがやはり嬉しい。

「十時までいていいいん？」

「十時に家だ。それより、飯は？」

「食べた」

「じゃあ、しばらくここにいろ。勝手にあれこれ触るなよ。危ないからな」遼平が嬉しそうにうなずいたのを確認する。「ジュースでも飲むか？」

炭酸は文枝に禁止されているので、フルーツジュースを常備している。百パーセントのアップルジュースを持って戻ってくると、遼平は作業台をのぞき込んでいた。興味津々といった顔だ。もう割箸鉄砲のことは頭にないらしい。

「雅雪おじさん、この釣忍、だれにあげるん？」遼平がわずかにいやな顔をする。

「あげるんじゃない。これは売り物だ」遼平の気持ちがわかったので、言葉を足すことにした。「遼平の家と、細木老みたいなお得意さまの家は俺からプレゼントする。それ以外は売り物だ。プレゼントじゃない」

「プレゼント？　僕の家のはプレゼントなん？」

「当たり前だ」

「そうなんや」遼平が嬉しさを隠しきれずに笑った。「あれ、プレゼントやったんか」

これほど喜ぶとは思わなかったので、雅雪はすこし苦しくなった。誕生日とクリスマスには必ず遼平にプレゼントを持って行く。文枝も渡しているはずだ。なのに、こんなにもプレゼントにこだわるのは、やはり父母からもらえないからだろうか。どれだけ気遣っても、やはり両親がいない寂しさは埋められないのだろうか。

俺はどうだったろう、と思う。母の代わりに父と祖父がいたが、プレゼントなどもらったことはない。誕生日もクリスマスもない。正月には立派な門松《かどまつ》を飾ったが、お年玉はなかった。プレゼントなど欲しいと思ったことはないが、もしもらえたなら、やはり嬉しかったのだろうか。

「なあ、釣忍って作るの難しい？」

「やってみるか？」

その後は、ふたりで釣忍を作った。遼平はあまり器用とはいえなかったが、それでも苦心して土を混ぜて団子にし、苔を貼りつけ針金を巻いた。最後にシノブを植え込んで完成だ。

「できた」遼平は得意そうに釣忍を見下ろした。「これ、ちゃんと売れるかなあ」

「大丈夫。売れる」

「これ、いつ、お店屋さんに持ってく？　明日？　僕、売れるとこ見たいねん」

「売り物にするなら明日は無理だ。シノブが育ってからじゃないと」雅雪は苦笑した。「まだヒョロヒョロだろ？　もっと葉が茂って青々としてからな」

「どれくらいで育つん？」

「大きくしたいなら、来年まで待て」

「えー、そんなに掛かるんか？」遼平が驚いて温室の中を見渡した。「あれ大きいなあ。あれでどれくらい？」

温室の隅には葉のよく茂った釣忍が揺れている。新しく出た葉の淡い緑と、以前の葉の濃い緑の対比が美しかった。

「あれは古い」雅雪は言葉を濁した。

「一番大きくて、葉っぱが一杯ついてる。きっと一番高いやつやろ？　まだ売らへんの？」

「あれは売り物じゃない」

「なんで？」

「ちょっと特別なんだ」

「ふうん」遼平はなにかもの言いたげに見えたが、なにも言わなかった。

遼平の作った釣忍を温室にぶら下げた。遼平は大真面目な顔で眺めていたが、やがて口を開いた。

「なあ、雅雪おじさん。僕が将来庭師になりたい、言うたら弟子入りさせてくれる?」

はっとして振り向いた。遼平は不安そうな顔でこちらを見つめている。絶対に文枝は反対することがわかっていても、断りたくなかった。

「いいよ」はっきりと言ってやった。「でも、高校を出てからだ。そのときになって気持ちが変わらなかったらな」

「絶対、気持ち変わらへん」うなずきながら、強く言い切る。

「じゃあ、うちへ来い。見習いからスタートだ。仕事はきつくて給料は安いぞ」

「いいよ」ガッツポーズで大喜びした。「やったあ」

遼平は倉庫の中をぐるぐると回りながら、わけのわからないポーズを決め続けた。よほど嬉しいらしい。

「そんなに嬉しいのか?」すこし呆れた。

「当たり前やんか」心外といった顔だ。「これでもすっごい緊張してたんや」

遼平の喜ぶ姿を見ていると、息苦しくなった。

凍りつくような冬の日、蘇鉄の前で、あの男もこう言った。庭師になろうかな、と。だが、雅雪は断った。たった一言、いいよ、と言ってやればよかった。そうすれば、こんなことにはならなかった。

「なあ、おじさんの部屋、行ってもいい?」遼平が手を洗いながら言った。「まだ一回も入ったことない」

「机と本棚があるだけだ。面白いものなんてない」雅雪はなんとか話を逸らそうとした。今はまだバイオリンを見られては困る。「そう言えば、遼平、おまえ、風呂は？」

「まだ」

「じゃ、入ってけ。着替えあるか？」

「ある」遼平がうなずいて、リュックを叩いた。「全部ある」

風呂の準備をしに行こうとすると、遼平が呼び止めた。

「なあ、おじさんも一緒に入らへん？」

「俺はいい。おまえひとりで入れ」

「火傷のことやったら、僕、全然気にせえへんし」遼平がはっきりと言い切った。

必死な顔を見ると胸が痛んだ。だが、やはり無理だと思った。

「すまんな、遼平」本当に心からすまないと思った。

「うん。ごめん」遼平がうつむいた。

――あと四年、と思った。


「今日、サッカー部に入部届け出してきた」制服姿の遼平がすこし得意そうな顔をした。

「そうか」雅雪は草むしりの手を止め、立ち上がった。

春になって、遼平の家の坪庭は雑然としている。新芽が出て木のバランスが悪くなっただけでなく、あちこちに雑草が眼についた。

「うん。陸上もええけど……やっぱりサッカーやりたいと思て」遼平はそこで口をつぐんだ。すこし不安そうに言う。「他の連中はみんな経験者なんや。リフティング百回なんて余裕とか言ってるし」

小学生の頃から、地元のサッカークラブで練習してきた者がほとんどだという。遼平も昔、クラブに入りたいと言った。だが、祖母の文枝の反対で叶わなかった。

クラブに入ると保護者にも負担がある。金銭的な面もあるが、練習時の雑用、試合会場への送迎、応援、そのほかさまざまやることがある。雅雪ができる範囲で手伝うと言ったが、文枝は拒否した。それどころか、遼平にサッカーボールを買い与えた雅雪を非難した。余計な面倒を増やして忌々しい、ということらしい。

「練習して追いつくしかないな」

「うん。そやな」遼平はうなずいた。「やるしかないな」

「勉強もきちんとやれよ」

「わかってるよ」遼平がむっとした顔で言い返す。

なるほど、これが反抗期というやつだろうか。自分には心当たりがないので、面白いと思った。

「試合、見に来てくれる？」

「遼平が出られるようになったらな」

見に来てくれと頼むあたり、反抗期といってもまだまだのようだった。

遼平はもう中学生だ。背が伸び、声変わりがはじまった。聞き慣れない声に戸惑うことがある。

やがて、五月になった。この時期は松のみどり摘みで忙しい。すると、遼平のほうから手伝いに行っていいか、と言い出した。

「クラブの練習は？」

「オフの日もあるから」

「かまわんが、テストは？　中学に入るといろいろあるだろ？」

「勉強勉強うるさいなあ。雅雪おじさんまでそんなこと言うんか」露骨にいやな顔をする。

「腹立つな」

「すまん」笑いをこらえて、ホワイトボードを見た。「今度、細木老の仕事がある」

「わかった」遼平は一瞬嬉しそうな顔をしたが、急いで付け加えた。「バイト代欲しいしな」

わざとつまらなそうな口調だ。いい歳をして植木屋の手伝いを喜ぶのは、ガキっぽいと思ったのだろう。

遼平が手伝いに来るのも、これが最後になるかもしれない。中学生ともなれば、いつまでも「遠い親戚のおじさん」の後をくっついているわけにはいかない。友人とのつきあいが大事になる。そのうちに、彼女もできるかもしれない。

ちりん、と風鈴が鳴った。

釣忍を見上げると、ずいぶん新芽が出ている。雅雪は頭に巻いた手拭いを外した。遼平が小学校の修学旅行で買ってきてくれたものだ。色柄違いで全部で七本。日替わりで使えということらしい。

まだ本当のことを話せていない。雅雪は「遠い親戚の雅雪おじさん」のままだ。舞子の出所まであと一年とすこし。猶予はない。なのに、話す決心がつかない。

本当のことを知ったら遼平はどう思うだろう。だまされていたことに傷つき、怒るに違いない。二度と「雅雪おじさん」とは呼んでくれないかもしれない。そう思うと怖ろしくてたまらなかった。

土曜日、遼平を連れて細木老の家を訪れた。

ガレージに見慣れない車が駐まっている。紺のBMWだ。

「三代目、頼みますわ」細木老があれ、という顔をした。「遼ちゃんも一緒か。久しぶりやな」

「おはようございます」遼平が頭を下げた。

「大きなったな。そう言えば、もう中学生と違うか？」

「中一です」

「隼斗と一緒やな」細木老がちらと母屋を見た。「春から娘と孫が戻ってきてな、一緒に暮らしてるんや」

「それは、賑やかになったでしょう」雅雪はすこし言葉を選んだ。

「……まあなあ」細木老が言葉を濁した。「賑やかすぎてなあ」

細木老の言いたいことはわかった。庭はひどい有様だった。苔は踏み荒らされ枯れているし、四つ目垣は半分壊れている。松は低い枝が折れていた。

「孫が庭でサッカーはじめてなあ」

「え？」遼平が小さな声を上げた。「じゃあ、隼斗って……」

「遼ちゃん、隼斗を知ってるんか？」

「同じクラスに細木隼斗っていうサッカー部のやつがいるけど」遼平がわずかに顔をしかめた。「背が高くて足が速い。めちゃくちゃサッカーの上手いやつで……」

遼平が言葉に詰まったのを見て、細木老が困った顔をした。

「それはうちの隼斗やな」細木老が声を落とした。「すまんな、遼ちゃん。乱暴な子で」

「え、いえ」遼平が慌てて首を振った。「そんなことないです」

遼平と細木老の孫は知り合いらしいが、あまりよい関係ではなさそうだ。だが、この場ではなにも言わないほうがいい。

「それでは仕事の準備がありますので」雅雪は遼平を促した。「すみませんが、今日は遼平も手伝わせます」

「そうかそうか。遼ちゃん偉いなあ」細木老が眼を細めた。「それでは三代目、よろしく頼みます」

細木老が去っていくと、雅雪と遼平は軽トラに戻って、道具を下ろした。

「遼平。細木老のお孫さんと知り合いか？」

「そうみたいや。知らんかったけど」遼平が今度は露骨に顔をしかめた。「……ちょっと苦手なやつで」

「それ以上は言うな。あくまで仕事だ。お施主さんの家族とは関わるな」

「わかった」遼平が熊手と手箒を持った。「正直、僕も関わりたないし」

脚立を二台、松の横に並べて立てた。雅雪は一段一段たしかめて上る。左滕は完全には伸びないので、気をつけなくてはならない。

ふたりでみどり摘みをはじめた。無論、遼平に任せきりにはできない。雅雪が細かく指示を出す必要がある。

枝振りに厚みを出したいときには、芽の先端だけを摘んで長く残すようにする。薄くしたいときは、根元まで摘む。ただそれだけのことなのだが、木全体のバランスを考えながら仕上げるのは、かなり難しい。なぜなら、大事なのは今の見た目ではない。ひと月、ふた月して松の芽が伸びたときに全体がどう見えるか、だ。

――今日の仕上がりではない。先を見ろ。五年、十年先の庭を考えて仕事をしろ。

昔、雅雪が親方である祖父によく言われたことだ。今、雅雪は同じことを遼平に言い、ふたりでみどりを摘む。遼平は庭師になりたがっているが、決して文枝が許さないだろう。文枝は遼平にきちんと大学に行って、きちんとした会社に就職してほしいと思っている。だから、遼平が雅雪の仕事に同道していることはいまだに内緒だ。

「遼平。その枝は真ん中を厚く。端に行くほど薄く」

だが、返事がない。どうした、と思って見ると、遼平は脚立の上でぼんやりとしている。

「遼平」すこし強く呼んだ。

「え、あ、ごめん」遼平が慌てて振り向いた。「どうするって?」

自分から手伝いたいと言ったくせに、遼平はあまり気乗りがしないようだった。すぐに、注意が散漫になってしまう。何度か強く注意したが、集中するのはそのときだけだ。あまり仕事がはかどらないまま、午前が終わった。

軽トラに乗って、ファミレスに食事に行った。雅雪はドリンクバーでコーヒー、遼平はチキンカツ定食だ。食事中も遼平はあまり元気がない。すこし迷ったが、やはりこちらから訊ねることにした。

「なにかあったのか？」

「う……うん」遼平はわかめと豆腐の味噌汁を箸でぐるぐるかき混ぜている。「なにが、ってわけやないんやけど……細木隼斗って結構いやなやつなんや」

「細木老も乱暴と言ってたな」

「暴力ふるうわけやないんやけど……ちょっとサッカー上手いのを鼻に掛けてる感じで……」遼平が眉間《みけん》に皺を寄せた。「リフティング百回もできないやつは、そもそもサッカー部に入る資格がない、って。自分はどんなに調子が悪くても千回できるとか自慢してて、初心者は足手まといやから一日も早くやめろ、って」

「勝手なやつだな」二杯目のコーヒーに砂糖をたっぷり入れた。

「同じクラスやから、休み時間まで文句言ってくるし……ほっとけ、って感じなんやけど」

遼平は味噌汁をかき混ぜるのをやめ、今度はつけあわせのミニトマトをつつきだした。「クラブの練習自体は面白いのに、そいつがいるだけで……」

「あまり気にするなよ」甘いコーヒーを飲むと、午前の疲れがマシになるようだ。

「うん」遼平はうなずいてカツを口に放り込んだ。

食事を終え細木邸に戻った。仕事を再開しようとすると、母屋からサッカーボールを抱えた少年が出て来た。中一にしては大柄だ。百七十を超えているだろう。

「やっぱ、島本遼平？」にやにやと笑っている。「ジイサンから聞いたけど、植木屋の見習いやってんや」

遼平は無言で少年を見返した。これが噂の隼斗のようだ。たしかに感じが悪い。ジイサンという呼びかたにも幼稚な悪意がこもっている。

「大変やな。休みの日もおまえが働かんとあかんくらい、家、マジで貧乏？」

隼斗はもう完全に声変わりをしていた。ドスの利いたガラガラ声のせいで余計に下品に聞こえる。

「なに？」遼平が気色《けしき》ばんだ。

雅雪は遼平を制止した。隼斗に軽く頭を下げる。

「いつもお世話になっています。曽我造園です。仕事が忙しいので、遼平には無理を言って手伝ってもらっています」

「そうなんか」隼斗は一瞬雅雪を見てぎくりとしたが、すぐに唇を歪めた。「ふうん。でも、そんな暇あったら練習せえや。おまえひとりレベル低いやろ。迷惑や」

「なんやて？」遼平が思わず声を荒らげた。

「遼平。やめろ」雅雪は遼平を下がらせ、隼斗に向き直った。「遼平の練習時間を奪ったのだとしたら、悪いのは私だ。遼平を責めるのは筋違いです」

「いや……」植木屋の反撃が意外だったらしい。隼斗が眼を見開いた。

「それから、遼平の家は貧乏じゃない。他人の家のことを言うのは、失礼だと思いますが」

「でも……」すこし後じさりして眼を逸《そ》らした。

そのとき、厳しい声がした。

「隼斗、なにやっとる」細木老が杖を突きながら母屋から出て来た。「仕事の邪魔をするな。向こうへ行け」

「自分ちの庭にいてなにが悪いんや」隼斗はボールを抱え、ふてくされた眼を向けた。

「一日中ボール遊びか。すこしは勉強でもしたらどうや。遼ちゃんを見ろ。勉強もできるし、曽我さんの手伝いもする。礼儀正しいし、おまえとは大違いや」

「は？」顔を真っ赤にして隼斗が振り向いた。「こいつを見習えって？　まともにドリブルもできへんド下手やないか」

「なんてこと言うんや。おまえの頭の中にはサッカーしかないのか」細木老がきつく言った。

「あんたは庭しかないやろ」隼斗が手にしたボールを思い切り蹴った。

たしかに自慢するだけあって、見事なボールコントロールだった。ボールは壊れかけた四つ目垣を直撃した。

「隼斗」細木老が怒鳴った。「おまえは……」

隼斗はボールを拾うと、死ね、クソジジイ、と叫んで門から出て行った。

「細木老」雅雪は怒りに震える老人に詫びた。「すみません。私が余計なことを言ったせいです」

「いや、あんたのせいやない」細木老は疲れ切った笑顔を見せた。「すまんな、三代目。それに、遼ちゃんも」

「いえ、僕のほうこそ」遼平が慌てて頭を下げた。

「遼ちゃんは悪ない」細木老が倒れた四つ目垣を見下ろし、ため息をついた。「情けない。隼斗が遼ちゃんみたいな子やったらよかったのにな」

杖を突きながら母屋へと帰っていく老人を見て、雅雪は哀《あわ》れに思った。あれほどの人格者に粗暴な孫がいる。家族は選べない——。

脚立に上ろうとした遼平が、急にふくらはぎを押さえてうずくまった。

「どうした、遼平」

「痙攣《けいれん》。いてて」と言いながらマッサージをしている。「筋肉に疲労がたまってるんやって。初心者は慣れるまでは仕方ないんや」

未経験の遼平が経験者の中で練習について行くには、相当無理があるのだろう。痙攣程度ならいいが、大きな怪我でもしたら大変だ。

仕事が終わると、渋る遼平を原田鍼灸院に連れて行った。

「サッカー部か。剣道部のほうが助かるんやが」原田は遼平のふくらはぎに鍼を打った。「殺陣《たて》に勢いがでる」

「防具が臭いからいやや」

「声変わりか」次の鍼を打って、原田は残念そうな顔をした。「もう子役は頼まれへんな」

礼を言って鍼灸院をあとにした。今日は遼平がいるからコーヒーはなしだった。遼平は駐車場のフェアレディZを見て、それからサンバーを見て、最後に雅雪を見て、黙って眼を伏せた。

遼平にはまだなにも話せないままだった。

今日こそは打ち明けよう、と覚悟を決めて会うのだが、そのたびにくじける。遼平は新しい生活で手一杯だった。もうすこし落ち着いてから、と逃げるうちに日が過ぎた。中学生活は忙しく、土日もたいていはクラブの練習がある。仕事の帰りに遼平の家に寄ってみたが、帰っていない日も多かった。たまに話す機会があっても、話題はみな学校とクラブのことばかりだ。

そして、ついにこんな話を聞かされた。

「クラスにちょっと不登校っぽい女の子がいてる」

「全然来ないのか？」

「一日来たら二日休む感じかな。おとなしそうな子や」

「かわいい子か？」

「別に普通や」

入学式で撮った集合写真を見せてもらった。遼平が指さした女の子は、たしかにこれといって特徴のない、ただの地味な女の子に見えた。

「佐藤菜々美《さとうななみ》、いうねん」

「しゃべったことあるのか？」

「まだ、ない」遼平が怒ったような顔をする。「女としゃべる用事なんかないし」

「用事なんか適当に作ればいい。不登校なら友達もすくないだろ？　遼平から話しかけたら喜ぶんじゃないか」

「そんなん言えるわけない。クラスの連中の眼もあるし……」遼平は怒ったような顔を雅雪に向けた。「そう言うけど、雅雪おじさん、彼女は？」

「いない」

「なんで？」

「もてない」

すると、雅雪を頭の先から足の先まで見て、わざとらしいため息をついた。

「格好があかんと思う。まず、その白髪を染めて、ワックスかなんかつけて……」

「こんな短い髪にワックスつけても仕方ない。どうせ、仕事中は手拭い巻いてる」

「休みの日だけでもオシャレにしたらええやろ。短いけどかっこいい髪型ってあるやんか。それに、服もなんとかせな。いっつもシャツとジーンズやろ？　足許はボロボロのスニーカーやし」

「おじさんは性格いいんや
から、ジジ臭い見た目を変えたら絶対によさをわかってくれる女の人がいてる」

「……はあ」雅雪は笑い出しそうになった。「性格いいか？」

「そうや。だって、優しいし、親切やし、仕事熱心やし」遼平が力説した。「ちょっとジジ臭いけど、背も高いし、顔もそこそこ悪くないし、ジジ臭いとこ直したら結構もてるかもしれへん」

「そんなジジ臭いか？」

「ジジ臭い。趣味が盆景、苔玉、釣忍作りってとこでもう終わってる」

「盆景、苔玉、釣忍作りってのは仕事だ。近所の園芸店に卸してるし、ネット販売もやってる。最近、注文が増えて徹夜で作るときもある」

「かといって、休みの日もそんなんばっかり作ってるから、女の人との出会いがないんや。もっと外へ出る趣味見つけんと」遼平は大真面目だった。

「休みごとに遊びに行った。遊園地も動物園も水族館も」

「僕と行ってもしゃあないやろ。デートせな」遼平はなんだか懸命だ。よほど、独り身の雅雪が気の毒に見えるらしい。「それから、いい歳して実家にいるのはマイナスやねんて。マザコンやと思われるから。ひとり暮らしするべきや。そうしたら彼女も部屋に呼べる」

「マザコンもクソも、そもそも母親がいない」

「あ、そうか。……でも、サンバーはあかんと思う。デートが軽トラやったら女の人は引くに決まってる」遼平が食い下がった。「仕事人はフェアレディZ乗ってるやろ？　ああいうのに乗らな」

「金がない」

「この前、新しいユンボ買うてたやんか」

「仕事で要る。それに、あれもローンだ」

「ローンか……」遼平が呆れたふうに雅雪を見て、ふっとおかしな顔をした。「そう言えば、雅雪おじさんって今、いくつ？」

「三十一」

「えっ？　そんな若いの？　いや、若くないか」遼平がぴんとこない顔をした。「微妙……」

なるほど、微妙な年齢か、と思う。たしかに、結婚して子供がいてもおかしくない。だが、子育てなどもう十年以上も前からやっていた。今さらという気がする。

「とにかく」遼平が力説した。「雅雪おじさん、このままやったら一生結婚でけへんようになる。お見合いでも合コンでも婚活でもなんでもして、とにかく彼女つくらな」

おかしな気持ちだった。遼平の説教は成長の証で喜ぶべきことだが、やっぱり寂しい。そのくせ、なんだか嬉しい。世話を焼かれて単純に喜んでいる。

相変わらずだ、と思った。だれかに世話を焼かれ、かまってもらえると、それだけで舞い上がってしまう。俺はなにひとつ進歩していないらしい。

俺は卑怯《ひきょう》だ。嫌われるのが怖くて、遼平をだまし続けている。

――あと一年、と思った。


夏が終わると、遼平の初恋も終わった。

二学期の始業式の日、佐藤菜々美の机はなくなっていた。夏休みの間に引っ越ししたようだ。遼平はしばらく落ち込んでいた。今までにない落ち込みようだったので、それなりに本気だったらしい。

気晴らしになればいい、と久しぶりに原田の指導する剣劇同好会の公演を見に行った。出し物は『沓掛時次郎《くつかけときじろう》』で、原田は主役の時次郎ではなく六ツ田《むつだ》の三蔵《さんぞう》を楽しそうに演じていた。

幕間《まくあい》、いきなり原田に声を掛けられた。太郎吉《たろきち》役が急な腹痛で出られない。遼平くんに頼んでくれないか、と。

嫌がる遼平にかつらをつけ、無理矢理に舞台に上げた。雅雪ははらはらしながら見守った。遼平は変声途中の中途半端な声だったが、なんとか詰まらずに最後まで台詞を言った。

帰りの軽トラの中で、遼平は久しぶりに冗談を言い、笑った。元気が出たようで、雅雪はほっとした。

そして、気付いた。遼平と出会ってから、ずっと同じことを繰り返している。心配して、ほっとして、また心配して、ほっとして——。本当にそればかりだった。

九月も終わりに近づいた。昼間は暑いが夜はすっかり秋の匂いだ。

雅雪は夕食の後、倉庫にこもってクリスマス用の苔玉を作っていた。本来、苔玉は和のものだが、最近は洋風に仕立てることも多く、若い人にも人気がある。去年、柊《ひいらぎ》を植え込んでクリスマスのオーナメントを飾った苔玉を作ったところ、すぐに売り切れるほどの人気商品になった。今年は数を倍にして作ってみようと、早い時期から用意をしている。

作業台の上でせっせと土を練って団子にしていると、突然遼平が来た。

時計を見ると、もう十時近い。小学生の頃、泣きながらやってきたことを思い出した。こんなふうに夜に突然やってくるときは、必ずなにかいやなことがあったときだ。文枝となにかあったのだろうか。それとも、サッカー部のことか。失恋騒ぎはもう落ち着いたはずだが、一体なにがあったのだろう。

「どうした、遼平？」

だが、遼平は返事をしない。見ると、ひどく震えている。

「なにかあったのか？」雅雪はすこし慌てた。「大丈夫か？」

次の瞬間、遼平はわっと泣き出した。

「デマ、流されてたんや」遼平はぼろぼろと涙を流した。「ハブられてる、と思たら、勝手にでたらめ言われて、悪者にされてた」

「落ち着け、遼平」遼平を事務所のソファに座らせた。「とにかく最初から話してみろ」

「う、うん」遼平は涙を乱暴に拭った。「二学期入って、なんとなくみんなの様子がおかしかったんや。僕が話しかけても無視したり、休み時間もだれも寄ってけえへんかったり……班分けも最後まで残って……」

いつの間にかクラスでのけ者にされていた。それがほかのクラスにまで広がって、とうとう完全に孤立したという。身に覚えのない遼平は我慢ができなくなり、理由を言えとみんなに怒鳴った。すると、信じられないことを聞かされた。

「……佐藤菜々美を妊娠させたのは僕や、って」

「佐藤菜々美？　あの不登校で転校していった子か？」雅雪も耳を疑った。「妊娠してたのか？」

「知らん。でも、僕が妊娠させたから不登校になって、それで夏休みに堕ろして転校した、って」

「ばかばかしい。でたらめだと言ったのか？」

「言うたよ」遼平は叫んだ。「でも、だれも信じてくれへん。見たやつがいるって」

「なにを？」

「僕が佐藤菜々美と一緒にいるとこ。中絶しろ、って佐藤に命令してた、って」

「だれが見たんだ？」

「わからへん。みんな又聞きらしい。でも、みんなが噂してる。男子も女子も。僕のこと、最低の女たらしや、って。裏サイトにも書かれてるって。僕、裏なんか見いひんから全然気がつけへんかって……」

——女たらし。

雅雪はどきりとしたが、遼平の前だ。動揺を隠して、質問を続けた。

「先生には言ったか？」

「言うた。そしたら調べる、って」

「そうか。とりあえず学校の調査はあるんだな」もみ消しがあるかもしれない。学校の調査は当てにならないが、今は報告を待つしかない。「文枝さんは知ってるのか？」

「まだ言うてへん。心配掛けたないし、黙っといてくれる？」

「俺からは言わんが、学校から連絡が来るかもしれん。呼ばれたら、文枝さんが行くしかない」

「雅雪おじさんが来てくれたらいいのに。遠い親戚やったらあかんの？」

「書類上は、正式の保護者じゃないからな」

「僕は雅雪おじさんに来てほしいんやけど」

「文枝さんが行けないときは俺が行く」

「うん」遼平は不安げな顔だ。納得できないようだが、一応はうなずいた。「わかった」

「心配するな。なんでも力になる」遼平の頭に手を置いた。「ひとりで辛かったな」

「雅雪おじさん」

再び遼平が泣き出した。怒りで平静を保つのが苦しい。不快な噂を流された遼平の苦しみが痛いほどわかる。

――曽我造園はたらしの家系。

だれが言い出したかもわからない噂で、どれだけいやな思いをしただろう。だが、雅雪はその噂を否定することができなかった。噂は嘘ではなかった。祖父はまだしも、父は明らかに下品なたらしだった。

だが、遼平の場合は違う。全くのデマだ。タチの悪いデマを流して、いじめる。陰湿な手口だ。

「とにかく、おまえはなにもやってないんだ。堂々としていろ。絶対にわかってもらえる」

「うん」遼平は涙を拭きながら何度もうなずいた。「うん、うん」

学校の対応は思ったよりもまともだった。

担任はすぐにホームルームを開いて、佐藤菜々美の件について説明してくれた。佐藤菜々美の不登校は小学校の頃からのことで、遼平には一切関係ないこと。転校の原因は家庭の事情だということを、みんなに伝えた。

だが、状況はあまり改善されなかった。担任は若く圧倒的に経験が不足していた。おどおどして生徒におもねるような口調は、生徒の反感を買った。さらに、遼平が不運だったのは、佐藤菜々美本人にたしかめられないことだった。佐藤菜々美の家庭の事情とは、早い話が夜逃げで、学校でも行き先を把握できなかった。だが、生徒の前で夜逃げなどとは言えない。いろいろと事情があって……と曖昧な説明をしたせいで、火に油を注《そそ》ぐ結果となった。

表だって、佐藤菜々美のことを口にする者はいなくなった。だが、一度、みんなの心に植え付けられた不信感は消えなかった。学校がいじめを把握しているから、あからさまな暴力はない。持ち物にいたずらされることもない。教師の前ではみな普通にふるまった。だが、生徒だけになると陰湿ないじめが続いた。

遼平に近づく者はだれもいなかった。それどころか、遼平の机や椅子、カバンといった持ち物までが避けられた。小学生なら「ばい菌」と言われるところを、遼平はもっと屈辱的な仕打ちを受けた。

誤って遼平の机に触れた女子生徒がいた。すかさず男子がはやしたてた。

「うわー、おまえ、妊娠するぞー」

セックスの話をしたいときは、遼平を引き合いに出せばいい。そうすれば、レイプだろうが妊娠だろうが中絶だろうが、どんな下品な話題も許される。それがみなの共通の認識になった。

だが、文枝はあまりこの問題に敏感ではなかった。いじめという厄介な犯罪から眼を逸らしたがっているようにも見えた。だから、雅雪は何度も文枝に頼んだ。

「島本さん。あまりにひどすぎる。弁護士に相談してきちんと対処しましょう」

「弁護士なんて大げさな」文枝が一言の下に否定した。「話が大きくなって困るのは遼平です。受験かてあるんです。内申書になにか書かれたらどうするんですか?」

「でも、遼平くんはなにも悪くないんです」

「こういう言いかたはよくないかもしれませんが」遼平の前なので、文枝が白々しく遠慮がちな口をきく。「今度のいやらしいデマかて、曽我さんが遼平と親しくしているせいかもしれません。いい歳をした大人の男と一緒にいてるから、遼平も子供らしくないと思われたのかも……」

ひどい言いがかりだったが、言い返せなかった。文枝の言い分にも一理ある。たらしの家系の「雅雪おじさん」などとつるんでいては、胡散臭く見られても当然だ。

「おばあちゃん。そんなん言うなよ。雅雪おじさんのせいやない」

その言葉を聞くと、文枝が悔しそうな顔をし、いっそう頑なになった。

「結局ただの噂でしょう? 騒げば騒ぐほど長引くし、曽我さんが首突っ込んだら余計に悪い噂が広まります」

文枝にそう言われると、雅雪は黙るしかなかった。

「雅雪おじさん、心配してくれてありがとう。でも、僕は大丈夫や」遼平は懸命に顔を上げた。「あんなん口で言うてるだけや。気にせえへんことにする」

一番辛いはずの遼平が、雅雪を気遣ってくれる。涙が出るほど嬉しい。だが、自分が甘えていいはずがない。なんとか遼平を助けてやらなければならない。

「曽我さん。遼平を心配してくださるのはありがたいですが」文枝が居丈高《いたけだか》に言った。「他人の家の問題に口を出さないでください」

雅雪は黙って遼平を支えることにした。泣きたいときは泣かせた。そして、頭を撫でてやった。そして、言い聞かせた。

――大丈夫。心配するな。おまえは悪くない。いつか絶対にわかってもらえる、おまえはすこしも悪くないんだ、と。

苦しい日々が続いた。遼平は一ヶ月で三キロも痩せた。雅雪も眠れない夜が続いた。だが、助けは意外なところからやってきた。

十一月に入って秋の風が冬の風に変わった頃、今まで沈黙を守っていた細木隼斗が動いた。相変わらず傲慢で乱暴な少年だったが、運動部なりの仲間意識はあったらしい。隼斗はクラス全員を前にして啖呵《たんか》を切った。

──おまえら、いい加減にしろや。同じサッカー部として、これ以上見てられん。しょうもないことすんな。島本につまらんこと言うやつはただじゃおかん。覚悟しとけ。

遼平の話によると、相当な剣幕だったらしい。その話を聞いたとき、雅雪は意外な気持ちがした。なんの証拠もないことだが、噂の出所は隼斗ではないかと思っていたからだ。細木邸で何度か見かけただけだが、明らかに感じの悪い少年だった。自分の手は汚さず、裏でこっそり糸を引いているのではないか、とそんなふうに想像したことさえあった。

「卑怯な真似はやめろ、って怒鳴ったんや。そうしたら、みんなしゅんとして、ごめん、って謝ってくれた」

細木隼斗の影響力はたいしたもので、眼に見えてみんなの態度が変わった。遼平は久しぶりに穏やかな顔を見せるようになった。

「隼斗は結構、気を遣ってくれるんや。休み時間のたびに声掛けてくれるし、いろいろ誘ってくれるし」

嬉しそうな遼平を見ていると、なぜだか雅雪は不安になった。はっきりとした理由はないが、どうしても信用できない。

「クラブでもパス出してくれるんや。一対一での練習にもつきあってくれるし」

「そうか」

それだけを言った。いつもなら素直に言える、よかったな、の一言がどうしても言えなかった。

十二月になった。雅雪は菓子折と金封を持って、島本家に向かった。

文枝はスーパーのパートだが、遼平はもう練習を終えて帰っているはずだった。だが、インターホンを鳴らしてもだれも出ない。雅雪が来ることは知っているはずだ。留守にするはずはない。おかしい、と思ってノブに手をかけると、鍵は開いていた。中へ入って見ると、遼平のスニーカーはなかった。

念のため声を掛けたが返事はない。雅雪はもう一度外へ出た。自転車がない。やはり、どこかへ出かけたようだ。

ただ、鍵を掛け忘れただけだろうか。雅雪は上がって待つことにした。地下足袋を脱ごうと上がり框に腰を下ろすと、じゃりじゃりと音がした。なんだろう、と指で触れると、土だ。あたりを見回すと、玄関、廊下が土で汚れている。泥遊びをした子供が走り回ったあとのようだ。

泥棒か。慌てて地下足袋のコハゼを外した。言うことをきかない左手の指が、今日ほど役立たずに思えたことはない。

雅雪は地下足袋を脱ぎ捨て、廊下を走った。台所にも居間にも人影はない。室内にも荒らされた様子はない。だが、居間の畳の上は泥だらけだった。障子を開けて縁側へ出る。思わず息を呑んだ。

坪庭がめちゃくちゃに荒らされている。手水鉢はひっくり返されて転がり、苔はすべてむしり取られて土が見えていた。沙羅《さら》の木は折られて、引きちぎられている。

雅雪は無言で庭を見た。やっとのことで怒りを抑えていた。何年もかけて造ってきた庭だ。いたずらにしてはひどすぎる。室内が荒らされていない以上、泥棒空巣のたぐいではない。庭を荒らしたのには、なにかもっと別の理由がある。

そのとき、沓脱石の上の塊を見てはっとした。壊れた釣忍だった。室内で冬越しをさせていたものだ。何度も叩きつけられ、踏みにじられたのだろう。もはや原形をとどめていない。風鈴はちぎれてなくなっている。

そのとき、反射的に細木隼斗の顔が浮かんだ。なんの根拠もなしに人を疑ってはならない、と思うが、どうしてもあの少年の顔を消すことができない。遼平は隼斗とのトラブルに巻き込まれたのではないか。

二階への階段を駆け上がって、部屋をたしかめる。だが、やはり遼平の姿はない。一体どこへ行ったのだろう。遼平の携帯に掛けてみたが、留守番サービスに繋がっただけだ。

そのとき、雅雪の携帯が鳴った。見ると、祖父からだ。

「雅雪か」祖父の声はひどく冷たかった。「今すぐ帰って来い」

「親方。今、遼平の家にいますが、ちょっと……」

て来い」

「ふん」遼平の名を出すと、祖父が鼻で笑った。「そのガキはこっちにいる。とにかく帰って来い」

祖父の態度は意味ありげだった。まさか、曽我造園でもなにかあったのだろうか。とにかく一旦、戻ることにした。文枝に連絡すべきかどうか迷ったが、やめた。できることなら、面倒を掛けずに収めたい。

無施錠の玄関が気になるので、念のため隣に声を掛けておくことにする。インターホンを鳴らすと、すぐにおかっぱ頭の月下美人が出て来た。

「島本さんのところ留守なんですが、玄関に鍵が掛かってないんです」探りを入れてみた。

「なにか変わった様子はありませんでしたか？」

「いやー、あたしテレビ観てたし、全然気いつけへんかったわ」月下美人は顔色を変えた。

「まさか、空巣でも入ったん？」

「いえ……」なにかわけありかもしれない。これ以上は話さないほうがいいと思った。「不用心なので、ちょっと注意しておいていただけますか」

「ええよー」愛想よく返事をする。「それより、曽我さん。また時間のあるときでええから、うちの月下美人、見てってもらえる？　水やりの具合がイマイチわからへんねん」

「わかりました」雅雪は頭を下げた。「じゃあ、お願いします」

軽トラを飛ばして曽我造園に戻ると、倉庫の前に自転車が駐まっていた。遼平のものだ。

中へ入ろうとすると、名を呼ばれた。

「雅雪」

振り向くと祖父が立っていた。雅雪はぞくりとした。軽蔑しかない眼だ。この眼には見覚えがある。以前、父と雅雪が下手をうったとき、祖父はこんな眼をした。見下げ果てた、というふうに自分の息子と孫を見た。

「親方。一体なにが？」

「おまえの不始末だ」祖父は氷のような声で言った。「おまえがケリをつけろ」

祖父は倉庫の中を示すと背を向けた。わけがわからぬまま中に入る。奥の温室のドアが開いているのが見えた。

雅雪を迎えたのは遼平だった。温室の真ん中に仁王立ちで、雅雪をにらんでいる。腕には釣忍を抱えていた。すさまじい眼だ。怒り、困惑、哀しみ、そして絶望。なにもかもが混ぜ合わされて燃え上がっている。よく見ると、遼平が持っているのはあの釣忍だ。特別に時間を掛けて、大切に育ててきたものだ。

「遼平、どうした？　なにがあった？」

雅雪は遼平に一歩近づいた。すると、遼平が怒鳴った。

「来んな」

雅雪は足を止めた。ふっと背筋が寒くなった。昔、これと同じ経験をした。底無しの絶望を抱えた男と向き合い、最悪の結果になった。

「僕はだまされてたんや」遼平が拳を握りしめ、叫んだ。「みんな、隼斗が仕組んだことやった。あいつは笑いながら話してくれた。デマを流したのは俺や、って。おまえをハブるようにしたのも俺や。で、ちょっと助けてやったら、なにも知らずに飛びついてきた、って。あいつは裏でずっと僕のことを笑いものにしてたんや」

「隼斗が？」

いやな予感が当たった。怒りと後悔で胸が苦しい。もっと、もっとちゃんと忠告すべきだった。

「みどり摘みのときに恥をかかされた、ってずっと怨んでて、復讐する機会を狙ってたんや」

「すまん」遼平の気持ちを考えると胸が痛んだ。「俺が余計なことをしたせいだ」

すまん、と雅雪は遼平に近づこうとした。だが、次の瞬間、血の気が引いた。

「来んな、人殺し」

耳を疑った。今、遼平はなんと言ったのだろう。呆然と立ち尽くしていると、次の瞬間、遼平が叫んだ。

「隼斗に言われた。おまえ、阿呆すぎる、だまされすぎやろ、って。なんのことや、って訊いた。そしたら、あいつはへらへら笑いながら、かわいそうに、て言うたんや」

——あの若白髪のジジ臭い植木屋。あいつはずっと嘘ついてる。おまえをだまして手なずけてるんや。ほんまはな、あいつの彼女がおまえの両親を殺したんや。つまり、あいつは人殺しの仲間いうことや。

「あんた、真辺舞子とつきあってたんやろ?」遼平の眼から涙が溢れ出した。「隼斗からみんな聞いた。当時、このあたりでは大騒ぎになった、って。信じられへんかったから、図書館行って新聞見た。ほんまやった。お父さんとお母さんが死んだんは、ただの事故やなかった。ほんまは真辺舞子に殺されたんや」

眼の前が暗くなった。全身の皮膚が引きつり、ちくちくと痛む。松葉の煙に巻かれて息ができない。苦しい。とうとう知られてしまった。もう、なにもかも終わりなのか——。

「あんたは真辺舞子の恋人やったのに、黙ってた。親切なふりをして、僕をだましてた」遼平はぼろぼろと涙をこぼしながら、震える声で怒鳴った。「ずっと、ずっと、僕をだましてたんや」

「違う。だますつもりはなかった」

「隼斗はもっと教えてくれた。きっかけは、あんたの父親が人を殺したことや、って。その事件が引き金になって、真辺舞子が僕のお父さんとお母さんを殺した、て」

そこまで知られていたのか。雅雪は返事ができなかった。

「……やっぱりほんまやったんか」遼平は怒鳴って手にした釣忍を突きだした。「これ、特別の釣忍、って言うてたな。十年も前から育ててる。大事な大事な釣忍。僕には絶対触らせてくれへんかった」

なにを言えばいいのだろう。雅雪は息が苦しくなった。なにひとつ言葉が見つからない。

「へえ、やっぱりそんなに大事なんか。さすがたらしの家系の男やな」遼平が泣きながら笑った。「僕がどんなに泣いて怒っても無視してたくせに、この釣忍のこととなると反応するんか」

「違う。そんなつもりはない」

「返事せえへんかったやないか」遼平は甲高い声で叫んだ。「やっぱり、あんたが大事なんは、真辺舞子だけいうことか」

「違う、遼平」

「なにが、遠い親戚の雅雪おじさん、や。人殺しの仲間のくせに」

遼平は釣忍を高々と頭の上に差し上げると、思い切り床にたたきつけた。

ぐしゃり、と腹に響くいやな音がした。鈍くて、妙に柔らかな響きは遼平の形相とはまるで似合わず、かえってぞっとした。

雅雪は呆然と床の釣忍を見下ろした。何年も掛けてかたち作った苔の玉が無残にひしゃげ、横倒しになっている。

遼平が足を持ち上げた。釣忍めがけて思い切り振り下ろすのが見えた。スニーカーが苔玉にめり込んだ。ニューバランス。雅雪が入学祝いに買ったものだ。遼平は何度も何度も釣忍を踏みつけた。

白いスニーカーが汚れていくのを、雅雪は黙って見ていた。身体が動かない。止めることすら思いつかなかった。

舞子のために作った釣忍だ。常緑の品種のシノブを植え込み、何年も掛けて大きくした。山の苔庭から一番美しい苔を採り、玉に貼った。出所した舞子と暮らす日を夢見て、ひたすら手入れをした。

美しかった釣忍は、もはや原形をとどめていない。それでも遼平は足を止めなかった。青々と育ったシノブを、滑らかな苔を、泣きながら踏みにじる。繊細なシノブの葉はすり潰され、草の汁が流れ出した。

「真辺舞子はなにしてるねん。うちに謝罪の手紙すらけえへん。全然反省してないんやろ？最低の人殺しやないか」

「違う。聞いてくれ、遼平」

「なにが特別の釣忍や。人殺し用の釣忍やないか」

瞬間、我慢できなくなった。雅雪は遼平の頰を張った。遼平はよろめき、倒れた。

「人殺し」遼平が倒れたまま叫んだ。「僕も殺せや」

一瞬で、暴力をふるったことを後悔した。遼平の言うことは正しい。だましていたのは俺だ。手を上げる資格などない。

「なにもかも女のためや。僕に親切にしてたんは、真辺舞子のためやったんや。その女のために僕の機嫌取りしてただけや」

「違う」

「やっと、おばあちゃんの気持ちがわかった。仏壇に近寄らせへんのは、あんたを許してないからや。女のために頭を下げるあんたには、絶対にお線香上げてほしくないからや」遼平がゆっくりと起き上がった。「当たり前や。許せるわけがない。おばあちゃんは息子夫婦を殺されたんや。あんたと真辺舞子のせいで、僕のお父さんとお母さんは死んだんや。絶対に許さへん。絶対に一生許さへん」

雅雪は黙って立ち尽くしていた。遼平の言葉はすべて正しい。もうどうすることもできない。

「嘘つきや。あんたは嘘つきや。最低のたらしの嘘つきや。女のために僕をだました。あんたは最低や」

遼平が喉を絞るようにして叫ぶと、自転車に乗って去った。

雅雪はひとり倉庫に取り残された。

足許には壊れた釣忍が転がっていた。踏みにじられた苔は裂けてちぎれ、臼《うす》で挽いたように潰れている。シノブは根元から折れて、完全にばらばらになった。倉庫の床には青い草の汁が飛び散っている。化物の血のようだった。

雅雪は膝を突いた。背を丸めてうめくと、火傷の痕が引きつれて激しく痛んだ。

だめになるときは、たった一瞬だった。

6　二〇一三年　七月六日（1）

がくん、と前のめりに倒れそうになり、背中に激しい痛みが走った。

雅雪は思わずうめいた。咄嗟《とっさ》に畳に手を突き身体を支える。いつの間にか眠っていた。まだはっきりしない頭を振って、遼平を見た。小さないびきをかいて眠っている。特に変わった様子もない。ほっとした。

昨夜、原田の助けを借り、酔った遼平を曽我造園まで運んだ。正体をなくした遼平を布団に寝かせると、枕元に付き添った。遼平の具合が心配で何度も息を確かめる。部屋中が酒臭くて下戸の雅雪には辛い。それでもそばにいた。

一晩中座っていたので、脚がしびれている。雅雪はそろそろと立ち上がって、小さく伸びをした。こんなとき、思い切り身体を伸ばせたらさぞ気持ちがいいだろう。両手を頭の上に差し上げ、背中を反らし、腹の底から声が出るくらい胸を開いてみたい。だが、全身、引きつれだらけでは仕方ない。背中や肩や肘やらに気を遣いながら、恐る恐る伸びの真似事をするのが関の山だ。

カーテンを開けて空気を入れ換えた。外はもう明るい。どこかでキジバトが鳴いている。

腕時計を見ると、朝の五時前だ。

今日は七月六日。七日まであと一日。明日には舞子に会える。十三年間、待ち続けた日がやってくる。

だが、手放しで喜ぶことができない。問題はなにも解決していない。遼平との関係はこじれたままだ。それどころかいっそう悪くなった。

そのとき、遼平が小さなうめき声を上げ、寝返りを打った。雅雪は慌てて顔をのぞき込んだ。だが、遼平はまたすぐに寝息を立てはじめた。カーテンを引いて部屋を暗くする。もう一度遼平の寝顔を見下ろした。ひどい顔だ。決して幸せな子供の顔ではない。

昔から看病は雅雪の役目だった。文枝のパート先はシフト管理が厳しく、急な欠勤は露骨に嫌がられた。契約更新を望むなら、たとえ遼平が病気になっても仕事を休むわけにはいかない。だから、「比較的自由が利く」雅雪が遼平の面倒を見ることになった。

熱が出た、吐いた、下痢をした、怪我をした。そのたびに、雅雪が呼ばれて枕元に座った。文枝の頭の中では、雅雪は「晴れた日だけ」「陽の高いうちだけ」働けばいい、お気楽で恵まれた自営業者だった。

予防接種に連れていくのも雅雪だった。保健所と小児科に通う間に、雅雪自身が病気を貰った。子供の頃、ほとんど予防接種を受けていなかったからだ。一番ひどかったのは、はしかになったときだ。大人になってからのはしかは辛かった。四十度の熱が下がらず、このまま死ぬのではないか、と一瞬本気で思ったほどだ。

その頃、遼平は小学校に上がったばかりだった。雅雪のはしかを知ると、見舞いに来たがった。遼平自身は赤ん坊の頃に予防接種を済ませている。うつる可能性はほとんどない。だが、文枝は血相《けっそう》変えて止めた。無論、雅雪も遠慮した。

熱が下がりきらない雅雪はうとうとしていた。窓の外から泣き声がした。おじちゃん、雅雪おじちゃんと呼んでいる。最初は夢かと思った。だが、眼は覚めていると気付き、幻聴かと思った。熱のせいで脳がやられたのか、と。

ふらつきながら窓に寄って外を見た。玄関前で遼平が泣いている。慌てて階段を下りた。何段か踏み外したような気がしたが、熱のせいか痛みは感じなかった。遼平は雅雪を見るなり泣きながら訴えた。

――おじちゃん、死ぬん？　死んだらいやや。死なんといて。

死という言葉を口にして、取り憑《つ》かれたように泣きじゃくる遼平は異様だった。まさか、あのときのことを憶えているのだろうか。いや、遼平はベビーカーに乗った赤ん坊だった。憶えているはずがない。今まで、そんなことを口にしたことはない。

もしかすると、これがトラウマというものなのだろうか。表面的にはわからないが、心の奥底には決定的な傷がついているのだろうか。死が刷り込まれてしまっているのだろうか。

雅雪は遼平に何度も言い聞かせた。絶対死なない、と。遼平が泣き疲れて眠るまで、言い続けた。

文枝からは何度も電話があった。せめて朝まで待ってくれ、と言ったが却下された。今すぐ連れて来ないと、誘拐された、と通報すると言われた。

仕方なしに、雅雪はサンバーに遼平を乗せハンドルを握った。頭がぐらぐらと揺れて吐き気がした。頭の中で勝手にワイパーが動いているような気がした。遼平を乗せている。事故を起こしてはいけない。それだけを考えて運転した。たぶん、時速三十キロも出ていなかっただろう。なんとか車を走らせ、無事に遼平を送り届けた。

曽我造園に戻った後、運転席で気絶した。翌朝、祖父に見つけてもらえなかったら、本当に死んでいたかもしれない。回復した雅雪に、祖父はこう言った。

——おまえがこれほどの阿呆だったとは。俊夫よりマシだと思っていたのは、私の思い違いだったようだ。

ああ、俺はたしかに阿呆だ、と思った。タクシーを呼べばよかった、と気付いたのはずいぶん後だった。

雅雪が遼平をだめにした、と原田は言う。身勝手な償いを押しつけた挙げ句、さんざん甘やかしてヘタレにした、と。

雅雪は部屋を出て階段を下りた。顔を洗って丁寧にひげを剃《そ》る。俺もひどい顔だ、と思った。遼平がやつれていたように、雅雪も寝不足で眼の下にクマができている。髪が白いせいもあって、自分でもぞっとするくらい老けて見えた。

今は考えるな。まず眼の前にあるものを片付けるんだ。そう言い聞かせて、雅雪は鏡の中の顔をにらみ返した。今はやるべきことをやる。ただそれだけだ。

ここ数日でいろいろなことが起きた。遼平のケンカ、骨折。文枝の死。葬儀。そして、遼平の泥酔騒ぎだ。手つかずの仕事が山のように溜まっている。明日は舞子を迎えに行かなければならない。今日中にできる限りの仕事を片付けておきたい。

朝飯を済ませると、事務所で二日ぶりにメールのチェックをした。夏前なので釣忍の注文がそれなりに入っている。一通ずつ確認して顧客名簿を作った。その後、水やりをしようと温室に向かうと、祖父が来た。

祖父は雅雪を無視し、倉庫の前で地面に穴を掘って火をおこした。丸太を焼く準備だ。焼き丸太は竹垣の親柱や樹木の支柱などに使う。丸太をよく焼き、表面を藁で磨いて仕上げる。手間のかかる作業だ。面倒ならバーナーで表面を焼いてもいいし、市販品の焼き丸太も売っている。だが、曽我造園では昔通りのやりかたにこだわった。

祖父は言う。竹垣を立てるということは結界を張るということだ。手順のすべてに意味があり、おろそかにはできない、と。

「雅雪、昨夜はずいぶん騒々しかったな」顔を見ずに言う。

「すみません」雅雪は頭を下げた。

祖父はそれきり黙って丸太を転がしている。雅雪が水やりに戻ろうとしたところ、後ろから声を掛けられた。

「あのガキと縁を切れ」

雅雪は驚いて振り返った。今までなんの口出しもしなかった祖父がどうしたのだろう。

「それは無理です。俺には責任があります」

「なにをしようとおまえの勝手だ。ガキのお守りが好きなら、一生、ガキの尻ぬぐいをしていればいい。だが、仕事に支障が出るなら別だ。お施主さんの庭で酒盛りなど、言語道断。呆れたガキだ」

「なぜ知っているんですか？」

「阿呆。どこの誰か知らんが、夜中にあれだけの声で怒鳴っていれば、みな聞こえる」

「すみません。あの男に悪気はないんです」

原田とのやりとりを思い出して胸が苦しくなった。苦労性の善人。あれほど親身に忠告してくれた人間を拒んだ。恩知らずの阿呆だ。

「悪気がない、か」祖父が鼻で笑った。「まあ、それはどうでもいい。とにかく、あのガキをなんとかしろ」

「親方。遼平はたったひとりの身寄りを亡くしたんです。大目に見てやってください」

「この仕事、評判が命だ。腕があれば仕事が続く。だが、諍《いさか》いを庭へ持ち込むのはなしだ」

祖父は火の中の丸太を見ながら、淡々と話し続けた。「あのガキはお施主さんの庭で問題を起こした。二度と関わるな」

「無理です」

「雅雪」祖父が顔を上げた。「おまえもあの阿呆と同じか？　俊夫の二の舞か？」

「俊夫さんのことを阿呆だなんて。死んだ人間……仮にも実の息子じゃないですか」

「死んだ人間だからどうした？　阿呆は阿呆だ。くだらん」

「親方」思わず声が大きくなった。「俊夫さんが死んでも平気だったんですか？」

「おまえは平気ではなかったのか？」

「もちろんです」

「では、なぜ、おまえは実の父を、俊夫さん、と呼ぶ？　他人行儀で平気なのはおまえのほうじゃないのか？」

雅雪は返答に窮した。子供の頃からそう呼んでいた。不自然とは知っているが、今さら直すことはできない。だが、父だけではない。祖父を、おじいさん、と呼んだこともない。物心ついたときから親方だった。

祖父と過ごした時間は、父よりもはるかに長い。庭師としての師弟関係があったからだ。だが、雅雪は父とは師弟関係がなかった。祖父が禁じたからだ。雅雪が小さい頃、祖父は父をこう叱った。

——阿呆、おまえなんぞが教えるな。せっかく筋がいいのに潰す気か。

「俊夫はみどり摘みもまともにできん。竹垣を編ませても不格好。使いものにならん男だった」

「では、親方は自分の息子に価値がないと？」

「じゃあ訊く。あの男のどこに価値があった？」祖父は丸太を引き揚げ、火から外した。

「あれは庭師として二流だった。雅雪、おまえとは比べものにならない。それどころか、さかりのついた犬のように女を漁《あさ》って、下品きわまりなかった。そんな人間のどこに価値がある？」

「それでも、親方の息子なんです」

「もちろん知っている。あれは私の息子だ。だが、それがどうした？　息子だからほめたたえろとでも言うのか？　二流を一流と言うことはできん。まがいものを本物だと言うことはできん」祖父は顔を上げ、ふっと面白そうな顔をした。「そう言えば、雅雪。おまえも犬だな。さかりのついた犬ではなくて、ハチ公並みの忠犬だ。餌をくれたご主人様には尻尾《しっぽ》を振って忠節《ちゅうせつ》を誓い、いつまでも待ち続ける」

人を犬呼ばわりしながら、祖父は信じられないほど魅力的に笑った。まるで年齢を感じさせない。完璧なたらしの男の色気だった。

「……犬で結構です」

「なるほど。だが、勘違いするな。俊夫と違っておまえは一流だと言っているのではない。おまえは一流になれた。だが、おまえはくだらん子守りで庭師としての人生を棒に振った」

「後悔はありません」

「そうだろう。後悔が好きな者はおらんからな」祖父はまんべんなく焼き色の付いた丸太を見下ろした。「よし、これでいい」

取りつく島もない。いつもなら諦める。祖父に期待しても仕方ないからだ。だが、今日はそうはいかない。

「遼平を引き取ると言いました」祖父の反応に激しい怒りがこみ上げてきた。「これから同じ家に暮らすんです。すこしくらいは関心を持ってください」

「どうした、雅雪」祖父が笑った。「あのガキのこととなると途端に短気だな。見苦しいぞ」

「遼平はまだ中学二年生なんです。大事な時期なんだ。高校卒業まではうちで世話をする。ほんのすこしでいい。気遣ってやってください」

「雅雪、おまえは中学の頃、親の気遣いが欲しかったか？」

祖父がひやりとした眼で雅雪を見た。いつも思う。この眼は研いだばかりの刃だ。ぞくりとする。

「……そう、たぶん」すこしためらって返事をした。「欲しかったんだと思う。当時は気付きませんでしたが」

「意外だな」祖父が眼を見開き驚いた顔をした。「おまえは俊夫とは違って、まともだと思っていたが」

「俺のどこがまともですか？」

「なら、私の見込み違いか」祖父はつまらなそうに横を向いた。「おまえも俊夫と同じというわけだな」

「……かもしれません。俺は自分が壊れていることに気付かなかった。気付かせてくれる人がいなければ、いずれ俊夫さんと同じようになったかもしれない」

「俊夫は自分が壊れていることに気付かなかったから、ああなったというわけか？」

「きっと」

「壊れる、か。なるほど、便利な言葉だな。——俺は元はちゃんとしていた。だが、なにかのせいで壊れてしまった。だから、俺の責任ではない、というところか」

祖父は作業台の横に置いてあった煙草に手を伸ばした。汚れた指のまま一本抜くと、唇の端にぶら下げ火をつける。ごく薄い煙をひとつ吐き、雅雪の眼を正面から見た。

「……糞が」

祖父の唇は煙草をくわえたまま笑っていた。だが、その眼にはなにもなかった。ぽつんと白砂に置かれた石に見えた。

思わず身震いした。化物という言葉が浮かんだ。自分の息子の人生を喰らって平然としている。気を抜くな、と雅雪は歯を食いしばった。気を抜けば一瞬で喰われ、父のようになるだろう。拳を握りしめ、祖父の眼を正面からにらみつけた。

「親方。情のない相手と同じ家に暮らすのが、どれだけ惨めだかわかりますか？　ひとつ屋根の下に暮らしても他人なんです。口では簡単に言うが、同じ家に暮らす人間を赤の他人と割り切るのは本当に難しい」感情的になるまいと懸命にこらえた。「つい、期待してしまうんです。ほんのすこしの情でいいから、と。でも、望むものは得られず裏切られる。そんなことが毎日毎日、繰り返し続く」

勉強机で食事をするようになったのは、小学校に上がった頃だった。最初は寂しかった。惨めでたまらなかった。食べ物の味などなにもわからなかった。だが、いつか慣れた。そして、なにも感じなくなった。

そうやってひとりで食事をしていると、今度は食べたあとに苦しくなった。わけがわからず、居ても立ってもいられない。自分でも理解できないもどかしさをごまかすために、煙草を吸うようになった。それが四年生のときだった。一年後には、一日一箱のヘビースモーカーになっていた。

「なるほどな」祖父はわずかにためらってから口を開いた。「だが、ねだってばかりで恥ずかしいとは思わんか？　情が欲しい。かまって欲しい。気遣って欲しい。あれが欲しいこれが欲しい、と見苦しい」

「親方から見れば、ただ、みっともないんでしょう。でも、家というのは特別なんです。完全に安全な場所、無条件の避難所でなくてはいけない。そこにいるものは、いつでも味方でなくてはいけない。未来永劫《えいごう》、味方でなくてはいけないんです。当たり前すぎて、味方かどうかなんて考えたことがないくらいに」

「おまえと俊夫にとっては、そうではなかったということか」

「そうです。俺は遼平に同じ思いをさせたくない」雅雪はきっぱりと言った。

「なら、おまえがやれ。私に要求するな」

「いえ。親方にもやってもらいます。ここは遼平の家になる。あいつには気持ちよく過ごす権利がある」

「無理だ。うわべを取り繕ってなんになる？」祖父は表情ひとつ変えなかった。「雅雪。私には情というものが理解できない。だから、おまえの話を聞いても気の毒だと思うことすらできない。おまえはさっきこう言ったな。――壊れていた、と。なら、私はこう言えるだろう。壊れているのではなく、そもそも壊れるものがないのだ。失われたのでも欠け落ちたのでもない。私という人間には情というもの――いや、情の受け皿たる心が存在しないのかもしれないな」

「心が存在しない？」

「雅雪。私はおまえの要求を拒んでいるのではない。無理だと言っている。おまえが私に要求していることは、足で歩くな、空を飛べ、と言っているのと同じだ。俊夫もおまえも、まったく不可能な要求をしているのだ」

「俊夫さんも同じことを言ったんですか」

「そうだ。おまえが生まれたとき、俊夫は私に不満を持ち何度も突っかかってきた。もっと孫に関心を持ってくれ、もっと孫をかわいがってくれ、としつこく言った。私は今のように説明したが、俊夫は納得しなかった」

「父がそんなことを？」雅雪は信じられない思いがした。

「憶えていないのか？　まあ、ほんの小さい頃の話だから当然か」祖父が別の丸太を火から引き揚げた。「おまえが生まれたとき、俊夫はずいぶん喜んだ。やたらと抱きたがったし、ひと声泣けば真夜中でも飛んで行ってあやした」

「俺の母はどうしていたんですか？」

「おまえを産んでひと月もしたら消えた。ほとんど産み捨てだ」祖父は気遣いなど一切感じられない口調で話し続けた。「母親がいないから、あれがやるしかなかったんだが、それでも舞い上がっていたな。普段、筆を持ったこともないくせに命名書を書いたり、そりゃあみっともないほどおまえをかわいがっていたものだ」

「命名書は細木老が書いたと聞きましたが」

「最初はそのつもりだったようだな。だが、親が書かないと意味がないと言って、自分で書くことにしたらしい。だが、今まで筆を持ったことのないやつの字だから、そりゃあひどいものでな。かえって見苦しい、と言ったら腹を立てた。私への当てつけに練習をはじめたんだ。細木の書いたものは手本にして、三日ほども書き続けていたかな」

当てつけに三日か。父の祖父に対する憎悪の深さにぞっとした。

「それでも見られたもんじゃなかった」祖父は新しい煙草に火をつけた。「あれはなにをやらせてもだめだった」

「たとえ当てつけだったとしても、俊夫さんは努力したんでしょう？　だめだ、なんて言わないでください」

「勘違いするな。努力にはなんの意味もない」

「親方、そんな言いかたはない」

「阿呆。おまえはお施主の前で言うのか。私は努力をしました。見苦しい庭でも我慢してください、と。ばかばかしい」

「仮にも血を分けた息子でしょう。そんな言いかたはない」思わず怒鳴ってしまった。「さっきも犬呼ばわりして、あまりにもひどい」

祖父に声を荒らげるなど、はじめてだった。祖父は祖父である前に親方だった。徒弟制度では親方は絶対だ。言い返すことすら許されない。だが、祖父は怒りも驚きもしなかった。

冷えた眼で雅雪を見返した。

「犬呼ばわり？　犬ほどあいつをうまく表す言葉はないと思うが？」祖父が煙を吐いた。

「それに、おまえだって犬と呼ばれて結構だと言ったじゃないか」

「俺はいい。でも、俊夫さんは傷ついていた」

「傷つく？　バカか。おまえは他人におもねるような人間をどう思う？　くだらんと思わんか？」

「そうじゃない。俊夫さんは本当にボロボロになってたんだ。親方のせいで」

「あさましい。人のせいにするな」

まるで相手にされない。雅雪は苛立った。怒り、哀しさ、むなしさ、さまざまな思いが渦を巻く。頭がおかしくなりそうだ、と思った。その瞬間、これまで決して口にしなかった言葉が口をついた。

「……郁也《いくや》のときだってそうだ。あの電話を切り捨てなければ、あいつだって……」

「郁也？　あの阿呆か。そんな昔の話を持ち出してどうする？」

「俺にとっては昔じゃない。あのときだって、親方が郁也の話を聞いてやっていれば、あんなことにはならなかったかもしれない」

「あのとき、私があの阿呆に気遣いをしていれば、と言うのか？」

「そうです。郁也がどんな思いで電話を掛けてきたと思うんです。あいつは必死だったたんだ」

「無駄だ、雅雪。そんなふうに私を責めても、おまえがむなしくなるだけだ。私には情というものが理解できないと言っただろう？　罪悪感など持ちようがない」

祖父は気持ちよさそうに煙を吐いた。セブンスター。祖父はこれしか吸わない。家族も女もだれひとり認めなかった男の唯一の執着だ。

「だから、二度と私に期待するな。おまえがガキの面倒を見て、一生を棒に振るのは自由だ。好きにすればいい。だが、私に要求するな」

言葉が出なかった。だが、言葉を探す必要はなかった。祖父には通じる言葉がない。いや、祖父には言葉そのものがない。必要ないからだ。今こそ、父の絶望がわかったような気がした。あの雪の日に父は死を選んだのではない。心のない、情のない怪物に喰われ続け、三十八年かかって死んだだけだ。

「まだなにかあるのか？」

祖父は煙草を消し、火に水を掛けた。残りの丸太を倉庫に片付ける。その横で雅雪は立ち尽くしていた。

「……親方として尊敬しています」なんとか声を絞り出したが、惨めなほどかすれた。「でも、人間としては軽蔑します。あなたは糞だ」

「それでいい」祖父は車の鍵を握った。「今日は資材の買い出しに行くが、なにかあるか？」

糞だと言われたことなど意にも介さない。何事もなかったかのように仕事の話をする。改めてぞっとした。

「……染縄と緑化テープがすくなくなっていました」なんとか答えた。

祖父が出て行くのを、雅雪は呆然と見送った。腕の一本くらいは喰われた気がした。

すると、背後で物音がした。振り返ると遼平が立っていた。怯えたような顔でじっと雅雪を見ている。

「大丈夫か？　気分はどうだ？」気を取り直して訊ねた。

返事はない。遼平は黙ったままだ。血の気のない顔を見て気付いた。遼平も祖父に喰われかけたのだ。

「今の話を聞いたんだな」

「聞いた」遼平が呆然と雅雪を見る。「あんたのじいさん……狂ってる」

「ああ。狂ってる」しっかりしろ、と自分に言い聞かせる。あの化物から遼平を守らなければならない。「とにかく中に入ってなにか飲め。酒の後は水分補給だ」

事務所の冷蔵庫からスポーツドリンクのペットボトルを取りだした。グラスを持って戻ると、遼平は倉庫にいた。噴水から引き揚げてそのままになっている自転車を見ている。

「点検してある。どこも壊れてない」

「……あんたがこの自転車買うてくれたん、まだ二日前の話なんやな。そやのに遠い昔みたいな気がする」

「さ、飲め」雅雪はテーブルにスポーツドリンクを置き、遼平をソファに座らせた。

「……隼斗とケンカして腕折って、警察が来た。あんたが病院まで迎えに来てくれて」遼平はひと息に飲んだ。「家に帰ったら、あんたはまたおばあちゃんに頭下げさせられた。その夜、おばあちゃんが死んだ」

遼平は黙った。お代わりを注ぐと、またひと息に飲み干した。

「お葬式して、あんたと仕事人にいろいろ言われた。あんたが自転車を買ってきて……怒った俺が噴水に投げ込んだ」

「勝手に買うべきじゃなかった。おまえに訊くべきだった」

「で、次の日、苛々してモールぶらついてたら、あんたがニヤニヤしながら買い物してて」

「……勘弁してくれ」

「あの女が出所することがわかって、そうしたら、どうしたらいいんかわからへんようになって……仏壇からお父さんの酒を持ち出して、扇の家に忍び込んで飲んだ」

遼平の前に三杯目を置く。今度は二度に分けて飲んだ。

「まだ飲むか?」

「もういい」

雅雪は腕時計を見た。朝の十時前だ。

「じゃあなにか食うか？　今、家になにもないからファミレスでも行くか？」

「あんた、ファミレス好きやな。なにか言うとファミレスに行きたがる」遼平が呆れたように笑った。

「便利だからな」雅雪はほっとした。笑う元気が戻ったようだ。「小さい頃は週一で連れて行った」

「おばあちゃんはファミレス嫌いやったから、あんたが連れてってくれるのが嬉しかった。レジのところに置いてあるオモチャを買うてくれ、ってせがんだのを憶えてる」

遼平がまたすこしだけ笑った。

雅雪は思わず眼を見張った。どうしたのだろう。びっくりするほど素直だ。もしかしたら、とうとう「いずれ」がやってきたのだろうか。この前、細木老が言っていた「いずれ」だ。いずれ遼平もわかってくれる——と。

また以前のように遼平とうまくやっていけるかもしれない。俺の償いは無駄ではなかったということだ。そう思うと、急に息苦しくなった。俺は期待していいのか？　それとも、やはり甘いのか？　身勝手なのか？

「そうだな。たまに買ってやると、大喜びしてた」

遼平はしばらく黙っていたが、やがて思い切ったふうに言った。

「今からファミレス行ったら、あんた、なんか食べるんか？」

「いや、俺は腹は減ってない」

「そういう意味やない」遼平が真っ直ぐに雅雪を見た。「俺はあんたが飯食ってるの見たことない。子供の頃からずっとや。一度もない」

雅雪はぎくりとした。一瞬で期待が叩き潰される。いや、それどころか喉元に刃を突きつけられた。遼平に知られているのか？　なにもかも見抜かれているのか？

落ち着け、雅雪は自分に言い聞かせた。まだ息の根を止められたわけではない。精一杯平静を装い、言う。

「化物みたいに言うな」

「俺の家で食べへんかったのは、おばあちゃんが禁止してたからやろ？　家で一緒に御飯を食べるのは家族だけや、て。それで、俺は納得してた。あんたは遠い親戚やから家族やない、て」

たしかに家族ではない。遠い親戚ですらない。他人には説明できない関係だ。

「でも、あんた、外でも食べへんかった。遊園地行っても動物園行っても、俺がお子様ランチ食べてる横で、あんたはコーヒー飲んでた。キャンプに行ってもそうやった。俺と一緒のときは食うな、って言われてるのかと思ってた。そんなことおかしいと思ったけど、なんか口に出したらあかんような気がした」遼平はスポーツドリンクをグラスに注いで一口飲んだ。歯切れの悪い、妙に苦しそうな声だった。「去年のみどり摘みのときもそうやった。俺がチキンカツ食ったときも、あんたはコーヒーだけやった。そのとき、わかった。俺と一緒に食うのがいやなんや、って」

「それは違う」雅雪は慌てて否定した。「そうじゃない」

「もういい」遼平が吐き捨てるように言った。「あんたはなんでもはぐらかす。なんにも話さない。十三年前のことかてそうや。俺は隼斗なんかから聞きたくなかった。どうせ聞くなら、あんたの口から聞きたかった」

息が止まりそうになった。遼平はにらみつけるかのようにこちらを見ている。

「俺の両親を殺したんは真辺舞子やな。でも、その前にもうひとつ事件があった、て隼斗が言ってた。あんたの親父が真辺舞子の母親を殺した。それがすべてのはじまりや、て」

「そのとおりだ」

「じゃあ、真辺舞子にとって、あんたは母親の仇の息子やろ？　面会も手紙も断られて当然や」

「断られてることをなぜ知ってる？」

「昨日、仕事人が怒鳴ってたやないか。二階にいても全部聞こえた」遼平が呆れ顔をした。思わず苦笑した。祖父にも遼平にも原田の説教は丸聞こえだったらしい。さすが役者経験者だ。声が通る。

「あんた、それやのになんで待ってるねん。いくら恋人でも親を殺されて平気なわけないやろ。アパートなんか借りても無駄に決まってる」

雅雪は黙っていた。すると、遼平が焦れたように質問を続けた。

「真辺舞子はどこの刑務所入ってるねん」

「和歌山だ」

「わざわざ和歌山まで面会に行って断られてるんか。ずっと？」

「たいした距離じゃない」

「負け惜しみや」遼平が吐き捨てるように言う。「そんな薄情な女のために……」

遼平は眉を寄せ、ちらりと温室に眼をやった。特別の釣忍のことを考えているのだろう。

七ヶ月ほど前、遼平は特別の釣忍、舞子のために作った釣忍を壊した。雅雪はかっとして、遼平を平手で殴った。遼平の頬の赤みに気付いた島本文枝は、雅雪が手を上げたことを知るとすぐさま警察に通報した。

応対した本田刑事は雅雪の事情を理解してくれた。本田は青い瓜のような顔で、ヒステリックに泣き喚く文枝に説明した。傷害罪で告訴するのは結構ですが、そうなると、遼平くんの住居侵入やら器物損壊やらも問題になりますよ、と。島本文枝は仕方なしに諦めた。

あれから、七ヶ月が過ぎた。雅雪は何度も手を上げそうになり、そのたびにこらえてきた。

やがて、遼平が眼を戻し雅雪を見た。青ざめ引きつった顔だ。眼には怯えがある。

「……明日、出て来るんやな」

舞子の出所は明日だ。もう時間がない。これ以上、遼平を苦しめるわけにはいかない。

「遼平、おまえ、知りたいか？」

遼平が眼を見開いた。しばらく黙って雅雪を見つめている。混乱しているのがわかった。

「……知りたい」かすれた声で言った。「当たり前や」

「なにもかもか？」

「なにもかも全部や。全部説明してくれ」遼平が早口で言った。「知らんと納得できへん。俺は今、あんたをどう思っていいのかわからへん。怨むんやったら怨む。許すんやったら許す。ちゃんと自分で決めたい。だから、最初からみんな教えてほしい」

すべてを話したら、もう引き返せない。遼平と話すのもこれが最後になるかもしれない。

「ちょっと待ってろ」

雅雪は立ち上がって自分の部屋に行き、鍵を開けて保管庫からバイオリンを取り出した。事務所に戻ると、遼平の眼の前に置いた。

「これは？」遼平は驚いて問い返した。わけがわからないといったふうだ。

雅雪はバイオリンを見下ろした。この十四年のことが次々に浮かんでくる。しばらく声が出ない。遼平がいぶかしげな顔で雅雪を見た。

これは、と言おうとして喉が詰まった。

松葉の匂い、白い煙。息ができない。……焼けていく。

「これは郁也のバイオリン」覚悟を決め、声を絞り出した。「今からおまえのものだ」

「郁也のバイオリン？」遼平が戸惑いながら雅雪を見上げた。「郁也って、さっき親方との話に出た名前だ。なんで、バイオリンを俺に？」

「郁也は舞子の双子の兄だ。俺はあいつに頼まれた。すべてが終わったあとにな」

「真辺郁也……」遼平の顔が強張った。「真辺舞子の双子の兄？　そいつが俺にこのバイオリンを……？」

真辺郁也とのつきあいは一年にも満たなかった。だが、雅雪にとっては特別の存在だった。なぜなら、生まれてはじめてできた友達だったからだ。

「はじまりの場所は扇の家。今から、十四年前の春だ」

なにもかも、あの春の日からはじまった。

7　郁也と舞子（一九九九年春夏）

「曽我造園って、たらしの家系って言われてるんだって？」

声がしたので草抜きの手を止めた。真っ赤なポロシャツにチノパンをはいた男が立ってい る。見るからに優男だ。繊細さを売りにした俳優か、それとも若手芸術家といったふうだ。

「すごいな。地元では有名なの？」

俺と同じ歳かすこし上くらいだろうか。お施主さんの息子らしい。言葉のアクセントは関西ではなく、関東のようだ。

扇の家に新しい住人が越して来たのは、四月のなかばのことだ。二年放置された庭はジャングルで、俺も朝から晩まで駆り出されている。祖父が門かぶりのクロマツを受け持ち、父は隅にあるアカマツを任された。俺は庭中にはびこった草をひたすら刈り、落葉で詰まった樋《とい》を掃除した。

「向こうでやってる人がたらし？　渋い職人ふうなんだけど遊び人ってこと？」

男はアカマツのみどり摘みをしている父を示した。たらしという言葉をさらりと口にしたつもりだろうが、まるで似合わない。背伸びをしているのが丸わかりだ。うっとうしいが、施主は施主だ。

「曽我造園です。お世話になります」男の正面に立ち、まっすぐに顔を見る。それから頭を下げた。「あれは父です。たらしです」

真正面から俺の顔を見て一瞬男は驚き、それからにっこり笑った。

今日、俺の頬にはばかばかしい引っ掻き傷がある。昨夜遅く、家に女がおしかけて来た。先週父が捨てた女だ。そのとき、父は新しい女とことの最中で、女は泣き喚いて暴れた。家中のものを手当たり次第に壊そうとしたので仕方なしに止めると、引っ掻かれた。

「あ、そう。あれ、親父さんか。ってことは君は息子ってことで。……なるほど」男は面白そうな顔をした。「じゃあさ、門のところの人は？　棟梁《とうりょう》っぽい人」

「親方……祖父です」

「ふうん。じゃ、たらしの家系ってことは、あの人もたらし？」

「そうです」

たらしの家系。

吐き気のする言葉だ。だが、事実だ。俺は祖父と父の女遊びを眺めて育った。二人はなんの遠慮もなく俺の眼の前で女を抱いた。俺には二人が自分と血の繋がる人間とは思えず、ただただ醜悪で怖ろしい獣に見えた。やがて芽生えたのは、清々しいほど圧倒的で静かな絶望感だった。

だが、その絶望感には大きなメリットがあった。父を父としてではなく上司として従い、祖父を祖父としてではなく純粋に親方として敬える。迷わず庭師として修業ができた。

俺は頭に巻いた手拭いを外して、汗を拭いた。四月にしては暑い日で、すこし動くと汗が出る。傷に浸みて痛かった。

「すごい若白髪だな」男が眼を輝かせた。「それ、遺伝？　おじいさんも親父さんも？」

「そうです」

俺はすこし驚いていた。ここまで不躾なのに、あまりいやな感じはしない。人懐こい笑顔のせいだろうか。

「たらしの家系の遺伝か」なるほど、と男は笑ってうなずいた。「いくつ？　職人歴は？」

「まだ見習いです。普段は高校行ってます」

「高校生か。何年？」

「三年です」

庭仕事なら小学生の頃からやっていた。家業の手伝いというよりは、自分で選んだ修業だと思っている。春休みから教習所に通って免許も取った。サンバーに乗ってひとりで仕事に行くこともある。四月生まれは得だ。

「僕は二十歳だから二つ下か。受験は？」

「大学は行きません」

「ふうん。で、その引っ掻き傷」男が顔をのぞき込んできた。「君もたらし?」

「違います」

そのとき、祖父の怒鳴り声がした。

「俊夫、バカ野郎。せっかくのアカマツを台無しにする気か」祖父は父の仕事に満足できないようだ。険しい顔をしている。「こんなみっともない枝があるか。今すぐ下りろ。二度と手を触れるな」

父は黙ってふてくされた顔で祖父を見返している。

「いつまでたっても役に立たんな。掃除でもしていろ」祖父がこちらを見た。「雅雪。アカマツのみどり摘みはおまえがやれ。こんな下手くそには任せられん」

親方の命令は絶対だ。俺は父の顔を見ないように、アカマツの下に移動した。父はなにも言わずゴミ集めをはじめた。

男がまた近づいてきた。ぼそりと言う。

「厳しいな。親父さんのほうがずっと仕事のキャリアが長いんだろ?」

父は腕が悪い。見習いの俺が見てもわかる。嘘はつけない。父の手がけたものはどこか垢抜けない。だらしなく見える。祖父が我慢できないのも理解できた。

「なのに、親父さんのほうが君より下手くそってわけ?」

「いえ」

「親父さんには庭師の才能がないってこと？」

「違います」

いつまでもしゃべっているわけにはいかない。手拭いを首に引っ掛け、仕事に戻った。アカマツを見て愕然《がくぜん》とする。こんなことは言いたくないが、父の仕事はひどかった。手前の枝が頼りない。元が薄いのに摘みすぎだ。奥の枝は逆に混んでいる。もっと根元から摘んだほうがいい。摘んでしまったものは取り返しがつかない。だが、なんとか全体の体裁を整えなければみっともない。俺が懸命にアカマツを整えている間、男は暇なのか、フラフラと庭をうろついていた。

すると、下から祖父に呼ばれた。

「雅雪。私は用事で抜ける。あとは頼むぞ」

祖父は父ではなく俺に後を頼んだ。アカマツについてはなにも言わない。満足ということだ。

「……残酷なんだな。職人の世界も」男は青ざめた顔で祖父を見送ると、また俺に声を掛けてきた。「鋏、使わないの？」

「柔らかいから指で充分です」みどり摘みは素手でやるのが好きだ。

「でも、松ヤニで手が汚れるだろ？」

「汚れを気にしてたら庭師はできません」

「庭師？　植木屋と違うの？」

「別にどちらでも」

どう呼ばれるか、こだわる人はこだわる。だが、俺はかまわない。庭師だろうが植木屋だろうが、よい庭を造りたいだけだ。そのためにはきちんと勉強をしたい。一生の仕事なのだから、狭い世界で終わりたくない。高校を出たら京都へ行く。そして、一流の親方のもとで修業をしたい。

「なあ」男がまた話しかけてきた。「歳近いだろ？　どうして敬語なんだ？」

「お施主さんだからです」手を止めずに答えた。

「歳が近いのに敬語だとバカにされてるみたいだ」男が冗談めかして言う。「普通でいいよ、普通で」

「いえ」

「頑固いんだな。僕が君を雇ったわけじゃない。金を出すのは母だ」

「ご家族ですから同じことです」

「でもさ、正直言うと、母だってこの庭を気に入ってるわけじゃない。ほんとはガーデニングができるオシャレな庭がよかった、って」

「そんなことはありません。オシャレなガーデニングには向かないけど、ここはいい庭です」この庭の価値がわからないとは。俺はむっとして言い返した。「今時、これほどの庭のある家はすくないんです。門かぶりのクロマツは差し枝が本当に素晴らしいです。あの五本組の蘇鉄だって見事なものです。あれだけの大きさになるには相当な時間が掛かります。それに、あのイロハモミジは新緑も紅葉も色が鮮やかです」

「……へえ」男がすこし驚いたような顔をしたが、すぐに皮肉っぽく笑った。「施主だからって敬語を使うくせに、平気でべらべら口答えもするんだ」

俺は思わず手を止めた。なぜ、こんな素晴らしい庭を前にして嫌みを言う？　まじまじと男の顔を見たとき、門から声がした。

「郁也。そんな言いかたないやん。失礼やよ」

若い女が前栽を歩いてきた。胸までのストレートの髪。細身のジーンズ。白のシャツ。男と顔がよく似ているが、歳はひとつふたつ上に見える。姉だろうか。

女は俺を見て一瞬眼を見開き、それから眉を寄せた。その表情にははっきりと嫌悪が見て取れた。若白髪のせいか。それとも、頬の傷のせいか。

「悪い。ちょっといやな言いかただったな。ごめん」

郁也と呼ばれた男は素直に謝った。嫌みを言うかと思えば、すぐに謝る。むら気のある男のようだ。

「こいつ、妹の舞子。といっても歳は同じ。二卵性の双子」

「こんにちは」低めの落ち着いた声だった。愛想はまるでない。男と同い年とは意外だ。

「曽我造園です」俺は脚立を下りて頭を下げた。

「高三なんだって」郁也がちらりと俺を見た。「庭師の才能があるんだ。親父さんより腕がいいんだって」

「そうなん」舞子はつまらなそうに答えた。

郁也の言葉にはすこし棘があって、舞子の返事にはわざとらしい無関心と軽蔑がある。ふたりは眼を合わさずに立っている。どこか、ぎくしゃくした感じがした。だが、俺が関わることではない。仕事に戻ろうとしたとき、玄関が開いた。

「お茶とお菓子を用意しましたので」中年の女が庭を見渡し声を掛けた。驚くほど柔らかな声だった。「おふたりとも、どうぞ休憩なさってください」

思わず息を呑んだ。すさまじい美人だ。四十くらいだろうか。双子とよく似ているのできっと母親だ。

「お暑いなか大変でしょう? さあどうぞお入りになってください」

芸能人のように派手な美しさではない。だが、声も眼も仕草もとろけるほど柔らかい。白くて弾力があって、ほんのりと紅色だ。古今の聖母像の美しいところだけを集めたように見える。俺はこんなにも優しげな人を見たことがなかった。

ゴミを集めていた父も竹箒を持ったまま動かない。ぽかんとした顔で女を見ている。

「お口に合いますかどうかわかりませんが、もしよかったら」

女が困ったように微笑み、さあどうぞ、というふうに母屋を示した。なめらかな仕草だった。たかだか腕一本動かすだけで、こんなにも品の良さが表れるのか、といった具合だ。

「あ、ええ。ありがとうございます」父が頭を下げた。「……ご馳走になります」

父の声はわずかに震えていた。驚きすぎて、我を失っているように見えた。

一体、どうしたんだろう、と俺は思った。父の前で女が怯えることはあっても、その逆はない。いつもゴミのように女を扱う父だ。まったくわけがわからない。

女が俺のほうを振り向いた。にっこりと笑う。頬の傷痕を見ても表情ひとつ変えない。

「さ、そちらのお若いかたもどうぞ」次は郁也に眼を向け、やっぱり微笑んだ。「郁也。さあ、あなたも入って」

慈愛と母性に満ちあふれた、と形容してもすこしも大げさではない。それほど女は美しかった。俺は完璧な乳房を想像した。この女は全身が乳房だ。なめらかで、まろやかな乳房そのものだ。きっと中には甘い乳が満ちている。どこまでも豊かで、どこまでも美しい。

父と女が母屋に消えると、郁也が俺に向かって声を掛けた。

「君は休憩しないのか？　母のケーキはなかなかだよ」

「いえ、結構です」

「庭師さんが来るから、って母は朝からケーキを焼いたんだけど」

「いえ」

「そうか。なら仕方ないけど」郁也がむっとした顔をした。「舞子は？　食べないのか？」

「いらない」ぶっきらぼうな返事だった。

「せっかくお母さんが焼いてくれたのに」郁也が肩をすくめた。「じゃ、いいよ。僕だけ食べてくる」

郁也も母屋へ消えた。俺は休憩することにし、煙草とライターを取り出した。サンバーの横で吸おうとゴミだらけの前栽を歩き出すと、舞子が話しかけてきた。

「高三て言うてなかった？」舞子は郁也と違って大阪弁だった。

「ええ」

「……開き直ってるんや」

あからさまな軽蔑の視線を投げて舞子は行ってしまった。優しげな母親とは大違いだった。門を出て、缶コーヒーの空缶を灰皿代わりにして煙草を吸う。門のクロマツを見上げた。見事な仕上がりに惚れ惚れした。さすが祖父の仕事だ、と思った。

翌日も朝から扇の家で仕事をした。

祖父はおらず、俺と父だけの仕事だった。父は朝からずっと母屋で打ち合わせをしている。あのきれいな母親は、思い切った改修を考えているそうだ。脚立に上って混みすぎたイロハモミジの枝を透かしていると、郁也がやってきた。

「お邪魔しています」脚立を下りて頭を下げる。

「バカ丁寧だなあ」郁也がため息をついた。「あのさあ、やっぱ敬語はやめてくれよ」

「そういうわけにはいきません」

「じゃ、親方にクレーム入れようか？　あんたんとこの見習いが慇懃無礼《いんぎんぶれい》でむかつくんだけど、って」

思わず俺は郁也の顔を見た。冗談なのか本気なのか、まるでわからない顔をしている。

「そんなつもりはありません」

「なら、普通にしゃべってくれよ。郁也って呼び捨てでいい」郁也がにこっと笑った。「クレームはいやだろ？」

不思議な笑顔だった。言っていることは脅しなのに妙に愛嬌がある。

「……わかった。敬語はやめる」

たしかに施主の話し相手をするのも仕事のひとつだ。細木老にはよく声を掛けてもらう。だが、郁也のような若い施主と話すのははじめてだ。

「そうそう。そんな感じ」

俺は再び作業に戻った。イロハモミジはあとすこしで仕上がる。

「舞子とは双子なんだ。一応、僕が先に生まれたから兄貴ってことになってるけどね。僕は小学校の高学年からずっと東京に住んでたんだ。大阪は久しぶりだ」郁也は蘇鉄の周りをうろうろしている。暇を持てあましているようだ。「母がこの家を気に入って飛びついて借りたんだ。この家には防音室があるからって」

防音室の話は知っている。この家を建てた人間がピアノを弾くので、わざわざ本格的なものを造ったそうだ。

「舞子さんがピアノ弾くのか?」

「違う、僕だ。それに、ピアノじゃない。バイオリン」郁也が苛立たしげに蘇鉄の葉を揺らした。「僕はバイオリニストを目指してるんだ。防音室で練習してる。朝から晩まで十時間くらいこもってるときもある」

「すごいな」

「音大受けたけど、去年は体調崩して弾けなくて」そのとき、郁也が悲鳴を上げた。「……葉が刺さった。血が出た」

郁也が指を押さえながら、いきなり蘇鉄の幹を蹴った。

「なにするんだ」思わず声が大きくなった。慌てて脚立を下りる。

「バイオリニストにとって指は命なんだ。軽い怪我でも演奏に響くんだ。ほんのすこしの違和感があるだけで、指がきちんと動かなくなる。そうしたら、もうまともに弾けない」

郁也は真っ青な顔で俺をにらみつけた。血の出た指先を突きつける。左手の人差し指の先端に、針で突いた程度の血がふくれあがっていた。

「もし、一生弾けなくなったらどうしてくれるんだ？　弾けないバイオリニストなんて生きてても仕方がないんだぞ」郁也はじっとりと額に汗を浮かべている。俺に突きつけた指が震えていた。「なんだよ、この椰子の木。葉っぱ自体が棘じゃないか」

また蘇鉄を蹴ろうとしたので、慌てて止めた。

「木に八つ当たりするな」道具入れから絆創膏を取り出し、郁也に渡した。「椰子じゃない。蘇鉄だ。鉄蕉、鉄樹とも言う」

「……蘇鉄か」郁也は大きな息を吐いた。絆創膏を指に巻き、舌打ちする。「鉄蕉か鉄樹か知らないけど、いやな木だ。抜いてしまえよ」

「バカ言うな。こんな見事な蘇鉄は滅多にない」

そのとき、父と双子の母親が母屋から出て来た。真っ直ぐ俺たちのほうにやってきて、蘇鉄の前に立った。

「この蘇鉄は残しましょう」次に父は壊れかけた袖垣を指さした。「そして、あの袖垣の向こうを雑木主体にすれば、ずいぶん庭の感じが変わる」

俺は母親に軽く頭を下げた。母親も軽く会釈し、はにかみながら微笑んだ。表情が柔らかいためか、ずいぶん若く見える。母と双子というよりも、歳の離れた姉と双子の弟妹といった感じだ。

しばらく母親に見とれていた。色白で眼が大きい。肩の上で柔らかにカールした髪が揺れている。手足は細いのに胸は大きい。どこもかしこも柔らかそうで、ふわふわと甘い雲のようだった。こんな人が母親だったらよかったのに、と思った。いつも優しく微笑んでいる。こんな人が家にいて、毎日食事を作ってくれたら、と。

そのとき、横にいる父の顔が眼に入った。眼は輝き頬が紅潮している。まるで、はじめてのデートに舞い上がる中学生のようだ。たらしの影はみじんもなく、誠実で純情な男に見えた。

俺は父に背を向けた。なるほど、そういう演技で女を釣るか。女をゴミのように捨てる冷酷はまだ封印というわけだ。あの優しげな美しい母親が父にもてあそばれるのかと思うと、俺は怒りと吐き気を覚えた。

仕事を終えて曽我造園に戻ると、門の前で女が待っていた。すこし前、父が取り替えたばかりの女だ。

「俊夫」女は父の顔を見てほっとしたように笑った。「どうしたん？　最近、連絡ないから心配してて」

父は返事をせずに、荷台から道具を下ろしている。俺も黙って洗車の準備をした。

「ねえ、これから、御飯食べに行けへん？」女がすこし卑屈な笑みを浮かべながら、父の顔を見上げた。

「帰れ」父は女の顔を見もせず、歩き出した。「うっとうしい」

「え？」女の顔が強張った。「なんで？」

「飽きた」

「飽きた、て……なに、それ……」

もう父は玄関の扉に手をかけていた。女は駆け寄って父の腕を取った。ようやく父が振り返った。女を見下ろして言う。

「触るな、汚い」

女は呆然と立ち尽くした。父はそのまま家に入ってしまった。

俺は女を無視して水栓をひねった。ホースを握り、手早くサンバーに水を掛ける。泥が固まってからでは余計に手間がかかる。その日のうちに落としたほうがいい。

すると、女が俺に近づいてきた。そして、突然俺の頬を平手打ちすると帰って行った。驚きはない。引っ掻かれるよりマシだ。刃物を持ち出されなかっただけマシだ。俺はブラシを手に取りタイヤを洗った。

翌日、また扇の家に出かけた。今日は生垣のカイヅカイブキの刈り込みだ。

昼飯を済ませたあと、サンバーの陰に座り込んで本を読んでいた。すると、すぐ横に足が見えた。白い素足にスニーカーを履いている。見上げると、舞子が立っていた。俺は煙草を消して、飲み終わった缶コーヒーの空缶にねじ込んだ。

「なにか？」

「お昼御飯、お父さんと一緒に行かへんかったん？」

「いつも別です」

「ふうん」舞子がおかしな顔をした。「それより学校は？　今日休みやないでしょ？」

「仕事だから休みました」

「そんなん、いや、って言わな」

「なぜですか？」

「なぜって……親に言われて、無理矢理仕事手伝わされてるんでしょ？」

「違います」

「違う、って……もしかしたら好きでやってるん？」舞子が驚いた顔をした。

「そうです」

「庭師の仕事のどういうところが好きなん？」

「庭が好きなんです。たとえばこの庭だって今はまだ荒れてますが、手入れが済めば素晴らしい庭になります」俺は立ち上がって、門の外から庭を指さした。「あの五本組の蘇鉄。個人の庭であれほど見事なものはすくないです。向こうのイロハモミジは秋になるとすごく鮮やかです。それに、あの門かぶりのクロマツは理想的な枝振りです。到底、値は付けられません。あのアカマツだって、苔を貼って、竹垣を立てて、それから下生えになにか山野草を植えます。風情が出てまるで感じが変わります」

「……へえ」

舞子がぽかんとした顔をした。それ以上なにも言わないので新しい煙草に火をつけた。本を読みたいが、舞子は立ち去る気配がない。俺が空缶に灰を落とすのをじっと見ている。

「ゴミは持って帰ります」

「違う」舞子がはっきりと言った。「似合わへんな、と思て」

「なにがですか？」

「空缶を灰皿代わりにして、ひっきりなしに煙草吸って……そのくせ庭について熱く語って、古典の勉強？」

「これ、庭の本です」俺は舞子に読んでいた本を示した。「『作庭記』です」

「サクテイキ？　なにそれ？」

「平安後期、橘《たちばなの》俊綱《としつな》が書いたという、世界で一番古い庭の秘伝書です」

「秘伝書？」

よくわからない顔をしているので、俺は舞子に本を手渡した。舞子はすこし顔をしかめながら読み上げた。

「……石をたてん事、まづ大旨をこゝろふべき也。一、地形により、池のすがたにしたがひて、よりくる所々に、風情をめぐらして、生得の山水をおもはへて、その所々はさこそありしかと、おもひよせ、たつべきなり……」

庭造りの心構えが記された冒頭の一文だ。石を立てるというのは、庭造りそのもののことを指している。

「びっくりした。こんなん読むん？」舞子は本から顔を上げて俺を見た。

「庭の勉強です」

すると、また舞子がじっと俺を見る。俺は居心地が悪くなった。

「……ふうん、なるほど。わかったような気がする。郁也があなたを気に入った理由」舞子がうなずいた。「迷いのない人間は見てて気持ちいい。庭師になる目標があって、勉強して修業してる。真っ直ぐ前だけ見てる」

「好きなことをしてるだけです」

「いいね、そういうの。うらやましい」舞子がわずかに顔を歪めた。「好きなことを仕事にできて、親が師匠で、将来は家業を継げる。めちゃくちゃ恵まれてる」

恵まれてる、か。そんなことを言われたのは生まれてはじめてだ。思わず笑いそうになる。舞子の言ったことはおおむね正しい。ただ、たらしの家系、という条件が抜けているだけだ。

「……そういう見方もありますか」俺は本に眼を戻した。言っても仕方のないことだ。

俺の返事を聞くと、舞子は黙ってしまった。だが、動こうとしない。俺は煙草をもみ消し、空缶に捨てた。

「ごめん。勝手なこと言って」

俺は顔を上げた。すると、舞子がじっと俺を見ていた。

「いえ」

再び本に眼を戻す。だが、一向に頭に入らない。あきらめてもう一本煙草に火をつける。最後の一本だった。空になったセブンスターの箱をねじってゴミ袋に突っ込んだ。黙ってそのまま吸い続ける。横に舞子がいるが、かまうか、と思った。今は休憩時間だ。

「すっごく吸うんやね。高校生やのにヘビースモーカー？」

そのとき、父が戻ってきた。時計を見ると、もう一時だ。俺は煙草を消して空缶に入れた。

「雅雪、カルスメイト」父はさっさと軍手をはめ、剪定鋏を選んでいる。

サンバーの荷台の道具箱から癒合剤を取りだし、父に手渡した。その瞬間、はっとした。父は午前中働いたのに、汗の臭いがしない。そのかわり、かすかな香水の匂いがする。いつものことだ。気にしていても仕方ない。とにかく仕事再開だ。本を片付け、手拭いを巻き直す。軍手をはめようとすると、舞子が近寄ってきた。

「失礼なこと訊くけど……曽我造園は代々たらしの家系ってほんま？」舞子の顔は真剣だった。

「祖父と父はそうですが、俺は違います」

「うん。違う」舞子が俺の眼を真っ直ぐに見た。そして、きっぱりと言い切った。「たらしやない」

瞬間、息が止まりそうになった。俺は思わず舞子の顔を見た。こんなふうに言い切ってもらえたのは、生まれてはじめてだ。

「どうしたん？」舞子が不思議そうな顔をした。

俺は自分でも理解できないくらい動揺していた。たらしやない、と言った舞子の声がまだ頭の中に響いている。優しい声ではない。硬くて尖った声だ。棘のように心に突き刺さったまま抜けない。痛いのか心地いいのかわからない。ただ、苦しい。

どうした、落ち着け、と言い聞かせる。ただのお施主さんだ。細木老と話すのと同じだ。いつものように世間話をすればいい。

「大学は休みなんですか？」声が震えたがなんとか言えた。

「大学？」舞子がさらりと笑った。「あたし、浪人やの。しかも二浪」

二浪と聞くと、それ以上なにも言えなかった。郁也も音大を落ちたと言っていた。この家では受験の話題はタブーかもしれない。俺は舞子に背を向け、軍手をはめた。

すると、紺色のアウディが帰ってきた。ガレージから出て来たのは双子の母親だ。車と同じ紺色のワンピースを着ていた。

「おかえりなさい」舞子が母親に言った。

「ごくろうさま」

母親は俺に微笑みながら軽く頭を下げ、家へ入っていった。通り過ぎた瞬間、父と同じ匂いがした。俺は吐き気がした。あの優しげな母親はあっさりと父に抱かれたわけだ。

舞子の反応が気になったが、もう背を向けていた。さっさと母屋に歩いて行く。気付いたかどうかはわからなかった。


父は扇の家から頻繁に仕事を取ってくるようになった。剪定、掃除、消毒、除草。一切の庭の手入れを父は請け負い、そのたびに俺は高校を休んで同道した。扇の家に着くと、父は俺に仕事を丸投げしてふらりと消える。すこし時間をおいて母親も家を出て行く。ふたりが外で会っているのは間違いなかった。

父の女遊びはいつものことだったが、扇の家に関しては少々度を超していた。いくら女をたらしても仕事をさぼるのは許されない。この前、とうとう祖父にばれた。祖父は父になにも言わなかった。ただ、黙って父の仕事をすべて外した。

「親方ひとりやったら到底仕事が回りませんよ」父は鼻で笑った。「俺を外してどうするんですか？」

だが、祖父は完全に父を無視し、普段となにひとつ変わらぬ口調で言った。

「雅雪。これからはおまえが俊夫の代わりだ。おまえのほうがよほど腕がいいからな」

父が真っ青になった。そばにあったガラスの灰皿を取り上げると、いきなり床に叩きつけ出て行った。すると、祖父が面倒臭そうに言った。

「雅雪、片付けとけ。それから、新しい灰皿を買ってこい」

ガラスの破片を集めながら、やりきれない気持ちになった。祖父の言いかたはあまりにもひどい。だが、父の腕と振る舞いを考えれば仕方のないことだ。

また、父の女関係でとばっちりだ。大事にならなければいいが、と心配になる。俺は家族の醜行に慣れているが、郁也と舞子はそうではない。ふたりの関係を知ったら、さぞ不快に思うだろう。怒るかもしれないし、傷つくかもしれない。双子たちに気付かれないうちに別れてくれ、と思った。さっさと飽きてくれ、修羅場などなしに上手に別れてくれ、と。

夏休みに入った。

俺は父の代わりに扇の家の仕事を任されていた。舞子は夏期講習が忙しいらしく留守も多かったが、郁也は毎日防音室にこもっている。相当気密性の高い構造のようで、バイオリンの音がもれてくることはなかった。

草を抜いていると郁也が来た。

「僕は松ヤニは嫌いだ」いきなり吐き捨てるように言う。

「好きなやつはいない」

「おまえは好きだろ？」妙に絡んだ言いかただ。

「まさか。手が真っ黒になる。ベタベタになる。鋏が切れなくなる」

「松ヤニは暑くなると溶けるんだ。溶けたらもう使えない」

「何に使うんだ？」

「バイオリン」郁也は手をポケットに突っ込み、顔を歪めた。「バイオリンの弓には松ヤニ固めたやつを塗るんだ。塗らないと音が鳴らない」

「一度聴かせてくれよ」

「へえ」郁也が鼻で笑った。「おまえにわかるのかよ」

「わからない」

「ふん、興味本位か。素人なんてそんなもんだ。ま、バッハの『シャコンヌ』なら」

「バッハは知ってる。シャコ……？」

一瞬、寿司ネタが浮かんだ。だが、郁也を見ると、そんなふざけた想像はすぐに吹き飛んだ。郁也の顔は土色だ。どこを見ているのかわからない眼でつぶやいた。

「シャコンヌってのは、《無伴奏バイオリンのためのソナタとパルティータ》の中のパルティータ第二番ニ短調第五曲『シャコンヌ』だ」

「え？」曲名が長すぎて、おかしな呪文でも唱えているように聞こえた。

「シャコンヌってのは曲の形式。バッハ以外にもヴィターリやグルックなんかのもある」

そのとき、玄関が開いた。舞子かと思って振り返ると、母親だ。今日は、パステルカラーのワンピースに白い麻のジャケットを羽織っている。夏らしく涼しげな格好だった。

「郁也。庭師さんのお仕事の邪魔したらあかんよ」子供に言う台詞だ。「郁也の荷物はもう詰めたから」

「わかった」郁也が答えた。

俺は黙って一礼した。母親は微笑みながら軽く会釈すると、足早にアプローチを歩いて行く。決して太ってはいないのに、ふっくら見える人だ。父が仕事を外されてから、いっそう頻繁に会っている。昨日など、父が帰ってきたのは深夜零時すぎだ。しかも、アウディに送ってもらってきた。なにも知らない郁也と舞子のことを思うと、いたたまれなくなる。

「バイオリンのレッスンを受けるんだ。明日からしばらく東京だ」

「わざわざ東京まで？」

「当たり前だよ。みんなやってる」郁也はすこし誇らしげだった。「僕は小さい頃から、絶対一流の演奏者になると決めてたからね。母にもそう宣言した」

「おふくろさんも行くのか？」

「当たり前だろ？　僕はレッスンに専念したいからサポートが必要だ」

「舞子さんは？　舞子さんだって受験だろ？」

「受験と言っても、あいつはただ勉強するだけじゃないか。ひとりで充分だ」

釈然としない。双子なのに郁也と舞子では扱いが違いすぎる。だが、俺が口出しできることではない。

大きな刈り込み鋏を持って蘇鉄の前に立った。新しい葉が出たので、古い葉を落とさなくてはならない。枯れかけた古い蘇鉄葉の根元に鋏を入れた。真ん中に硬い軸が通って、左右に尖った細い葉がびっしりとついている。一枚の長さが一メートル近くあって、扱いが厄介な木だ。

「バイオリニストになる、って決めたのは小学二年生の頃だった。すぐに先生を紹介してもらって、週に三回東京に通ってレッスン受けた。高学年からは東京の学校に入った。マンション借りて母と住んでたんだ」郁也は蘇鉄の周りをぐるぐる歩き出した。「母と父が離婚して以来、舞子はさ、ずっと大阪でおばあちゃんと暮らしてた。でも、おばあちゃんは去年死んだ。だから、僕と母は東京から戻ってきたというわけだ」

兄妹で言葉が違うわけがわかった。大阪に残された妹は大阪弁で、東京に行った兄はほぼ標準語だ。

「おまえの言いたいことはわかるよ。舞子がかわいそう、って言うんだろ?」郁也はすこし早口で続けた。「でも、バイオリンでプロを目指すってのはそれほど甘くないんだ」

甘くない、か。俺は蘇鉄葉を刈り続けた。郁也の言い分もわかる。何事でも一流を目指せば、それなりの覚悟がいる。なにかが、だれかが犠牲になる。

「厳しい世界なんだよ」郁也が道具箱から剪定鋏を取り出した。

「おい、勝手に触るな」

郁也は俺の声を無視し、落ちていた蘇鉄葉を拾った。付け根の軸に鋏を入れる。

「お、結構硬いな」鋏をこじるように動かして、蘇鉄葉を切っている。見ると、刃が上下逆だ。

「やめてくれ」思わず怒鳴って、腕をつかんだ。「鋏が傷む」

「なんだよ」郁也が驚いて顔を上げた。「びっくりするだろ」

「無理にこじって切ると、刃がだめになるんだ」郁也から鋏を取り返すと、胸の前で握ってみせた。「広い刃と細い刃があるだろ？　広いほうがハマグリ刃。細いほうがカマ刃。必ずハマグリ刃が下向きになるように持つ」

「へえ、鋏の刃に上下があるんだ」

「ある。切り口が変わるから」俺は別の蘇鉄葉を拾った。「絶対に左右にねじらない。ちゃんと刃を入れれば、それほど力はいらない」

ぶつん、と軸を切った。上手く切れたときの、心地よい手応えがある。

「なあ、やってみていいか？」郁也が恐る恐る手を伸ばしてきた。

「いいよ」俺は郁也に鋏を渡した。

郁也は俺から鋏を受け取ると、上下を確かめながら握った。はじめて見る真剣な顔だ。郁也はゆっくりと蘇鉄葉の軸に鋏を入れた。そして、一気に力を入れる。小気味いい音がして葉が切れた。

「本当だ。今度は簡単だ」

郁也はどうやら剪定鋏が気に入ったらしい。落ちている蘇鉄葉を拾い上げては、次から次へとすぱすぱ切っている。

「郁也、そこの道具箱の中に軍手の予備あるから、はめとけ」

「わかった」郁也は嬉々として軍手をはめた。「うわ、軍手なんてはじめてだ」

郁也は歓声を上げながら夢中で蘇鉄葉を切っている。周りには葉の切れ端が散乱していた。ゴミが細かくなって掃除が面倒になるが、あまり一所懸命なので文句を言うのはやめた。やがて、蘇鉄葉を切るだけ切ると満足したようだ。じゃあな、と門を出て行ってしまった。俺はひとりで作業を続けた。

昼前、舞子が顔を出した。俺はどきりとした。舞子は苦手だ。顔を見ると勝手に胸が痛んで息苦しくなる。たらしやない、と言われたときに刺さった棘が抜けていないせいだ。

「郁也は？」

「出て行きました」

「もうお昼なのに」舞子がバラバラになった蘇鉄葉を見て眉を寄せた。「なにこれ？　もしかしたら郁也が？」

「ええ」

「ごめん。仕事増やして」舞子がしゃがんで蘇鉄葉を集めようとした。

「いえ、俺がしますから」

「でも、迷惑掛けて悪いし」

「迷惑じゃありません。俺の仕事です」すこし強い言いかたになった。

「ごめん」舞子が困った顔をした。「受験は？　勉強せえへんでええの？」

「大学には行きません」

「そのまま実家に就職？」

「金を貯めて京都に行きます」

「曽我造園は継がないの？」

「継ぎません。京都で修業します」まるで取り調べを受けているようだ。どんどん苦しくなってくる。

「わざわざ京都まで行かな修業でけへんの？」すこし非難めいた口調に聞こえた。

「京都は全然違います。古い寺がいっぱいあるから、個人の庭では絶対にできない勉強ができます。二百年以上続いている老舗の造園会社だってあるし、現代的な庭園もある。それに、竹垣も」

「竹垣？」

「竹垣と言えば京都です。建仁寺《けんにんじ》垣は建仁寺がはじまりと言われています。金閣寺垣は金閣寺、銀閣寺垣は銀閣寺、桂垣は桂離宮、南禅寺垣は南禅寺、龍安寺《りようあんじ》垣は龍安寺、光悦寺《こうえつじ》垣は光悦寺。みんな京都の寺です。ほかにも……」

舞子が笑っている。俺はむっとして、口をつぐんだ。

「違う違う、ごめん。あんまり一所懸命竹垣について語るから」舞子はなぜか楽しそうだった。「竹垣ってそんなにたくさん種類があるんや。全然知らんかった」

よく見ればいやな笑いかたではない。そのとき、気付いた。俺は今、笑いかけられて嬉しくなっている。

「……まだまだあります。四つ目垣、大津垣、木賊《とくさ》垣。ほかにもまだいろいろあって……」

「よっぽど好きなんやね」舞子が噴き出した。「京都と竹垣の話になったら、急におしゃべりになった」

また胸が痛くなった。いっそう棘が深く刺さったような気がする。わけがわからない。なぜ、俺はこんなに焦っているのだろう。落ち着け、と言い聞かせる。

「笑《わろ》てほんまにごめん」舞子が申し訳なさそうな顔をした。「庭師てなにか資格いるん？」

「なしでもできますが、造園技能士と造園施工管理技士ってのがあります。造園技能士のほうは実技試験もあって、一級は相当難しいです」

「実技って、剪定したり花を植えたり？」

「違います。整地して、竹垣立てて、蹲踞《つくばい》置いて、飛石敷いたりです」

「その資格取るん？」

「取ります」

「すごいね。ほんとに将来のこと考えてるんやね」舞子がふっと眉を寄せた。「あたしなんかもう二浪やのに」

舞子が急に黙った。しまった、と思った。自分だけしゃべってどうする？　今度はちゃんとお施主さんの話を聞かなくては。

「相当難しいところを受けてるんですね」

「そうやない。……ていうか、受験すらしてへんねん」舞子が眼を逸らしたまま、ふっと笑った。「一年目は受験の一週間前に急におばあちゃんの具合が悪くなってね、受験どころやなかった。二年目は介護しながら受験勉強したけど、全然勉強が進まなくて」

「それはお気の毒です」

「ありがとう。でも、言い訳はみっともないから」舞子がきっと強い眼でどこかをにらんで首を振った。

舞子の硬い棘がまた俺の心に突き刺さった。二本目の棘だ。一本目よりずっと太い。返しでもついているかのようだ。決して抜けそうにない。

「今年はふたりとも受かるといいですね」

舞子は返事をしなかった。プレッシャーをかけるようなことを言ったのはまずかったのか。慌てて話題を変えた。

「舞子さんは音楽やらないんですか？」

「全然」

「じゃあ、舞子さんはなにを？」

「なにも」舞子が背を向けた。「この家でなにかやってるのは郁也だけ」

舞子は母屋に帰った。俺は郁也がバラバラにした蘇鉄葉を集めた。舞子は刺さったきりの棘だ。意識すると、もう気になって落ち着かない。

十五分ほどすると、舞子がまた来た。

「もう十二時やけど、お昼は？」

俺は腕時計を見た。十二時五分前だ。

「じゃあ、そろそろ」手早く鋏と手箒を片付けた。

「もしよかったら一緒に食べへん？」

「いえ、お気遣いなく」

「郁也が出かけたからひとり分余ってんよ。なんか押しつけるみたいで悪いけど」

舞子が申し訳なさそうに笑って、広縁を指さした。小さなテーブルの上に皿が並んでいるのが見えた。向かい合ってふたり分だ。

「結構です」

「そんな、遠慮せんでいいよ」舞子が笑いかけた。「あたしもひとりで食べるのは寂しいし」

何度もしつこいな、と思った。言葉をつくろうのが面倒になる。

「遠慮してません。他人と食うのはいやなんです。ひとりで食う癖がついてるから」

一瞬で、舞子の顔が強張った。俺は鋭い痛みを感じた。また棘が刺さった。三本目だ。だが、今度の棘は前の二本とは違う。毒針でも刺さったかのように、じくじく痛む。

「そう。じゃあ、ひとりで食べて」舞子はくるりと背を向け、早足で庭を歩いて行った。

「あたし、別の部屋で食べるから」

舞子が広縁のテーブルからひとり分だけ皿を下げる。部屋の中に運ぶと、ぴしゃりと雪見障子を閉めてしまった。お施主の好意をこれ以上断ることはできない。俺は頭の手拭いを外し、広縁に腰掛けた。

テーブルにざるうどんと散らし寿司が並んでいた。うどんにはスダチ、ミョウガ、紫蘇《しそ》などの薬味がそろっている。氷が載った麺はいかにも涼しげだ。彩りに青モミジが一枚添えてある。庭のイロハモミジのようだ。白い麺の上のモミジの緑は眼に痛いほど鮮やかだった。

俺はしばらくモミジの葉を見下ろしていた。たかが葉一枚だ。だが、これは舞子の気遣いだ。炎天下で働いていた者への心配りだ。その瞬間、俺はとてつもなく混乱した。

味などわからないまま、食事を終えた。すぐに出て行きたかったが、礼も言わずに行くことはできない。雪見障子の向こうは静まりかえっている。声を掛ける勇気が出ない。落ち着かないので、いつものように煙草を吸った。何本続けて吸っても、吸った気がしない。仕方なしに『作庭記』を開いた。だが、いくら読んでも頭に入らない。気がつくと、同じ行を何十回も繰り返している。吸殻だけが増えていって、皿の上に山盛りになった。

やがて、雪見障子が開いて舞子がやってきた。俺のほうを見て顔を強張らせた。

「お茶、どうぞ」

他人行儀な言いかただった。ひどく怒っている。俺の非礼に傷ついている。気まずいが、きちんと礼は言わなくてはならない。

「ごちそうさまでした」本を閉じ頭を下げた。

そのとき、湯気の立つ湯呑みを置いた舞子の手が、ふいに止まった。そのままじっと、俺が食べ終わった皿を見ている。呆然としているようだった。

「ひとりで食べる癖がついてる、て言うてたけど……ほんまにずっとひとりで食べてたんやね」

さっきまで怒っていたはずの舞子の顔は、今にも泣き出しそうなほど哀しげだ。俺は戸惑い、わけがわからず舞子の顔を見上げていた。

「雅雪くんは気がついてないんやね」

「何にですか？」

「寂しいことに気付いていない」

「寂しくないです」

俺は半分も吸わない煙草を皿の上で乱暴に揉み消した。舞子がなにを言いたいのかさっぱりわからない。

「違う。寂しいことに気付いてないから、こんなことができる」

ますますわけがわからない。いくら施主の家族とはいえ、言いがかりが過ぎる。

「これ。このお皿の上の吸殻」

舞子が、今、俺が煙草を揉み消した皿を指さした。散らし寿司の入っていた皿は吸殻が山盛りだ。

「これがなにか?」

「食器を灰皿代わりにしてる。最初は嫌がらせかと思て腹が立った。でも、ちゃんとごちそうさまって言った。やから、嫌がらせやないてわかった」

「嫌がらせなんかしません」心外だ、と思った。思わず舞子をにらんだ。

「わかってる。嫌がらせやない。やから、辛い」舞子が首を振った。「これはものすごく下品で無神経な……最低の人間のすることやよ」

「なんのことですか?」舞子の言いたいことがまったくわからない。

「なにが最低かわからへんの?」

「わかりません」

「雅雪くんは傷つきすぎておかしくなってる」舞子がきっぱりと言い切った。

「こんなことがわからへんくらい、おかしくなってるんやよ。庭のことやったら、あんなに丁寧な仕事をするのに……」

舞子の眼にはごく薄くだが涙がにじんでいる。俺は無数の棘を感じた。全身に突き刺さる。太い棘、細い棘、毒の棘。浅く、深く、俺をえぐる。

「そやのに、平気でお皿に吸殻捨てるなんて信じられへん」

「前に俺が空缶に吸殻を捨てたときはなにも言いませんでした。なのに、なぜ、今だけそんなこと言うんですか？」

「ほんとは空缶を灰皿代わりにするのだって、あんまり感じよくない。でも、まだ仕方ない、って我慢できる。でも、お皿はあかん」

「どっちも一緒です」

「一緒やない」舞子が間髪を容れずに言い返した。

「なにを怒ってるんですか？」

「雅雪くんは全然わかってない。あたしが怒ってるのは、吸殻を入れたことやない。それがおかしいってことがわからへんほど傷ついてるのに、本人に自覚が全然ないこと」

「傷ついてません」

「雅雪くんが元からいい加減な人間やったら、こんなこと思わへん。でも、ガラが悪いわけやない。行儀も悪くない。ちゃんと挨拶ができて、丁寧に松のみどり摘みをして、すごくきれいな竹垣を造って飾り結びをする。『作庭記』を読んで勉強もしてる。それやのに、食器を灰皿代わりにするんよ。おかしいやん」

「おかしくありません」

「雅雪くん、ちゃんと聞いて」

「聞いてます。でも、俺は寂しくなんかないし、傷ついてません。被害妄想みたいな言い草はごめんです」

本当に腹が立ってきた。たかが吸殻のことで、なぜここまで文句を言われなければならないのか。

「ほんまにわからへんの？　そもそも、ひとりで食べる癖がついてる、なんて平気で言うのがおかしいよ」

「協調性がないだけです」

ずっと、通知表の所見欄に書かれ続けた。協調性がない。積極的でない。友人がいない、ともあった。だが、祖父も父もなにも言わなかった。いや、そもそも通知表など見たことがない。面談にも行ったことがない。

「そんな上っ面のことやない。もっと深い、大事なところが傷ついてる。傷つきすぎておかしくなってる」

「そうですか」俺は舞子に背を向けた。「仕事に戻ります」

「雅雪くん」舞子が叫んだ。

どんなに腹が立っても施主の家族だ。無下にはできない。仕方なしに俺は振り向いた。そして、息を呑んだ。

真っ直ぐに舞子が俺を見つめている。氷の上の青モミジと同じくらい、鋭く鮮烈だ。

俺は完全に混乱した。そしてすこし怖くなってきた。たかが昼飯の皿一枚でこれほど必死になるとは、俺が思っているよりもずっと重大なことかもしれない。もしかしたら、本当に俺は寂しいのか？　本当に傷ついているのか。本当におかしくなっているのか。そのことに、気付いていないだけなのか。

だが、一方でこんな気もした。もし俺が本当に傷ついていたとしても、どうしてそれがいけないのだろう。だれにも迷惑はかけていない。舞子には関係ない。

「雅雪くん、お願いやから」

「いい加減にしてください。二つ年上だからって、偉そうに言うのはやめてください」とうとう我慢できなくなって怒鳴った。「それから、雅雪くん、って呼ぶのもやめてください。そういうの気持ち悪いんです。吐きそうです」

舞子がはっと息を呑んだ。俺は一瞬で後悔した。

「……ごめんなさい」舞子が顔を歪めた。「そりゃ気持ち悪いよね。ごめん」

俺は謝ろうとした。だが、なぜか言葉が出てこなかった。謝ることなんか慣れている。理不尽なことを言う施主に何度も頭を下げてきた。なのに、そのときはなにも言えなかった。舞子が青ざめて震えているのを見ていることしかできなかった。

舞子は黙って皿を下げた。俺も黙って仕事に戻った。

その夜、家に帰ると父も祖父もいなかった。

冷蔵庫に残っていた肉と野菜を炒めて簡単な夕食を作る。お盆に載せて、いつものように自室に運んだ。食い終わると、煙草を吸った。そして、野菜炒めの入っていた皿に吸殻を捨てた。

これがなぜ最低なのだろう。どうして軽蔑されるのだろう。皿など洗えばしまいだ。食べ物で汚れようと、灰で汚れようとどうせ同じではないか。

煙草をくわえて、本棚から一冊抜き出した。重森三玲《しげもりみれい》の造った庭の解説書だ。

煙を吐きながら写真に見入った。東福寺本坊《とうふくじほんぼう》、方丈の北庭だ。切石と苔を市松《いちまつ》模様に配し、薄灰色の石と深緑の苔の対比が美しい。幾何学的なデザインなのに、無機質な冷たさはどこにもない。タイルのような四角の苔は柔らかくふくらみ、固い敷石すら血が通って見える。

俺はじっと苔の緑を眺めていた。それから皿を見た。汁で汚れた皿の上に、ふやけた吸殻が何本も転がっていた。

そのとき、ふっと舞子が添えた青モミジを思い出した。苔の緑とモミジ葉の緑が重なった。急に煙草の味がわからなくなった。


翌日、細木老の家に草取りに行った。

「すまんなあ、三代目。たかが草取りで呼びつけて」細木老が申し訳なさそうな顔をする。

「いえ。こんなことでよければいつでも」

細木老がぶらぶら歩き回る中、俺はしばらく草を抜き続けた。だが、どうしても昨日のことが気になった。

「あの、すみません」俺は思い切って訊いてみた。「すこし質問が」

「改まって、なんや？」

「庭に全然関係ないことです」

「かまわんよ。それでなんや？」

「食器を灰皿にするのは、そんなにいけないことですか？」

「食器を灰皿に？　ものにもよるが、かたちが適当なら別にかまわんのやないか？　別に使い道が決められているわけでもないやろし」細木老がすこし考えた。「たとえば織部《おりべ》や備前《びぜん》の小付《こづけ》など、灰皿として使ってもおかしくないやろ」

「いえ、そういうことじゃないです」

「うん？　どういうことや？」

俺は困惑した。細木老は勘違いをしている。自分の説明が悪かったのだろうか。それとも、自分の言いたいことがあまりに非常識なので、細木老に通じなかったのだろうか。どちらかといえば、後者のような気がした。

「たとえば、飯を食ったあと、煙草を吸ったとします」開き直って、自分の言葉で話すことにした。「でも、手近に灰皿がなかった。仕方がないので、食べ終わった皿に吸殻を入れました。これはやってはいけないことですか？」

「三代目、あんた……」細木老が呆れた顔で俺を見た。「あんた、本気で訊いてるんか？」

「はい。本気です。これは下品なんですか？　行儀が悪いんですか？」

細木老は呆然と俺を見つめていた。だが、次第に驚きが消えていき、やがて細い眼に深い哀れみが浮かんだ。

「あんたはいつもやってるんやな」

「……はい」俺は苦しくなった。細木老の眼は、あのときの舞子と同じだ。

「今まで注意されたことはないんか？」

「ありません」

「そうか」細木老はしばらく黙っていたが、やがてきっぱりと言った。「もし、自分の家族が……娘や孫が食器を灰皿代わりにしたら叱り飛ばす。注意してもやめないなら、殴ってでもやめさせる。絶対に許さん。友人や知人がしたなら、二度とそいつとは食事をせん。それどころか、黙って縁を切るだろう。人間として軽蔑する。それくらいのことや」

細木老の声には容赦がなかった。だが、その厳しい声の裏にもはっきりと哀れみが感じられる。瞬間、ふっと嬉しくなった。だれかに哀れまれている、同情されている、ということが心地よい。だが、次の瞬間、俺はそんな自分に激しい嫌悪感を覚え、苦しくなった。

「俺は最低の人間なんですか？」

「食器を灰皿にしてる限りはな」

「でも、わからないんです。なぜ、食器を灰皿にしたら最低なのかが、どうしてもわからないんです。たとえば、空缶を灰皿にするくらいは誰でもやってます。それとどこが違うんですか？」

「空缶だって感心せんな。だが、食器を灰皿にするのは言語道断や。そんな当たり前のことがわからんのは、あんたが人間としてどっか壊れてるからや」

傷つきすぎておかしくなってる、と舞子は言った。たぶん、細木老の言っていることも同じだろう。傷つきすぎて壊れている、ということだ。

「ある人に言われたんです。食器を灰皿にするなんて最低だ。それがわからないのは、俺がおかしくなってるからだ、って。でも、俺には自分のどこが壊れてるのか、どこがおかしくなってるのかもわからないんです」

「でも、ばっかりやな、三代目」細木老は痛ましそうな顔で俺を見ていたが、やがて小さなため息をついた。「それは他人にはどうしようもない。あんたが自分で気付くしかない」

「わかりました」俺は頭を下げた。「ありがとうございました」

仕事に戻ろうとしたとき、呼び止められた。

「三代目、ちょっと待ち。ひとつだけ言うておく」

俺は足を止めた。振り向くと、細木老がじっと俺を見ている。

「あんたが今まで最低やったとしても、それはあんたのせいやない。だれも教えてくれへんかったからや。あんたはなにも知らんかったからや」静かな話しかただった。「でも、これからは違う。もう、あんたは知ってる。だから、もし、これからあんたが最低やったとしたら、それはもう全部自分のせいや。だれのせいでもない」

「……わかりました」

「三代目。そのことを最初に教えてくれた人に感謝するんや。その人は言いにくいことを言ってくれた。普通なら最低の人間に向かって、あんたは最低です、なんてわざわざ口にせん。黙って縁を切るだけや。それを言ってくれたんは、ほんまにあんたのことを思ってくれてるからや。そのことだけはわかっとき」

「はい」もう一度、俺は頭を下げた。「ありがとうございました」

今度こそ草取りに戻ろうとしてゴミ袋を手にしたとき、また声を掛けられた。

「三代目、何度もすまんが……」

「なんでしょう？」

「今の話とは全然関係ないんやが……」ひどく歯切れの悪い言いかただった。「二代目のことや」

「俊夫さんがなにか？」

「この前、噴水の前でちょっと見かけたんやが……扇の家に越して来たご婦人と仲がいいようやな」

「いつものことです」

「ああ、それはわかっとるんやが……なんかな、ちょっと揉めてな」

「あんなところで、ですか」

どうやら、そろそろ父は飽きたらしい。いかにも育ちのよさそうな母親だった。父のような鬼畜なたらしに遊ばれ、さぞ傷ついているのだろう。刃傷沙汰《にんじょうざた》にならなければいいが、と思った。引っ掻かれる程度なら我慢するが、刺されるのはもう御免だ。もし、そんなことになれば、舞子と郁也に申し訳ない。合わせる顔がない。

「揉めてたんは揉めてたんやが、どうやらいつもとは逆でな」細木老が顔をしかめた。

「逆？」

「二代目のほうが入れあげてるように見えた。もっと言えば……ご婦人のほうが冷めていて、二代目が取りすがっているようやった」

「まさか」俺はゴミ袋を提げたまま笑った。「俊夫さんがすがるなんて」

「冗談やない。二代目のあんな顔、はじめて見た」細木老が深く眉を寄せた。「親父《おやじ》さんにすこし気をつけたほうがいい。あれは尋常やなかった」

頭を下げ、細木老を見送った。知らぬ間に背中に冷たい汗が浮いている。たしかに父はおかしい。今まではどれだけ女をたらしても、仕事に障りが出ることはなかった。今回はやりすぎだ。それほど双子の母親が気に入ったのだろうか？　まさか、父は本気で惚れてしまったのか？

あり得ない、と思った。父が人を本気で好きになるなどあり得ない。きっと、これも父の仕掛けだ。自分から惚れた振りをして、相手が本気になったところで手の平を返す。そして、女が傷つくのを見て満足するのだろう。きっとそうに違いない。

だが、それでも背中の汗は引かなかった。その日は冷たい汗に震えながら、俺はひたすら草を抜いた。

仕事を終えると、ロータリーに向かった。すこし離れたところにサンバーを駐めると、噴水の縁に腰掛けて舞子の帰りを待った。

二時間ほど待つと、舞子が帰ってきた。大きなカバンと、スーパーの袋を提げている。黒のTシャツに細身のジーンズ。脚と尻のかたちがはっきりわかる。いつもなら見とれたかもしれない。だが、今はそんな余裕はなかった。

舞子は俺を見ると、いたたまれない顔をした。やはり、俺は軽蔑されている。最低だと哀れまれている。そう思うと、途端に逃げ出したくなった。だが、歯を食いしばって舞子に近づいた。

舞子が一瞬怯えて身を引いた。俺はがちがちに固まった口を無理矢理にこじ開けた。

「灰皿のことだけど、ほかの人にも訊いたらやっぱり最低だと言われました。だから、俺は最低なんだと思います。でも、まだ自分では今ひとつ自覚できないから、最低のまだその下なんだと思う」

舞子がはっと眼を見開いた。だが、なにも言わなかった。

「ここからは俺の責任です」俺は舞子に頭を下げた。「教えてくれて感謝してます。ありがとうございました」

そのまま背を向けサンバーに乗ろうとすると、舞子が呼び止めた。

「待って。急いでる？」

「いえ」振り向くことはできたが、顔を見ることはできなかった。

「ひとりで食べる癖がついてる、言うてたけど、飲むくらいやったらいける？」

俺はどきりとした。言うことだけ言って、さっさと帰るつもりだった。これ以上、他人に深入りされるのはいやだ。だが、舞子の声には奇妙な引力があって、俺は引きずられるようにうなずいてしまった。

「……コーヒーなら」

舞子を軽トラに乗せ、三一〇号線沿いのファミレスに向かった。車の中では一言も口を利かなかった。

店の入口でウェイトレスにお煙草は？　と訊かれた。舞子がちらと俺を見る。吸わないと断り、禁煙席を選んだ。

「別に気を遣わんでいいよ」席に着いてから、舞子が言う。

「いえ」

窓際の席についてコーヒーを頼んだ。

舞子は頬杖をついて窓の外を見ていた。もう八時を過ぎたが、国道には途切れることなく車が流れている。俺は舞子を直接見ることができなくて、窓ガラスに映る舞子を見ていた。半分透けた舞子の向こうを車のライトが何台も何台も通り過ぎていく。舞子の周りに蛍が飛び交っているようだ。

おかしな感じだ、と思った。幼い頃、頬杖をつく仕草は行儀が悪いと細木老に言われたことがある。以来、自分では頬杖をつかないようにしてきた。だが、今、ガラスに映る舞子は不作法には見えない。ただ、すこし無防備に見えるだけだ。

コーヒーが運ばれてくると、舞子がすこしためらいがちに話し出した。

「ひとりで食べる癖がついてる、て言うてたね。家ではどうしてるん？」

ぎゅっと胃が縮むような気がする。誘われときから覚悟はしていた。だが、それでもやはり口が重い。

「ひとりです。物心ついた頃から、自分の部屋で……勉強机で食べてます」

「勉強机で……」舞子が頬杖をついたまま顔をしかめた。「親は？　家の人はなんも言わへんの？」

「言いません」

「でも、なんで？　なんでひとりで食べるん？」

「……たらしの家系だから、赤ん坊の頃からいろんな女が出入りしてるんです。知らない女と一緒に飯を食うのがいやでした」

一晩だけの女。一週間居座る女。一ヶ月暮らして女房面する女。祖父と父の女が入れ替わり立ち替わり家の中をうろつき、雅雪などおかまいなしに嬌声を上げた。

「祖父や父に貢《みつ》ぐ女もいました。百グラム五千円だという肉を持ってきて、すき焼をはじめるんです。でも、俺は食卓にはつかなかった。自分の分だけ肉をとりわけ、勉強机で食べました」

人に話すのははじめてだ。こんなことを言えば、軽蔑されるのはわかっている。下品で下劣な人間だ、やはりたらしの家系だと哀れまれるだけだ。

「学校でも同じです。給食もひとりで食べました。だれかと一緒に話しながら食べる、というのは苦痛だったんです。担任に叱られ、無理矢理に机をくっつけられ、班ごとの給食を強制されました。すると、俺はまったく食えませんでした。どれだけ怒鳴られ、なだめすかされてもひと口も食えなかったんです。無理矢理に口を開けさせられ、パンを突っ込まれたことだってありました。俺は吐きました。そんなことが何回もあって、ようやく担任はひとりきりの給食を認めてくれました。それが、卒業まで続きました」

「じゃあ、ひとりで食べる癖がついてるんやなくて、ほんまはひとりやないと食べられへんの?」舞子が唖然とした顔で俺を見た。

「そうです。俺はひとりじゃないとだめなんです。他人がいたらなにも食えないんです」

一度話しはじめると止まらなくなった。俺は穴の開いた袋だ、と思った。ボロボロの袋だ。中の物がこぼれ出して止まらない。

「中学は給食がなかったから、毎朝自分で弁当を作りました。仕事に行くときに弁当持って行くので、作るのは慣れてるんです。御飯に梅干し。そして、辛塩の塩鮭。玉子焼きに夕食の残り物を少々。別に苦にはなりません。昼休みになると、弁当を持って外へ出ました。グラウンドの隅、校舎の陰、非常階段の踊り場、ひとりで食えれば、場所はどこでもよかったんです。高校でも同じことでした。今もです。今でもひとりじゃないと食えません」

思わず、声が震えた。先程からずっと鳩尾《みぞおち》を殴られているようだ。辛い。辛いとしかいえないくらい、辛い。ただ事実を話すだけなのに、これほど辛いとは思わなかった。

「もう十年以上、食卓で飯を食ったことはありません。たとえ家にひとりでも、自分の部屋に運んで勉強机で食います。その後、庭の本を眺めながら煙草を吸うんです。何本も何本も吸うんです。そして、吸殻を皿に入れるんです。毎晩です。小学生の頃から吸ってます。今でもひとりで食って煙草を吸って……庭の本を読んでるんです。でも、自分がおかしいと思ったことがありませんでした。それでいいと思ってたんです」

気がつくと、舞子はもう頬杖をついていなかった。きちんと背を伸ばし、じっと俺を見ている。俺の話を聞いている。

舞子がなにか言いかけたけれど、俺はかまわず話を続けた。今、ここでやめたら、もう二度と話す勇気は出ないような気がした。

「舞子さんに、おかしくなってる、って言われた夜、ひとりで晩飯食って、その後で煙草を吸いながら苔庭の写真集を見てたんです。すごく美しい庭です。大好きな庭です。もちろん、吸殻は皿に入れていました」声が震えているのがわかった。「ふっと、吸殻だらけの皿を見ました。舞子さんが作ってくれたうどんの……青モミジを思い出しました。すると、急に煙草の味がわからなくなりました。……いや、それだけじゃない。なんだか全部わからなくなりました」

ひとつ息をし、舞子の顔を見た。舞子は相槌《あいづち》ひとつ打たず俺の話を聞いている。うんざりしているのかもしれない。呆れているのかもしれない。そう思って怖くなったが、なかばやけくそで話し続けた。

「ほんとは俺の根本が間違ってるんだと思うんです。でも、それはどこだかわからないんです。だから、まず表に現れてるところから直していこうと思ったんです。だから、とりあえず煙草をやめることにしました。今日は朝から一本も吸ってません。吸わないから、食器を灰皿にすることもないです。その点だけでも、俺はマシになれると思います」

俺は真っ直ぐ舞子の眼を見て言った。これで終わりだ。なんとか最後まで言えた。もう、息が苦しくて倒れそうな気がした。

「迷惑かもしれないけど、とにかく、これだけでも報告したくて」俺は頭を下げた。「すみません」

「迷惑なんかじゃない。あたしこそ、偉そうなこと言って、ごめん」

「いえ、感謝してます」

もう一度頭を下げる。舞子はすこしの間とまどっていたが、やがて、真面目な顔になった。

「そう。じゃあ、あたしも素直に喜ぶことにする。役に立てたんやね」

「はい。ものすごく役に立ちました。ありがとうございました」

「そう、よかった」舞子はほんとに嬉しそうに笑った。「あたし、ほんまに……役に立てたんやね」

舞子が左手で髪をかきあげた。こぼれ落ちた髪の隙間から涙が見えた。瞬間、胸がざわついた。

「俺、なにかまた失礼なことをしたんですか?」

「ううん」舞子は首を振った。

「正直に言ってください。舞子さんに教えてもらわないと、本当にわからないんです」

「違う。そうやない。全然そんなことない」舞子が強く首を振った。「あたしが勝手に泣いてるだけ」

「教えてください。直せるところは直したいんです」

祖父や父のように壊れたまま生きるのはいやだ。吸殻山盛りに疑問を持たないような、汚い生きかたはいやだ。俺は苔庭のように生きたい。濡れたように輝く、清潔な緑の苔だ。

「ちゃんと言ってください」

舞子はすこしためらっていたが、やがて意を決したように口を開いた。

「……役に立てた、って言うてくれたんが嬉しくて」無理に笑おうとした。「あたし、感謝されるの、はじめてやから」

「それだけですか?」

俺は舞子をまじまじと見た。あれほど気が強くてしっかりした舞子が、たかが、感謝で泣くなど信じられなかった。

「そう。阿呆みたいでしょ？」涙が落ちて、舞子が慌てて涙を拭いた。「なんか、すっごく嬉しくなって……そしたら、急に泣けてきた」

「今まで、言ってくれる人がいなかったんですか？」

「一度も、ね」舞子がきっぱりと言った。

信じられない、と思った。俺ですら感謝されたことはある。仕事に出れば、声を掛けてくれる施主が何人もいる。庭がきれいになった、ありがとう、と。細木老などは草むしりしただけでもほめてくれた。

「あたし、昔はいろいろあって、阿呆なこともやって……学校もしょっちゅうサボったし、勉強もせえへんかったし……補導されたこともあるねん。だから、雅雪くんが煙草吸うことに文句言う資格なんかない」

無理に涙を拭いたせいで舞子の眼は赤かった。俺は舞子の棘を感じていた。俺の胸に刺さったまま、疼《うず》いて疼いてたまらない。

「でも、あるとき自分が傷ついてることに気付いてん。自分は傷ついてる、苦しんでる、って認めるのは惨めやったけど、そうしたら自分がどれだけ阿呆なことをしてきたか、ってわかった。そして、やり直すことにした。もう一度きちんと勉強をして大学に行こう、って」

舞子が首を振った。髪が揺れた。胸がえぐられた。「でも、ドラマみたいにはいかへんかった。結局、二浪やしね」

舞子が顔を上げた。きっぱりと言う。

「やめよ。こんな愚痴、雅雪くんに言うたかて……」そこで、舞子ははっとした。「ごめん。くん付けはあかんかった」

「いえ、俺こそ」息が詰まって苦しいのに、勝手に口が動いた。「気持ち悪い、なんて言ってすみませんでした」

「謝らんでええよ。あたしが勝手に馴れ馴れしく呼んだんやから」

「違います。それは……」かまうものか、言ってしまえ、と思った。「家をうろついてた女たちが、俺のことを雅雪くん、って呼ぶんです。それも、くん、ってところを甘ったるく伸ばすようにして言うんです。気持ち悪くて、我慢ができなくて……」

誘われたこともある。無論、振り切って逃げ出した。気分が悪くて、しばらく飯が食えなかった。思い出すだけで吐き気がする。

最低の話を舞子はじっと聞いている。そして、大真面目な顔で口を開いた。

「じゃあ、これからは雅雪って呼び捨てにするから。でも、そっちも舞子って呼び捨てにして。いい？」にこりともしない。「郁也はとっくにそうしてるんでしょ？」

「わかりました」

「敬語もなし。呼び捨てしてるのに変やから」

「……わかった」

緊張したせいで潰れたような声が出た。舞子はすこし笑って時計を見た。

「遅くなったから、送ってくれる？」

「わかった」なんとか今度は普通に言えたような気がした。

サンバーで舞子を家まで送っていった。

「今、だれもおれへんねん。寄っていけへん？」

「郁也とおふくろさんは東京だったな」

女なしでは我慢のできない父だ。新しい女を引き込んでいるかもしれない。家に帰っても、いやな思いをするだけだ。

「行っても無駄やのに」舞子が鍵を取り出し門を開けた。

驚いて思わず舞子の顔を見た。だが、髪の陰になって見えなかった。どういう意味か訊こうとしたが、舞子はもうすたすたと歩き出していた。

俺は暗い庭を見回した。昼間なら何度も見た庭だ。だが、夜に見るとまったく感じが違う。門灯に浮かぶクロマツは昼よりずっと荒々しかったし、蘇鉄などは禍々《まがまが》しい人喰いの化物に見えた。普段は遠慮がちで繊細なイロハモミジですら図太く見えた。

庭園灯を置くのはどうだろう、と思った。防犯にもなるし、灯りがあればがらりと雰囲気が変わる。灯籠タイプか、それとも思い切ってモダンなものはどうだ。大正レトロな街灯ふうもいいかもしれない。設置場所はイロハモミジの横か。レースのような葉を灯りが透かしてさぞ美しいだろう。それとも、奥の竹垣の横か。それならやはり和風の……。

「……ほんまに」舞子の呆れたような声が聞こえた。「ほんまに庭が好きなんやね」

舞子が玄関ドアを開けて待っていた。俺は慌てて家に入った。仕事で庭は何度も訪れたが、母屋に入るのははじめてだ。広縁で食事をしたことはあるが、あのときは家の中を眺める余裕などなかった。

玄関は洋風のドアだが、一歩入れば和風の三和土《たたき》がある。舞子に連れられて奥へ通った。雪見障子に書院のある本格的な和室と、寄せ木の床に革張りのソファを置いた洋室が並んでいる。昭和初期の洋館のようだ。

洋室に通され、ソファに座った。部屋で眼につくのは郁也の写真だ。ソファ正面の壁にはバイオリンを弾く郁也の大きなパネルが掛かっている。飾り棚、サイドテーブルには郁也の写真が何枚も置いてあった。小学校低学年くらいのものから、中学生、高校生、今と変わらない歳のものまである。母親とふたり並んだ写真もあった。あまりきれいに撮れているので、まるで映画の小道具のようだ。

俺は手近にある写真立てを手に取った。今より幾分若い郁也がいた。細身のスーツ姿でバイオリンを弾いている。ライトを浴びて舞台の上のようだ。写真の中の郁也は眼を閉じ、曲の世界に没入している。苦しげにも見えたし、快感の頂点にも見えた。

じっと郁也の写真を見ていると、舞子が眼を逸らした。すごいな、と言いかけて口をつぐんだ。そのとき、俺ははっとした。慌てて部屋を見回す。そして、気付いた。この部屋には舞子の写真は一枚もない。あるのは、郁也とバイオリン、そして美しい母親だけだ。

そのとき、思い出した。はじめての仕事の日、母親にケーキを誘われた。俺と郁也には微笑んで声を掛けたのに、舞子は完全に無視した。カイヅカイブキの刈り込みをしていたときもそうだ。あの優しげな母親は、舞子には声を掛けなかった。ちらとも見なかった。

俺はぞっとした。どんな暴力よりも、どんな虐待よりも残酷だ。舞子はこの家では露骨に存在を殺されている。信じられない、と俺は思った。たらしの家ならどんな下劣や非道があってても驚かないが、ここは違う。誰が見ても、上品で裕福で幸福そうな家族だ。なのに、殺人に匹敵することが平然と行われている。

あの母親は上っ面だけ温かい乳房だ。中は凍り付いている。父のようなたらしに簡単に股を開き、子供をないがしろにする。ひどい。ひどすぎる。いや、所詮、母親なんてこんなものか。

俺は郁也の写真を押しやり、立ち上がった。

「舞子の部屋が見たいんだけど」

よく言えた。自分でも感心する。舞子はすこし驚いた顔をし、それから困った顔になった。

「ごめん、ちょっと散らかってて」

断りながらも舞子が嬉しそうな顔をした。とにかくこの部屋を出る口実を作らなければならない。

「じゃあ、防音室が見たい」

「見た目は普通の部屋やよ。壁と床に特殊な素材が使ってあるらしいけど」

防音室は母屋の端にある、十畳ほどの洋室だった。分厚いカーペットが敷いてあり、はめ殺しの二重窓が庭に向かって取り付けられている。部屋の中央に譜面台と椅子、壁際にソファとサイドテーブルが置いてあった。

棚にはぎっしり楽譜が並んでいる。一冊抜いてみると、とにかく複雑な楽譜だ。五線譜の読めない俺でも、とにかく難しそうだということくらいはわかる。その楽譜のいたるところに、びっしりと書き込みがあった。おまけに楽譜はどれもボロボロで、郁也がどれだけの練習をしているかが見て取れた。

「郁也、受かるといいのにな」

「……郁也は受からへん」すこし迷ってから舞子は言った。「無理。絶対に」

さっきもそんなことを言っていた。俺はすこし混乱した。

「なんで、そんなことを言うんだ？」

舞子は返事をする代わりに、ソファに腰を下ろした。じっと俺を見上げる。

「ここで」

とっくにばれていた。

月のない夜だった。窓の向こうに暗い庭が広がっていた。かすかな星明かりに蘇鉄の影が揺れていた。黒い蛇のようだった。

気がつくと舞子の上にいた。俺ははじめてだったが舞子は違った。

父と同じことをしている、と思った。

8　二〇一三年　七月六日（2）

「あんた……」遼平が呆然と雅雪を見つめた。ぽかんと半開きの口はすこし間抜けに見えた。

「人がいたら食べられへんのか？　今でも？」

「食えない」

事務所の中が蒸し暑くなってきたので、雅雪は窓を閉めてエアコンをつけた。客が来ない限りエアコンはつけないのだが、遼平の体調を考えると蒸し風呂を我慢させるわけにはいかなかった。二日酔いで脱水気味だから、気をつけないとすぐに熱中症になる。

エアコンはずいぶん古い物なのでやたらと音が大きい。最新型の省エネタイプに買い換えたほうが電気代が安いのでは、と思うがなかなか踏ん切りがつかない。

冷房が効きはじめると、遼平がほっとした顔をした。グラスにスポーツドリンクを注いで、一気に飲み干す。先程からがぶ飲みしているので、ペットボトルは残りすくなくなっていた。

雅雪はその横でひどい渇きを覚えた。こんなにも長く話したのは、はじめてだ。唇が乾いて痛み、顎が疲れてだるい。

「ほんまにひと口も？」遼平はまだ信じられないという顔だ。

「無理に食ったら吐く」

「ひとりで外食は？」

「無理だ」

「コーヒーやったら飲めるのに？」

「コーヒーと水以外は飲めない。ジュースも紅茶も……無理をしてウーロン茶だ」

「じゃあ、このスポーツドリンクも飲まれへんのか？」

「今は飲めない」

「俺が眼の前にいてるから？」

「そうだ」

「そんなん……めちゃめちゃ不便やんか」遼平が唖然とした顔で雅雪を見た。

「不便だな」

会食恐怖症というらしい。他人と飯が食えないことで何度も問題を起こし、そのたびに詫びてきた。小学校でも中学校でもだ。教師に叱られ、罵られ、哀れまれた。

仕事をはじめてからもだ。現場でほかの会社の親方と一緒になることがある。昼飯を断ると、いきなり翌日から外された。——俺のおごりじゃ食えないのか、と激怒していたらしい。

一緒に飯を食うことを拒否されると、自身の存在を否定されたかのように感じる人間がいる。その人たちにとっては、雅雪は無神経で非常識、なんの落ち度もない善意の人間の心を平気で傷つける極悪人だ。

「でも、夫婦茶碗を買ってたやないか」

「一緒に食えるようになりたいと思って、買った」

「俺とは食いたいと思わなかったんや」

「そうじゃない」

「どこが違うんや。そういうことやろ」

それきり遼平は黙り込んだ。口をへの字にして窓の外をにらんでいる。

雅雪はなにも言い返せないまま、立ち上がった。湯を沸かし、豆を挽く。コロンビア。原田の気に入りの豆だ。ゆっくりと豆を蒸らしてから淹れた。熱いうちにブラックで飲む。空っぽの胃が焼けて痛い。

遼平はテーブルの上のバイオリンをじっと見ている。

「……あんた、これ、弾けるんか？」

「まさか。音楽は全然だめだ」左手の指を示す。「この指がまともに動いたとしても無理だ」

「俺もや」遼平が首を振った。「なんで真辺郁也は俺にバイオリンをくれたんや？　こんなもん、もらっても仕方ないのに」

「バイオリンしかない男が、そのバイオリンをおまえに譲ったんだ。もらっても仕方ないなんて言うな」

「わけのわからんもん押しつけられても腹が立つだけや」遼平は吐き捨てるように言い、うめいた。「……頭、痛い……」

「二日酔いだ」雅雪はもう一杯スポーツドリンクを注いだ。遼平に渡す。

腕時計を見る。もう正午だ。明日の朝、舞子を迎えに行かなくてはならない。それまでに、なんとかケリをつけなければいけない。

「で、話の続きは？」

「え？」

「話の続き。あんたと真辺舞子がセックスしたところまで聞いた。それからどうなったんや？」

遼平はわざと大声で言った。一瞬、居心地が悪くなったが、引きつった遼平の顔を見ると急に落ち着いた。大声でセックスと言ってしまえるほど、子供ということだ。

「それから、俺は舞子とふたりきりで会うようになった。もちろん、セックス込みでな。いろんなところでやりまくった」遼平の顔をじっと見ながら言った。「舞子の部屋、和室、防音室。それに、サンバーの中。深夜の峠道を走ったり、夜景見ながら湾岸線走ったあとでな。でも、狭いから大変だった。動くたびに、あちこちぶつけまくったもんだ」

大真面目に、ゆっくりと語ってやると、遼平が真っ赤になった。

「あんた、なに言うてんねん。恥ずかしないんか」

「曽我造園ではやらなかった。この家に舞子を連れてくるのは絶対いやだった」

「……あんたやっぱりたらしの家系や」遼平はすこし泣きそうだった。「苔オタクのくせに、たらしなんや」

「苔オタク？」

「苔みたいに生きたい、なんて言うのはあんただけや」

雅雪は立ち上がって、もう一杯コーヒーを淹れた。今度はマンデリン。一番好きな豆だ。ミルクと砂糖をたっぷり入れる。

はじめて舞子と寝た夜、訊かずにいられなかった。

――いいのか？　俺はたらしの家系の男なのに。

――違う。雅雪はたらしやない。

舞子はきっぱりと言った。雅雪は思わず声を上げそうになった。棘どころじゃない。杭《くい》だ。焼けた太い杭が打ち込まれたようだ。もう、死ぬまで抜けない。

――でも、俺はこんな若白髪だ。はっきりとたらしの男の血を引いてる。

――大丈夫。若白髪でも雅雪はたらしやない。それに、あたしは結構好きやよ。雪遊びした子供みたいで……。

その冬、雪まみれになった雅雪を見て、舞子は笑った。それが、笑う舞子を見た最後になった。

丁寧にかき混ぜて砂糖を溶かす。

やたらと甘ったるいが、缶コーヒーの味にはならなかった。

9　郁也と舞子（一九九九年秋冬）

舞子と親しくなると、真辺家の事情が次第にわかってきた。

あの優しげな母親はまったく家事をしなかった。掃除もしない。食事の支度もしない。その代わりに、いつもにこにこと微笑み、花を飾り、凝ったケーキを焼く。そして、ひたすら献身的に郁也の世話をした。

家事を押しつけられたのは舞子だ。だが、母親はなんの疑問も持っていなかった。郁也のバイオリンはすべてに優先された。それは疑う余地のない真理のようなものだった。

「おばあちゃんの介護して、思てん。あたしはだれにも迷惑掛けたない。絶対にだれの世話にもならんとこう、て」

大学に受かったら家を出る。奨学金をもらい、残りは自分で稼ぐ。そう、舞子は決めていた。

休みが合えば、舞子と京都へ行った。受験勉強の邪魔をしてはと思ったが、息抜きになるから、とつきあってくれた。京都ではひたすら庭を見て回った。個人庭園もあるが、やはりほとんど寺になる。一日に五つも六つも寺を回った。

「ほとんど巡礼みたいやね」舞子が笑う。

俺は一日中庭を眺めていても飽きないが、舞子はそうではない。すこしでも舞子が退屈しないようにと、懸命に解説した。

「向こうに三つ石が立ててあるだろ？　あれは三尊石組《さんぞんいわぐみ》。真ん中の背の高いのが主石《しゅせき》。両側の低いのが脇侍石《わきじいし》。三尊仏にならった一番基本の石の立てかたなんだ」こんな話に興味はないだろうが、それでも俺は嬉しくなって話してしまう。「『作庭記』にもちゃんと書いてある」

「ふうん。大昔からの伝統ってことやね」舞子も俺を気遣っているのだろう。自分から質問してくれる。「ねえ、あの石なに？　なんで縛ってるん？」

舞子は前方の飛石を指さした。飛石の上には、墨の染縄で十文字に縛った握り拳大ほどの石が置いてある。

「関守石《せきもりいし》。あそこから先に入るな、という結界」

「結界って言われると、なんかすごいね」

神妙にうなずいていたが、そばのアカマツに眼を留め不審な顔をした。根元に一面、枯れた松葉が散り敷いている。

「あの松の木の下、なんで掃除してへんの？　掃除は大事と違うの？」

「あれは霜よけ。敷き松葉っていう。枯れた松葉を敷くことで、下の苔を霜から守るんだ。それに、赤枯れた色はアクセントにもなるから、彩りの演出の意味もある」

「うちの松はせえへんの？」

「クロマツは門のそばだから、下に苔もないし霜よけの必要はない。アカマツは下生えがあるから、かえって松葉は邪魔だ」

「ふうん」つまらなそうだ。「じゃあ、うちの庭でできそうな演出はない？」

「そうだな」俺はすこし考えた。「蘇鉄に藁ぼっち……かな」

「藁ぼっち？」

「寒さから守るために藁を巻いて、雪よけの帽子みたいな飾りをかぶせる。なかなか面白い」

「面白そやね。それ、やらへん？」

「でも、京都ほど寒くならないし、雪も積もらないからな」

庭の話なら、今まで何人ものお施主さんとしてきた。細木老などは特に熱心で、気がつくと一時間も話し込むことがある。無論、それはそれで楽しかったし勉強になった。だが、舞子と話すことは、それとはまるで違った。自分の話を聞いてくれる人がいる。話すと返事が返ってくる。ただそれだけのことが、ただ単純に嬉しかった。

それでも、昼飯時が近づくと気持ちが沈んだ。舞子となら一緒に食えるかも、と店に入ったこともある。だが、やはりだめだった。にしんそば一杯が食えないのだ。舞子は気にするなと笑ってくれたが、平気なわけはない。

休日の京都は観光客でいっぱいだった。友達同士、恋人同士、みな楽しそうに話しながら食事をしている。どんどん伸びていくそばを前に顔を引きつらせているのは、俺だけだ。結局、舞子もほとんど食べずに出ることになった。せめておごらせてくれ、と言ったが、割勘にされた。

セックスはしても食事はしない。自分が身体目当ての最低の男に思えた。いや、実際最低の男だ。たらしの家系の中でも、一番最低な男だ。

「雅雪、ねえ、これ」舞子が四つ目垣の前で立ち止まり、染縄の結び目を指し示した。「これ、雅雪がやるのとなんか感じが違う。結びかたは一緒に見えるけど、なんで?」

「わかるのか?」

「そりゃわかるよ。なんで? わかったらおかしい?」

「普通の人はわからない」

「そう? だって、いつも雅雪の仕事を見てるのに。わかって当然やん」ちょっと得意そうに舞子が笑った。「それで、どこが違うん?」

瞬間、身体が震えた。息ができない。倒れそうなほどの衝撃だった。俺はだれかに見てもらっている。俺を見ていてくれるだれかがいる。生まれてはじめて、俺を見ていてくれる人がいる――。

「結びかたはいぼ結びで同じなんだけど、縄が違うから」すこしでも気を緩めると、泣きそうだ。俺は懸命に平静を装った。

だれかに関心を持ってもらえるというのは、こんなにも嬉しいなんて知らなかった。生まれてはじめて感謝された、と言って泣いた舞子の気持ちが、今、ようやくきちんとわかった。こんな些細なことが嬉しい。こんなつまらないことで喜んでしまえる。俺と舞子は似たもの同士だ。

「関西では四ミリの染縄を一本で結ぶのが多くて、関東は三ミリを二本合わせて使うのが多い。うちの親方は東京の出だから、曽我造園は関東流儀なんだ」

「ふうん。そんな違いがあるんん。奥が深いんやね」

舞子はしばらく四つ目垣を見下ろしていたが、やがてざくざく玉砂利を鳴らして歩き出した。俺は歯を食いしばって後を追った。泣きたいのを懸命にこらえる。自分より二十センチ近く小さな舞子が、やたらと大きく見えた。二つしか違わないのに、ずっとずっと年上に感じる。

舞子を追いかけてつかまえた。そして、手を握る。

「俺、絶対に一緒に食べられるようになるから」

「雅雪、あんた、力、入れすぎ。無理したらあかん」そう言いながらも、ぎゅっと強く俺の手を握りかえしてきた。「いつか、食べられるよ」

「いつか、な」俺も前を向いたまま、強く握りかえした。涙をこらえる。「いつか、絶対だ」

舞子となら、いつか絶対に一緒に食えると思った。


夏が終わって秋になった。

双子はそれぞれ受験準備に忙しい。舞子は家と図書館を往復している。郁也は防音室にこもりきりで練習しているようだ。会う機会は減った。

日曜の朝、俺は温室で釣忍の手入れをしていた。舞子は模試があって今日は会えないという。仕方がないので、今日は仕事をするつもりだった。

「雅雪」

倉庫から声がして顔を出すと、郁也だ。手にスーパーの袋を提げている。

「郁也、久しぶりだな」

舞子の立場を思うと、複雑な気持ちになる。だが、それでも、やはり顔を見ると嬉しくなった。

「元気そうだな」郁也はすこし痩せていた。スーパーの袋を差し出す。「いつも僕の家だからな。昼飯ついでに飲もうや」

俺は袋を受け取り、時計を見た。十一時だ。たしかに昼前だが、面倒なことになった。人前で食えないことは郁也には打ち明けていない。できれば、この件は舞子とふたりだけの秘密にしておきたかった。郁也には弱みを見せたくない。俺がこの情けない習慣を克服してから、さらりと当たり前の顔をして、郁也とふたりで飯を食いたい。

やたらと重い袋をのぞくと、缶ビールと大量のおつまみが入っていた。郁也を事務所に通して、俺は温室を片付け手を洗った。

「親方と親父さんは？」

「親方は女と映画。俊夫さんも出かけた」ソファの前のテーブルにスーパーの袋を置いた。

「バイオリンの練習はいいのか？」

「……たまには息抜きさせてくれよ」郁也が苛々と眉を寄せた。

舞子の言葉を思い出した。郁也は絶対に音大に受からない、と言っていた。はっきりと実力が不足しているのか。やはりそれほど厳しい世界なのか。

「おふくろさんは？」

「朝から出かけてるよ。学生時代の友人と会うとか」

たぶん嘘だと思ったが口には出せなかった。今朝、父は念入りに支度をして出かけた。きっと一緒にいるのだろう。春からはじまった関係が秋まで保《も》っている。父にしては珍しい。

最近、ふっと思うことがある。なにもかも俺の取り越し苦労かもしれない。もしかすると、このままうまく行くかもしれない。だが、もし父が再婚するようなことになったらどうなる？　俺は郁也と舞子の弟になるのか？　それは困る。絶対に困る。

「おい、雅雪はなに飲む？　生？　ラガー？　黒ビールもあるよ」ぼんやりしている間に、郁也が缶ビールとおつまみをテーブルに並べていた。

「俺は飲めない」

「一缶くらいいけるだろ？　ほら」

ドライビールを押しつけられた。せっかく郁也が買ってきてくれたのだ。なんとかすこしだけ飲んでごまかそうと、恐る恐る口をつけた。吐き気をこらえながら、ひと口だけ無理矢理に呑み込む。ひどい気分だ。

「アルコールが苦手なら、おつまみだけでも食えよ」チーズとサラミ、それにレーズンバターを示す。「ほら、どれがいい？」

「腹は減ってない」

「……なんだよ、おまえ」郁也はがっかりした顔をした。「こんなに買ってきたのに」

郁也はみるみる不機嫌になった。眉間に皺を寄せ、にらんでいる。俺はいたたまれなくなった。無条件の好意を踏みつけにしているのは俺だ。悪いのは俺だ。

思いきってサラミに手を伸ばした。ごく薄いのを一枚だけだ。このくらいならなんとかなるかもしれない。味わう必要なんかない。機械的に嚙んで、機械的に呑み込めばいい。それだけのことだ。俺は精一杯無造作にサラミを口に放り込み、一、二度嚙んで呑み込んだ。だが、やっぱりだめだった。すさまじい不快感が突き上げてくる。さりげなく席を立って、トイレに駆け込み吐いた。サラミの残骸と胃液だけだから、本当に苦しい。

おしぼりと皿を持って、何事もなかったかのように戻る。郁也はもう二本目を飲んでいた。まだすこし不機嫌だが、先程よりはマシだ。たった一枚でも無理をして食った効果はあったわけだ。だが、これ以上は無理だ。郁也がビールを飲む横で、俺はコーヒーを淹れて飲んだ。

「雅雪、輪ゴムあるか？」

輪ゴムを渡すと、郁也は立ち上がった。外に出ると、ユンボのクローラーの上に空缶を置く。

「知らないのか？　指で輪ゴムを飛ばせるんだぞ」

郁也は指に輪ゴムを掛けると、真剣な顔で的を狙った。ずいぶん慎重に狙いを定めていたが、やがてひゅんと音を立てて輪ゴムが飛んだ。次の瞬間、缶が倒れた。

「うまいな」

「だろ？」郁也はやたらと得意気だ。

すこし鼻を明かしてやろうと思い、事務所から輪ゴムと割箸、それに小刀を取ってきた。

「なんだよそれ？　輪ゴムだけでいいのに」郁也が怪訝な顔をする。

俺は黙って作業に取りかかった。割箸を割り、小刀で長さを考えて切る。一番長いものから短いものまで、四種ほど作った。それぞれ角を削って、組み合わせて輪ゴムで強く留めた。

「おい、それ、もしかして割箸鉄砲か？」郁也が手許をのぞき込んできた。「おまえ、作れるのか？」

「昔、よく作った」あっという間に完成した割箸鉄砲を郁也に渡した。「別に難しくない」

「小学校の頃、クラスのやつが遊んでた」郁也は食い入るように手の中のオモチャを見つめている。「すごく羨ましかった」

「その頃一緒だったら、いつでも作ってやったのに」

俺にとってはひとり遊びの道具だった。オモチャなどひとつも買ってもらったことがない。だから、倉庫に落ちている端材で作ってひとりで遊んだ。

「そうかあ」郁也は大げさに悔しそうな声を上げた。「くそ。おまえともうすこし早く会ってりゃなあ」

俺は輪ゴムの掛けかたを教えてやった。

郁也は恐る恐る輪ゴムを引っ掛け、クローラーの上の空缶を狙った。距離は三メートルほどか。割箸のトリガーを引くと、ゴムが気持ちのいい音を立てて飛び空缶が吹っ飛んだ。

「当たった」郁也が叫んだ。嬉しそうにその場で跳ねる。

一発で当てたので、驚いた。こんな精度の低いオモチャでよく当てたものだ。

「郁也、おまえ、すごいな」

「才能だな、やっぱ」

その後、郁也はひたすら射撃訓練に没頭した。缶を並べて早撃ちの稽古をしたり、俺にもうひとつ作らせると二丁拳銃を試したりする。その様子は小学生と変わりなかった。

「そんなに気に入ったのか？」

「ああ。めちゃめちゃ面白い」郁也は頬を紅潮させ俺の顔を見つめた。「雅雪。ありがとう」

真っ正面から礼を言われると、どうしていいのかわからない。口の中で言葉を濁し、眼を外した。そのとき、ふっと舞子のことを思い出した。他人の俺に言える言葉を、どうして舞子に言ってやらなかったのだろう。家族だからか？　血の繋がった家族だからどうなってもいいのか？

郁也が五本の缶を並べた。手早く輪ゴムを掛ける。構えると同時にゴムが飛んだ。一番左端の缶が音を立てて落ちる。休む間もなく次のゴムを掛けた。二つ目の缶が吹き飛ぶ。三つ目、四つ目、五つ目とすべて命中させた。

「すごい。おまえ、才能あるな」

「本当にあると思うか？」

「あるよ」

俺はユンボの下に落ちた缶を拾って、再びクローラーの上に並べた。顔を上げた途端、思わず息を呑んだ。郁也が割箸鉄砲を俺に向けている。

「僕の射撃の才能か、おまえの工作の才能か、どっちだと思う？」郁也は突然真顔になった。

「なら、おまえが自分で作ってみればいい。自分で作っても当たったら、おまえの才能。でも、自分で作って当たらなかったら、俺の才能」

「上手く逃げたな」郁也が鼻で笑った。「でも作りかた知らないし」

「教える」

「……実を言うと、まったく工作をやったことがないんだ」郁也が恥ずかしそうに言った。「バイオリンやってたから指を怪我したら大変だ、って。ナイフもカッターも鋏もまともに使ったことがない。鋸《のこぎり》も金槌もはんだごてもだめだ。小さい頃、夏休みの工作の宿題はみんな舞子にやってもらった。いまだに釘一本まともに打てない。レッスンで忙しかったから、普段の宿題も舞子のノートを丸写しだったな。母もそれが当然だと思ってた。僕はバイオリンさえ弾いていればよかったんだ」

なにからなにまで舞子にやらせていたのか、と俺は怒りを覚えた。使用人、奴隷と変わりない。挙げ句、母親に無視される。舞子の傷はきっと俺の想像よりもずっとずっと深い。

「ほら、いかにもバイオリニストの手だろ？　でも、見かけ倒しなんだ」

郁也が両手を突き出した。白くて長い指だ。もし、男性用ハンドクリームのＣＭがあれば、文句なしに採用されるだろう。

「雅雪、おまえの手を見せてみろよ」

俺は手を見せた。陽に焼け、節が大きい。細かい傷があちこちにある。すると、郁也が苛立たしげに舌打ちした。

「……ああ。本物だな。見かけ倒しじゃない。おまえの手は正真正銘、庭師の手だ」

郁也は事務所に戻ると、どさりとソファに腰を下ろした。割箸鉄砲を握りしめ、立て続けにビールを飲む。それきり黙り込んだ。

見かけ倒しとはどういうことだろう。郁也の手はバイオリニストの手ではないのか？　すこし考えて、俺は舞子の言葉を思い出した。郁也は音大には受からない、と言っていた。つまり、見かけ倒しとは音大に受からない……才能のないバイオリニストということか？

俺はなにも言わず郁也を見ていた。うつむいたまま顔を上げない。先程まで、あれほど浮かれていたのが嘘のようだ。

そのとき、ふっと思いついた。

「郁也、今から山に行かないか？」

「山？」郁也が顔を上げた。喧嘩腰だ。「は？　今から山？　なに考えてんだよ、おまえ」

「細木老の持ち山。ここから車で三十分くらいだ。そこに、とっておきの場所がある」

時計を見ると、時間は一時三十分。暗くなるまでに登って下りてこられるだろう。

「とっておき？　なんだよ、それ」

「行けばわかる」

渋る郁也をサンバーに押し込み、山に向かう。車の中で郁也はずっと文句を言っていたが、山に着くと途端に顔が変わった。珍しそうな顔であちこち見回している。

「ここはいつも山採りに使ってる」

「山採り？」

「植林してない手つかずの山なんだ。だから、年代物の椿やらカエデやら、そのほかの雑木がいっぱいある。苔に、シノブ、山野草も種類が豊富だ。奥に行けば笹百合の群生もある。そういうのを採らせてもらってる」

「へえ、庭師ってそんなことまでするのか」

早速山に入った。雑木の山は秋が美しい。落葉樹が多いから閑散として寂しくなるが、ときどきはっとするほど鮮やかに色づいた木に会える。植林された杉山にはない美しさだ。

俺は慣れているから軽く歩いていくが、飲んだ上に山に慣れない郁也はすこし歩くともう息を切らしていた。

「ちょっと休もうか？」

「バカ。行けるよ、これくらい」

それでも意地を張って歩き続ける。俺はペースを落とした。無理をさせて足でも痛めたら大変だ。シダと笹の茂るけものみちを歩いて行く。途中、休憩を挟んで時間はかかったが、ようやく苔の庭に来た。

「……あ」郁也が小さく声を上げたのが聞こえた。

手つかずの山の中、突然眼の前に苔庭が広がった。木立からもれる光が柔らかく苔を包んでいる。岩の間からわずかに浸み出す水音が低く響いていた。秋枯れの山に広がる、まるで次元の違う緑の世界だ。

郁也は口をぽかんと開け、苔庭を見つめている。言葉も出ないようだ。

俺は郁也の気持ちがよくわかる。はじめてこの場所を見つけたとき、絶句し動けなくなった。まさに奇跡としか言いようがない。息もできないほど美しい。まさに天上の苔庭だ。

「すごいだろ？　ここはどんな有名な苔庭にも負けない。西芳寺《さいほうじ》にも三千院にも曼殊院《まんじゅいん》にも銀閣寺にも。俺はいやなことが溜まってあふれそうになると、ここへ来るんだ。すると、いっぺんに落ち着く」

郁也は黙ったきりだ。言葉も出ないほど感動しているのか。俺は話し続けた。

「奇跡みたいにきれいだろ？　俺にとっては、ここがこの世で一番美しい庭なんだ」

以前、さりげなく確かめたが、祖父も父も知らなかった。だから、ここは俺だけの場所だ。

「ここは秘密なんだ。だれも知らない。教えたのは、おまえがはじめてだ」

郁也は声ひとつ立てない。それほど感動しているのだろうか、と顔をのぞき込んだ瞬間、ぎくりとした。郁也はすさまじい形相で、歯を食いしばって苔をにらんでいる。汗の浮いた額の下で、絶望と憎悪しかない眼がぎらぎらと光っていた。

「……こんなところに連れてきやがって」郁也がうめいた。

「え？」

「雅雪、僕はおまえを怨む。くそっ」郁也がこんな悪態をつくのははじめてだった。「一生、怨む」

「どうしたんだよ、郁也。なんで怨むんだよ」

「……悔しいんだよ。悔しくてたまらない」吐き捨てるように言うと、拳を握りしめ毒づいた。「くそっ、なんでこんなところに連れてきたんだ」

「どうしたんだ？　なに怒ってるんだ？」

「うるさい」

感情の大きさに、郁也自身が壊れてしまいそうに見えた。俺はわけがわからなかった。わざわざ秘密の場所を見せたのに、なぜ不機嫌になったのだろう。あれほど美しい苔を見て、なぜ怒る？　俺はとっておきの苔庭をバカにされたようで腹が立った。

郁也はそれきり口をきかなかった。俺もそれ以上話しかける気がしなかった。もともと気まぐれなところのあるやつだ。気にしても仕方ない。

「これ以上暗くなると危ない。下りるぞ」

薄暗くなった山を無言で下りる。サンバーに乗り込むと、郁也は、まだ飲む、と言った。断ったが無理矢理つきあわされ、居酒屋をハシゴすることになった。コーヒーなどなかったので、ひたすらウーロン茶を飲んだ。

郁也はバイオリンのことも、割箸鉄砲のことも、苔庭のこともひと言も口にしなかった。その代わり、くだらない冗談を飛ばしてずっと笑っている。ひどく酔っていた。

日付が変わったころ、軽トラで扇の家に送り届けた。ガレージを見るとアウディはない。まだ父と一緒にいるのだろうか。

「上がってけよ」郁也が俺の腕をつかんで、門の中に引きずり込んだ。

「もう遅い」

「舞子だけだよ。気を遣う相手じゃないだろ？」郁也が玄関の鍵を開けた。「母は留守だ」

「いや、いい。じゃあな」

俺が断ると、いきなり郁也は踵を返して門に向かって歩き出した。ふらついている。足許が怪しい。

「おい、どこ行くんだ」

郁也は千鳥足で門まで取って返すと、クロマツの小枝を引きちぎった。松葉をむしってあたりに振りまく。

「阿呆。やめろ。木が傷む」

「施主の注文だ。松葉は散らしておけよ。風流だろ？」

「郁也、いい加減にしろ」

「あれ、そういや」郁也は松の枝から手を離すと、振り向いた。「雅雪。おまえ、今日一本も吸ってないな」

「禁煙した」

「ホントか？　あれだけ吸ってたのに？　ほんとにやめられたのか？」

「今のところは」

「苦しいか？」

「死にそうだ」

「じゃあ、おまえがやめたんなら、僕が吸おうかな」郁也が妙に真顔で言った。「おまえの眼の前でチェーンスモークやってやる」

そのとき、ポーチの灯りがついて玄関のドアが開き、舞子が出て来た。セーターにジーンズ。慌てて着替えてきたのだろう。下ろした髪は乱れたままだ。化粧をしないすっぴんの顔は、普段より幼く見える。パジャマのまま出て来てくれたらよかったのに、と思った。

「ふたりとも、夜中になに騒いでるん？」舞子が怒った顔で言った。

「すまん、ちょっと郁也が酔ってる」

「なに言ってんだ。おまえのせいだ」郁也が俺を指さした。「ビールも飲めない、飯もいらない、っていうから、僕がひとりで飲んで食ったんだ。ウーロン茶ばっかり飲みやがって。みんなみんな、おまえのせいだ」

「雅雪のせいにせんといて」舞子が郁也を叱った。「さっさと家に入りや」

「いやだ、もっと飲む」郁也が怒鳴った。「飲むよ、僕は」

「いい加減にし」舞子がぴしりと言った。「近所迷惑になるから」

「うるさいな。じゃ、どこか外で飲む」

郁也は俺の腕を振り切ると、門を出て行った。舞子が小さなため息をついたのが聞こえた。

「ちょっとつきあってくる」仕方ない。あとすこし飲めば気が済むだろう。

「ごめん、雅雪。お願いしていい？」

「行ってくる」

舞子に頼まれたというだけで俺は嬉しかった。郁也を追って門を出たが、姿が見えない。どこに行った、とあたりを見回すと、サンバーの荷台に座り込んでいた。

「降りろ。助手席に乗れ」

「いやだ。こっちのほうが気持ちいい」

「荷物積んでないのに荷台に人を乗せたら違反だ。違反切符を切られる」

「見つからないよ、こんな夜中に」

「いいから降りろ」

「いやだ」

鳥居にしがみつく郁也を引き剝がし、無理矢理荷台から降ろした。相当酔っている。これ以上飲ませるのはよくない気がする。

「やっぱり家に戻ろう。舞子も心配してる」

「舞子が？　はは、まさか」郁也がしゃっくりをしながら笑った。「あいつは僕を怨んでる。心配なんかするはずがない」

「まさか。舞子がおまえを怨むわけない」

「怨んでるよ。殺したいくらい怨んでるはずだ。あいつは、僕のことも母親のことも、死ぬほど怨んでる」郁也は俺の腕を振り払うと、助手席に乗り込んだ。

「いい加減にしろ」

「……ごめん。嘘だ。舞子は僕のことを心配してくれてる。優しい妹だ」郁也はダッシュボードをバンバン叩いた。「さあ、行こう」

こういうのを悪酔い、絡み酒というのだろうか。俺はサンバーのエンジンを掛けた。今夜はとことんつきあうしかない。飲み屋での地獄を想像すると、ぞっとした。ものが食えない、酒が飲めないという疎外感も惨めだが、手持ち無沙汰だとつい煙草が欲しくなる。こらえるのに必死だ。

走り出してすぐ、噴水ロータリーを半周したところで、郁也が言った。

「あそこに自販機あるな」郁也が窓から指さした。自販機の灯りが見える。「喉渇いた。なんか買う」

脇道に入ってサンバーを駐めた。郁也はスポーツドリンクを買ったが、俺はもうウーロン茶で腹一杯だった。郁也は早速一気飲みしたが、まだ喉の渇きはおさまらないようだ。次はなにを飲もうかと迷っている。

そのとき、噴水ロータリーのほうから聞き憶えのあるエンジン音がした。見ると、噴水のすぐ横に車が駐まっている。ドアが開いて男と女が降りてきた。

「……送ってくれへんのか？」

どきりとした。町は夜更けで静まりかえっている。父の声は驚くほどはっきりと聞こえた。女がなにか答えたがよくわからない。

「冷たいな。明日は？　明日は会えるんか？」父が後ろから女の腰を抱いた。女が身をよじって離れた。

「いい加減にして」女の声がすこし大きくなった。「最後に一回だけ、って言ったでしょ？」

「そんなこと言うな。俺は本気で……」

「やめて。うっとうしい」女の声に容赦はなかった。「母親代わりはもうたくさん」

女はするりと逃げ、車に乗り込みドアを閉めた。父がドアを叩いたが、無視してエンジンを掛ける。アウディは扇の家に帰っていった。

父は呆然と立ち尽くしていたが、やがてよろよろと歩き出した。俺は声を掛けることもできず、息を殺して父が行ってしまうのを見送った。

そのとき、耳許に酒臭い息がかかった。

「……まさか」郁也がすぐ俺の後ろにいた。「まさか、お母さんとおまえの親父が？」

振り返ると、郁也が俺をにらんでいる。自販機の光に照らされた顔は真っ白だった。

「おまえ、知ってたのか？」郁也が眼を見開いた。唇が震えている。「いつからだ？」

「それは……」

「ちゃんと答えろよ。今さら嘘ついても仕方ないだろ」

「たぶん……最初に仕事に来たときに目をつけた。次の仕事のときには誘った」観念して答えた。

「僕はなにも知らなかった」郁也が悲鳴のような声を上げた。「全部話せ。なにもかもだ。おまえが知ってること、全部だ」

仕方ない。俺は覚悟を決めてすべて話した。香水の匂いに気付いたこと、父が仕事をさぼるようになったこと、細木老が見かけたことなどだ。

「なんで黙ってた？」

「すぐに別れると思ってた。父はひとりの女と続いたことなんかない。まさか、こんなに続くとは……」

「いい加減なことを言うな」

郁也が思いきり俺を突き飛ばした。自販機に後頭部をぶつけ、一瞬眼の前が暗くなる。倒れそうになったが、なんとか足を踏ん張った。うめきながら顔を上げると、郁也が鋭い眼で俺をにらんでいる。俺はぞっとした。

「……つまり、お母さんも僕をもてあましてた、ってことか」郁也の声には氷の響きがあった。「迷惑だったんだな。心配してる振りをしてただけなんだな」

なにを言っているのかわからない。だが、郁也はもう俺のことなど見ていなかった。なにか叫びながら、スポーツドリンクの缶を思い切りアスファルトに叩きつけた。甲高い音が深夜の町に響く。俺は思わず身をすくめた。胸が痛くなるような音だった。郁也はよろめきながら歩き出した。

「どこ行くんだ?」

「帰る」そのまま振り返りもせず、行ってしまった。

郁也の投げ捨てた缶を拾い、サンバーの荷台にもたれて空を見る。ぶつけた頭が痛んだ。最悪の結末だ。きっと、舞子にも知られてしまう。舞子もショックを受けるだろう。はじめから知っていたくせに、ずっと隠していた俺を怨んだら? 怨まないまでも距離を置くようになったら?

俺は父に激しい怒りを覚えた。父に迷惑を掛けられるのはしょっちゅうだった。慣れていたから、たいていのことは我慢しようとしてきた。だが、今回はもう許せない。父と対決する覚悟を決めた。

父が曽我造園に戻って来たのは朝だった。酒と香水の入り混じったひどい臭いがする。だが、あの母親の香水とは別のものだった。待ち構えていた俺は父が靴を脱ぐなり話しかけた。

「俊夫さん。話があるんだ」

父は濁った眼で俺を見た。仕事以外で父と口をきくのは久しぶりだ。

「これ以上、扇の家の母親とは関わらないでください」

父はじろりと俺をにらんだ。整った顔立ちに荒《すさ》んだ眼。たらしはたらしでも、祖父とはまるで正反対の男だ。

「お願いです。どこの女をたらそうと好きにすればいい。でも、あの家だけは勘弁してください」

「まさか、おまえ……」父の眼がつり上がった。「母娘丼《おやこどん》でも狙ってるんか?」

「違います。そんなんじゃない」父の下劣な勘違いにかっとした。

「じゃ、ほっとけ」父が背を向けた。

「向こうの家族にばれたんだ。ショックを受けてる」俺は父の腕をつかんだ。「これ以上つきまとうのはやめてくれ」

「やかましい」

「向こうは迷惑がってた。その気はないんです。俊夫さん、もうやめてください」

次の瞬間、父が振り向いた。俺の胸ぐらをつかんで廊下の壁に叩きつける。昨夜、自販機でぶつけたところだ。俺はうめいた。

「そう言うおまえはどうなんや」父は俺を壁に押しつけながら、酒臭い息を吹きかけた。

「年上の女に尻尾振って餌もらってる分際で、偉そうに言うな」

「なに？」俺はかっとした。父を正面からにらみ返す。

「マザコン息子と色気のない娘と……しょうもない双子や」父がそこで濁った笑い声を上げた。「どうせあの甘えたガキが、ママを盗られた、言うて泣いてるんやろ」

その声はあまりにも醜く下劣だった。俺は我慢できなくなった。

「マザコンの甘えたはあんただろう？」そして、俺はつい言ってしまった。「……母親代わりはもうたくさん」

その瞬間、父の顔が凍った。なにも言わない。眼を見開き、口を開けて犬のように息をしている。

「みっともないな、俊夫さん。いい歳してあの双子の母親に甘えてたのか？」俺は父の眼を見ながら言葉を続けた。「無理だ。諦めろ。あの母親が大事なのは郁也だけだ。俊夫さんの出番はない」

「雅雪、おまえ、親をバカにしやがって」

父が殴りかかってきたが、俺は間一髪で避《よ》けた。そこへ足音がした。はっと振り向くと、廊下の端に祖父が煙草を指に挟んだまま立っている。

「やかましい」祖父がじろりとにらんだ。「朝からなんだ。飯がまずくなる」

「親方、すみません」俺は慌てて謝った。

祖父は俺を無視し、父を見る。煙草をひと口吸うと、至極優雅に煙を吐いた。

「俊夫」鉛のような眼だ。「見苦しい」

俺はぞくりとした。これほど怖ろしい眼があるだろうか。軽蔑すらない。人を人とも思わない。ただのゴミだと思う眼だ。祖父はもうひと口煙草を吸うと、煙を吐きながら静かに引き返して行った。

父は俺を突き飛ばすと、玄関を出て行った。俺は父の後を追った。

朝の空気は身を切るほどに冷たい。父は倉庫の前にいた。背中を丸め、手で顔を覆っている。指の間から息がもれ、白く流れていった。父は動かない。かすかな嗚咽《おえつ》が聞こえる。父は声を殺して泣いていた。

俺は何も言えず父を見下ろした。三十八歳の男がぼろぼろ涙をこぼす姿は哀れで、滑稽で、痛ましく、そして醜悪だった。

ふっと、皿の上に山盛りになった吸殻を思い出した。

黙って背を向けた。父に掛けられる言葉は俺にはなかった。

十二月に入って、突然、強い寒波がきた。

夜半から雪になり、朝には五センチほどの雪が積もった。滅多に積もらない地域なので、みな慣れていない。お得意さまの庭を手分けして雪見舞いに行くことになった。

父は相変わらず仕事を外されていたが、今日ばかりは人手が足らない。父も手伝うことになった。軽トラは二台しかない。一台は祖父が乗り、あとの一台には父と俺が乗った。祖父は細木老の家に出向き、俺と父はまず扇の家に向かった。

助手席で父は無言だった。ずっと険しい顔をしている。扇の家のすこし手前まで来ると、俺に言った。

「雅雪、あそこは俺ひとりでやる。おまえは残りを回れ」父はドアを開けて降りた。「終わったら、家に戻っとけ。俺は適当に帰る」

父の足許を見た。長靴ではなく革靴を履いている。仕事をする気など最初からないらしい。あの母親に会いに来ただけだ。よりが戻ったのか。それとも、まだ別れ話がこじれているのか。とにかく、まだあの母親と完全に切れていないのはたしかだ。

あれから郁也にも舞子にも会っていない。なにも言ってこないのは、たんに双子が受験で忙しいせいか。それとも、完全に見限られたのか。判断がつきかねた。

遠目に門かぶりのクロマツを見る。支柱は立ててあるから大丈夫だと思うが、やはり心配だ。父とあの母親が出かけた頃に戻ってこよう。そして、雪落としをすればいい。父の後ろ姿を見送り、俺は軽トラを出した。

昼過ぎになって、ようやく時間ができた。俺は扇の家に向かった。

門かぶりのクロマツの雪は積もったままだった。落とした形跡がない。ガレージをのぞくとアウディが置いたままだ。困ったな、と思う。もしかしたら、父と母親はまだ家にいるのかもしれない。呼び鈴を押そうにも、ことの最中かもしれないと思うとはばかられた。だが、と思い直した。この雪では車を置いてタクシーで出かけたことも考えられる。

庭木の具合が心配だ。クロマツの差し枝の雪は早く落としたい。しばらく迷って、俺は思いきって呼び鈴を押した。すると、出てきたのは舞子だった。レモンイエローのケーブルニットに黒の細身のジーンズ。鮮やかな配色だ。

「雪見舞いに来た」緊張しながら言った。

「久しぶり、雅雪」舞子がにっこり笑った。「雪見舞い?」

「雪の重みで庭の木が折れたり悪くなったりしていないか、見に来た」

「そんなことまで気を遣うん?　大変やね。ありがとう」

舞子はいつもと同じふうに微笑んだ。なにも変わった様子はない。自分の母と俺の父との関係を知らないようだ。郁也は話さなかったらしい。すこしほっとした。

「学校は?　そんなに休んで大丈夫?」

「卒業できるくらいには行ってる」

庭をぐるりと見回す。雪は踏み荒らされた跡もなく、積もったきりの美しさだ。やはり父が仕事をした様子はない。

「ほかの人は？」さりげなく訊ねた。

「朝から図書館に行ってたから知らんけど、母は午前中に出かけたみたい。郁也は昨日から帰らない」

「帰らない？　どこ行ったんだ？」

郁也はあの夜、ひどくショックを受けていた。舞子にも話さず、ずっとひとりで悩んでいるのだろうか。すこし心配になった。

「バイオリンの先生のところに挨拶に行くとか言うてた。そのあとは知らない。どこかで遊んでるんやない？」

「東京までか？」

「ううん。小さい頃教わってた近くの先生」

「そうか」俺は安心した。特に問題なさそうだ。とにかく仕事にかかることにする。「舞子。ちょっと雪落としをするから、家に入っててくれ」

「見てていい？」

「寒いだけだ」

「コート着てくるから」

荷台から竿と竹箒を下ろした。門に張り出したクロマツのさし枝には、今朝からの雪がかぶさっている。それほどの量ではないが、古い木なので放置するわけにはいかない。高い枝は竿、手の届くところは竹箒で、そっと雪を落としていく。枝を折ったり傷つけないよう、注意しながら雪を払う。落ちてきた雪が当たらないように気をつけるが、ときどき思いも掛けないところから雪の塊が降ってくる。何度か頭から雪をかぶった。

「あー、雪まみれやん」舞子がオレンジのダウンコートを羽織って出て来た。「頭も背中も」手袋をしない手で俺の頭の雪を払い落としてくれる。そして、笑った。

「雅雪はあれと同じ」嬉しそうに示したのは蘇鉄だった。「雪をかぶった蘇鉄にそっくり」

「光栄だ」長靴で雪を踏みしめ、蘇鉄に近づいた。「うかつだった。こんなに雪が積もるなら、来年はちゃんと冬支度をしないとな」

「藁ぼっち?」

「そう」憶えていてくれた、と思うと急に胸が苦しくなった。「来年は藁ぼっちを作ろう」

ひとしきり雪落としを済ませ、舞子に招かれ母屋に上がった。いつものように和室に通される。舞子には畳のほうが落ち着く、と言ってあった。郁也の写真だらけの洋室はいたたまれない。

すでに部屋は暖めてあった。コーヒーを飲みながら、雪見障子から庭を眺める。白い蘇鉄が半分だけ見えた。

雪が珍しいせいだろうか。まだ昼間だというのに我慢ができなくなった。俺はなにも言わず舞子の腕を取った。部屋は暖かったが、畳は冷たかった。

舞子にかぶさってゆっくり動くと、雪見障子から蘇鉄が見え隠れする。

「雪見しながらできる。風流だ」

「よそ見せんといて……」舞子が息を切らしながら言う。

まだなにか言おうとするので、俺はすこし体重をかけてやった。舞子が小さくうめいて、身をくねらせる。苦しげに眉を寄せた表情に、どきりとした。慌てて強く抱きしめ、舞子を上にした。

「やっぱり雅雪は蘇鉄に似てる」

舞子が俺におおいかぶさるように身体を倒した。そして、俺の髪に両手の指を差し入れ、軽くかき乱した。俺はされるままになりながら、舞子の腰をゆっくりと前後に揺らした。

「見た目は蘇鉄やのに、松葉の匂いがする。青臭くて、苦しくて。松葉でいぶされているように、息がつまって気が遠くなる」

「苦しい？」俺は慌てて腕を止めた。

「そうやない」舞子がくすりと笑った。今度は自分で上下に動く。「でも、それが好き。いかにも庭師の匂いやから」

俺は身体を入れ替え、再び上になった。そうして、強く力を入れて抱いた。舞子の脚が背中にある。やっぱり上のほうがいい。こうやって舞子を抱いているだけで心が落ち着く。満たされる。苦しみが消える。やはり、俺もたらしなのだろうか。女と繋がることでこんなにも楽になれるのは、やはりたらしの血が流れているせいだろうか。

「郁也から聞いた。母と雅雪のお父さんのこと」

俺ははっとした。舞子の顔をまじまじと見つめる。舞子は落ち着いていた。

「……すまん」

「雅雪が謝ることやないよ」舞子が再び俺の髪に触れた。「ただ、そのことで郁也が不安定になってる」

「やっぱり」

「ちょっとマザコンの気があるからね」舞子がため息をついた。「でも、あたしは別にいいんやないかと思ってる。大人の男と女で、どっちも独身やし。好きにすればいいと思う」

「そんなきれいごとじゃない」俺は慌てて言い返した。「俊夫さんは女を大切にする男じゃない。絶対迷惑がかかる」

父に普通の恋愛ができるわけがない。どんなかたちであれ、いずれは絶対に修羅場になる。しかも、今回は父が執着している。ただではすまない。

「頭から否定せんでもええやん」舞子はすこし驚いたようだった。

「俊夫さんはたらしなんだ。最低のたらしの男なんだ」

「雅雪は言うことが矛盾してる。たらしって言われるのを嫌がるくせに、自分のお父さんのことをたらしやから最低やと決めつけてる」

「甘い」俺はきっぱりと言った。「舞子も郁也も俊夫さんのことを知らないから、そんな気楽なことが言える」

「甘い？　あたしのどこが甘いの？」舞子がむっとして言い返した。

「証拠を見るか？」俺は腕を見せた。肘の内側に薄く残った傷がある。「仕事の怪我じゃない。俊夫さんが捨てた女に刺された。逆恨みだ」

舞子が息を呑んだ。俺は腕を下ろし言葉を続けた。

「首を絞められたこともある。叩かれたり、罵られたりしたのは数え切れない。それでも、俊夫さんは行いを改めなかった。そんな男が信用できるか」

舞子が黙って唇を噛んだ。なにか言おうとして呑み込んだように見えた。

俺は急に恥ずかしくなった。かわいそうだと思われたくない、と言っておきながら、自分から傷を見せて同情を引いた。見苦しい。

「すまん」俺は舞子から離れて背を向けた。

すると、舞子が無言で抱きついてきた。俺はわけがわからなくなって、もう一度舞子を強く抱いた。やはり俺はたらしだ。女を抱くと安心できる。

「卒業したら家を出る」思い切って言った。「舞子と暮らしたい」

「でも、あたし、大学受かるかどうかもわからへんのに……」

「もしだめなら、もう一年頑張ればいい」

「三浪になるよ？」

「かまわない。俺が働くから舞子は勉強するんだ」

「でも、あたしは雅雪に迷惑掛けたない」

「俺は舞子がなにをしても迷惑だなんて思わない」

強く言ったが、舞子は返事をしない。

「舞子。ほんとだ。嘘じゃない」俺はもう一度繰り返した。「迷惑なんて思わない」

「……雅雪は融通きかへんからね。がんばりすぎるの、眼に見えてる」

舞子はすこし笑って俺から離れた。起き上がって服を着る。セーターをかぶりながら、振り向いた。

「クリスマス、雅雪にプレゼント買ってん。楽しみにしてて」笑いながら言う。「もう一杯コーヒー飲む？」

台所に行った舞子が、すぐに戻って来た。おかしな顔をしている。

「どうした？」

「食器棚からワイングラスがふたつなくなってるねん。それと、コルク抜きも」舞子が眉を寄せた。「そやのに、どこにも飲んだ跡がなくて」

食堂にもリビングにもワインを飲んだ形跡はなかった。流しにもない。

「寝室で飲んだのかもな」言いにくいが、考えられるのはそれだけだった。

「午前中から……？」

「俺たちも昼間からやった」

「そりゃそうやけど」舞子がすこし困った顔で笑った。「ちょっと寝室見てくる」

納得できないらしく、二階の寝室を確かめに行った。戻って来るなり、首を振る。

「寝室にワイングラスはなかった。ベッドもきれいやった」舞子はもう真顔だった。「煙草の臭いもせえへんかったし」

舞子はしばらく考え、玄関に向かった。険しい顔で下駄箱を開ける。

「雪の日に履くならブーツだと思うんだけど、母のブーツは全部ある」そのとき、舞子の顔が強張った。「これ……」

下駄箱の奥を指さした。父の革靴がひっそりと隠すように置いてある。どきりとした。

「まさか、ふたりともまだ家にいるん？」舞子が怯えたような顔をする。

舞子と家の中を確かめて歩いた。浴室とトイレ、舞子の部屋も郁也の部屋も見る。だが、誰もいない。最後に廊下の突き当たりの防音室に向かった。

舞子がドアをノックした。だが、返事はなかった。ドアのレバーハンドルを下げたが、動かない。中から鍵が掛かっている。俺と舞子は顔を見合わせた。ふたりがここにいるのは間違いない。

「ひょっとして酔って寝てるんかな？」舞子が不安げな顔をした。

「舞子が図書館から帰ってきたのは何時だ？」いやな予感がどんどんふくれあがってくる。

「十二時過ぎかな。そのときはもう家には誰もおれへんと思てたから……」

時計を見ると三時過ぎだ。朝からこの防音室にずっとこもっているということになる。あまりにも不自然だ。

そのとき、郁也が帰ってきた。俺たちの顔を見て不思議そうな顔をする。事情を説明すると、顔色を変えた。

「なにかあったのかもしれないな」郁也の声が震えていた。

もう一度、郁也が防音室をノックした。だが、返事はない。防音室だから、もしかすると互いに聞こえていないのかもしれない。

「お母さん？　いるのか？」郁也がガンガンとドアを叩き、レバーハンドルを揺さぶった。だが、中から応答はない。

「舞子、鍵、取ってこいよ」

舞子は走って鍵を取りに行った。だが、やがてリビングから引き返してきた。

「いつもの置き場所に鍵がない」はっきりと顔が強張っていた。

錠そのものはレバーハンドルに付属している簡単なものだ。工具があればすぐ外せそうだ。

「レバーごと外して開けていいか？」俺は双子に訊ねた。

「うん。お願い」舞子がうなずいた。

サンバーから工具箱を持ってきた。レバーハンドルはドライバーだけで簡単に外れた。ドアを開けると、途端になんとも言えない異臭がする。俺は一瞬たじろぎ、それから覚悟を決めて部屋に入った。

踏み込んだ瞬間、吐き気がしてその場に立ち尽くした。押しのけるようにして入ってきた郁也も、一瞬動きが止まる。

「……お母さん」郁也が床に膝を突いた。

父と双子の母親が床の上に倒れていた。母親は眼を閉じ動かない。首にはスカーフが巻き付いている。息がないのはすぐにわかった。

父はまだ生きていた。嘔吐物にまみれ、床の上でのたうちまわっている。

サイドテーブルの上には赤ワインのボトルがあった。グラスはふたつとも床に落ちている。ワインの中身は半分ほど残っていた。

あとから入ってきた舞子が息を呑んだ。言葉もなく立ちすくんでいる。

「救急車」俺は叫んだ。

ボトルの横には小さな瓶があった。ラベルが剝がれかけている。相当古いもののようだった。

ふたりが飲んだものは曽我造園にあった農薬だった。規制前のパラコートで、現行の製品よりずっと高濃度のものだ。処分せずに父が個人で持っていたらしい。防音室の鍵は母親が身に付けていた。

父は最期まで意識がはっきりしていた。警察の取り調べにこう答えた。心中しようとパラコートを飲んだが、女があまりに苦しむので首を絞めて殺した、と。心中が合意であったかと訊かれると、父は黙って首を横に振った。そして、一週間苦しみ続けて死んだ。

報道では無理心中ということになった。二軒の家で葬儀がひっそりと行われた。扇の家の双子が父の葬儀に来ることはなく、無論、俺が扇の家に顔を出すこともできなかった。

身内だけの簡素な式のつもりが、参列者はそれなりにいた。祖父の知り合い、同業者、そして、父の女たちだ。幾人かは泣いていた。あれほどの仕打ちをした男に涙するのか。信じられない思いがした。

「一番大切な者を亡くす苦しみ、お察し申し上げる」細木老はしっかりした声で祖父に悔みを述べた。

「一番大切な者？　だれのことだ？」

祖父は煙草を取り出し火をつけた。普段となにひとつ変わらぬ仕草で優雅に煙を吐く。さすがの細木老も啞然としていたが、気を取り直すと俺にも声を掛けてくれた。

「三代目、気を落とさんようにな」

情のこもった細木老の声を聞くと、俺はたまらなくなった。

「俺がもっと強く止めていれば」あれから、悔恨で昼も夜も苦しい。「父は本気で惚れてたんです」

「落ち着くんや、三代目。それを言うたら、わしも同じや」

「父がおかしくなっているのにも気付いてました。でも、たいしたことはないと思ってたんです。こんなことになったのは俺の責任です。すべて俺が悪い」

「三代目、それは違う。あんたのせいやない」

こんなことになっては、舞子も郁也も俺を許してはくれないだろう。舞子とはもう一緒に暮らせない。俺は叫び出したいのを懸命にこらえた。

「もう……なにもかも終わりです」

「三代目、しっかりするんや。男と女のことや。他人が口出ししてどうなるもんやない」細木老が祖父に眼をやった。「あんたはそう考えてるんやろ、清次」

「ああ。ただの不始末。それだけのことだ」

祖父はちらりと父の遺影に眼をやり、もう一度煙を吐いた。そこにはなんの感情もなかった。

年が明けた。

父の事件以来、何軒かの得意先が離れた。祖父は淡々と仕事をこなし、女と遊んだ。俺は去年の雪の日以来、風邪気味で体調が悪かった。寝込むほどではないが、咳が続いて熱っぽい。警察やら葬儀やらで走り回った疲れが残っているせいか、一向によくならなかった。

仕事はじめから数日経った頃だ。その日はすこし離れたところにある施主宅での作業だった。いつもより早い時間に準備をはじめる。まだ外は薄暗く、朝の冷え込みは厳しかった。俺は思うように身体が動かず、ときどきひどく咳き込んだ。のろのろとサンバーに道具を積み込んでいると、いきなり祖父に言われた。

「雅雪、おまえはもういい。事務所に残って片付けでもしていろ」祖父の声は冷たく厳しかった。「そんな調子では庭に入れることはできん。お施主さんに失礼だ」

「大丈夫です。行けます」

「だめだ。へまでもされたらお施主さんに迷惑がかかる」

たしかに祖父の言うとおりだ。俺はサンバーを見送り、事務所に戻った。父の机の上には未整理のメモやら伝票やらが散乱している。これを早く整理すべきだ。大事な書類が放置されていたら大変なことになる。

コーヒーを淹れて父の机の整理に取りかかった。抽斗《ひきだし》を開けると中は整頓されておらず、乱雑に物が突っ込まれている。父らしいと言えば父らしい。俺はすこしうんざりしながら、書類をチェックし、不必要なものを捨てていった。思ったよりも時間の掛かる作業だった。

上の抽斗から整理をはじめて、とうとう一番下の深い抽斗までやってきた。そして、紙くず同然の書類やらパンフレットの奥に、一通の封筒を見つけた。表には、雅雪へ、と書かれている。父の字だった。

どきりとした。途端に胸の鼓動が激しくなる。まさか、俺宛の遺書だろうか。ひとつ深呼吸をして、落ち着け、と言い聞かせた。中を確かめると、すこし厚めの紙が一枚、きちんと折りたたまれて入っている。俺は緊張しながら開いた。

命名　曽我雅雪

命名書だった。曽我俊夫長男、とある。達筆とまではいかないが丁寧な筆の跡だった。

遺書ではなかった。俺はほっとしたような、がっかりしたような居心地の悪さを感じた。命名書があったとは知らなかった。祖父も父もしきたりには無関心な人間だ。七五三も誕生日も祝ってもらったことがない。お七夜だけはやったのか。

俺は命名書と封筒を見比べた。命名書そのものは古いが、封筒と表書きは新しい。明らかにごく最近のものだ。では、やはり俺宛の遺書なのだろうか。一体なぜ、そんなことをしたのだろう。

森雅之と宝塚雪組。祖父と逃げた母の趣味からつけられた名だ。命名には父の意志などすこしも入らない。なぜ、そんなものをわざわざ俺に遺《のこ》したのだろう。

わけがわからない。俺は命名書を封筒に戻し、再び抽斗に放り込んだ。

その日の夕方、郁也から連絡があった。

双子とはあの雪の日以来、まともに話をしていない。熱があって身体が重かったが、無理をして家を出た。扇の家に向かってサンバーを走らせる。まだ四時前だったが、曇り空のせいかもう薄暗い。途中でライトをつけた。

郁也は分厚いダッフルコートを羽織って庭で待っていた。夕風が冷たいのに、家に入れとも言わない。咳がやたらと出る。薄着で来たのを悔やみながら、蘇鉄の前で話をした。

「舞子は？」

「銀行やら役所やら不動産屋やらいろいろ。人がひとり死ぬと大変なんだ」両手を大きなポケットに突っ込んだまま肩をすくめた。「無理心中って言っても、一応は殺人なんだな。被疑者死亡のまま書類送検、か。テレビで聞いたことはあるが、実際に身の回りで起きるとは思わなかった」

「すまん」

「痴情のもつれ、か」郁也が吐き捨てるように言った。「たらしの男なんだろ？　だったら、きれいに別れろよ。なんで母を殺した？」

「すまん」

「謝れって言ってるんじゃない。理由を訊いてるんだ」

「父は本気で惚れてたんだ」

「なんでたらしの男が本気になった?」

「たぶんだが……父はおまえの母親の……母親らしさに惹かれたんだと思う」

はじめて見たとき、優しくて柔らかで全身が乳房のようだ、と感じた。あんな母親がいればいいのに、と思ったくらいだ。だが、考えてみればそれは異常だ。一目見て感じる母性など不自然だ。わざとらしく、過剰な母性愛を垂れ流している化物だ。実際に慈母などではなかった。息子を愛し、娘を憎む。さかりのついた、ただの雌だった。

きっと、父も気付いていたのだろう。だが、そのときにはもう遅かった。すっかり化物の虜になり、禁断症状の出た中毒患者のように母性を求めた。父は苦しみ、もがき、惨めに泣くしかなかった。母娘丼やらマザコンのガキやら口にしたのは、父の自虐の表れだ。

「そんなの言い訳になるか」

「すまん、郁也。せめて、お線香を上げさせてもらえるか?」

「断る」郁也がきっぱりと言った。「それだけじゃない。おまえには金輪際、家に上がってほしくない。それどころか、舞子ともつきあってほしくないと思ってる」

「知ってたのか?」

「今朝、舞子から聞いた」

郁也が右手をポケットから出して、俺の眼の前に突きだした。なにか握られている。なんだろう、とよく見ると、茶碗だ。地味な飯茶碗。厚めのしっかりした実用の器だ。地は白で、短い線の模様が一面に入っている。大ぶりなので男物だ。

舞子が俺のために用意してくれたものだとわかった。だが、それを俺の口から言っていいものかどうかはわからなかった。俺は咳をした。喉が痛い。だが、咳のせいで返事をせずに済んだ。

「しかし、渋い茶碗だなあ。小鹿田焼《おんたやき》だとさ。舞子の部屋にあったんだ。ちゃんときれいに包装されて。だれかへのプレゼントなんだろうなあ」郁也がわざと大げさな抑揚で話した。

「なあ、雅雪。舞子はこの茶碗をおまえにやるつもりなんだよな?」

黙って咳をしていると、郁也の顔色が変わった。いきなり早足で歩き出すと、門を出て行く。俺は慌てて後を追った。郁也はロータリーに飛び出すと、噴水に向かって駆けだした。車がクラクションを鳴らしたが、足を止めない。俺も懸命に後を追って走った。

噴水の台座に上ると、手に持った茶碗を俺に見せつけた。車のライトに浮かび上がる顔は笑っている。そして、まるでゴミでも捨てるように、水の中にぽいと放った。

「なにするんだ」

俺も台座によじ登り、郁也を押しのけ噴水をのぞき込んだ。だが、暗くてよく見えない。

「でもさ、舞子もなに考えてるんだろ」郁也が笑いをこらえながら言う。「彼氏へのプレゼントが茶碗ってどうなんだ? しかも、やたらとジジ臭い飯茶碗だなんて」

どこだ？　浅いんだからすぐに見つかるはずだ。俺は咳き込みながら懸命に茶碗を捜した。

その瞬間、背中を突かれた。俺は前のめりになり水の中に倒れた。

一瞬、心臓が止まるかと思った。一月の水は冷たいというより、ただただ痛い。慌てて起き上がろうとしたが、その背中を郁也に踏まれた。また水に浸かる。全身がずぶ濡れになった。

「郁也、おまえ……」なんとか立ち上がった。

「そのほうが捜しやすいだろ？」郁也が笑った。「じゃあな」

郁也は笑いながら行ってしまった。追いかけて一発殴ってやろうと思ったが、茶碗のことを思い出した。俺は四つん這いになって、手で水の中を探りながら茶碗を捜した。水の深さはふくらはぎほどだ。だが、暗いので水の中がまったく見えない。俺は水の中を這い回った。

夕方のラッシュ時で車の通行が多い。ひっきりなしにロータリーに入ってきて、噴水の周りを回っていく。車のライトをまともに浴びると眼が眩《くら》んだ。俺は眼をこすりながら、懸命に茶碗を捜した。

水に浸かった腕と膝から下は、もうほとんど感覚がない。痛みすら感じない。だが、濡れた上半身は震えが止まらない。手の指もしびれて力が入らない。勝手に歯が鳴る。俺は水の中を這い回った。だが、どうしても、茶碗が見つからない。腰をかがめ、ぬるぬるした底を漁る。おかしい。それほど大きな噴水ではない。なぜ見つからない？

そのとき、なにかが手に触れた。慌てて引き揚げる。間違いない。小鹿田焼の茶碗だ。割れていない。欠けてもいない。奇跡だ、と思った。

ほっとして、噴水を出た。茶碗をしっかりと持って、水の入ったスニーカーを引きずりながらロータリーを横切る。水に落とされたせいで、熱が上がったようだ。身体が思うように動かない。今度は俺がクラクションを鳴らされた。よろめきながら、クロマツかぶりの門をくぐる。

「郁也。出てこい」俺は鍵の掛かった玄関ドアを叩いた。「さっさと出てこい」

しばらくすると、ドアが開いた。

「あ、もう見つけたのか？　早いな」俺の手にした茶碗を見て、にこっと笑う。

一瞬、気勢をそがれそうになったが、気を取り直した。

「親父のしたことを思えば、俺にはなにも言う資格はない。でも、舞子とのつきあいをやめる気はない。嫌がらせはやめろ」

「わかった。やめる」

「え？」拍子抜けして、郁也の顔を見た。郁也は真顔だった。

「僕の頼みを聞いてくれたらの話だけどな」郁也が眉を寄せた。「……実は金がないんだよ」

「いくらだ？　すこしくらいなら……」

「バカ」郁也が血相を変えて怒鳴った。「そんなんじゃない。僕の話を聞け」

郁也は玄関ドアを後ろ手に閉め、庭に出た。大きな長方形のバッグを持っている。風が急に強くなったように感じた。ざわざわと木々が騒いで、蘇鉄の葉が蛇のようにくねっている。身体は芯まで冷え切っていた。皮膚も肉も感覚がなくなって、骨で直接寒さを感じているような気がする。

「母は働いたことがなかった。そして、僕のバイオリンに金をつぎ込んだ。当たり前だけど、すこしずつ貯金は減っていく。でも、母は生活のレベルを落とすなんて考えなかったようだ。で、防音室があるからって、こんなばかでかい家を借りた。でも、母は別に見栄を張っていたわけじゃないと思う。なにも考えずただ普通に暮らしてただけだろう。アウディに乗って、庭に金掛けて」

「それがどうした?」

「今月いっぱいでこの家を出て行くことになってる。でも、舞子がそれなりに貯金を持ってるから、それで部屋を借りることにする」

「だめだ……」俺は咳き込んだ。喉と胸が痛んだ。「……それは、舞子が大学に行くために貯めてたものだ」

「仕方ないだろ?　僕には金がないし」

「働けよ」

「働くよ。頼みってのはそのことだ」しばらく黙っていたが、やがて思い切ったふうに言った。「なあ、庭師って面白いか?」

「面白い」歯と歯がぶつかって、がちんと鳴った。全身の骨が凍り付き、軋んでいる。

「ふうん。そうか」

郁也がアカマツの根元に座り込んだ。そして、素手で散った松葉を集めはじめた。そのとき気付いた。郁也の指は傷だらけだった。何枚も絆創膏を貼っている。

「じゃあ、僕も庭師になろうかな。曽我造園に弟子入りさせてもらおうか」

「松ヤニが嫌いなんだろ? 無理だ」

「努力するよ。克服する」郁也は落ちた松葉を集めて山を作っている。「僕もおまえみたいに見習いから修業する」

「向いてない」寒さで唇がしびれてきた。返事をするのも億劫だ。「鋏も持ったこともないやつには無理だ」

「やってみなきゃわからないだろ?」

「わかる」唇が貼りついてうまく動かない。「おまえみたいにプライドの高いやつは、現場に出ても……上手くやれない」

「僕には無理かよ?」

「無理……」咳が止まらない。

すると、郁也は急に笑いだした。手に付いた松葉を払って立ち上がる。

「……冗談だよ。僕はバイオリンより重いものを持ったことがないんだ。庭師なんか勘弁してくれ、だ」郁也がポケットから煙草を取り出した。セブンスターだ。

「当てつけか？」喉が痛い。震えが止まらない。頭が重い。濡れた服に触れてみると、ぱり
ぱりと音がした。半分凍っている。

「禁煙はおまえの勝手。吸うのは僕の勝手」郁也が煙草をくわえ火をつけた。大きく煙を吐く。

俺は流れてくる煙を避けようと、顔を背けた。せっかく禁煙が続いているのだ。祖父が横で吸っているときだって、必死で我慢してきた。これまでの苦労を無駄にしたくはない。風上に移ろうとしたが、身体がふらついた。膝に力が入らない。思わず蘇鉄の幹に手を突くと、鱗のような樹肌が手の平に食い込んだ。

「もうやめてくれ。俺の前で吸うな」

セブンスターの煙を吸い込むと、苦しくてたまらなくなった。咳のせいだけじゃない。どうした？　今頃になって禁断症状か？　吸いたい、煙草が欲しい、と肺が騒いでいる。

「なにもかも、僕がバイオリンにこだわったせいだ。だから、みんなに申し訳ない。僕は一流の演奏家になるつもりで、なれると信じていた。だから、母にもそう言った」

郁也は不味《まず》そうに煙草を吸っている。もったいない、と思った。

「母は僕の願いを叶えるために、すべてを犠牲にした。離婚したのは僕のせいだよ。母は夫

より息子を選んだんだ。母は僕のレッスンにかかりきりで、舞子はいないのと同じだった。舞子が家のことを全部やってたんだ。おばあちゃんが倒れたら介護もやった。舞子は子供のときからずっと家政婦だった。本当にすまないことをした」

郁也が煙草を投げ捨て靴底で消した。すぐに次の煙草に火をつける。

「母は悪い人ではなかったけど余裕がなかった。僕のバイオリンのことしか頭になかった。別に舞子が嫌いだったわけじゃない。関心がなかっただけだ。……だって、ただの家政婦なんだから」郁也が眼を伏せた。「僕が望んでそうさせたんだよ。ある意味、みんな僕のバイオリンの奴隷だった」

苦しげな郁也の声を聞いていると、ふいに胸が詰まった。そう、郁也は一流を目指して努力していただけだ。責めることはできない。だが、そのせいで家がめちゃくちゃになったのは事実だ。

「でも、結局、なにもうまく行かなかった。懸命に練習して臨んだコンクールで落ちた。しかも予選落ちだ。師事していた教授にはゴミだと言われた。君のバイオリンはゴミだ、とね。あのときの教授の眼が忘れられない」郁也はぶるっと身震いして、かすかなうめき声を上げた。「あんなに冷たい眼が世の中にはあるんだ。人を人として見ない眼。なんの感情もない眼。軽蔑も嘲笑もない。人はゴミを見ても、いちいちなにも思わないだろ？　ただのゴミなんだから」

ああ、知っている、と俺は思った。そんな眼をよく知っている。親方の眼だ。親方が俊夫さんを見た眼だ。

「以来、教授からはまったく相手にされなくなった。レッスンも断られ、門前払いされた。そして、僕はバイオリンが弾けなくなった。……たったそれだけのことでだ。どれだけ根性なしなんだ」

郁也が高い笑い声を上げた。俺は思わず息を呑んだ。冷たい空気が肺に入って、俺は大きく震えた。内と外から凍っていくような気がした。

「毎日防音室にこもってなにをしていたか、って？　なにもしてない。練習なんか一度もしていない。バイオリンを構えることすらできないんだ。手も足も震えるんだ。弓を持っても落としてしまう。松ヤニが嫌いどころじゃない。パニックを起こしてしまうんだ。心療内科にも通った。何度もカウンセリングを受けた。でも、だめだった。そのときから一度も弾いていない。僕は十八の冬からずっと弾けないままだ。音大なんて受かるわけがない」

「郁也、おまえ……」

「この前、子供のときに教えてもらった先生に相談に行った。優しい先生だった。だから、慰めてもらえると思った。でも、先生は迷った末にこう言った」

――郁也くん。あなたはもう二十歳なんやね。だったら、現実を見たほうがいい。バイオリンだけが人生やないんやから。プロの演奏家になることだけが音楽やない。楽しんで弾くことも立派な音楽なんやよ。

「僕はすぐさま言い返した。楽しんで弾く？　そんなの意味がありません。三流の言い訳です、ってね。すると、先生はこう言った」

——そこまで言うのなら、こっちもはっきり言わせてもらうね。私は最初から無理やと思ってた。あなたにはそこまでの才能はない。才能のある子は全然違うの。はじめてバイオリンを持った瞬間から他の人とは違うんよ。でも、あなたはそうやない。人よりは器用で上手なだけの子供やった。だから、気の毒やけど……これ以上いくらやっても上に行くのは無理。

「奈落の底に突き落とされる、ってああいうことなんだな。僕は愕然とした。きっと、みんなわかってたんだ。才能もセンスもないくせに、ゴミのくせに勘違いしているバカだ、って」郁也はかすれたような声で叫んだ。「僕の人生はなんだったんだ？　子供の頃からバイオリンだけだったんだ。ほかにはなにもない。なにもできない男なんだ」

風がどんどん強くなる。寒い。寒くてたまらない。風の一吹きごとに血が凍っていくようだ。手も足もしびれてきた。頭が痛い。喉が痛い。胸が痛い。咳が止まらない。立っているのが辛い。

「予選落ち、予選落ち、予選落ち。テープ審査で落とされるんだ。実際に弾かせてもらうことすらできない。もし仮に地区本選に進めても、そこで落とされる。全国大会に行けたことは一度もない。どれだけ練習しても、一日十二時間練習しても、それでもどうにもならないんだ。努力や練習では越えられない壁があるんだ。僕よりずっと年下のやつが楽々と難曲を弾きこなし、魂のこもった演奏とか生まれながらの芸術家とか、ほめられるんだ。僕はどんなに弾いても認められない。平均止まり、つまらない、眠たくなる、魅力がない。そんなふうに言われる。あの『シャコンヌ』だって……」

「……シャコンヌ、か」

声を出した途端に膝の力が抜けた。茶碗を持ったまま、蘇鉄の根元に座り込んでしまう。妙に眠い。もう動きたくない。このままここで眠りたい。

「僕はできる限りの最高の演奏をした。だが、落ちた。通ったのは一箇所だけミスをした中学生だ。審査員は絶賛だった。――ミスなど問題ない。それ以上の才能とセンスを感じる、と。ああ、そのとおりだよ。その子の音は輝かしかった。きらめく星のように降ってきた。僕は打ちのめされた。わかるか？　僕がどれだけ苦しかったか、どれだけ惨めだったか。あの演奏は……ゴミの僕には一生手が届かないものなんだ」

しびれた頭で思う。そう、庭も同じだ。しきたり通り、手本通りのつまらない庭もある。だが、一歩踏み入れただけで心を打たれる庭もある。石の立てかたひとつで庭が変わる。竹垣の染縄の結びかたひとつで庭が締まる。世界が変わる。

俊夫さん。あんたには手の届かない世界だった。親方に思い知らされたんだろ？　そのときなにを思った？　郁也と同じように絶望したのか？　自分のことをゴミだと思ったのか？

「あの苔と一緒だ。あいつら、なにも考えてない。だれに見せるつもりもない。ただ山の中で勝手に生えてるだけだ。なのに、あんなに美しい。僕を感動させる。悔しい。悔しくてたまらない」

苔？　あの山の苔のことか？　かすんだ眼で郁也を見上げる。泣いているのか？

「郁也……」俺は懸命に言葉を探した。だが、頭が働かない。ただただ眠い。

「……雅雪、なあ」郁也が苛立たしげに呼んだ。「おい、聞いてるのか？」

頭がぼうっとしている。さっきまで寒くてたまらなかったが、今はなんだかどうでもいいような気がした。それよりも眠い。どんどん眠くなる。

「おい、起きろよ」

郁也の声に顔を上げた。どうした？　眠っていたのか？　なんとか身体を起こして立とうとするが、腕にも脚にも力が入らなかった。こういうのをなんと言っただろう、と懸命に考える。凍死？　低体温？　まさか、これくらいで凍えて死ぬのだろうか。

郁也がバッグを開けた。中からバイオリンが出てきた。こんな寒いところで弾く気だろうか。……ああ、と思う。あの防音室はさすがに使う気がしないだろうな。いや、さっき弾けないと言っていたじゃないか。

「なあ、言ってくれよ。僕の母親は最低だ、って。僕が弾けなくなったらさっさと見捨てて、男に走るんだから」

「弾くの……か？　でも……ここは寒い……ぞ」

返事をせずに郁也がバイオリンを地面に放り出し、その上に松葉をすくって掛けた。そして、無造作に火のついた煙草とライターを捨てた。乾いた松葉から煙が上がるのを、黙って見下ろしている。

「おい……なにを」

火を見ると、反射的に身体が動いた。慌てて松葉を払いのけ、バイオリンを拾い上げる。幸い、バイオリンにはまだ火は届いていなかった。だが、立ち上がることができず、俺はバイオリンを抱えたまま地面に突っ伏した。身体が言うことを聞かない。眠い。とにかく眠い。このまま眠りたい。

「余計なことしやがって」郁也が俺の腕からバイオリンをもぎとった。

身体の上になにかが降ってきた。軽い。どうやら、松葉を撒《ま》いたらしい。ああ、布団になるか、枕になるか。乾いた松葉の匂いがする。蘇鉄の横で松葉にくるまれて眠る。庭師として最高じゃないか。

「やっぱ美味しくないな。煙草なんて」

乾ききった松葉から煙が上がった。俺の顔のすぐ横だ。阿呆、こんな風の強い日に焚火をしたら火事になる――。そう言ったつもりが、言葉にならない。俺は咳き込んだ。

「僕だって一応は努力したんだ。ほら」郁也が絆創膏だらけの手を突きだした。「割箸鉄砲を作ろうとしたんだけど、おまえみたいに上手にできなくてさ」

「教えて……やるよ」

眼が痛くて涙が止まらない。懸命に起き上がろうとするが、身体に力が入らない。眠い。とにかく眠りたい。

「嘘つけ。おまえ、さっき言ったじゃないか。僕には無理だ、って」

違う、そんな意味じゃない、と言おうとしたが、激しい咳が出た。

「……こんなはずじゃなかったんだ。本当は、おまえに礼が言いたかったんだ。弟子にしてくれてありがとう、と言うはずだったんだ」郁也の声が尖った。「でも、おまえは僕を裏切った」

炎が上がっている。髪が焦げそうだ。松葉を焼いた匂いなど慣れているはずが、苦しくてたまらない。

「舞子の部屋にはもうひとつ茶碗があったんだ。ひと回り小さな女物がね。つまり、夫婦茶碗ってことだ。ただ、つきあってるだけじゃない。一緒に暮らすつもりだったんだな」郁也がひとつ咳をした。「舞子もおまえも、僕を見捨てて出て行く気だったんだ」

郁也が俺から茶碗をもぎ取った。飛石の上に落とすと、ぱかりときれいにふたつに割れた。

「なにを……」舞子が用意してくれた茶碗になんてことをするんだ。そう怒鳴ろうとしたが声が出ない。

「……しかし、怖いよな、たらしの血って」郁也がつぶやくように言う。「ほんとに怖い」

「俺は……たらしじゃない……」俺は激しく咳き込んだ。喉が焼けそうだった。「……たらしじゃない」

郁也が割れた茶碗を足で踏みつけた。茶碗はばりばりと音を立てて砕けた。

「やめろ」俺は咳き込んだ。煙の熱で喉が焼けた。「やめてくれ……」

「僕がバイオリンなんかやらなければ、母は離婚しなかった。舞子はひとりぼっちにならずに済んだ。家事も介護もやらずに済んだ」郁也は淡々と話を続けた。「僕がちゃんと演奏できていれば、母だって気の迷いでたらしの男にひっかかることもなかった。僕さえ一流になれたら母は死なずに済んだ」

地面を這ってすこしでもきれいな空気を探した。痛む眼を無理矢理開ける。煙は白いはずなのに、眼の前は真っ暗だ。

「……僕も見捨てられずに済んだ」

手で前を探ると炎に触れた。俺は悲鳴を上げて転がった。転がったつもりが、身体はほとんど動かなかった。

「いや、バイオリンが弾けても意味がないな。だって、才能がないんだから。僕はあの山の中の苔以下なんだから」

声が遠い。背中が熱い。腕が焦げている。

「おまえに連れてってもらった山の苔庭。あれはきつかったな。あいつらはただ生えてるだけなのに……あんなにも人を感動させるんだ」郁也は歯ぎしりをしてうめいた。「たかが苔のくせに……」

煙の向こうで郁也が泣いている。

「そもそも弾けなくなるなんて、才能がない証拠だ。つまり、僕がゴミだってことが証明されただけだ。山に行ってよくわかった。僕はゴミ。所詮、苔以下なんだ」

「……違……う。そんなこと、な……い」

「でも、感謝してる。雅雪。おまえは僕に気付かせてくれた。このままだと、僕はもっともっとみんなに迷惑を掛けたはずだ。だから、おまえには心から感謝してるんだよ」

松葉が降ってくる。でも、やっぱり降るなら雪がいい。舞子は言ってくれた。蘇鉄みたいだ、雪をかぶった蘇鉄のようだ、と。俺は嬉しかった。俺の名前にも雪がある。俺を産んだ女が残した、たったひとつの名残だ。

枯れて乾いた松葉が一気に燃え上がる。腕が、背中が、脚が焼けていくのがわかった。

「僕は一流になりたかった。ジュリアードに行きたかった。ウィーン・フィルに、ベルリン・フィルに招かれたかった。僕のバイオリンでみなを感動させたかった」郁也がうっとりと語った。「僕は、誰よりもバイオリンが好きだった。誰よりも練習した。一流になる資格は充分あるはずだ」

郁也が煙草の吸殻を拾うのが見えた。

助けてくれ、と言いたかったが、もう声が出なかった。俺は火の中を転げ回った。

「なんで僕には才能がないんだろう」郁也がつぶやいた。「なあ、不公平だと思わないか？あれだけ練習したのに。ひどすぎると思わないか？」

舞子、助けてくれ。舞子。

「……こんなはずじゃなかったんだ」

郁也の声が遠くでした。そのあとはなにも憶えていない。気がついたときには、もうなにもかもが終わっていた。

10　二〇一三年　七月六日（3）

「……なにもかも終わっていたんだ」

雅雪は身震いをし、一旦口を閉じた。

曽我造園の事務所の中はすっかり冷え切っている。エアコンを止めて窓を開けた。梅雨時の生ぬるい空気が押し寄せてくる。薄曇りの空からはいつ雨が落ちてきてもおかしくない。腕時計を見た。もう午後二時を回っている。

遼平はソファに座ったまま動かない。ほとんど茫然自失の状態だった。顔は白くギプスの腕を吊った三角巾と色が変わらなかった。

「じゃあ……あんたの火傷は、真辺郁也に火をつけられたせいやったんか」遼平がうめくように言った。

遼平に請われるままに話したが、果たしてそれが正しかったのか、わからない。

ずっと話し続けたせいで喉が渇いた。雅雪はもう一杯コーヒーを淹れる用意をした。次はキリマンジャロだ。

「これが真辺郁也のバイオリン……」遼平が信じられない、といった顔をした。「わけがわからへん。自分を殺そうとした男のバイオリンを、なんで持ってるんや？　それをなんで俺にくれるんや？　それから、俺のお父さんとお母さんは？　真辺舞子はなんで……」

雅雪はミルのハンドルを回した。豆の甘い香りが立ち上る。遼平はグラスを手に取り、スポーツドリンクを注いだ。ペットボトルは空になった。

「俺は郁也に火をつけられ、全身に大火傷を負って意識不明の重体。そのまま、三ヶ月の間ＩＣＵにいた。だから、ここから先は後になって聞いた。逮捕された舞子は、弁護士にこう語ったそうだ」

――不動産屋との話を終え、買い物をして家に戻ったのは夜の八時頃でした。

門を開けた途端、焦げくさい臭いがしました。火事かと思って慌てて母屋に駆け込み、家中確かめました。ですが、火の気はありません。郁也もいません。臭いは庭のほうからします。私は庭を調べました。すると、蘇鉄の根元に雅雪が倒れていたんです。声を掛けましたが返事はありません。あたりは燃えて焦げたようなひどい臭いがしました。暗くてよく見えませんが、雅雪は火傷をしているようでした。私は救急車を呼びました。

雅雪はすぐにＩＣＵに入れられました。全身の三十パーセントが熱傷で重体だと聞かされました。助からないかもしれない、と。私は家族ではないので面会はできませんでした。やがて、雅雪のおじいさんが来ました。ただ一言、「阿呆が」と言ったきりでした。

　警察の人が来ていろいろ話を訊かれました。郁也とはまだ連絡が取れませんでした。雅雪は焼身自殺を図った可能性があると言われました。

「雅雪が自殺なんてするわけがありません。なにか証拠があるんですか？」

「いえ、はっきりとは。ライターと割れた茶碗が落ちていました。ライターは焦げて指紋は出ませんでした。茶碗は粉々で、しかも複数の指紋があるようです」

　私は驚きました。雅雪へのクリスマスプレゼントにお茶碗を買って、自分の部屋に置いてあったからです。

「茶碗についてなにかご存知ですか？」

「いえ……」

　持ち出すとしたら郁也しかいません。私は混乱し、とりあえず黙っていることにしました。

「曽我さんは父親の事件に関して責任を感じていたそうですね。葬儀の際に『俺の責任です。もうなにもかも終わりです』と言ったのを周りの人が聞いています」

「たしかに雅雪は責任感が強くて……日頃から、よく自分のせいだ、ということを言ってました。でも、自殺なんかしません。将来の話もしてたんです。京都に修業に行って一流の庭師になる、って」

「将来の話を？　それはいつですか？」

「雅雪のお父さんと私の母が無理心中をした日です」

「同じ日？　心中事件の後にですか？」

「……いえ。事件に気付く前です」

「前ですか」刑事が小さくうなずいた。「なら、事件によって将来の夢が絶たれたことに絶望したのかもしれません」

「雅雪は庭が大好きなんです。そんなことで諦めたりしません」

「今はまだ結論が出せる段階ではありません。郁也さんが戻って来たらこちらに連絡をください。一応、お話を伺いたいと思うので」

警察は自殺未遂でケリをつけたいようでした。でも、私にはある疑いがありました。家に戻って確かめると、やはりお茶碗がなくなっていました。それで、疑いが確信に変わりました。

郁也が戻ってきたのは翌朝のことでした。真っ青な顔をして震えていました。

「……雅雪はどうなった？」

「まさか、やっぱりあんたが雅雪に……？」

「そうだよ、僕が火をつけたんだ」死人のような顔で笑ったんです。「それがどうした？」

「なんでそんなひどいことを……雅雪になんの怨みがあるん？」

「あいつは僕を嘲笑《あざわら》ったんだ。なにもできない、庭師にもなれないゴミだってな。そうやって僕を見捨てた」

「嘘や。雅雪がそんなこと言うわけない」

「言ったのと同じだ。僕は雅雪を絶対に許さない。たったひとりの友達だと思っていたのに、あいつは僕を裏切ったんだ」

「そんな……めちゃくちゃや。ひどすぎる」

「へえ、やっぱり、おまえも僕より雅雪を取るんだ。ふたりで僕を見捨てていくわけだ。舞子も僕のこと、ゴミだと思ってるんだろ？　バイオリンが弾けないからゴミだと思ってるんだろ？」

郁也はまったく話が通じませんでした。最初、私は混乱していましたが、次第に怒りがこみ上げてきました。

「郁也、なに勝手なこと言ってるん？　みんな自分のせいやん。裏切るとか見捨てるとか、自分が被害者みたいに言わんといて。あんたのバイオリンのせいで、うちの家はめちゃくちゃになったのに」

途端に郁也の顔が強張りました。ひどいことを言っている、と思いましたが、これまでの鬱積《うっせき》があふれだして止まりませんでした。

「そもそも、お父さんとお母さんが離婚したのは、あんたのバイオリンのせいやん。あんたがバイオリン、バイオリン、って言うてる間、あたしはずっと御飯作って掃除して洗濯して、自分の好きなことはなんにもさせてもらわれへんかった」

「それは……」郁也が怯えたような顔をしました。

「おばあちゃんはあんたのことばっかりほめてた。郁也は天才バイオリニストやのに、おまえはだめや、って。呆《ぼ》けてからも同じ。必死で介護しても、ありがとうのひと言もない。それどころか泥棒扱いされた。毎日毎日御飯食べさせて、オムツを替えて、身体を拭いてた。そやのに、おばあちゃんはあんたと比べてあたしをバカにした。双子やのに全然出来が違う、って」

「そんなこと……知らなかった」

「やろうね。あんたには優しいおばあちゃんやったからね。あんたとお母さんが東京でバイオリンに夢中になってるとき、あたしは半分呆けたおばあちゃんに罵られながら、おばあちゃんが汚した床を拭いてた」

「そこまでとは……知らなかったんだ。ほんとだ、舞子」

郁也の顔は真っ青でした。でも、私の怒りはおさまりませんでした。そして、とうとう一線を越えてしまったんです。

「今さら言い訳はやめて。そうまでしたくせに、結局、バイオリンはだめやったやん。そもそも、あんたには才能なんかなかったんよ」

口にした瞬間、激しく後悔しました。決して言ってはならないことを言ってしまった、とわかったからです。

次の瞬間、郁也は突然激昂《げきこう》し、怒鳴りました。

「うるさい。黙れ。許さない。僕をゴミ扱いしたやつを許さない。裏切ったやつを絶対に許さない」

郁也の眼を見て私は恐怖に駆られました。完全におかしくなっている、と思いました。私が立ちすくんでいると、郁也が背を向け玄関に向かって歩き出しました。

「待って、郁也。あんた、まさかまた雅雪を……」

止めようとしましたが、突き飛ばされ床に倒れました。腰を強く打ってうめいていると、郁也が家を出て行く音が聞こえました。

郁也は今度こそ雅雪を殺すつもりだ。なんとかして止めなければ、と思いました。私はアウディに乗って郁也を追いました。すると、噴水の向こうを郁也が駆けているのを見つけました。そのとき、ふっと思いました。

郁也を殺して自分も死のう。私たちは双子や。一緒に死んでなにもかも終わりにするんや。どうせ雅雪も助からへん。それやったら、いっそ。

私はアクセルを踏みました。でも、郁也が振り返ってこちらを見ました。眼が合いました。その瞬間、我に返りました。一体、私はなにをしているんだろう。人を殺すなんてとんでもない。

慌ててハンドルを切りました。そのとき、脇道からベビーカーを押した夫婦が出て来ました。夫婦は突っ込んでくる車を見て、慌ててベビーカーを押しやりました。ブレーキを踏みましたが、間に合いませんでした。車は夫婦をはね飛ばし、歩道に乗り上げ止まりました。すこし離れたところでは、横倒しになったベビーカーの中で赤ちゃんが泣いていました――。

雅雪が口を閉ざすと、遼平が呆然とした顔で見つめた。

「その赤ん坊が俺か……」

「すぐに舞子は警察に逮捕された。郁也はそれきり行方がわからなくなった。俺は意識不明で、火をつけたのは郁也の犯行だと証言することができなかった。そして、事故の目撃者もいなかった。もし、見ていたとしたらベビーカーに乗っていた赤ん坊だけだったが、無論証言できるはずもなかった」

過失致死罪の適用もあり得た。だが、舞子は、まだ若い夫婦の命を奪った罪を重く受け止めた。どのような事情があれ、人をふたりも殺してしまったのは事実だから、殺人としての罪を償う、と弁護士が過失致死で争おうとするのを拒んだ。舞子は頑なな態度で裁判に臨み、下った判決は懲役十三年と六ヶ月だった。

弁護士も呆れ、なかば怒っていた。依頼人の強情が理解できません、と。だが、雅雪には舞子の気持ちが痛いほどにわかった。

——あたしはだれにも迷惑掛けたない。

舞子の言葉が思い出される。舞子はどれだけ悔い、どれだけ自分を責めただろう。そして、出した結論は、こんなかたちで罪を償うということだった。

若夫婦の無残な死、残された赤ん坊、という悲劇は当時ワイドショーの話題になった。そこで舞子は「恋人の危篤を知って自暴自棄になり、だれでもいいから轢《ひ》き殺してやろう」とした鬼畜な殺人鬼として扱われた。今でも憶えている人は多い。

「じゃあ……俺は見てたんやな」遼平がかすれ声を絞った。

「おまえは眼の前で両親が舞子に轢き殺されるのを見た。ベビーカーの中でな」

雅雪はあとになって知った。舞子の傷は想像以上に深かった。

母親と郁也がバイオリン漬けだったので、舞子は祖母とふたり暮らしだった。だが、中学に入ったあたりから、祖母に認知症の症状が出はじめる。祖母は「舞子に金を盗まれた」と騒ぎ、警察や学校に訴えるようになった。盗難被害妄想以外は問題行動がなかったため、みな、祖母の言うことを信じた。舞子は盗癖のある子として注意され叱責された。

舞子は何度も東京の母に助けを求めたが、相手にされなかった。母と郁也にも余裕がなかったからだ。有名教授のレッスンを受けて鼻で笑われ、コンクールに出場して落選し、それでもバイオリンのことしか考えられない毎日を送っていたのだ。

母に捨てられた舞子は荒れた。補導されたのもこのときだ。だが、それでも祖母の面倒を見ないわけには行かなかった。泥棒と罵られながら祖母の介護をした。周囲が祖母の異常に気付いたのはずっとあとのことだった。

だが、俺も同じだ。自分のことばかり考え、舞子の傷の深さに気付いてやれなかった。舞子に救ってもらいながら、舞子になにもしてやることができなかった。

「それで、真辺郁也はどうなった？　バイオリンはどこから？」

「郁也はバイオリンを持って逃げた。そしてあの山にたどりついた」

「あの山？」遼平がはっとした。「あの苔庭？　昔、一度だけ連れて行ってくれたとこやな」

雅雪は挽いたばかりの豆に湯を注いだ。郁也にコーヒーを淹れる機会は一度もなかった。あの男ならどんな豆を好んだだろう。

「ＩＣＵを出て一般病室に移された。なんとか体調が安定し、ようやく一時帰宅が許された。曽我造園に戻ると、入院中に荷物が届いていた。中を開けると、手紙とバイオリン、それにＣＤ一枚が入っていた」

雅雪は封筒を遼平に手渡した。表書きも裏書きもない。

遼平はしばらく封筒を見つめていたが、やがて思い切ったふうに開いた。

すまない。雅雪。

僕は本当にひどいことをした。許してくれとは言えない。ただただ詫びるだけだ。

一命はとりとめたと聞いて、ほっとした。僕は嬉しくて泣いた。本当だ。

バイオリンは届いただろうか。あの赤ん坊、舞子が轢き殺した夫婦の赤ん坊に渡してくれ。買ったときは一千万ほどだった。バブル崩壊で値崩れしたけど、もしかしたら、また値上がりする可能性だってある。手間は掛かるがきちんと保管して、あの赤ん坊が大人になったら渡してやってくれ。

頼む。僕にはもうなにもできない。僕にできる唯一の償いは、このバイオリンを残すことだけなんだ。だから、絶対に完璧な状態で渡してやってほしい。湿度・温度変化には気を配ってくれ。頼む。

CDは雅雪へのプレゼントだ。

本当はおまえの眼の前でバイオリンを弾いてみせたかった。僕の演奏を聴かせたかった。でも、とうとう僕にはできなかった。その代わりにこのCDを聴いてくれ。僕の最高の演奏が入っている。残念ながら評価はされなかったが。

でも、聴くのは一度だけだ。一度聴いたら叩き割ってくれ。実際の演奏ってのは一度きりだからな。そう思って聴いてほしい。

あの山の中の苔庭。

おまえは奇跡だと言ったが、僕には地獄だった。でも、あの苔庭のおかげでやっとわかった。僕には才能がない。それだけのことに気付くのにこの歳までかかった。僕は本当にバカだ。僕はバイオリンのためにすべてを犠牲にした。だが、結局なにも得られなかった。本当は今でも思っている。バイオリンの才能が手に入るなら、世界中の人間の命と引き換えにしたっていい。そして、もし才能が得られたら、僕は母や舞子や雅雪の死体の上でも嬉々としてバイオリンを弾くだろう。そんな自分の浅ましさにたえられないんだ。

最後だから言う。

雅雪、僕はおまえを怨む。でも、感謝している。おまえは僕のはじめてで最後の友達だった。

こんな言いかたしかできなくて、ごめん。

あの苔庭は本当に美しかった。まさに天上の苔庭だ。

舞子を頼む。

遼平は手紙を読み終えると顔を上げた。ひどく青い。無言で雅雪に返した。

入院中、一度だけ曽我造園に電話があったそうだ。電話に出た祖父に雅雪の容態を訊ね、持ち直したと知ると泣き出したという。

――雅雪に伝えてください。僕はとんでもないことを……。

――あれの不始末だ。私には関係ない。

祖父は電話を切った。それきり、二度と連絡はなかった。

「そのあと……どうなったんや？」

「俺は手紙を読むと、真っ直ぐに山へ向かった。そこに郁也がいるとわかっていた。なぜ、わかったのかは説明はできない。でも、わかった」

体力の落ちた身体での山歩きは辛かった。手も足も引きつれ、まともに動かない。すこし歩いただけで背中と腰がひどく痛む。それでも、山の奥深くを目指して進んだ。途中、何度も休んだ。そうしないと倒れそうだったからだ。いつもの何倍もの時間を掛けて、山を登った。そして、とうとう、苔の庭へとたどり着いた。

「郁也は杉の根元にいた。頭上の枝にはロープがぶら下がっていた。残っていたのはごく一部だけだった」

「じゃあ、このバイオリンは郁也の遺言で？」遼平がごくりと唾を呑み込んだ。

「おまえが大人になったら渡すために預かってた」

「……そんなもの、いるか」遼平は震える声で言った。「いくら高いバイオリンかしらんけど、そんなもんでごまかされるか」

「ごまかしてるんじゃない。郁也なりに考えてしたことだ」

「結局、あんたは郁也の味方かよ。郁也のことしか考えてないんや」

「違う」

「なあ、あんた、火をつけられたんやろ？　郁也に殺されかけたんやろ？　怨んでないんか？」

「怨まないわけじゃない。でも、怨みきれない」

この十三年、郁也を怨まなかったと言えば嘘になる。だが、もし、今、郁也が眼の前に現れたら、何事もなかったかのように再びつきあいをはじめる自信がある。

「なんで？」

「うまく説明できない。でも、あいつは俺にとってもはじめての友達だった」

「きれいごと言うな。真辺郁也も真辺舞子も結局、ただの人殺しや。かっとなって、簡単に人を殺す人殺しや。最低の人間やないか」遼平が真っ青な顔で怒鳴った。「あんた、それがわかってて……それでも、郁也を許して、舞子を待つんか？　結局、あんたが大事なのは、あの双子なんやな。バカにすんな。やっぱりあんたも最低や。人殺しの双子と同類や」

遼平の言うとおりだ。あの二人のしたことに弁解の余地などない。どうやっても償うことのできない罪だ。

そのとき、電話が鳴った。出ると、永井だった。

「大美野の家の件やけど」鼻息が荒い。「えらいことしてくれはったな」

相変わらず早口だったが、今日はそれに加えてなにか不快な感情が伝わってきた。遼平が無断侵入して酒盛りしたことの抗議だろうか。

「申し訳ありません。後できちんとお詫びにうかがおうと思っていたんですが」

だが、おかしい。どうして知っているのだろう。まさか、原田が告げ口するとは思えない。一体だれから聞いたのだろう。

「は？　なんのこと言うてはるんや？」

「……いえ」どうやら行き違いがあるようだ。うかつなことは言わないほうがいい。

「なんかわからへんけど」永井がすこし早口で言った。「とにかく、言うことだけは言わせてもらいましょか。この前お願いした大美野の家の件やけど、あれ、やっぱり結構ですわ」

「じゃあ、あの家にはお住みにならないんですか？」

「いや、住むのは住むけど」永井が言い淀んだ。「ああ、もう、はっきり言いますわ。庭の手入れやけど、ちょっと別のところに頼むことになったんで、申し訳ないんやけど、そちらさんとのお話は取り消させてもらおうと思いまして」

「もし当方に不手際がありましたら、どうぞおっしゃってください」突然のキャンセルだ。わけがわからない。

「曽我造園て、十三年前の事件の関係者やったそうですね。ちょっと調べさせてもろたんです。あの家でなにがあったか、全部わかりました。あんな怖ろしいことがあったやなんて。不動産屋にも腹が立つ。これから、きちんとクレームを入れますわ」永井が畳みかけるように話し続けた。「あんたもあの家であったことを全部知ってたくせに、黙ってたなんてひどいやないですか。細木さんも同罪や。教えてくれたらええのに」

「せっかく気に入ってお買いになられた家なのに今さらケチをつけては、と思っただけです」

「あんたの親父さんが女殺して無理心中したんやて？　ケチで済む話やないでしょう？　ようもだましてくれたもんですな」

「だましたつもりはありません」

「今さら、ごまかしても無駄です。とにかく、これ以上曽我造園とは関わりたくないんですわ」永井の声が電話口からきんきんと響いた。「それから、あの化物みたいな木。蘇鉄か鉄樹か知らんけど、金を失う縁起の悪い木なんやて？　あんなんを残せ、て平気で言う植木屋さんは信用でけへん。新しい植木屋さんに頼んで、きれいに切ってもらうことにしますわ」

「蘇鉄については、いろいろおっしゃるかたもいらっしゃいますが、あくまでも迷信です」しまったと思った。あえて言わなかったことが裏目に出た。「有名な寺や庭にもよく植えられています。二条城にもあります。小堀遠州《こぼりえんしゅう》をご存知ですか？　桃山から江戸にかけての有名な作庭家ですが、彼の手による、蘇鉄を使った有名な庭があちこちにあります。ほかにも……和歌山の粉河寺《こかわでら》は行かれたことがありますか？　西国三十三所のひとつにもなっている寺です。そこの庭園の石組みと蘇鉄の組み合わせは見事で……」

「いや、もう結構」永井が大声で遮った。「とにかく全部気持ち悪いんです。勝手やけどキャンセルさせてもらいますわ」

「永井さん、もう一度話を……」

「たしかに断りましたよ」永井が叫んで電話を切った。

雅雪は受話器を手に呆然と立ち尽くした。

――雅雪は雪をかぶった蘇鉄に似ている。

雪が降った日、舞子は笑って雅雪の白い髪をかき回した。

扇の家が空き家になり曽我造園で管理ができなかった間、あの蘇鉄のことがどれだけ心配だったか。永井が家を買い再び世話ができることになり、どれだけ嬉しかったか。

あの雪の日のことを思い出して待った。舞子の気持ちを確かめずに勝手に待った。犬のように待ち続けて、ようやく明日は舞子が出所するというのに、なぜ最後の最後でこんなことになる？　俺の十三年間は無駄か？　原田が言ったように、なにもかも俺のひとり相撲だったということか？

いや、今さら諦められるか。あの蘇鉄を切るなど絶対にだめだ。なんとか説得しなければならない。

雅雪は温室に行き、天井から下がる釣忍をひとつ外した。永井に頼まれて作った特注品だ。手早くラッピングし、ダンボールに入れる。

「ちょっと出かけてくる」ソファの遼平に声を掛けた。「そのバイオリンはおまえのものだが、しばらくは俺が預かっておくから」

遼平はうつむいたまま返事をしなかった。

自室の保管庫にバイオリンを収め、鍵を掛けた。手早く新しい庭師装束に着替える。助手席に釣忍を置くと、エンジンを掛けた。今はとにかく永井を説得することを考えよう。曇り空は今にも雨が落ちそうだった。

永井の家に着いたのは午後三時半過ぎだった。

曽我造園からは車で十五分ほど、泉北ニュータウンの一角にある。ニュータウンとはいうが、開発がはじまったのはもう四十年以上前だ。永井の家は比較的初期の分譲らしく、建物は相当古かった。外から見たところ、庭は花壇と家庭菜園と桜が同居するわけのわからない状態だった。

釣忍を抱えてインターホンを押すと、永井が当惑した顔で出て来た。

「突然おうかがいいたしまして申し訳ありません」雅雪は頭の手拭いを外して頭を下げた。

「もう一度、お話を聞いていただきたいと」

「しつこいなあ」永井は困り切った顔で立ち尽くしている。「さっきの話やったら、もう終わりや。帰ってください」

門扉は腰ほどの高さのアルミ製で、中途半端に低い。永井は開けようともしなかった。

「一度だけあの庭を手入れさせてください。きれいになった庭をご覧になれば、お考えも変わるかもしれません」雅雪は深く頭を下げた。

「変わるかいな」永井が吐き捨てるように言った。「問題は庭やない。こんなこと言うたら失礼かしらんが、とにかく、あんたんとこと関わりたくないんや。腕はいいかしらんが、なんやいろいろ噂聞くし」

「それは……」

返答のしようがない。やはり無理なのか。これ以上頭を下げてもだめなのか。だが、あの庭が潰されるなど、絶対に我慢できない。

「もう一度お考え直しいただけませんか？　あの庭は曽我造園が造ったんです。どこよりもわかっています。手入れに関しては一番だという自信があります」

「一番でも二番でもどうでもええ。とにかく帰ってください。それじゃ」

「お代は結構です。やらせていただくだけでかまいません」

「いや、それでも遠慮しときます。それじゃ、これで」

取りつく島もなかった。永井の決心は固いようだ。どんなに言っても無理なのか。あの庭は潰されてしまうのか。あの蘇鉄はどうなる？

雅雪は呆然としていたが、永井の姿が家に消えようとする瞬間、はっと我に返った。

「では、せめてお約束の釣忍だけでも」足許のダンボールを抱え上げる。

「約束て言われても」永井が顔をしかめた。「大美野の家の話はなかったことにしてくれ、言うたやろ？」

「約束は約束です。どうぞお納めください」

「そんなん、いりません」永井が当惑しながら首を振った。

「今回、いろいろとご迷惑をお掛けしましたし、お詫びの気持ちということで」

小さな子が喜ぶようにと星形に作った。下に吊した風鈴は江戸硝子の風鈴で、赤い金魚が泳ぐ柄だ。自分でもかわいくできたと思う。雅雪は説明を続けた。

「まだ植え込んだばかりでシノブが小さいですが、そのうちに葉も茂って大きくなります。お孫さんと一緒に水やりをすれば、きっと喜んでもらえるかと……」

「いい加減にしてくれ」永井が苛々と声を荒らげた。「そんなバカ丁寧なことされても、ただの押しつけや。余計にうっとうしいんや。あんたんとこが作ったかと思うと、気持ち悪くて孫にも見せられへん」

雅雪は釣忍を抱えて立ち尽くした。礼を尽くしたつもりだったが、かえって相手を怒らせてしまったことに気付いた。

「勘弁してくれ。あんたんとこのせいで、もうめちゃくちゃや。せっかくの防音室かて、気持ち悪うて使われへん」息も荒く雅雪をにらみつける。

「申し訳ありません」雅雪は頭を下げた。

「とにかく、曽我造園とは関わりたくない。二度と来んといてください。今度来たら警察呼ぶから」吐き捨てるように言って、ドアを閉めた。

雅雪は釣忍を抱えたまま、門の外に取り残された。

結局、釣忍は受け取ってもらえなかった。自己嫌悪でいっぱいになる。ただの押しつけ、という言葉が頭の中に響いた。永井は鋭い。俺が遼平に対して十二年間やってきた失敗を、たった一回で見抜いた。

サンバーに乗り込んでも、しばらくぼんやりしていた。エンジンキーを回すのも億劫だ。身体が重い。いつからまともに眠っていないだろう。文枝が死んでから、いろいろなことが起こりすぎた。最後に布団で寝たのはいつだ？　もういい。このままなにもせずに眠りたい。なにも考えたくない。

そのとき、携帯が鳴った。出ると細木老だ。

「遼ちゃんどうなった？　見つかったんか？」

しまった、連絡を忘れていた。もしかしたら、昨夜からずっと心配していたのだろうか。

「ご心配お掛けして申し訳ありません。無事、見つかりまして、今は曽我造園にいます」

「そうか。それやったらええけど」ほっと息をもらす音が聞こえた。「忙しいとこ悪いんやが、今日、ちょっと寄ってもらえるやろか。そんなに時間はとらせへんから」

「わかりました。何時頃おうかがいしましょうか？」

「何時でもかまわんよ。今すぐでもええ」

今からうかがいます、と答えて携帯を切った。疲れ切った身体でサンバーを走らせる。細木老はなんの用件だろう。さっぱりわからない。すこしも頭が働かなかった。

十五分ほどで、細木老の家に着いた。

「今、わしひとりや。気を遣わんでええから」

座敷に通された。

「それで、遼ちゃん、どうやったんや？」

「扇の家に……永井さんの庭に忍び込んで酒を飲んでました」

「あの庭にか」

細木老はひとつため息をついた。湯呑みを持ったまま黙っている。やがて、険しい顔で雅雪を見た。

「三代目。いつかは言わなあかんと思てたんやけど、そろそろ、遼ちゃんとのこと、ちゃんとしたほうがええんと違うか？」

「……どういう意味でしょうか」

「曽我造園に引き取る、いうのは仕方がない。でも、今のまま、あんたと暮らしても余計に悪くなるような気がするんや」

胃がきりきりと痛んだ。同じだ、と思った。細木老も原田と同じことを言おうとしている。

「今回、なんで遼ちゃんがあの庭に忍び込んだかわかるか？　憂さ晴らしに酒飲むだけやったら、あんな草ぼうぼうの場所で飲まんでもええ。でも、遼ちゃんはわざわざあの庭を選んだ。なんでかわかるか？」

雅雪は黙っていた。なぜ、あの庭で飲んだか？　それは簡単だ。遼平にとって、あの庭がはじまりの場所だからだ。

「遼ちゃんはもがいとるんやと思う。きっと、あんたを理解しようと必死なんや。自分のおばあさんのようにあんたを怨むだけやなくて、なんとかして、もう一度あんたを受け入れたいんや」

細木老は普段とまるで変わらない口調で、淡々と話す。激昂した原田とは大違いだった。原田の言葉が巨大な鎚《つち》なら、細木老は濡れた綿だ。柔らかなのにずしりと重い。

「なのに、あんたは全部自分で抱え込む。自分さえ我慢すればいいと思てる。でも、遼ちゃんはどうなる？　甘やかされ、子供扱いされて、なにもできないまま悶々とするしかない」

細木老はじっと雅雪を見た。「遼ちゃんの成長の邪魔してるんは……三代目、あんたと違うか？」

やはり同じだ、と思った。細木老は原田と同じことを言っている。

「もっとはっきり言おか、あんた、遼ちゃんに嫌われるのが怖いんやろ？　だからなんにも言われへんのや」

雅雪は黙ってうつむいた。なにひとつ言い返せない。

「三代目、顔を上げてくれ」細木老がすこし慌てた声で言った。「きつい言いかたになったが、あとはあんたが自分で考えることや」

「……はい」

「あんたが一所懸命なことはわかっとる。だから、あんたには幸せになってもらいたいんや」

細木老の心遣いに胸が熱くなる。こんな人が本当の祖父だったらどれほどよかっただろう。きっと、父もあんな死にかたをせずに済んだ。扇の家の家族もバラバラになることはなかった。だれも死ぬことはなかったはずだ――。

細木老の顔を見ているのが辛くなり、庭に眼を逸らした。瞬間、思わず息を吞んだ。造ったばかりの四つ目垣がまた倒されている。

「……すまん、三代目」細木老が苦渋に顔を歪めた。「昨日の夜、隼斗がな……」

雅雪は立ち上がって縁側に出た。真新しい垣は引き抜かれ、バラバラに折られている。今までで一番ひどい。

しばらく垣を見つめていた。激しい怒りが湧き起こる。思わず、文句が口を突いて出そうになったとき、はっとした。

「隼斗くんが四つ目垣を壊したのは、昨夜、私が電話した後ですね？」

遼平を捜し回っていたときだ。まさかまた隼斗とトラブルか、と細木邸に電話した。細木老は心配してくれたが、電話の向こうから隼斗が怒鳴っているのが聞こえた。隼斗が四つ目垣を壊したのは、きっとその後だ。

「そうや。もう真っ暗やいうのに庭でサッカーはじめて」細木老がため息をついた。「あれはもうどうしようもない」

雅雪は眼の前の老人を見て、愕然とした。人格者であることは間違いない。だが、完璧ではない。そんな当たり前のことに、はじめて気付いた。

俺が言ってもなんの説得力もないことはわかっている。雅雪はすこしためらってから口を開いた。

「昨夜電話したとき、細木老は遼平のことをずいぶん心配してくれました」

「ああ。無論や。遼ちゃんはたったひとりの身内を亡くしたばかりなんや。どんな気持ちでいるかと思たら……」

「きっと隼斗くんはその電話を聞いたんです。あなたが遼平のことばかり心配している、と思ったんです。四つ目垣を壊したのは八つ当たり、あなたへの当てつけです」

「当てつけ？　くだらん」細木老が首を振った。

「聞いてください、細木老。隼斗くんはこう思っているんです。あなたが大切なのは孫の自分ではなく遼平だ。自分のことはどうでもいい、まるで関心がない、と」

「だとしても、つまらん嫉妬やな」細木老が眉を寄せ、顔を歪めた。「情けない」

「赤の他人の私や遼平のことなら、これほど理解してくれるんです。なら、隼斗くんにも同じことをしてあげてください」雅雪は懸命に言葉を続けた。「遼平も隼斗くんも同じです。ケンカをしたり、わざと庭を荒らしたり、酒を飲んだり。バカでわがままなガキに見えますが、あいつらはそれでも懸命なんです」

「あんたが中学のときはもっと大人やった。一人前に仕事をして礼儀正しかった。それに比べたら、隼斗はどうしようもない」

「違います」雅雪はきっぱりと言った。「私はもっとひどかった。陰で腐っていた。仕事はしたけれど、勉強机で食事をして、食べ終わった皿を吸殻で山盛りにする最低のガキでした」

「三代目、あんた……」細木老の額に深い皺が刻まれた。

「細木老。あなたは親方のように情のない人間ではありません。でも、身内のことはつい後回しになさってしまうようです。隼斗くんにすれば辛いでしょう」

細木老は黙り込んだ。白い眉が震えているのが見えた。やがて、苦しげな声を絞った。

「……かもしれんな」

「口はばったいことを申しました」

雅雪は深く頭を下げた。そのままの姿勢で言葉を続ける。背中の引きつれはあまり痛まない。疲れすぎて感覚が鈍くなっている。

「身内に関心を持ってもらえない辛さは、よくわかるんです。私の家には情のかけらすらなかった。無関心は受け継がれるんです。親方は俊夫さんにたいして完全に無関心でした。俊夫さんは傷つき、結果、やはり私にたいして無関心だった。だから、私はこの歳になっても俊夫さんとしか呼べない」

細木老はしばらく黙ってうなっていた。やがて、小さくため息をついた。

「さっき、あんたは、身内のことは後回しになる——て言うたな。その言葉、そっくり返そか」

「どういうことですか？」雅雪は驚いて顔を上げた。

「あんたは二代目のことをなにもわかってない。二代目はあんたのことを気に掛けてた。わざわざ命名書を頼みに来たんやから」

「命名書はきまぐれです」雅雪は苦笑した。「名付けかただっていい加減だ。私の名に意味なんかありません」

「そうか？　雅雪はいい名前やと思うが？」

「いえ、雅雪という名前こそ、俊夫さんの無関心の証拠です」

「無関心というのはちょっと違うんやないか？　二代目は命名書をわしに頼むとき、あんたのことを言うてたからな」

「俊夫さんはなにを？」

「たしか……こんなふうに言うてたな」細木老が遠い眼をした。「――将来、この子が命名の意味など気付かずにいてくれるなら、それが一番いい。自分の名前の意味を理解する必要などなしに育ってほしい、と」

「どういう意味ですか？　知られては困るような悪い意味でもこめられているんでしょうか」

「それはない」細木老はきっぱりと言った。「あんたが生まれたとき、二代目がどれだけ喜んだか。わしが命名書を書いている間、真剣な顔で横に座っとった。今にも泣き出しそうなほど真剣な顔でな」

気付かないほうがいいなら、なぜわざわざ遺書のようなかたちで俺に遺した？　理解する必要がないなら、そんな命名書などさっさと処分すればよかったではないか。

雅雪はなんと言っていいのかわからずじっとしていた。

「じゃあ、私が小さい頃、俊夫さんにかわいがられていたというのは本当なんですか？」

「本当や」

「証拠はありますか？　信じられないんです。俊夫さんが私をかわいがっていたなんて」

「どうしたんや、三代目」細木老は顔をしかめ首を振った。「三十過ぎの大の大人の言うこととは思えん」

「じゃあ、なぜ、俊夫さんは私をかわいがらなくなったんですか？　なにかあったんですか？」

細木老は返事をしない。厳しい顔で眉を寄せた。

「私がなにかしたんですか？」

「三代目。あんたが悪いわけやない。たぶん、だれも悪くない」

「どういうことですか？　教えてください、細木老」

細木老は難しい顔をしてうなった。しばらく黙っていたが、やがて大きなため息をついた。

「あんたは二代目より筋がよかった。それだけのことや」

「私のほうが筋がよかったから……俊夫さんは私をかわいがらなくなった、ということですか」

「単純に言えばそういうことや。清次が容赦ないのは知っとるやろ？　早々に二代目に見切りをつけて、家業は全部あんたに譲る、と宣言した」

「憶えてません」

「そらそうやろ。あんたはまだ三つか四つやったから」

「そんな小さい頃に？」

「そう。清次と二代目が一緒にうちの庭に来てたときや。清次は竹垣編んでたんやが、あんたはそのそばでじっと見てた。飽きもせんと、黙ってずっと清次が縄を結んでいくのを見てたわけや。それで、清次が縄と竹を与えると、あんたは見よう見まねで縄を竹に巻き付けはじめた。清次の真似をしとるようやった。だが、無論うまくいかん。あんたはそれでも縄を離さず、何度も何度も結び続けたんや」

細木老の眉間の皺が深くなった。苦しげに眼を細めると、また口を開いた。

「最初、清次は黙って見ているだけやったが、あんたがあんまり一所懸命なので、一度だけやりかたを教えた。一度教えられたからといって、そんな小さな子に複雑な結びかたができるわけがない。何度やっても失敗ばかりや。それでも、あんたは癇癪ひとつ起こさず、黙ってひとりで縄を結び続けた。そして、その日の夕方には、あんたはもう一人前に縄を結べるようになっていた。小さな手は真っ黒になってたな。清次はそれを見て、こう言うた。——こいつは筋がいい、と」

「それだけですか？」

「どんな小さなことでも一心不乱に打ち込める、いうのは職人としてもっとも大事な資質や」

「でも、それだけで、俊夫さんに見切りをつけるなんて」

「その前から、清次は二代目の腕に不満があったんやろ。清次は小さなあんたと比べて、二代目を罵倒した。気の毒になるくらいな。想像がつくやろ？」

「……ええ」

「そのあとに会うたときには、二代目のあんたに対する態度はすっかり変わっていた。二代目はあんたを見ることもなく、声を掛けることもなく、無論、かわいがることもなくなってた」

なにひとつ憶えていない。たしかに、子供の頃から竹垣を編むのが好きだった。染縄で飾り結びをするのが好きだった。それが、父を傷つけたとは考えてもみなかった。

「あんたはたぶんなにもわかってなかった。あんたは庭の隅っこで、いつもひとりでなにかしてた。縄を結んで遊んだり、苔を眺めたりな。二代目にかまわれなくなっても、まるで平気に見えた」

平気ではなかった。でも、平気にしか振る舞えなかった。

「もうええやろ、三代目。今さらどうこう言うても仕方ない。そんな辛気くさい顔してんと、もっと喜んだらどうや。いよいよ明日なんやろ？　十三年も待ってやっと会えるんやろ？」

よっこいしょ、と立ち上がると、紫の袱紗《ふくさ》の載った盆を持って戻って来た。

「今日来てもろたのは、こっちが本題や。すくないが、わしからの気持ちや」中を開いて祝儀袋を差し出した。

「こんなことまでしていただいては……」雅雪は驚いて固辞した。

「遠慮せんでええ。これからはいろいろと物入りやろ」細木老が祝儀袋を押しつけた。「さ、気持ちよう受け取ってくれ」

「ありがとうございます」これ以上断るのはかえって失礼だ。祝儀袋を受け取った。思ったよりも分厚かった。

「あんたの苦労も終わるかと思うと、ほっとする」細木老は晴れやかに笑った。「めでたしめでたし、いうところやな」

「ええ」これ以上、細木老に迷惑は掛けられない。雅雪は精一杯明るく言おうとした。「親方に言われました。私はハチ公並みの忠犬だそうです」

「はは、清次の言いそうなことや」細木老が呆れたように笑った。「落ち着いた頃にでも、祝いの席を設けさせてくれ」

「ありがとうございます」雅雪は礼を言って、細木邸を辞した。

雅雪はサンバーの運転席から曇り空を見上げた。父は俺が憎かったのだろうか。無関心などではなく、むしろ嫉妬し、怨んでいたのだろうか。なら、無関心と憎しみとではどちらがマシだろう。

時計を見ると、もう四時半を回っている。明日だ、と思った。今は明日のことだけ考えよう、と。

曇り空の下、曽我造園に戻った。

永井に受け取ってもらえなかった釣忍を、再び温室に戻した。自分でもよくできたと思っていたから、突き返されたのは辛かった。

温室に吊した釣忍をしばらく黙って見つめていた。星形。赤い金魚の風鈴。小さい頃の遼平ならきっと喜んだ。歓声を上げて触れようとし、象のジョウロで水をやりたがるだろう。だが、遼平はもう子供ではない。なのに、いつまでも子供扱いし、成長の邪魔をしているのは俺なのか。

事務所をのぞいたが遼平の姿はない。二階へ上がり遼平の部屋を見た。布団はきちんと畳んで隅に寄せてある。どうやら家に帰ったらしい。

身体が疲れきっていた。すこし横になろう、と自分の部屋へ戻った。布団を敷くと、庭師装束のまま倒れるように転がった。疲れているが神経が高ぶっているので眠くならない。だが、たとえ眠れなくてもすこし身体を休めたほうがいい。

眼を閉じようとしたとき、ふっと違和感がした。

雅雪は起き上がった。部屋の隅の保管庫を見つめる。違和感の正体がわかった。ガラス扉の向こうにいつも映る影がない。中が空っぽだ。横に置いてあったバイオリンケースもなくなっている。

慌てて駆け寄ると、鍵が壊されていた。空巣か。ほかに被害は、と部屋を見回し机の上のメモに気付いた。ほとんど殴り書きだった。

もらってく。俺のものなら、どうしようと自由や。

血の気が引いた。

七ヶ月ほど前、傷ついた遼平は温室の釣忍を壊した。今度はバイオリンか。物に八つ当りするなど、まるで子供ではないか。原田と細木老が言ったとおりだ。これが遼平の成長を妨げてきたツケというわけか。

遼平の携帯に連絡したが、電源が切られていた。階段を駆け下り、サンバーの鍵を握る。乗り込もうとして、気付いた。倉庫に置いてあった自転車がない。

遼平が乗って帰ったのか。まさか、バイオリンを前カゴに放り込んで走っているのか？なんてことをするんだ、と焦った。いくらバイオリンケースに入れてあるとはいえ、振動を与えてはよくない。

背中を汗が流れていった。ひどく蒸し暑い。空を見ると、一面雲が覆っている。先程より雲が厚い。梅雨時だ。いつ雨が落ちてきてもおかしくない。バイオリンに温度と湿度の変化は大敵だ。こんな天候でうかつに持ち歩くのはよくない。もし、雨に濡れでもしたら、と思うとぞっとした。とにかく、一刻も早くバイオリンを取り戻さなければならない。

サンバーを飛ばして遼平の家に向かった。だが、インターホンを押しても出ない。雨戸も閉まったままだ。自転車もない。遼平は戻っていないようだ。隣の月下美人を訪ねると、すぐに出て来た。

「あれ、曽我さん。今度はどうしはったん?」のんきな顔だ。醬油せんべいの匂いがした。

「いろいろ大変やねえ」

「遼平を見ませんでしたか?」

「また? でも、今日は見てへんわ」首をかしげる。「昨日から戻ってへんの? そう言えば音せえへんわ」

「そうですか」頭を下げた。

「いえいえ。なんかあったらいつでも言うて」白髪交じりのおかっぱ頭を揺らして笑った。「それと、催促して悪いけど、植え替え忘れんといてね。それから、うちの知り合いが、曽我さん紹介して言うてるから今度連れてくるわ。それから、もう一人、牡丹のマニアがおって……」

「すみません。今日はちょっと急ぎますので」

「え、ああ、ごめんごめん」月下美人が手を振った。「またにするわ。気にせんと行って行って」

サンバーに乗り込み、エンジンを掛ける。そのまま、しばらく考えた。

遼平はバイオリンをどうするつもりだろう。腹いせに壊すとすれば、俺の部屋で叩き壊してもいいはずだ。現に、釣忍のときはその場で壊した。わざわざ持ち出したということは、別の意図があるということか。

まさか、売るつもりだろうか？　だが、子供が簡単に換金できるものではない。すぐに遼平が持ち込めるとしたら、近所のリサイクルショップぐらいだろう。

冷や汗が出た。もし、中学生からでも買い取るような悪質な店に持ち込み、二束三文で買われていたら？　もし、そのまま売られてしまったら？

一番近いリサイクルショップを目指してサンバーを走らせた。途中、原田鍼灸院の前を通りかかった。すると、原田の姿が見えた。白衣ではない。薄灰色の作務衣《さむえ》を着て、駐車場の掃除をしている。どこから見ても雲水だ。思わずブレーキを踏んだ。

ドアに眼をやると本日休診の札が出ている。一瞬思った。もし身体が空いているのなら、頼んで捜索を手伝ってもらおうか。この前のことは気まずい。頼めた義理でないのはわかっている。だが、今は一刻を争う。

原田は箒を手にしたまま、無言でこちらを見ている。奇妙な眼だった。怒っているのか、哀れんでいるのか、ただただ面倒なのか。原田自身にもわかっていないような気がした。

「曽我さん、なにか？」ぶっきらぼうな言いかただった。

「いえ」やはり頼めない、と思った。

「なにかあったんでしょう？」さらにぶっきらぼうで、ほとんど乱暴といっていい口調だ。

「いえ」雅雪は首を振った。「……失礼します」

頼めば捜索を手伝ってくれるだろう、と思った。だからこそ頼めなかった。これ以上甘えるわけにはいかない。迷惑を掛けるわけにはいかない。一礼して、サンバーを出した。

駅近くのリサイクルショップを訪ねた。だが、バイオリンの持ち込みはなかった。ほかに心当たりの店はない。検索しようと携帯を出したが、バッテリーの残量がほとんどない。一度事務所に戻ってPCで調べるか。それとも、こういったときはアナログのタウンページのほうがいいのか。いや、もしかしたら遼平が戻っているかもしれない。とにかく一度、曽我造園に帰ろうと車を走らせた。

ロータリーをぐるりと回る。ここ数日、狭い町内をぐるぐる回っている、と思った。俺はやっぱり阿呆のようだ。そのとき、ふっと思い出した。狭いカゴの中で回し車に乗るハムスター。保育園で見た。遼平は家でも飼いたがったが、文枝が反対した。

だが、すぐに思い直す。いや、違う。俺は犬だった。忠犬ハチ公。もしくは、繋がれたまま、自分の尻尾を追いかけて回る犬だ。

念のため扇の家を見に行った。すると、門の前には車が駐まっている。白のクラウン。そばに立っているのは永井だ。

まさか、またなにかあったのか？　遼平がなにかやらかしたのだろうか。サンバーを駐めて駆け寄った。

「永井さん」

「ああ……」永井が振り向いた。苦り切った顔だ。「今度はあんたか。いい加減にしてくれ」

「今度?」どういうことだろうか。

「なんや。あんたの差し金と違うんか。あのギプスして茶髪の子」

「島本遼平ですか?」わけがわからない。「遼平がなにかやったんですか?」

「そんな名前やったか。でも、あんたほんまに知らんのか」永井は頭を掻きながら、ため息をついた。「さっき、うちに来たんや」

「永井さんのご自宅にですか?」

永井の自宅の住所は事務所の壁に貼ってあった。遼平が見た可能性はある。だが、一体なんのために?

「そうや。いきなり家に来てな、悪いのは全部自分やから、曽我さんは悪くない、て。だから、あの家の庭の手入れを曽我造園にさせてください、て。もう決めたことやと言うたのに、しつこうてしつこうて。何回断っても諦めてくれへん。あんまりしつこいから曽我造園に文句を言う、て言うたら、その子が突然道路に座り込んで頭下げようとして」

雅雪は息を呑んだ。その光景を想像しただけでいたたまれなくなる。自分のことより辛い。

「曽我造園は関係ない。自分の一存で来た、言うて。慌ててやめさせた。子供で、しかも怪我人にあんなことされたら、こっちが鬼畜みたいでみっともないがな」永井が大きなため息をついた。

そうまでして詫びた遼平を思うと胸が痛んだ。そんなことを憶えてほしかったのではない。

「なんかな、あんたがどれだけあの庭を大切に思っているかを延々聞かされてなあ、ほんまに困った。とりあえず考えとく、言うてドアを閉めたんやが、ずっと門のところに立ってて。あんまりしつこいんで、警察呼ぶぞ、言うたら帰った。それだけや。そやから、あんたも帰ってくれ」永井が門を閉めようとした。

「遼平はそれからどうしたんですか？」

「知らん。自転車乗ってどっか行った。腕折れてんのに、片手ハンドルで危なっかしい」

「大きな荷物を持ってませんでしたか？」

「黒いケースみたいなのをカゴに積んでたかなあ。よう憶えてない」永井が苛々と首を振った。「そうそう、この門の鍵、壊したんは自分や、言うてたな」

「申し訳ありません。うちのほうで弁償させていただきます」

「それはもうええわ、そんなこと。どうせ壊すと決めたから」

「壊す？」思わず耳を疑った。

「あれからいろいろ家内と相談してな。思い切って庭も家も全部壊して、更地にすることにしたんや」

「でも、防音室を気に入って買った、と」この庭を潰すなど、とんでもない。雅雪は焦った。

「人がふたりも死んだ部屋使えるかいな。気持ち悪い」永井が唾を飛ばした。「おたくの親父さんなんやろ？　ほんまに迷惑なことしてくれたわ」

「申し訳ありません」頭を下げるしかない。「ですが……」

「とにかく手間のかかる庭はもうええわ。松も蘇鉄もうっとうしい。全部潰すから」永井が大きなため息をついた。「そういうことやから、庭そのものがなくなるわけやし。これ以上つきまとわんといてください」

「これほどの庭をもったいない。このクロマツは……」

「その話はもうやめましょ。あんたら植木屋の食いものにされるなんて、もうまっぴらや」

「食いものだなんて、とんでもない」

「細木さんみたいな趣味人やったら別やけど、私らはやっぱり向いてへん。今日日《きょうび》、日本庭園なんて植木屋の自己満足にすぎん」

永井の言葉が胸に刺さった。植木屋の自己満足。言い得て妙だ。なにもかも俺の自己満足にすぎない。一言も言い返せない。

永井はそれ以上は言わず、門を閉めるとクラウンに乗って行ってしまった。

サンバーに戻り運転席に座った。キーを差し込んでハンドルに手をかける。だが、そこで身体が動かなくなった。

明日は待ち望んだ日だ。明日という日のために、この十三年の間、俺なりに懸命にやってきた。だが、このザマだ。俺のやってきたことはなにもかも無意味だった。失敗だった。こんなはずではなかった——。

どれくらいじっとしていただろう。雅雪は顔を上げた。このままぼんやりしているわけにはいかない。遼平を捜しに行かなければ。たったひとつだが救いはある。バイオリンがまだ無事ということだ。すくなくとも、遼平の手許にある。売られたわけでも、叩き壊されたわけでもない。

だが、おかしい、と思った。もし、保管庫を壊して勝手にバイオリンを持ち出すほど怒っているのだとしたら、永井に謝罪などするはずがない。一体どういうことだ？　遼平はなにを考えている？

曇り空を見上げた。もう五時を過ぎた。明日は舞子を迎えに行かなくてはならない。なんとか今日中に遼平を見つけ、もう一度話をしたい。雅雪は遼平の携帯に連絡した。だが、相変わらず繋がらない。

遼平が消えたのは永井との電話を聞いたからだ。永井に謝罪するために、ひとりで行った。だが、永井に詫びるだけならバイオリンは必要ない。バイオリンを持ち出したのは、別の目的がある。

考えろ、と思った。遼平はなにをしようとしている？　遼平はなにを望んでいる？

昨夜、遼平は扇の家の庭に侵入した。はじまりの場所だから、と言った。はじまりがあれば終わりがある。終わりは？　終わりの場所とは？

まさか、山か。

はっと気付いた。郁也が命を絶った場所、山中の苔の庭が終わりの場所だ。遼平は子供の頃一度だけ行ったことがある。だが、あんな山奥深くに簡単にたどりつけるとは思えない。下手をすれば迷う。

腕時計を見る。午後五時半。日没まであと一時間半ほどか。思い切りサンバーのアクセルを踏んだ。

いつものキャンプ地までサンバーを乗り入れると、自転車が駐めてあった。遼平に買ってやった自転車に間違いない。やはり、遼平はここに来たのだ。見ると、前カゴは空だ。バイオリンを持って山に入ったのか。懐中電灯を持つと、雅雪は山道を早足で登った。

日が傾き、山の中は暗い。雅雪は不安でたまらなかった。今、遼平は左腕が使えない。右手にはバイオリンを持っているはずだ。両腕が使えない状態で山に入るなど、無茶だ。石や木の根につまずいただけでも怪我をするかもしれない。下手をすれば崖下に転落など、最悪の場合もありうる。無事でいてくれ。ただそれだけを願いながら、雅雪は山の奥をめざした。

ここ数日、ずっと遼平の後を追いかけている。いや、数日どころではない。遼平とはじめて会った日もそうだった。オムツを替えようとすると嫌がって、尻を出して逃げ回った。よちよち歩きのくせに思ったよりもすばしこく、甲高い笑い声を上げながら雅雪の手をすり抜ける。遼平はまだ小さくて、雅雪の腿《もも》のあたりまでしかない。無理矢理捕まえると潰してしまいそうで、怖くて手が出せなかった。だから、雅雪はただぐるぐると遼平のあとを追いかけていた。

ずっと同じことをしている、と思った。十二年間、俺はただぐるぐる回っている。

懐中電灯で足許を照らしながら、できるだけ早足で歩く。全身が汗で濡れた。ようやく、前方に並んだ大石が見えてくる。分かれ道の目印だ。遼平はちゃんと憶えていただろうか。

崖沿いの道を歩き、笹原を抜ける。平なところは走った。疲れがたまっているせいか、すぐに息が上がる。やがて、苔の庭が見えてきた。杉の木の下に人影が見える。

「遼平か？」

人影が立ち上がった。薄闇に三角巾の白さが浮かび上がる。雅雪は慌てて駆け寄った。無事だ。怪我はない。ほっとした途端、腹が立った。

「あんた、なんでここが……」

黙って頰を張った。

「なにするねん」遼平がよろめきながら言い返した。

もう一度、頰を張った。遼平は杉の幹にぶつかり、呆然としながら雅雪を見ている。

「阿呆。どれだけ心配したと思ってるんだ」思い切り怒鳴った。「こんな遅い時間に山に入るなんて、なに考えてるんだ？　見ろ、もうこんなに暗いんだぞ。迷ったらどうするつもりだったんだ。しかも、おまえは左腕が折れてるんだ。その上、荷物まで持ってる。危険すぎる」

遼平がまたなにか言い返そうとしたので、もう一発張った。

「大げさに言ってるんじゃない。本当におまえは危険なことをしたんだ。下手すりゃ死んでたんだ」

三発も殴ると手がひりひりと痛んだ。雅雪は手を下ろし、ひとつ息をついた。あたりを見回すと、杉の根元に黒いケースが置いてある。郁也のバイオリンだ。思わずほっとする。

「そのバイオリン、どうするつもりだ？」

「……返すつもりやった」

「返す？」

「真辺郁也に叩き返してやろうと思たんや。こんなバイオリンで罪滅ぼしされるのはいややった。だから、突き返してやろうと思た」

「お願いだから受け取ってやってくれ。郁也にとってそのバイオリンは、とてつもない意味があるんだ」

「いやや。一千万ぽっちで罪滅ぼしされてたまるか」

「阿呆」雅雪は思わず声を荒らげた。「一千万ぽっちなんて気安く言うな」

遼平が雅雪の剣幕に驚き、思わず一歩後じさった。

「自分で稼いだことのないガキが偉そうなことを言うな」

瞬間、遼平の顔が歪んだ。しまった、と思った。無論、稼いだことがない人間に金の価値をどうこう言う資格はない。だが、そのことで子供を責める大人はただの卑怯者だ。

「すまん。今の言いかたは悪かった」最低だ、と思った。「でも、そのバイオリンだけは粗末にしないでくれ」

遼平は横を向いたまま、返事をしない。気を取り直して言った。

「こう暗くなると下りるのは危険だ。懐中電灯一本じゃ頼りない。明日の朝、明るくなってからのほうがいい。今夜はここで野宿だ」

細木老だけにでも連絡をしておこう。繋がるだろうか、と携帯を見た。すると、充電が切れていた。

「遼平、おまえ、携帯繋がるか？」

「充電切れ。あんたは？」

「俺もだ」

ふたりとも最近忙しすぎたせいだ。とにかく朝を待つしかないようだ。だが、いくら七月とはいえ山の中だ。これから相当冷えるだろう。雅雪は庭師装束だが、遼平はTシャツとジーンズだけだ。夜は辛い。

雅雪はあたりを見回した。燃料になる枯枝、枯柴のたぐいはある。乾いた枝を選んで集めた。石を並べ枝を組む。乾いた杉の皮と枝とを擦り合わせ、時間はかかったがなんとか火種を作った。杉の葉を焚きつけにしながら慎重に火を大きくしていく。枝に火が移ったときにはほっとした。こんなかたちでキャンプの経験が役に立つとは思わなかった。

火を見ると安心したのだろうか、遼平の表情が緩んだ。しばらく黙って火を見つめている。

「なあ、ここって熊とか出るんか？」

「熊は出ないが、鹿や猪くらいは出るかもな」

「猪？」火の向こうで遼平が不安そうな顔をした。

「火を焚いているから大丈夫だろう」遼平を安心させるためにさらりと言った。「俺が火の番をしてるから、おまえは寝ろ」

「でも……」

「とにかく身体を休めておけ。夜が明けたらすぐに下りるぞ」

山を下りたら遼平を家まで送って、それからすぐに舞子を迎えに行く。サンバーを飛ばせばなんとか間に合うだろう。いろいろあったが、なんとかうまくいきそうだ。あとは舞子を説得するだけだ。

だが、たぶんこれが一番の難問だ。手紙も面会も拒んだ舞子だ。きっと明日も俺を拒むだろう。どれだけ説得しても拒まれたら？　そのとき、俺は一体どうしたらいいのだろう。

いや、拒むまでもなく、俺のことなど忘れているかもしれない。顔も名前も、なにもかも憶えていないかもしれない。曽我雅雪？　どちらさまですか？　と言われたらどうしたらいいのだろう。

遼平は木にもたれ膝を抱えている。そのままじっとしている。眠ったのか、と思ったら、ぽつりとつぶやいた。

「……あんた、俺のせいで夢を諦めたんやろ？」

雅雪ははっとして遼平を見た。

「京都に行くつもりやったんやろ？　今朝、親方が言うてたやないか。一流の庭師になれた、って」

「自分で決めたことだ」

「でも、ずっと俺のために……」

「それも自分で決めた。それに、俺がなにをやってもおまえの両親は生き返らない。だから、おまえは俺に感謝する必要はない」

「そんな理屈つけて、ええかっこすんな」

「格好をつけてるわけじゃない」

「どこがや。クサイくらいにかっこつけてる。そんなん、全然かっこようないわ。キャッチボールもサッカーも下手くそなくせに」

「やったことがなかったから仕方ない」

「手拭いと地下足袋しか似合わへんくせに。趣味もジジ臭いくせに。休みの日も盆栽いじってるくせに」

「盆栽じゃない。盆景だ」

「似たようなもんや。そもそも、俺が親を生き返らせてくれなんて、いつ言うた？」遼平は真っ直ぐに雅雪を見返した。「死んだ人間が生き返らへんことくらいわかってる。そこまで子供やない」

「子供だ」雅雪は静かに言った。「すねて家出する」

「そんなに俺を甘やかしたいんか？　恩知らずにしたいんか？」遼平が吐き捨てるように言った。「小さい頃はようわからへんかった。おばあちゃんはあんたの前ではにこにこしてた。だから、おばあちゃんが裏であんたにひどいことしてるなんて、考えたこともなかった。這いつくばって頭を下げる意味もわかってなかった」

「たいしたことじゃない」

「あんたが仏壇の前でいつもやってるのを見てたから、それが当たり前やと思てた。小さい頃、俺が頭を怪我したことがあったやろ？　あんとき、あんたは病院でやらされたよな。あんとき、なにも疑問に思わなかった。あんたが這って頭を下げるのは当たり前の……普通のことやと思てた」遼平は苦しそうに息を継いだ。「あんたが大好きやったから、かっこ悪いなんて感じへんかった。自転車の乗りかたを教えてくれたし、割箸鉄砲も作ってくれた。夏休みの観察で朝顔育てたときも、あんたに教えてもろて行燈《あんどん》仕立てにしたら、一番きれい、ってほめられてホールに飾ってもらえた。毎月、持ってきてくれるクッキーも好きやった。運動会にも来てくれた……」

遼平のひと言ひと言が胸をえぐった。雅雪は歯を食いしばった。今こそわかる。俺は最低の、最悪のだましかたをしてきた。

「なのに、あんたは俺の親を殺した人殺しの仲間やったんや。そのことを隼斗に教えられたとき、俺は自分のことを最低やと思った。親の仇になついてあとをついて回ってたんや。自分がいやになって、恥ずかしくて、死にたいとまで思った。でも、なんとか納得しようとした。今まであんたは俺の面倒を見てくれた。償いをしようとしたんや。だから、あんたのことを受け入れなあかん、って。でも、でけへんかった」

遼平はそこで口を閉ざした。うつむき、膝の間に顔を埋《うず》める。雅雪はなにも言えないまま、火の向こうを見つめていた。遼平の姿が溶けるようにゆらゆらと揺れている。ときどき、火の粉が散るように舞って、暗い空へ上って行った。

「あんたが人殺しやったらよかったのに」遼平の肩が激しく震えた。「あんたが俺の親を殺した犯人やったら、まだ納得できた。心の底から罪を償おうとしてるんや。だから、俺も許さなあかん、って。でも、あんたは犯人やない。あんた自身はなにひとつ悪くない。罪なんか犯してない。ただ、好きな女のために、俺に償いをしてるだけや。……そこで引っかかった」

　同じことを原田に言われた。周りの者はみなわかっていた。気付いていなかったのは雅雪だけだ。

「一度引っかかると、それ以上考えられなくなった。女のために償いをするあんたが汚く見えた。なにもかもが嘘に聞こえた」遼平が身体を折り曲げ、しゃくり上げた。「これ以上、だまされたくないと思った。なのに、俺が知った途端、おばあちゃんも手の平返した。もう、演技する必要はない、って喜んでた。おばあちゃんにまでだまされてた、と思たら悔しくて……」

「文枝さんを怨むな。仕方ない」

「でも、本当はわかってたんや。あんたは阿呆みたいにいい人で、償う気持ちは嘘やない。俺のことを真剣に心配してくれてる。そんなことは最初からわかってた。でも、それがわかってる自分がいやになった。心の底であんたを信じてる自分がいやになった。どんどんいやになった」遼平が何度も顔を擦った。だが、涙は止まらない。

　すまん、と雅雪は炎の向こうを見つめた。文枝のように、俺を怨むことができればどんなに楽だったろう。だが、遼平にはできなかった。俺がさせなかったからだ。遼平を生殺しにしていたのは俺だ。

「あんたに勝手に恩着せられたような気がして、苦しくて……だから、この七ヶ月ほど、ずっと逃げてた。でも、このままやったらあかん、と思った。だから、いっぺん全部リセットしたいと思った。そやから、はじまりの場所に……あの扇の家に行った。でも、結局どうしていいかわからへんようになって、酒飲んで……」遼平が濡れた顔を上げた。「俺、どうしていいかわからへん。ほんまにわからへん」

「俺だって今でもわからないことだらけだ。でも、あとになってわかることもある」雅雪は火に左手をかざした。引きつれた皮膚が奇妙な陰影を作った。「とにかく俺は甘かった。二十歳になったばかりのガキが羊羹持って謝りに来て、一生掛けて償います、面倒を見ます、なんて能天気に言うんだ。なに寝ぼけたこと言ってやがる、ってところだ」

「でも、あんたは本気やったんやろ？」

「本気だった。でも、償うなんて言葉を、平気で口にできる厚顔無恥な人間だった。文枝さんが怒るのも当然だ」

「償う、って言うのが厚顔無恥なんか？」

「できもしないことを言うのは、ただの阿呆だ」

「そんなことない。あんたはずっとずっと償ってきたやないか」

「俺は償いなんかしていない。俺はただ……」雅雪はじっと遼平を見つめた。

「ただ？」

「……ただ、楽しかったんだ」

「え？」

「おまえの面倒を見るのは嬉しくて面白かった。おまえのおかげで、俺はずっと幸せだった」

「……幸せ？」遼平がぽかんと口を開け、雅雪を見返した。「俺のおかげで？」

「俺は動物園にも、遊園地にも、海にも、プールにも、連れて行ってもらったことがない。オモチャを買ってもらった記憶もない。誕生日のケーキもプレゼントもクリスマスもなかった。キャッチボールをしてもらったこともない。サッカーも知らん」ちくりちくりと胸が痛む。やはり苦しい。「昔、狭山池のそばにさやま遊園っていう遊園地があった。もちろん俺は行ったことがない。行きたいと感じたこともなかった。観覧車を見ても乗りたいと思わなかった。自分が乗るなんて想像もできなかったからだ。まったく無縁のものだと思っていた」

「そんなん……」遼平が苦しそうな顔をした。「寂しすぎる……」

「父も祖父も徹底的に俺に無関心だった。物心ついてから、仕事以外のことで声を掛けられたことがない」

「ひと言も？」

「ひと言もだ。だから、普通のことはなにも知らないまま大人になった」

「でも、あんた、なんでもできたやないか。カレー作ってくれたし、洗濯も、掃除も……赤ん坊の俺の面倒見てくれたんやろ？」

「身の回りのことはできる。自分でするしかなかったからだ」

「キャンプは？　アウトドアの達人みたいな顔してたやないか」

たが、テントなんか張ったことがない。だから、練習した。焚火は焼き丸太作りで慣れてたが、テントなんか張ったことがない。だから、家で何回も練習した。家の倉庫の前でペグ打ってロープ張ったんだ。飯盒で御飯を炊く練習もした。おかげで、おまえの前ではなんとか格好をつけることができた」

「……俺のために練習？」

「それだけじゃない。ガイドブックを買って綿密に予定を立てた。前の晩には眠れなくなるくらい興奮した」思わず思い出し笑いが出た。「動物園も遊園地も水族館も、全部全部楽しみで仕方なかった。生まれてはじめてメリーゴーラウンドに乗り、ジェットコースターに、観覧車に乗った。オモチャも絵本もそうだ。俺は買ってもらったことがないから、おまえに買ってやれるのが嬉しかった。俺はおまえに教えられて『きかんしゃトーマス』のファンになった。トーマスのオモチャを買うときは、たぶん俺のほうが喜んでた」

「部屋中にレールを敷いて遊んだ」遼平が泣きながら笑った。「憶えてる。駅も踏切もあった。いっぱい機関車を走らせて……」

「俺はゴードンが好きだった。急行だし、かっこいい」

「三十過ぎのオッサンの台詞とは思われへん」

「自分でもそう思う。だから、おまえには感謝してる。俺は自分が子供時代に経験できなかったことを、おまえの世話をすることで経験できた。おまえのおかげで、俺は子供時代をやり直すことができた」

「……じゃあ、俺みたいなヘタレでもあんたの役に立ってたんか？」

「もちろんだ。それどころか、ヘタレだから助かった部分もある」懸命に軽くしゃべろうとした。「おまえはしゃべるのも、オムツが取れるのも遅かった。甘えただったし、保育園では毎日泣いて、保母さんを困らせてた」

「そんなん憶えてない」恥ずかしさをごまかすように、遼平がわざと怒った口調を作った。すこし間を置いて、ぼそりと言う。「自転車のことなら憶えてる。怖くてなかなか乗れなくて、あんたがずっと練習につきあってくれた」

「自分から補助輪を外してくれ、って言ったのに、いざ外すと怖がって泣いた」

「ロータリーの噴水で遊びたい、て言うたら叱られた。自転車投げ込んだのは、そんときのトラウマかもしれへん」遼平はすこし笑った。「仕事に連れてってくれ、と駄々をこねた。あんたは細木老に頼んでくれた」

「あのときは大変だった。すこし眼を離したすきに、勝手にゴヨウマツの剪定をしようとした。幸い、おまえの手は小さくて重い鋏がうまく使えなかった。怒って泣きながら尖った鋏を振り回しているおまえを見たときは、本当に焦った」

「そのあと、めちゃくちゃ怒られた」

「本気で怒った。泣き出したおまえを細木老があやしてくれた」

「俺、いろんなところで迷惑掛けてたんやな」遼平が泣きそうな顔をした。

「でも、そのおかげで助かった。おまえの世話をしていれば、将来の不安や孤独から逃げることができた」

「不安って庭師として修業でけへんかったこと?」

「それもあるが、舞子のことだ。面会も手紙も断られていた。だから、俺はおまえの世話をすることで眼と耳をふさいだ。舞子に捨てられる可能性に気付かないふりをしたんだ。だから、俺のしたことは償いなんかじゃない。それどころか、利用してた」

「謝んなよ。謝るのは俺や」遼平が雅雪をにらんだ。だが、すぐにうつむいた。「……あの釣忍壊してごめん。特別って聞かされてからずっと気にくわなかったんや。俺よりもずっと大事な人がいるんやな、ってわかったから。でも、そのときは俺と同じくらいの子供やと思てた。きっと、あんたの本当の子供なんやろうな、って思てた。で、勝手に嫉妬してた」

「阿呆」軽く言ってやる。「若い男が特別なプレゼントを用意してたら、女のために決まってる」

「全然思えへんかった。あんたに彼女がいるなんて、考えたこともなかった。っていうか……そもそも、あんたの年齢なんて気にしたことがなかった。だから、まだ意外と若いことに気付いたのは最近や」遼平が雅雪をじっと見た。「事件のとき、あんたはまだ十八歳で今の俺と五つしか違わなかった。二十歳で退院して、すぐに俺の面倒を見てくれた。保育園の遠足に来てくれたときはまだ二十二か三で、小学校の入学式で二十五。でも、今はもう三十二。立派なおっさんや。……俺のお守りしてる間に、あんた、おっさんになった」

「おまえのお守りだけしてたわけじゃない。ちゃんと働いてた」

「俺のために働いてた」

「違う。俺は好きでやってる」

「でも、俺がおれへんかったら、借金もなかったし、もっと貯金もできたやろうし……」

「でもでも言うな」雅雪はきっぱりと言い切った。「それ以上にいいことがあった。充分だ」

でも、とまた遼平が繰り返しかけたとき、遼平の腹が鳴った。遼平は恥ずかしそうに横を向いた。

「めちゃめちゃ腹減った。あんたは？」

「減った」

「どうしても人と一緒に食べなあかんときってあったやろ？　そういうときはどうしてたん？」

「それでも断った。腹が減ってないとか、胃の調子が悪いとか、いろいろ理由をでっちあげた。そもそも、会社勤めじゃないから宴会も接待もあまりない。そんなに問題はなかった」

「俺と遊園地行ったときは？」

「おまえは園内の食堂でお子様ランチ。俺はコーヒー」

「でも、朝から晩まで遊んだときもあったやんか」

「そういうときは、コーヒーに砂糖をたっぷり入れて、糖分補給して乗り切る。結構なんとかなる」

「そんなことしてたなんて、全然気いつかへんかった」遼平が声を落とした。

「おまえはそれが当たり前だと思っていたんだ。気付かなくても仕方ない」

「うん。当たり前すぎて……いろんなことに気いつかへんままで」

「もっとおまえに話すべきだったんだ。俺にその勇気がなかった」雅雪は火からはみ出した枝を押し込んだ。「舞子の件だが……最初は刑務所からおまえのうちに謝罪の手紙を送っていたんだ。でも、文枝さんが拒んだ。受け取り拒否ではなく、送ってくるな、と弁護士を通じて申し入れた。真辺舞子の名を見るだけで死にたくなる、手紙を書いて勝手に償った気になるのも許せない、と」

「そうやったんか」遼平がうつむいた。「でも、俺、どっちの味方もでけへん。おばあちゃんの気持ちもわかるし、あんたの立場もわかるから……」

「どっちの味方もしなくていい。宙ぶらりんで一番辛いのはおまえだ」

遼平はうつむいたまま黙っている。そのとき、また遼平の腹が鳴った。遼平は恥ずかしそうに笑うと、ひとつ大きく深呼吸をした。

「ひとつ疑問があるねん」遼平がうつむいた。「親のことなんにも憶えてへんのに、なんでこだわってしまうんやろ。なんも知らんのに、なんで特別なんやろ」

「それが血のつながりだ」

「憶えてへんし、なんも知らん以上、赤の他人と変わらへん。やのに、なんで割り切って考えられへんのやろ」遼平は言葉につかえながら、懸命に話し続けた。「俺はよう知らん人のことで怒ってる。憶えてへん親が殺されたから、て怒ってる。なんでやろ？　おかしいと思わへんか？」

「自分ではどうすることもできないんだ。仕方ない」

「あんたは親が殺されたら怒るんか？」

「生憎《あいにく》、俺の親は殺すほうだった」雅雪はすこし笑った。

「ふざけんといてくれ。俺は本気で話してる」遼平が火の向こうからにらんだ。「小学校の頃、自分の名前の由来を調べる宿題が出た。親がどんな願いを込めて名付けをしたか、って。そのとき、あんたに教えてもらった。遼平の遼には、はるか遠い、いう意味があるって。だから、俺の親は、俺にはるか遠くまで行けるよう願ったんやないか、て。……あのとき、俺はあんたにひどいことを言うた。あんたのこと、狭い世界で生きてる、って言って笑った」

「本当のことだ。俺はあの町から出たことがない」

「でも、それは俺のせいや。俺の面倒を見てたせいや」遼平がわずかに声を詰まらせた。

「やから、俺は自分の名前がちょっと辛い。遼平って名前を見たり書いたりするたびに、胸がぎゅっと苦しくなる。あんたにひどいこと言うたのを思い出すから」

「違う。狭い世界を選んだのは俺だ。自分で決めたことだ」

「でも……」

「もういい。その話はやめだ」

何度も選択肢はあった。だが、狭い世界を選んできたのは俺だ。遼平のせいではない。オムツを持って子供の尻を追いかけるのも、サンバーで町中をぐるぐる走り回るのも、みな俺が選んだ人生だ。

「……なあ」遼平がすこし迷ったふうに声を掛けてきた。「俺、遠くまで行けるかな」

「行ける。心配ない」

遼平はしばらく黙って火を眺めていた。雅雪も火を見ていた。ずいぶん気温が下がってきた。

すこし火が小さくなってきたので、杉の枝を放り込んだ。白い煙が上がった。

「俺、遠くへ行こうと思う」遼平がぼそりと言った。「昨日からずっと考えてた。新しい学校で一からやり直すのもええかな、って」

「転校したいのか？」

「前に学校でトラブったときに調べたことがあるんやけど……結構、全寮制の学校とかあるねん」遼平がじっと見た。「あんたはどう思う？」

予想もしなかった言葉だった。雅雪は一瞬呆然とし、言葉を失った。動揺が遼平にばれないよう、懸命に平静を装う。

「本気か？」

「いつまでもウジウジしてるのはいやや。あんたに甘えて泣きつくのもいやや。かといって、ケンカ売るのもいやや。やり直すために、時間と距離がほしい」遼平はきっぱりと言った。

「だから、思いっきり遠くの学校に行きたい。北海道とか沖縄とか」

遼平が真っ直ぐに見ている。こんな眼ははじめてだ、と思った。もうどこにも迷いはなかった。雅雪は覚悟を決めて答えた。

「おまえがそうしたいのなら、そうすればいい」

「長い休みのときには帰って来られると思う。そんとき、もしよかったら……」すこし間がある。「もしよかったら、また仕事、手伝わせて欲しい。ゴールデンウィークはみどり摘みするし、夏休みは草むしりもする」

「もちろんだ。助かる」

「よかった」遼平がうなずいた。「なら、決まりや。山を下りたらすぐに手続きしようと思う」

ほっとしたように遼平は笑い、またすぐにうつむいた。雅雪は黙って火を見ていた。なにを言っていいのかわからなかった。

「だから、あんたは……」遼平が顔を上げた。しばらく逡巡《しゅんじゅん》していたが、やがて思い切ったふうに言った。「あんたは、遠慮せんと京都に行って修業したらいいと思う。あんたは腕があるんやから、今からでもどっか中途採用してくれるんと違うかな」

遼平が一人前に俺の将来を気遣ってくれる。オムツ姿で泣いていた赤ん坊が俺を気遣ってくれる。

歯を食いしばって空を見上げた。梢の先に満天の星がごうごうと音を立てて流れていく。あふれてしまいそうだ。

「そのバイオリン、今でも俺のものなんか？」

「そうだ」

「じゃあ、あんたにやる。受け取ってくれ」

「なにを言うんだ、郁也の遺言に背くことになる」雅雪は驚いて首を振った。

「俺はあんたにそのバイオリンをもらってほしいんや。すねてるんやない。心の底からそう思ってる。それはやっぱりあんたが持つべきものや」

「でも、それでは郁也との約束が守れない」

「俺は一度受け取った。それを、あんたに渡す。それだけのことや」遼平ははっきりと言った。「俺はあんたにもらってほしい。それに、そんな高いもん、寮に持っていかれへん」

遼平は一歩も引かないという様子だった。雅雪はすこし迷って答えた。

「わかった。なら、一旦、俺があずかる」

遼平は俺の手を離れる。はるか遠い世界へ出て行く。遼平の両親は、息子に広い世界を知ってほしいと名をつけた。息子はその名の通りに生きていくだろう。

だが、俺は？　雅雪という名はどうだ。祖父の趣味、母の趣味。父の意志はどこにもない。故意に息子を無視したかのようにだ。三十を超えても傷ついている。俺は要らない子だ。要らない子はどんなふうに生きればいい？

遼平がほっと大きな息を吐いた。杉の木にもたれ、足を投げ出した。緊張が解けたようだ。

「なあ、真辺舞子て美人か？」

「俺には美人に見えた」

「真辺舞子のどういうとこに惚れたん？」

「俺は舞子に人間にしてもらったんだ」

「人間に？　どういう意味？」

「俺は食べ終わった食器を灰皿にしていた。そのことを注意してくれたのは舞子だった。人と飯を食えないという寂しさを真剣に考えてくれた。俺は本当に舞子に救ってもらったんだ。

なのに、俺は舞子になにもしてやれなかった。舞子がどれだけ傷ついて、どれだけ心に暗く醜い膿《うみ》を溜めているかに気付かなかった」

「膿……」遼平が顔を歪めた。

あのとき、自分が楽になることしか考えていなかった。救われたい、とそればかりで、だれかを救うことなどまったく頭になかった。

「郁也が一流を目指して一心不乱に光を求めていたとき、舞子はたったひとりで家事を引き受け、祖母に罵られながら介護をしていた」気を抜くと声が震える。懸命に平静を保とうとした。「郁也は一千万のバイオリンを抱えて挫折し、舞子は祖母の排泄物を処理しながら消耗しきっていた」

「双子やのに……」

「俺は舞子の傷の深さに気付いてやれなかった。郁也を殺して自分も死のう、と一度は考えてしまうくらい、傷ついていたんだ。舞子がこらえきれず俺の眼の前で泣いたとき、もっともっと知ろうとするべきだった。なのに、俺は自分が立ち直ることばかりで、舞子を救ってやれなかった」

「だから、今度こそ、って思ってるんか」

返事ができなかった。舞子は俺を拒み続けている。明日、迎えに行って、それでもやはり拒まれたら？　そのときはどうしたらいいのだろう。

いつの間にか遼平は眠っていた。たった数日でひどく痩せたように見えた。山の中は次第に冷えてきた。雅雪は印半纏を脱いで、遼平に掛けてやった。

腕時計を見た。午後十時。明日の朝には舞子に会える。

夜の山は静かだった。時折、甲高い声で鳥が鳴くだけだ。雅雪はじっと火を見つめていた。火が小さくなると、枯枝と杉の葉を足した。疲れ切っているはずなのに、いつまでたっても眠気は訪れなかった。

もし、将来、俺が子を持てたらどんな名をつけるのだろう、と思った。

11　二〇一三年　七月七日

午前五時すこし前。夜が明けて下山を開始した。

山の中は霧がかかったようで、湿ってひやりとしている。雅雪は梢を透かして空を見上げた。一面に厚い雲が覆って太陽が見えない。木立の下は薄暗いままだ。

七月七日。七夕。とうとうこの日が来た。一刻も早く山を下りて、舞子を迎えに行かなければならない。時間に余裕はない。

「遼平、滑るから気をつけろ。ゆっくりでいいからな。歩幅は小さく。焦るなよ」

遼平はTシャツにジーンズ、スニーカー。雅雪は庭師装束のまま、スパイクなしの普通の地下足袋だ。山歩きに向いているとは言えない。下山には細心の注意が必要だ。焦らせてはいけない。だが、急がなければいけない。

歩きはじめて、すこしすると雨が落ちてきた。下山には最悪の天気だ。雅雪はバイオリンを抱え、遼平は左腕を吊っている。どちらも片腕しか使えない。それぞれ片腕で木々につかまりながら、急斜面を下りる。

本当なら雨がやむまで待つべきだ。足許が悪すぎる。だが、雨具のないまま山に留まるのは危険だ。雨がやむ保証がない以上、濡れたままじっとしていたら低体温になり命に関わる。少々無理をしてでも下りたほうがいい。

雨はどんどん激しくなる。足許はぬかるみ、泥田の中を歩いているようだった。山採りには慣れている雅雪だが、こんな悪天候で山を歩いたことはない。

「大丈夫か、遼平」

何度も振り返り、遼平を確認する。遼平はもう何度か尻餅をついていた。ギプスを吊る三角巾はすっかり泥まみれだ。

それでも何とか半分近く下りた。笹原を抜け谷川沿いの細道に出ると、すこし道が平坦になった。横は崖だが、今までの泥まみれの急な下りを思えば、ずいぶん楽な部分だ。

ふいに遼平が口を開いた。

「おばあちゃんが死んだ日、俺、おばあちゃんとケンカした。隼斗ともめたことを黙ってたから、嘘つきや、って怒られたんや」

隣の月下美人から聞いた。隼斗とのケンカを隠したために、かえって文枝を怒らせた。自分と雅雪のどちらを選ぶのか、とまで言わせてしまった。

「俺も隠した。同罪だ」

「でも、それだけやない。おばあちゃんがほんまに怒ったんは、俺がこう言うたせいや。

——あんたと縁を切ろう、って」

一瞬、息が詰まった。あのとき、遼平はそこまで俺を憎んでいたのか。だが、俺には怒る資格も悲しむ資格もない。もともと俺が自分勝手に無理矢理押しつけた縁だ。切られても当然だ。

「……仕方ない」

「違う。そんな意味やない。これ以上、あんたの世話になるのは辛かったから、縁を切ろうって言うたんや」遼平が癇を立てたように言った。「そもそもあんたの罪やない。あんたが償う必要なんかないんや。だから、これ以上迷惑を掛けるわけにはいかへん、って言った。やのに、おばあちゃんが反対した。あんたのこと一生許さへん、って。それからお金のことも……」

雅雪は唇を噛んだ。文枝は金の話をしたのか。子供相手にそんな話はしてほしくなかった。

「お父さんとお母さんが死んだあと、保険金とか犯罪被害者給付金とかもらったんやろ？でも、そのときまだ生きてたおじいちゃんは投資に手を出したけど失敗して、一年で全部なくしてしもた、て」遼平の足取りが遅くなった。喉がひくひくと鳴っているのが聞こえる。「俺の教育資金を増やすつもりやった、っておばあちゃんは言うてた。それで一年で倍になる、っていう詐欺みたいなのにひっかかった、て」

突然、雨の音が大きくなった。ごうっと音がして、風が雑木の森を揺らしていく。大粒の雨が落ちてきた。肩に背中に痛い。

「おじいちゃんはいろいろ手を出して、全部失敗して、結局借金を残して死んだ。家を取り上げられるところを、あんたが助けてくれたんやろ？　曽我造園の土地を抵当に入れて金を作って、俺の家の抵当を外してくれた、て」

土地の名義は曽我造園だった。祖父に頭を下げ、融資を受けたいと頼んだ。無論、祖父は一笑に付した。だが、雅雪は諦めなかった。祖父は雅雪のあまりのしつこさに辟易《へきえき》し、やがてこう言った。

――たかが女のために阿呆が。金を借りたいなら好きにしろ。だが、必ずおまえが返せ。私には関係ない。

「借金がなくなっても、おばあちゃんのパートだけでは暮らされへん。だから、あんたが毎月生活費を援助してくれた。曽我造園の借金を返しながら、さらに俺たちの生活費を払てた、て」遼平の声が涙で詰まった。「お金のことなんか、俺はなんにも知らへんかった。でも、中学出たら、絶対に働いて返すから」

「せめて高校は出ろ。俺ですら出た」遼平の声を聞いていると苦しくてたまらなかった。

「借金は税金対策になる。勝手に返されると困る」

「どこへ行くのも軽トラ、ダサイ服、いい歳して実家暮らしは、俺の家に援助して金がないせいやろ？」

「俺が勝手にしたことだ。おまえが気にすることじゃない」雅雪は遼平を一喝した。「それより、もう黙れ。足許に集中しろ」

「それやのに、おばあちゃんはあんたに文句ばっかり言って……一生許すつもりはない、って」遼平が声を詰まらせた。

また道が下りになった。赤土が露出した滑りやすい場所だ。雨のせいで谷川の音が激しい。ときどき、遼平の声が聞こえなくなる。

「だから、おばあちゃんとケンカになって……そしたら急に倒れて……俺が興奮させたから」

「おまえのせいじゃない。もういい。しゃべるな」

「でも……」

「違う」雅雪はきっぱりと言った。「文枝さんは前から血圧が高かった。それに、夕方から頭が痛いと言っていた。脳出血の前兆に気付かなかった俺が悪い」

「でも、俺は……」

次の瞬間、背後でずるりと滑る音がした。振り向こうとした瞬間、ちょうど遼平の足が雅雪の膝裏を蹴った。雅雪は前のめりに倒れた。泥の中に四つん這いになる。慌てて起き上がろうとしたところに、上から滑ってきた遼平がぶつかった。また倒れそうになったが、膝を突いてなんとかこらえる。ぶつかった遼平はバランスを崩し、崖側に転がった。そのまま、頭から滑り落ちる。

「遼平」

遼平を助けようと、崖から思い切り身を乗り出した。ぎりぎりで遼平の手をつかむ。だが、泥で滑った。つかみかけた手が離れる。雅雪はさらに手を伸ばした。だが、届かない。そのまま引きずられるように崖を滑り落ちた。くそ、と身体をねじる。伸び切らない腕を懸命に伸ばし、斜面に生えたハゼの木をつかもうとした。だが、濡れた葉を引きちぎっただけだ。すぐ先を遼平が落ちていくのが見える。雅雪は遼平をつかまえようとした。すると、眼の前の灌木《かんぼく》に頭から突っ込んだ。ちらと見えた葉は小さい。ドウダンツツジだ。ふっと思う。いい木だ。庭に欲しい。

小枝をへし折りながら崖を滑り落ちていく。どうすることもできない。茂みやら木の根やら石やらにあちこちぶつかりながら、ただ転がり落ちるだけだ。

ようやく身体が止まったのは、谷川の縁ぎりぎりだった。雅雪はなんとか身を起こした。泥まみれの全身が激しく痛むが、なんとか動く。折れたところはなさそうだ。

遼平はすこし離れたところでうめいていた。慌てて駆け寄った。

「大丈夫か？　怪我はないか？」

遼平に手を貸して起き上がらせた。平らな石を見つけて座らせる。泥だらけでひどい有様だ。

「うん……」口の周りの泥を拭いながら言う。「大丈夫みたいや」

「腕は？　ギプスはなんともないか？」

「なんともない」

雅雪はほっとした。今、滑り落ちた崖を見上げる。かなり滑ったように思ったが、それほどの高さではない。天候さえ良ければ木を伝いながらなんとか登れるかもしれないが、雨で足場の悪い今はかなり難しそうだ。

そのとき、はっとした。

バイオリン。

慌ててあたりを見回した。だが、どこにも見当たらない。遼平を助けようとしたとき、手を離れたのか。一体どこに落としたのだろう。崖上の道に転がっているのか。それとも、やはり斜面を滑り落ちたのか。

「どうしたんや？」

「バイオリンが見当たらない」

「えっ」遼平の顔が強張った。

今は雨が降っている。一応、防水仕様のケースだが完全というわけではない。時間が経てば雨が浸みこむ可能性がある。そうすれば、中のバイオリンはすぐだめになる。いや、それどころではない。もし、川の中に落ちていたら？

谷川を見渡した。水の深さは足首ほどだが、雨のせいで勢いを増している。川幅も広がっていた。ざっと見たが、川の中にバイオリンケースは見当たらない。雅雪はほっとした。川に落ちたわけではないようだ。だが、もし、このまま雨が続いて増水すれば大変なことになる。今は大丈夫でも、バイオリンが押し流されてしまうかもしれない。

「俺は川沿いを捜す。遼平は崖の下を捜してくれ」

「わかった」

ふたりで手分けしてバイオリンを捜した。だが、どれだけ捜しても見つからない。雅雪は焦って腕時計を見た。五時四十五分。このままでは時間だけが過ぎていく。舞子の出所に間に合わなくなる。雨に濡れた遼平の体力も心配だ。

とにかく一度山を下りるほかない。だが、片腕の使えない遼平をひとりで下山させるわけにはいかない。怪我の危険性、道に迷う可能性がある。

「しかたない。一度山を下りるぞ」

「でも、バイオリンは？」

「今は仕方ない」

ここでぐずぐずしていては、舞子を迎えに行けない。満期出所だから保護司もつかない。そのままひとりでどこかに行ってしまったら、もう捜すことはできなくなる。二度と舞子に会えなくなる。

谷川の流れ下っている先を見た。折れ曲がってすぐに見えなくなっている。川に沿って下るのは無謀だ。途中、淵や滝があるかもしれない。それに、この雨だ。鉄砲水でも出たらおしまいだ。

やはり、崖を登って細道まで戻るのが安全策だ。だが、片腕しか使えない遼平には危険すぎる。雅雪はあたりを見回した。斜面に葛《くず》の蔓《つる》が伸びている。太い蔓を引き抜き、葉を落とした。

「遼平、おぶされ」

「え？」

「片手で登るのは無理だ。崖の上まで俺がおまえを背負って登る」

「大丈夫や。自分で登れる」

「無理だ。雨で足場が悪い。片腕だとバランスも取れない。下手に落ちたら大怪我をする」

「でも、俺、結構重いし……あんたが危ない」

「阿呆。庭師を舐めるな。二十キロの玉砂利の袋を二つ三つ担いで仕事してる」雅雪は遼平の前に回って膝を突いた。「さっさとしろ。時間がない」

遼平は迷っていたが、雅雪の背中にかぶさった。雅雪は葛の蔓で互いを縛った。

「しっかりつかまってろよ」

雅雪は立ち上がって、崖に取りついた。指も腕も肩も背中も脚も、全身の火傷痕が裂けるような気がする。痛みをこらえながら、懸命に身体を引きあげた。できるだけ足場のよい場所を探しながら、木々の間を登っていく。木の根やら岩やらを足がかりにした。真っ直ぐには登らず、ジグザグに斜めに登る。時間は掛かるが、安全だ。

重くなった、と思う。

赤ん坊の頃は何度も背負ってあやした。すこし大きくなると、公園の帰り、遊び疲れた遼平を背負って歩いた。雅雪の背中で、いつの間にか遼平は眠ってしまった。片手に三輪車を提げ、片手で遼平を支えながら歩いたものだ。

あの頃も重いと思ったはずだ。だが、それが嬉しかった。なのに、今はどうだ。背中は引きつれ、膝は震えている。皮膚が裂けそうだ。嬉しいと思うには、すこしばかり重すぎる。

そうだ、と思った。もう、遼平を見て嬉しがるだけではいけない。かわいがるだけの子供ではない。一人前の人間として扱わなくてはいけないということだ。

だが、俺はその決心がつかない。遼平の成長について行けない。置いて行かれそうになっている。

藪椿の根に手をかけ、身体を引きあげた。ようやくのことで崖の上の道までたどりつく。遼平を下ろすと、そのまま座り込んでしまった。息が切れて眼が回る。

「大丈夫？」遼平が訊ねる。

黙ってうなずいた。休んでいる時間はない。雅雪はよろめきながら立ち上がり、歩き出した。

雨は一向にやまない。いよいよ激しくなる。もし、このまま雨が続いて谷川が増水したら？　押し流されてしまったらどうする？　不安でたまらない。だが、今は時間がない。遼平を麓《ふもと》まで下ろし、舞子を迎えに行かなくてはならない。バイオリンを見捨てるほかない。

――頼む。僕にはもうなにもできない。僕にできる唯一の償いは、このバイオリンを残すことだけなんだ。

郁也。すまん。約束を守れなくてすまん。もうどうしようもない。おまえの大切なバイオリンを、雨の山に捨てていくほかない。すまん、郁也。俺はおまえの頼みに応えられない。俺にはどうしようもない。どうすることもできないんだ。

雨が激しくなる。木立を打つ音が高く低く不安をつのらせた。

雅雪は焦る気持ちを懸命に落ち着かせた。不安を押し込め、山を下りることだけを考えるようにする。遼平を無事に下ろすんだ。それだけを考えろ。

すまん、郁也。舞子を迎えに行かなければならないんだ。わかってくれ。お願いだ。わかってくれ――。

やがて、前方が明るくなってきた。山の出口だ。サンバーと遼平の自転車が見える。

雅雪はほっと大きな息を吐いた。時間は掛かったが、なんとか麓まで下りることができた。あとは、遼平を家まで送って舞子を迎えに行くだけだ。阪和道《はんわどう》を飛ばせば、なんとか間に合うだろう。

自転車を持ち上げ、サンバーの荷台に載せる。ロープを掛けようとしたとき、ごおっと音がして山が揺れた。凄まじい風が吹いて雨が激しくなる。雅雪は思わず山を見上げた。雨に打たれるバイオリンが眼に浮かんだ。

——頼む。

郁也。すまん。雅雪は唇を噛んだ。どうしようもないんだ。わかってくれ。

——頼む。僕にできる唯一の償いは、このバイオリンを残すことだけなんだ。

そのとき、はっとした。

ひとつだけ方法がある。うまく行くかはわからないが、たったひとつだけ方法がある。だが、そんなことをしていいのか？　果たしてうまくいくのか？　俺はとんでもないことをしようとしているのではないか？

雅雪はロープを握ったまま逡巡した。俺の考えていることは非常識だろうか。いや、それどころか残酷だろうか。

「どうかしたんか？」遼平がいぶかしげな顔をした。

雅雪は返事をせず、荷台から自転車を下ろした。遼平に向き直る。

「俺はこれからもう一度山に登って、バイオリンを捜しに行く」

「え？」遼平が驚いた顔をした。「だって、これから迎えに行くんや……」

やはり、俺は間違っているのだろうか。遼平を決定的に傷つけてしまうのだろうか。俺はとんでもない鬼畜だろうか。

「遼平、頼みがある」

「なに？　何でも言ってくれ」

勢い込んで答える遼平を見ると、心がうずいた。すまん。俺は最低の男だ。でも、こうするしかないんだ。

「俺の代わりに舞子を迎えに行ってくれ」

「え？」遼平が息を呑んだ。

「頼む。俺は郁也のバイオリンを放っておけない。これから山へ捜しに行く。だから、おまえが舞子を迎えに行ってほしいんだ」

「ちょっと……ちょっと待てや。あんた、一体なに言うてるんや」

「舞子が出てきたら、事情を話してアパートに来るように言ってくれ。すぐに暮らせるようにしてある、って」

「俺が、そんな……会ったこともないのに」

「会えばわかる。美人だから」

「いやや。会いたくない」

「頼む。舞子を連れて来てくれ」

「あんた、本気で言うてるんか？　そんなんいやや。絶対でけへん」遼平が震える声で言った。「無理に決まってる」

「自分が非常識なのはわかってる。でも、遼平。おまえに頼むしかないんだ」

「俺の親を殺した女や」遼平の声は震えていた。「ふたりきりで会って平気でいる自信がない。復讐したくなるかもしれへん」

「おまえはそんなことしない」キーケースからアパートの鍵を外した。「舞子にこう言ってくれ。ずっと待ってたんだ。会いたい、とにかく会いたいんだ、ってな」

「いやや。絶対行けへん。それに、向こうかて……いきなり俺が行ったら……辛いだけやろ」

「頼む。おまえしかいない」雅雪は鍵と財布を押しつけた。「金はここにある。アパートは狭山池の向こう、ガーデンハイツ二〇六号室。舞子の出所は午前中だ。たぶん、早い時間に出て来るはずだ。外で待っててやってくれ」

「いやや。絶対いやや」

「満期出所は身元引受人も保護司もいない。出所したらそれきりなんだ。だから、出て来たところをつかまえないと、二度と会えなくなるかもしれないんだ」

「そんなこと言われても……向こうは拒否してるんやろ？」

「舞子が拒んでも、なんとか説得して連れて来てくれ。頼む」

「無理や」遼平が叫んだ。「絶対無理や」

「自転車でタクシーが拾えるところまで行け。そこから和歌山までタクシーでかまわん。とにかく急いで行ってくれ」

「そんなんめちゃくちゃや」

「遼平、お願いだ」雅雪は頭を下げた。「頼む」

「あんた、卑怯や」遼平が怒鳴った。「なんで俺に頭下げるねん。やめてくれ」

これまで何度も何度も人に頭を下げてきた。申し訳ありません、すみません、と這いつくばって頭を下げた。

「頼む。遼平。お願いだ」

だが、こんなふうに、だれかに、なにかを頼むのははじめてだ。

「頼む」

顔を上げ、遼平の眼を正面から見つめた。

「遼平、頼む」

遼平が震えながら雅雪を見つめ返した。しばらくそのまま動かない。黙って互いを見ていた。

やがて、遼平は財布と鍵を引ったくるように受け取ると、無言で自転車にまたがった。

すまん。すまん、遼平。何度も繰り返しながら、後ろ姿を見送る。遼平は片腕なのですこしふらついていた。

遼平が見えなくなると、雅雪は再び山に入った。腕時計を見る。五時四十五分。驚いてもう一度確かめる。だが、やはり五時四十五分だ。

先程、沢で見たときも五時四十五分だった。慌てて時計を耳に当てる。なんの音もしない。よく見れば秒針が動いていない。雅雪は愕然とした。こんなときに時間がわからない。なんということだ。

くそ、と舌打ちして山道を走り出した。急ぐしかない。すこしでも早く、それだけだ。

雨が頬に当たる。泥が筋になって流れていく。走っているつもりなのに、足が上がらない。身体が重い。いくら走ってもすこしも進まないような気がする。頭がぼうっとして眼の前がかすんだ。一体、いつから眠っていないのだろう。いつから食事をしていないのだろう。

雨はやむ気配がない。激しくもならないが、嫌がらせのようにしょぼしょぼと降り続ける。もつれる足を動かして、転落した崖の上の道まで戻った。先程必死で登った場所を、今度は下りる。再び谷底に着くと、すぐにバイオリンを捜しはじめた。

藪の中をかき分け、草の中を這う。なぜこんなことをしているんだ、と思う。もう弾く人間はいない。一千万。たかだか一千万だ。舞子には替えられない。それでもバイオリンを見捨てられない。あれは郁也のバイオリン。郁也そのものだ。

舞子、すまん。遼平、すまん。やっぱり俺は阿呆だ。

空を見上げる。太陽が見えないから時間の見当がつかない。一体、今何時だろう。舞子はもう出て来ただろうか。遼平は会えたのだろうか。

だが、どれだけ捜してもバイオリンは見つからない。谷の底にはないということか。もしかしたら、崖の上の道のどこかにあるのかもしれない。もう一度斜面を登って捜すことにしよう。途中まで登り手前の岩を足がかりにしようとした瞬間、足が滑った。あっと言う間に滑り落ちる。慌てて手を伸ばすが、手がかりなどない。細い枝をつかんだが、幾枚か葉を引きちぎっただけだ。

谷底に叩きつけられた。眼の前が暗くなる。

――曽我造園って、たらしの家系って言われてるんだって？

――違う。雅雪はたらしやない。

郁也と舞子が蘇鉄の前に並んで立っていた。雅雪、とふたりがそろって呼びかける。ああ、やっぱり双子だ。と思う。似てないようで似ている。

飲めよ、と郁也が缶ビールを差し出した。おつまみもたくさんあるぞ、と。その横で舞子が言う。お昼を一緒にどう？　もう用意したから。

すまん。腹が減ってない。他人と食いたくない。ひとりで食う癖がついてるんだ。雅雪は首を振った。すると、ふいにふたりの姿が消えた。ふたりがいた場所には、枯れた蘇鉄が立っているだけだ。

郁也、舞子、と雅雪は叫んだ。どこだ？　どこへ行った？

待ってくれ。見捨てないでくれ。いつか、きっと一緒に食えるようになる。食えるようになってみせるから――。

瞬間、眼が覚めた。

雅雪はシダの茂みの中に倒れていた。俺は気を失っていたのか？　どのくらいの間だ？　一体、今、何時だ？

身体を起こすと全身が痛んだ。いつの間にか雨はやんで、薄陽が差している。空に眼をこらすが太陽は見えない。だが、明らかに光は斜めだ。朝の光か？　それとも、まさか夕方近いのか？

岩肌から水が浸み出しているのが見えた。岩についた苔から滴がゆっくりと滴り落ちている。這うようにして近づき、滴を手の平に受けた。時間を掛けて溜める。一息に飲みほした。苔の香りのする水だ。渇ききった喉と胃が急に潤い、きりきりと痛む。だが、心地よい痛みだ。雅雪は何度も水を受け、飲んだ。わずかだが身体が軽くなったような気がした。

再び、バイオリンを捜してあたりを歩き回った。ヤマツツジの、コナラの、桐の根元を探る。膝まである熊笹の茂みに分け入った。腰をかがめ、手で熊笹の葉をかき分ける。あっと言う間に細かい切り傷ができた。だが、バイオリンはどこにも見当たらない。

息が切れた。めまいがする。雅雪は大木の下に崩れるように膝を突いた。もう身体が動かない。地表に露出した根の間に座り込み、そのまま幹にもたれて眼を閉じた。

俺は一体なにをやっているのだろう。バイオリンも見つからず、舞子にも会えず、遼平も遠くへ行ってしまう。

郁也は才能がないと気付くのに二十歳までかかった、と言った。でも、俺は三十二歳になっても、なにも気付けない。どこへも行けないままだ。ぐるぐる回るだけ、どこへも行けない。

阿呆のように、犬のように十三年待った。だが、それは無駄だったのか？　俺のしてきたことはなにもかも無駄だったのか？

無駄か。雅雪は笑った。そして、木の幹につかまって立ち上がった。無駄でもかまうか。無駄でなにが悪い。俺の人生だ。好きにする。無駄なら無駄でいい。最後まで無駄を貫いてやる。それでも、俺は約束を果たす。もうとっくに意味のなくなった、まったく無駄な約束、郁也と舞子との約束をな。

よろめきながら歩き出す。なにか柔らかいものを踏んだ。頭上を見れば、びっしりと赤黒色の実がついている。山桃か、懐かしい、と思った。子供の頃、よく採って食べたものだ。手の届く枝を見つけ、雅雪は腕を伸ばした。もうすこしで枝に手が届く、と爪先立ちしたとき身体がふらついた。足を踏ん張ろうとしたが力が入らない。そのまま前のめりに倒れた。

身体が動かない。そのままじっとしていた。身体の下で山桃の実が潰れている。甘酸っぱい匂いがした。ひとつ食おう。倒れたまま、手を伸ばして山桃の実を探る。そのとき、なにか硬いものに触れた。

まさか。心臓が跳ね上がる。起き上がってのぞき込んだ。太い根の間に黒い物が挟まっている。山の中では明らかに異質なものだ。

郁也のバイオリンだ。とうとう見つけた。

瞬間、全身の力が抜けた。そのまま、へたへたと座り込んでしまう。雅雪はバイオリンを前にしばらく動けなかった。

郁也。おまえとの約束を守れそうだ。

だが、中は大丈夫だろうか。濡れてはいないか？　壊れてはいないか？　また息が荒くなる。胸が苦しい。ケースの上には山桃の実がいくつも落ちている。柔らかな実を払いのけ、震える手でケースを開けた。恐る恐る、中を確かめる。大丈夫だ。見たところ異常はない。ほっとして大きな息をついた。

一刻も早く山を下りなければならない。バイオリンを蔓で背中に括りつけ、雅雪は慎重に斜面を登った。そして、なんとか崖上の細道に出ることができた。

山を下ってサンバーまでたどりついたときは、もう陽は傾きかけていた。バイオリンを助手席に置き、すぐに車を出した。一体、今、何時だろう。サンバーには時計がないからわからない。強い西陽の中、山道をひたすら走った。女人高野天野山金剛寺の前を通り過ぎ、外環状線への合流を目指す。

遼平は舞子に会えただろうか。そして、舞子を説得することができただろうか。舞子は戻ってきてくれただろうか。不安を押し込め、ただひたすらにアクセルを踏む。

――雅雪は融通きかへんからね。がんばりすぎるの、眼に見えてる。

クラクションの音がした。慌てて顔を上げると、眼の前に大型トラックがいる。慌ててハンドルを切った。ガリガリといやな音がする。どん、と突き上げるような衝撃が来てサンバーが跳ねた。車が傾く。雅雪は思い切り天井に頭をぶつけた。

――おばあちゃんの介護して、思てん。あたしはだれにも迷惑掛けたない。絶対にだれの世話にもならんとこう、て。

頭をぶつけたときに、口の中を切った。血の味がする。車から降りて唾を吐いた。

左の前輪後輪とも溝に落ちている。しかも二本とも裂けていた。スペアは一本。どうしようもない。携帯も充電切れだ。後で、レッカーを呼ぶしかなさそうだった。

雅雪はバイオリンを抱えて歩き出した。

車ならいいが、このまま外環状線を歩くと遠回りになる。天野街道を歩くことにした。昔、天野山金剛寺への参詣に使われた街道で、今はハイキングコースとして整備されている。ここを歩けば狭山池の南に出られるはずだった。

門前の集落を抜けると、一面に田園の風景が広がる。夕陽の中、青々とした稲が揺れる水田の中を、街道がゆるやかにくねりながら続いていた。どんどんあたりが暗くなる。雅雪はぬかるんだ道を歩き続けた。ビニールハウス、ミカン畑。一面に草の匂いがする。胸が苦しくなる。

すまん、郁也。十三年間きちんと保管してきたのに、最後の最後でこのザマだ。自転車のカゴで運んだり、崖から落としたり、溝に突っ込んだり。おまえの大切なバイオリンなのに本当にすまん。

おまえが弾くところを一度も見たことがなかった。でも、演奏は聴いた。おまえの最高の演奏を一度だけ。

郁也はバイオリンと手紙、そして一枚のCDを雅雪に遺した。手紙には、一度だけ聴いて処分してくれ、とあった。

――八番、真辺郁也くん。《無伴奏バイオリンのためのソナタとパルティータ　第二番ニ短調》より『シャコンヌ』。

アナウンスのあと、バイオリンの音が流れ出した。はじめて聴く郁也の演奏だ。どきりとした。こすれるような複雑な和音が響いた。やがて、苦しげな旋律があふれ出す。高く低く音が重なり合い、繊細でありながら太く厚い音が響き渡った。ゆるやかにはじまった曲は、やがて苦しいほどに勢いを増していく。めまぐるしく音が跳ね、ふくらみ、色が変わる。

きっときっと、とてもとても難しい曲なのだろう。ここまで弾けるようになるには、一体どれだけの練習があったのだろう。音楽に疎い雅雪にもそれくらいはわかる。好きでなければ、ここまでは弾けない。

演奏が終わると、約束通りCDを割った。割れたCDを見下ろすと、胸がつまった。たぶん、これが郁也の最高の演奏だったのだろう。だが、認められなかった。

父も同じだ、と思った。みどり摘みも、揉み上げも、どれほどやっても祖父に認められることはなかった。きっと父も感じていたのだろう。俺は庭師としてはゴミだ、と。

それだけではない。筆を持ったときですら鼻で笑われた。父は一体どんな思いで命名書を書いたのだろう。まるで情のない無関心な祖父を前に、父は一体なにを思ったのだろう。

――将来、この子が命名の意味など気付かずにいてくれるなら、それが一番いい。自分の名前の意味を理解する必要などなしに、育ってほしい。

どうして、気付かないほうがいいのだろう。どうして、理解する必要がないほうがいいのだろう。なぜ、父はこんな回りくどいやりかたをした？　知られて困る意味なら、最初からこめなければいいではないか。

雅雪はよろめきながら歩き続けた。何度もつまずいて転びかけた。左膝が完全に伸びないからだ。普段は平気なふりができるが、こう疲れると無理だ。

考えろ、と思った。逃げずに考えろ。父が本当に無関心だったのなら、名前に意味などこめない。なにかある。きっと、俺が気付かないなにかがある。

父は雅雪が生まれたとき、ずいぶん喜び、みっともないほどかわいがったという。そして、祖父に要求した。もっと孫に関心を持ってくれ、もっと孫をかわいがってくれ、と。

――関心を持ってくれ。かわいがってくれ。

まさか。

胸を貫かれたような気がして、雅雪は思わず立ち尽くした。

雅雪という名は無関心の証拠だと信じていた。あの家で暮らしていれば、それ以外に解釈しようがない。

だが、真実は違う。父は雅雪に無関心だったのではない。それどころか、父なりに精一杯の思いを込めて名をつけた。ただ、うまくいかなかっただけだ。

森雅之のファンだったのは祖父だ。宝塚雪組が好きだったのは母だ。つまり、雅雪という名は、祖父と母に向けられた父のメッセージだ。

たぶん、父はこう望んだ。

――祖父に関心を持ってもらえるように。自分のように無視されるのではなく、大切にしてもらえるように。ほんのわずかでもいいから、たとえ好きな俳優と同じ名だからという理由だけでもいいから、情をかけてもらえるように。

――母親にかわいがってもらえるように。自分のように簡単に捨てられないように。雪という字が名前に入っている、というただそれだけの理由でもいいから、ちゃんと育ててもらえるように。

命名の意味に気付かずに生きる、理解する必要がないというのは、自分の存在に疑問を持たないということだ。つまり、曽我造園で雅雪が祖父に関心を持ってもらえ、母に捨てられずに幸せに育つ、ということだ。

ばかばかしいことだ。だが、それほど父は寂しかった。生まれてくる息子に自分のような思いはさせたくない。ただ、それだけを望んだ。

――関心を持ってくれ。かわいがってくれ。

あまりにも単純で、幼稚で、悲痛な叫びだ。雅雪は泥だらけの手で顔を覆った。こんな意味など気付きたくなかった。父がこんなにも切実な望みを抱えて生きていたことなど、知りたくはなかった。

だが、結局、父の願いは叶わなかった。祖父には関心どころか情そのものがなく、母は一ヶ月で雅雪を捨てた。どれだけ父は絶望しただろう。

そんな父に追い打ちを掛けたのは雅雪だった。染縄で遊ぶ子供と比べられ、罵られた父。祖父は父ではなく雅雪に曽我造園を譲ると宣言した。

自分は無用の人間、無能の人間だ――。

その瞬間、絶望した父は人生を捨てた。あさましく女漁りを続けた。だが、いくら女を抱いても決して満たされない。そんなとき、郁也と舞子の母に出会う。父はあの女に歪んだ母性を見いだし、もう一度人生をやり直そうとした。だが、その願いも叶わず、また裏切られた。

望んで叶わず、信じて裏切られ続ける。それが父の一生だった。

雅雪はよろめきながら歩き続けた。

前に地蔵がある。古い集落が見えてきた。祠《ほこら》の前で道が三つに分かれている。これで道のりの半分くらいか。たいした距離ではないのに、どれだけ時間が掛かっているのだろう。

ゆっくりと空が暗くなっていく。闇が落ちてくるかわりに、星が輝きはじめた。

七月七日。七夕の夜だ。

いつの間にか、頭の上には満天の星空が広がっていた。天の川が空を横切るように流れている。星が今にもしずくとなって滴り落ちてきそうだ。

美しいとは思わなかった。ただ、残酷が降ってくる、と思った。俺は今、残酷を浴びながら歩いている。

父が書いた命名書。郁也の最高の演奏。どちらも降り注いだ無数の残酷に濡れてゴミになった。

父は、郁也はどう思っただろう。傷つけられ、踏みにじられ、認められることもなく、ゴミだと思い知らされ、捨てられた。死の瞬間、ふたりはなにを思っただろう。この世の残酷をどう思っただろう。

バイオリンを抱え、暗い夜道をひたすら歩く。街道は山の中に入った。林の中を抜けていくと、木々のすきまからニュータウンの団地が見える。灯りのともる窓が無数に並んでいた。ところどころに休憩用のベンチがある。腰を下ろしたい、と思う。だが、休んでいる暇はない。一刻も早くアパートに行かなくては。舞子が待っている。待っているはずだ。

でも、もし——。

ふっと足が止まった。汗が眼に入る。

もしアパートに舞子がいなかったら？　舞子が俺を拒み、ひとりでどこかに行ってしまったとしたら？

浮かび上がるたび、懸命に打ち消してきた不安だ。だが、今、はっきりと脳裏に浮かんだ。真っ暗なアパートだ。灯りはともっていない。暗い部屋にむなしく春の庭のカーテンが下がっているだけだ。釣忍は鳴らない。水をやる人がいないから枯れてしまったのだ——。

なにもかも俺のひとり相撲だ。原田もそう言った。舞子は戻ってこない。手紙も面会も拒まれた。舞子は俺の元には戻ってこない。きっと俺の十三年間は無駄になる。わかりきっているではないか。

雅雪は暗い林道に崩れるように座り込んだ。疲れた、と思う。もうなにもしたくない。今すぐ、ここで眠りたい。アスファルトの上だろうが、砂利の上だろうが、どこでもいい。身体を横たえ休みたい。

郁也の声が聞こえた。

——頼む。

雅雪は空を見た。残酷はあまねく降り注ぐ。もちろん阿呆の俺のところにもだ。笑えよ、郁也。俺の人生もやっぱりゴミだったようだ。

——頼む、雅雪。

瞬間、身体が震えた。

阿呆。なにをへたりこんでいる？　郁也の遺書を思い出せ。約束はひとつだけじゃない。あいつは最後にこう書いた。舞子を頼む、と。あいつが頼んだのはバイオリンのことだけじゃない。舞子のこともだ。忘れるな。俺は頼まれた。舞子のことを頼まれたんだ。

よろめきながら立ち上がる。なんとか一歩踏み出した。歩け。なんとしてでも歩け。とにかく歩くんだ。もう膝に力が入らない。立っているのがやっとだ。それでも、歩き続けるしかない。

三津神社を通り過ぎ、陶器山《とうきやま》の尾根道を歩くとようやく街道も終わりだ。二つ並んだガスタンクの横を抜け、住宅地に入る。もう完全に町中だ。二度ほど、流しのタクシーがスピードを落として寄ってきた。だが、雅雪の様子を見ると、止まらずにアクセルを踏んで走り去っていった。

眼の前は高架のある大きな交差点だ。信号が青になった。四車線の道路を渡る。ここは交通量が多く、周囲はファミレスなど飲食店が並んでいる。周りの人がこちらを見ていた。みな、胡散臭そうな顔だ。足を引きずりながら、パトカーに出くわさないことを祈った。今、職質されたら面倒なことになる。この格好では、簡単には解放してくれないだろう。

側道を歩き、ようやく狭山池までたどりついた。桜並木に沿って堤を歩き出す。舞子とは一度も桜の季節を過ごすことができなかった。来年こそはふたりで花を見る。蘇鉄のときもそう思った。だが、できなかった。だから、今度こそ叶えてみせる。

昔、さやま遊園があったあたりを見た。今はマンションが建ち並んでいる。

俺はさやま遊園に行きたかった。観覧車に乗りたかった。だが、そう感じていることに気付かなかった。いろいろなことに気付かないまま大きくなり、舞子に会った。そして、気付かされた。

今になって、さやま遊園跡地のそばにアパートを借りている。本当に阿呆だ、と雅雪はすこし笑った。笑うと息が切れた。

よろめきながら池を半周する。二度転んだ。倒れたまましばらく動けない。なんとか起き上がろうと腕を突っ張った。肘と背中が引きつれたが痛みすら感じない。顔を上げると、池を渡ってぬるい風が吹いてきた。ああ、と思う。今の風で風鈴は鳴っただろうか。舞子はその音を聞いただろうか。

やがて、遠くにアパートが見えてきた。駆け出したい。だが、足が上がらない。くそ、と思う。

なあ、俊夫さん。なあ、郁也。あんたたちが絶望して死ぬのは勝手だ。でも、俺は思う。それでも生きていてほしかった。あんたたちに生きていてほしかった。

なあ、俊夫さん。なあ、郁也。俺が頼んだら生きてくれたか？　死なずに生きてくれたか？　それとも、俺が頼んだぐらいじゃだめなのか？　やっぱり死を選んだか？　残酷とはそれほど怖ろしいものなのか？

でも、この残酷な星の光は、あの苔庭にも降り注いでいるんだ。あの苔はどうしていると思う？　きっと平気だ。我関せずだ。あの苔庭はたとえどれだけの残酷に濡らされようと、ただ静かに、ひっそりと、だれにも知られなくても気にせず、あの山の中に輝いているんだ。圧倒的な美しさでだ。

だが、それでも。それでも、生きていてほしかった――。

息が切れる。眼が回る。はは、と笑ったつもりだが声は出なかった。死にそうだ。郁也、おまえに焼かれたときより辛い。

そのとき、道路の端で人影が動いた。

「よかった。なんともなかったんや」腕を吊った細い影が走り寄ってくる。「軽トラが事故った、て聞いたから心配してた」

なぜ知っている？　わけがわからないまま、足を引きずり近づく。すると、遼平が息を呑んだ。

「……大丈夫？」

口を利く余裕もない。ただうなずいた。

「仕事人は？　会えへんかった？」

なんのことだ？　原田がどうしたというのか。肩で息をしながら遼平の顔を見た。

「あんたがあんまり遅いから心配になった。で、仕事人に相談しよかと悩んでたら、いいタイミングでZに乗ってアパートに来たんや。やから、あんたが帰ってけえへん話をした。そしたら、仕事人が顔色変えて、迎えに行く、て出て行った。それで、しばらくしたら連絡きた。外環で溝に落ちた軽トラ見つけた、でも、だれもおれへん、て」遼平が苦しげに眼を細めた。「入れ違いになったんやな。今、仕事人があんたを捜してくれてる」

ああ、と雅雪は息を吐いた。外環ではなく天野街道を歩いたのが裏目に出たか。すまん、原田さん。恩知らずな俺を捜してくれるのか。本当にすまん。

早く原田に無事を伝えなければ、と思うのに手も口も動かない。息を切らしていると、遼平がすこしだけ呆れたふうに笑った。

「心配すんな。仕事人には俺から連絡しとくから」

そうか。頼む。なんとかうなずいた。それだけで、足許がふらついた。

遼平は一瞬今にも泣き出しそうな顔をしたが、すぐに真面目な顔になった。窓を指さして言う。

「……舞子さんが待ってる」

アパートを見上げた。角の部屋には灯りがともっている。一瞬、胸が詰まった。灯りに透けて、明るい模様が浮かび上がっている。春の庭だ。明るい春の庭だ。そのまましばらく窓を見ていた。

遼平はすこし怒った顔で雅雪を見ていたが、やがて、わざとらしいため息をついた。

「舞子さんが俺に謝ろうとするから、断った。いやっていうほどあんたに謝ってもろたから、もう充分や、勘弁してくれ、て。そしたら、泣きそうな顔になった」

遼平がわざと軽い口調で話し続けていた。どれだけのことを呑み込んで笑っているのだろう。雅雪はすこし引きつった遼平の笑顔を見ていた。嬉しいのか寂しいのかわからなかった。

「でも、説得するの、めちゃめちゃ大変やったんや。あの人、あんたと同じくらい頑固で、あんたと同じくらい阿呆やった。あんたの前から消えることが、あんたのためやと信じてるんや。俺がどんだけ頼んでも、戻る気はない、て言い張るし」

遼平が一旦口を閉ざした。それから、思いきったふうに言った。

「……そやから、あんたの話をした。十二年間、あんたが俺にしてくれたことを話した。赤ん坊のときから今まで、憶えてることは全部、どんなしょうもないことでも隠さんと話した」遼平がへへっと笑った。「あんたの真似してファミレス入ったんや。三時間か……いや、四時間は話してた。泥だらけやから、ウェイトレスがいやな顔してた」

街灯の下で、遼平は照れくさそうな、得意そうな顔をしていた。懐かしい顔だった。釣忍に手を伸ばしたとき、象のジョウロで水やりをしたとき、トーマスの三輪車で公園に出かけたとき、はじめて補助輪なしで自転車に乗れたとき、飯盒で飯を炊いたとき、割箸鉄砲で的を当てたとき――。

十二年。そうやって十二年過ぎた。わけもわからずただ必死だった。

「詳しいことは、また舞子さんから聞いてくれ。とにかく、俺はあんたから頼まれたことは、ちゃんとやったから」

今度はまたすこし怒った顔になった。ころころと表情が変わる。赤ん坊のときと同じだ。

「でも、あんたに頼まれて……頼ってもらえて、俺は嬉しかった」遼平はすこし口ごもりながら言った。「はじめて認めてもらえたような気がする」

はっとした。眼が、胸が開かれたような気がする。そうだ。俺もはじめてだ。生まれてはじめて、心の底から人に頼った。これほど大切なことを、遼平を信じて、頼んで、任せた。

「じゃあ、俺、帰る。おばあちゃんにお線香上げな」言い終わると、遼平はくるりと背を向けた。「雅雪おじさんはなんも心配せんでいい。とにかく、黙って御飯食べたらいいんや」

遼平はそのまま駆けて行った。あっという間に見えなくなる。

今、遼平はなんと言った？　雅雪おじさんと言わなかったか？

そのとき、わかった。そうだ。遼平の言うとおり、もうなにも心配はない。なにも言わなくていい。あとは黙って飯を食えばいい。

アパートの外階段にたどりつくと、手すりをつかんだ。ひやりと冷たい鉄の感触に火照《ほて》った身体が震えた。泥にまみれた身体を引きずり、階段を上る。十数段の階段が果てしなく遠く思えた。奥の部屋の前に立ち、よろめきながらドアノブを握る。すると、中から開いた。

眼の前に舞子がいた。

そのまま部屋に入ると、途端に力が抜けた。舞子が慌てて布団を敷いてくれたので、そのまま倒れ込んだ。地下足袋を脱いでいないことに気付いたが、もう身体が動かなかった。


眼が覚めると布団の中にいた。

泥だらけの庭師装束は鯉口も腹掛も股引も地下足袋もすべて脱がされ、真新しいパジャマになっている。手も脚も汚れていなかった。どうやら寝ている間に、きれいに拭かれたようだ。

台所には舞子がいた。なにか言おうとすると、ほら、と着替えを差し出した。

「まずお風呂。さっぱりするよ」

風呂に入って狭い湯船に身体を沈めた。思わず声が出そうになるほど気持ちがいい。それから、身体を丁寧に洗った。石鹸の泡を流しながら思う。舞子は火傷の痕を見てどう感じたのだろう。

寝室に戻って新しい服を着た。

ドレッサーの上には郁也のバイオリンが置いてあった。ふと甘い香りに振り向くと、出窓にすさまじく豪華な花が飾られていた。バラ、カラー、カサブランカ、プロテアの入った白花ばかりの花束だ。横にカードが置いてある。開いてみた。

おめでとうございます　原田

昨日、原田がアパートまでやって来た理由がわかった。花の香りに胸が締めつけられる。律儀な男だ、と思った。

リビングに行くと、卓袱台に朝御飯が並んでいた。塩鮭、玉子焼き、湯気の立った味噌汁だ。

「ほら、早よ座って」

舞子が御飯をよそいながら言う。腰を下ろして箸を取った。

眼の前に舞子がいた。茶碗を差し出している。

手を伸ばして受け取った。自分の茶碗だ。それから、舞子の茶碗を見た。大きさが違うだけの夫婦茶碗だ。

卓袱台の向こうに舞子がいた。十三年ぶん歳を取った舞子がいた。

ちりん、と音がした。

窓の外に釣忍が見えた。わずかの風に風鈴が揺れている。舞子が水をやったらしい。苔もシノブも濡れて鮮やかに輝いていた。

いただきます、と言おうとしたが言えなかった。箸を持ったまま黙ってうつむく。こらえようとしたが小刻みに肩が震えた。

「雅雪」

舞子の声はやっぱり十三年ぶん歳を取っていたけれど、昔よりもずっと心地よい。柔らかくて、しっとり濡れている。水気を含んで輝く苔のようだ。

舞子の手が触れるのがわかった。雅雪の白い髪をそっとかき回して言う。

「なにもかもこれからやから」

御飯が白く光って見える。

思い切って口に運ぶと、その温かさに身体が震えた。丁寧に噛んで味わう。それから、ゆっくりとのみ込んだ。

もう我慢ができなかった。

はじめて人前で泣いた。犬でよかった、阿呆でよかった、と思った。

解説

北上次郎《きたがみじろう》（文芸評論家）

すごい小説だ。息の抜けない小説だ。

遠田潤子は2009年、『月桃夜』で第21回日本ファンタジーノベル大賞を受賞してデビュー。2011年、第2作の『アンチェルの蝶』で大藪春彦賞の候補となる――という略歴はもちろん知っていた。しかし、その作品を読んだことはなかった。第3作『鳴いて血を吐く』が出てもまだ知らず、ようやく読んだのが第4作の本書『雪の鉄樹』だ。だから、驚く。なんなんだこれは。

雅雪《まさゆき》という青年がいる。庭師の祖父と父に育てられ、彼もまた庭師となっている。この寡黙《かもく》な青年は、両親のいない少年遼平《りょうへい》の世話をしている。それは献身的といっていいほどの世話だ。しかし遼平の祖母にはなぜか邪険にされている。どうやら十四年前に何かがあったらしい。献身的な世話と、祖母の冷たい態度にはその過去が絡んでいるようだが、それがいったい何であるのかは、なかなか読者に知らされない。

　代わって語られるのは、家庭の愛に恵まれなかった雅雪の孤独だ。彼は、幼いころから動物園にも遊園地にも、海にもプールにも行ったことがない。オモチャを買ってもらったこともなければ、誕生日のケーキもプレゼントもクリスマスもない。キャッチボールしてもらったこともなければ、サッカーも知らない。祖父にも父にも、可愛がられた記憶がないのだ。小さなときから食事はいつも一人。しかも勉強部屋の机に向かって食べた。居間にはいつも祖父や父の女がいたからだ。次々と女がやってきて、雅雪ちゃんと呼ばれるからとても食卓で一緒には食べられない。それは団欒《だんらん》ではない。近所では曽我《そが》造園はたらしの家と言われた。捨てられた女がおしかけてきて、引っかかれたこともある。いま雅雪は三十歳を過ぎているが、いまでも人前で食事が出来ない。無理に食べると吐き気がしてくる。

　幼いころの傷はずっと彼の中に残っている。そして遼平の世話をしている。幼いころの遼平は、雅雪に懐《なつ》いた。遼平が泣いたのはプールに行きたいとねだったとき、プールと海はだめだと雅雪に言われたときだ。納得しがたい遼平の顔を見て、全身に火傷《やけど》の痕がのので裸にはなれないことを雅雪は告白する。しかしなぜ全身火傷をしたのか、この段階では何も語られない。謎はどんどん深まっていく。

割箸と輪ゴムで、割箸鉄砲をつくってあげたとき、遼平が喜んだのは彼が小学生のころだ。祖母と喧嘩して雅雪の家にきたのはもっと幼いころだ。その幼いころの遼平が忘れられない。いま遼平は中学生になり、荒れている様子が延々と描かれるから、昔の蜜月がとみに思い出される。あれほど懐いていた遼平はどこにもいない。なぜそう変わったのかすぐには語られない。描かれるのは、遼平がどんなに暴れてもじっと耐える雅雪の姿だけだ。先に語られるのは昔の蜜月と現在の確執、その対比である。だから読んでいると息苦しくなってくる。雅雪よ、なぜお前は耐えているのか。

物語がちょうど半ばにさしかかったときに、ようやく十四年前の出来事が描かれるが、読書の興を削がないためにこの先は紹介しないほうがいいだろう。それは雅雪が高校三年のときであり、初恋と友情の物語が始まっていく、ということを書くにとどめておく。これだけでも一篇の物語になるだけの内容を持っているが、もちろん前半の話とこれは濃密に絡んでいく。

構成が群を抜いている、ということも書いておく必要がある。雅雪の献身と償《つぐな》いは、遼平を甘やかす結果になっていると批判する人間を登場させていることに留意したい。たとえば原田《はらだ》は次のように言う。

「あんたのやってることは、みんな間違ってる。だれも幸せにせえへん。あんたが甘やかすから、あのガキはあんなヘタレになったんや」

「あんたは見当はずれの償いごっこで、人生を無駄にしてる。いい加減に気付け」

この原田の言葉にも幾分の正当性はある。雅雪はたしかにケタ外れの善人だが、必ずしも正しいわけではない。そういうかたちでしか生きられない男なのだ。つまり不器用で、愚直なのである。この性格設定が一つ。

もう一つは最後の展開だ。深い森の中で雅雪と遼平が対峙《たいじ》するという構図がいい。否応《いやおう》なくこういう局面になって初めて、この二人は向き合うのだ。巧みな挿話を積み重ねてこのシチュエーションをつくり出す構成が秀逸である。

本書を読み終えてから、急いで『アンチェルの蝶』を読んだことも書いておく。こちらもすごい。大阪の港町で居酒屋を営む男のもとに中学の同級生が訪ねてきて、しばらく預かってくれと少女を置いていくところから始まるこの長編は、登場人物の過剰な感情の爆発にただただ圧倒される。私のように本書で初めてこの作家を知る人のために、遠田潤子のこれまでの著作を列記しておく（2016年3月現在）。

①『月桃夜』2009年11月（新潮社）

②『アンチェルの蝶』２０１１年12月（光文社）
③『鳴いて血を吐く』２０１２年８月（角川書店）
④『雪の鉄樹』２０１４年３月（光文社）
⑤『お葬式』２０１５年２月（角川春樹事務所）
⑥『蓮の数式』２０１６年１月（中央公論新社）

『アンチェルの蝶』を読んだら他の既刊本も読みたくなったので、急いで買ってきた。『鳴いて血を吐く』は旧家の過去に潜む秘密が次々に明らかになるという構成の長編で、いかにも遠田潤子らしい一篇だ。ここまで濃厚な小説を読んでくると、父親の死後にその秘密を知る『お葬式』が静かな長編に思えてくる。これで作風を変えたのかなと思うところだが、２０１６年の冒頭に上梓《じょうし》された『蓮の数式』は、またまたいつもの遠田潤子に戻っている。こちらは不妊治療に疲れた人妻が年下男と逃避行に出る話で、これも過去が濃密に絡んでくる。

という数作を読み終えると、過剰とも言える愛憎劇（この熱さはただごとではない）はこの作家の独壇場でもあることが見えてくる。その中でも本書は、悪人が一人も登場せず（女たらしは登場するが）、にもかかわらず人は不幸にもなるという皮肉な運命を鮮やかに描いたということで、強い印象を残している。はたして雅雪の魂は救済されるのかと、ひたすらページをめくるのも、その熱さのためだろう。遠田潤子、渾身《こんしん》の傑作だ。

二〇一四年三月　光文社刊

光文社文庫

雪《ゆき》の鉄《てつ》樹《じゅ》

著者　遠《とお》田《だ》潤《じゅん》子《こ》

2016年4月20日　初版1刷発行
2017年8月15日　14刷発行

発行者　鈴木広和
印刷　慶昌堂印刷
製本　フォーネット社

発行所　株式会社 光文社
〒112-8011　東京都文京区音羽1-16-6
電話 (03)5395-8149　編集部
8116　書籍販売部
8125　業務部

ISBN978-4-334-77273-4　Printed in Japan

組版　萩原印刷